知行跬步间

王新宪　编著

求真出版社

图书在版编目（CIP）数据

知行跬步间/王新宪编著. —北京：求真出版社，2022.9
ISBN 978－7－80258－291－0

Ⅰ.①知… Ⅱ.①王… Ⅲ.①中国文学—当代文学—作品综合集 Ⅳ.①I217.2

中国版本图书馆 CIP 数据核字（2022）第 170283 号

知行跬步间

编　　著：王新宪
责任编辑：吴绍兵　赵　溪
出版发行：求真出版社
社　　址：北京市西城区太平街甲 6 号
邮政编码：100050
印　　刷：北京中献拓方科技发展有限公司
经　　销：新华书店
开　　本：710×1000　1/16
字　　数：320 千字
印　　张：25.5
版　　次：2022 年 10 月第 1 版　2022 年 10 月第 1 次印刷
书　　号：ISBN 978－7－80258－291－0/I·63
定　　价：68.00 元
编辑热线：(010) 83190298　(010) 83190069
销售服务热线：(010) 83190520

版权所有　侵权必究　　　　　　　印装错误可随时退换

序　言

光阴荏苒，卸下工作担子之后，转眼间已近十载。为不因赋闲而"怠惰"，自己留置"功课"的习惯延续了下来，遂如今编撰成册。

书中的"言理篇"和"言事篇"，选用了若干篇幅长一些的文章，虽本人署名，实是许多同仁艰辛努力的结果，有选择地保留下来，以弥补某些环节之缺，也是对曾经奋斗过的事业的一种认真态度。显然，其中内容多发生在国家第十个至第十三个"五年规划"期间，与如今的认识及政策、规章等，不可能"严丝合缝"，此乃客观实在反映，且当"无过不成书"吧。当然，这个"过"还指过往，如过去的历程、过去的同志……个中"工作讲话"类文章，由编者根据中心思想拟出题目，亦增添了历久弥新的感觉。

"言史篇"和"言潭篇"，出自爱国家、爱人民的人，都有履行"补课"的责任和使命，特别是生长在新中国的一代人要知道，无数仁人志士为国家的重生而前赴后继，多少无名烈士在五星红旗矗立前倒下，没有自己的墓碑、勋章、鲜花……借此，表达对先辈们无尽的缅怀与思念。

人与树木相似，一圈一圈的年轮越紧密，对大自然生命规律的感受越是真切。习近平总书记要求老同志"坚持老有所为、继续发光发热"，不忘初心使命、继续关注社会发展、继续勤于学习思考。900多年前，宋人张载值知命之年，尚能笃行"俯而读，仰而思，有得则识之"，以今日之生活，更应该不是太难的事。

该书有许多不足之处，比如文章篇幅的"偏长"或"偏短"，缺乏点语言文字的"平衡美"。"长"是囿于文章的特性，为将基本原貌保留下来，篇章之间难免出现重复、重叠的内容。"短"则自偶有所得、点滴思考，如日记一般，有的仅寥寥数语，且当今后继续思考的引子吧。

书中谓理、事、史等篇，分别也是相对而言。荀子曰："心合于道，说合于心，辞合于说"，言由理出、论凭史鉴，知行间认知终归要靠自己去"品"，在漫漫思哲旅途的扬弃中，跬行于金色余晖之下，憧憬远方的"自由王国"……

2022 年 5 月 30 日于北京

目 录

言理篇

树立现代文明社会的残疾人观/3

努力践行"三个代表"重要思想,以改革的精神全面加强残联系统党的基层组织建设/11

重视组织绩效评估 推动社会文明进步/21

努力提高残联干部思想理论水平和工作水平,肩负起新时期残疾人工作的重任/32

残疾人刊物的宗旨和任务/39

推动残疾人事业在新的起点上加快发展/42

残疾人事业需要思想理论的指引/50

在残疾人事业的沃土上创立新业绩/52

蓬勃发展的中国残疾人事业/71

《残疾人研究》创刊致辞/78

做好社会管理与服务这篇大文章/79

健全残疾人社会保障体系和服务体系/89

把握全局战略思维 实现残疾人全面小康的战略目标/95

言事篇

荣誉归功于祖国和人民/105

向党和人民交出一份满意的答卷/115

为实现"两个亚运,同样精彩"奋发努力/118

全面推进残疾人托养服务体系建设/126

迎接生命阳光的一扇窗户/134

全面履行《残疾人权利公约》 促进残疾人平等·参与·共享/138

争取新的光荣/142

残奥理想与人类精神的契合/144

在世界卫生组织首届全球防聋合作中心战略计划会议暨中国听力论坛上的致辞/150

让贫困盲童都拥有自己的书包/155

在澳门特别行政区"康复服务十年规划研讨会"的主旨发言/158

保障残疾人合法权益 促进残疾人平等·参与·共享/164

残疾人盼望得到贴心的居家服务/169

在全面建设小康社会的进程中,要高度关注残疾人群体/171

切实加强精神病防治康复工作/177

我们该给残奥会一个新闻头条/180

提高农村和少数民族地区残疾儿童义务教育入学率/182

关于实现食品药品信息识别无障碍,为盲人和老人排忧解难的提案/185

社会文明进步的标杆/188

无障碍为"中国梦"添砖加瓦/196

紧紧抓住残疾人精准脱贫的着力点/199

关于修改《公务员录用体检通用标准》的提案/202

慈善工作中的辩证法/206

言史篇

在中国残联纪念邓小平同志诞辰100周年大会上的讲话/213

| 目 录 |

不可忘却的同志 /223

沙面随忆 /225

国际歌,依然神圣、崇高 /229

从我们党支部做起 /232

老街行思 /236

母亲 /241

过眼烟云之广东咨议局 /247

素波荡漾百年潮 /250

羊城寻旧念中山 /254

守正笃实 久久为功 /259

饭盒 /263

为有牺牲多壮志 百年砥砺换新天 /267

结婚证的"证言" /273

矢志不移守初心 绘就时代新篇章 /277

老书店的回忆 /285

壮哉,陈子壮 /289

潮起珠江忆故园 /293

父亲的家乡 /298

从朱寿昌"弃官寻母"说起 /303

言潭篇

梅花香自苦寒来 /309

"不能用"与"不会用" /312

通则长久 /315

直率 /318

说话的精品意识 /321

从"骑墙"到"扶墙"/324

茶趣留闲/327

茶韵逢缘/331

故纸丛中觅新知/333

河畔棋趣/338

缺口/341

马路"孽障"/344

举手之劳/346

我们一代人的幸运/348

买书与借书/353

书店的纯粹/356

博物馆的扶手/359

说让座/362

再说让座/365

三议让座/368

四论让座/370

就医散记/372

老年孤独/375

理解老人"渐老"/378

老与"不服老"/381

老人的"忘"/384

老人言语的"违和"/387

老人与道路交通无障碍/389

老龄化与信息无障碍之紧迫/391

豁达,老人最好的"自备药"/394

对养老护理业的憧憬/396

言理篇

树立现代文明社会的残疾人观

在为《自强之歌》一书撰写的序言中,江泽民同志以马克思主义的观点,结合世界和我国残疾人事业的实践,着眼于我国残疾人状况的改善和经济社会的协调发展,历史地、全面地、深刻地阐述了现代文明社会的残疾人观。他指出:"自有人类,就有残疾人。残疾,是人类发展进程中不可避免要付出的一种社会代价。""残疾人,有人的尊严和权利,有参与社会生活的愿望和能力。历史和现实表明,他们同样是社会财富的创造者。""残疾人的问题也是关系到充分实现公民权利和生产力解放的问题,必须始终重视,而不容忽视。""对残疾人这个社会脆弱群体给予帮助,是社会文明进步的标志。我们共产党人是以人类解放为最高宗旨,我们的社会主义国家是以实现全体人民的富裕幸福为建设的根本目的,更应尊重残疾人的公民权利和人格尊严,保护其不受侵害。同时,对这个特殊而困难的群体还应给予特别扶助,通过发展残疾人事业使他们的权利得到更好的实现,使他们以平等的地位和均等的机会,参与社会生活和国家建设,共享社会物质文化的成果。"江泽民同志的这些论述,为我们科学认识残疾人和残疾人问题、树立现代文明社会的残疾人观、发展我国残疾人事业,提供了思想武器。

一、现代文明社会的残疾人观是经济发展和社会进步的产物

如何认识与对待残疾人和残疾人问题,是衡量社会文明进步程度的重要标准之一。在很长一段时期,残疾被看成是"天意",是

前世作孽的因果报应；残疾人往往被视为"废人"，是家庭和社会的累赘。广大残疾人备受压迫和歧视，过着低人一等的生活。新中国成立后，苦难深重的残疾人和健全人一道在政治上获得了解放，开始走向新生活。改革开放以来，我国社会发生了深刻的变革，人们关于残疾人的观念发生了深刻变化，以"平等·参与·共享"为核心内容的现代文明社会的残疾人观逐步形成，并不断丰富和发展。

经济发展和社会进步为现代文明社会残疾人观的形成奠定了坚实的基础。党的十一届三中全会重新确立了解放思想、实事求是的思想路线，将全党工作的重点转移到社会主义现代化建设上来。20多年来，我国政治稳定，社会安定团结，社会主义民主和法制建设不断加强，党为人民服务的宗旨得到更好的体现，社会主义制度的优越性进一步发挥。这些政治上的优势，为解决残疾人问题、发展残疾人事业提供了根本保证。经济的快速增长，国家财力的不断增强，社会主义市场经济体制的建立和完善，为残疾人施展能力、参与社会提供了更多的机遇和广阔的空间。随着改革开放的不断深入，人们的思想观念发生了深刻变化，和谐友爱、平等互助的人际关系逐步形成，人道主义越来越深入人心，弱势群体得到更多的关心和帮助，残疾人参与社会生活的条件日益改善。这都为现代文明社会残疾人观的形成奠定了政治、经济、思想文化基础。

残疾人事业的发展为现代文明社会残疾人观的形成开掘了丰富的实践源泉。改革开放以来，我国残疾人事业走过了不平凡的历程，取得了历史性的进展和举世瞩目的成就。残疾人事业发展的实践是现代文明社会残疾人观的丰富源泉。残疾人通过参与社会生活，特别是参加生产劳动，创造社会财富，进一步认识到自己的权利，增强了平等参与意识，也使社会认识到了残疾人的能力，社会通过对残疾现象的研究和残疾预防，对残疾作为人类发展进程中不可避免要付出的一种社会代价有了更为深刻的认识；通过对残疾人参与社会生活的环境因素的分析，揭示了外界障碍是残疾人问题产生的根本原因，进而认识到社会补偿、扶助的重要性和国家与社会的责任。在这些年来的探索和实践中，不断提出问题、研究问题、解决问题，总结概括了残疾人事业的基本经验和理论，形成了现代文明社会残疾人观的基本内容。

扶残助残的传统美德和残疾人自强不息的精神，为现代文明社会残疾人观的形成提供了重要思想来源。自古以来，中华民族就有扶弱、济困、助残的传统美德。《周礼》中有"慈幼、养老、赈穷、恤贫、宽疾、安富"的思想。到了当代，扶残助残的传统美德被赋予新的意义，注入新的内涵，成为现代人高尚的道德情操。在社会历史发展中，残疾人一直没有停止过求生存、图发展的奋斗，他们在非常恶劣的条件下历经种种痛苦和磨炼，克服常人难以想象的困难，顽强地维护自己的生存空间，并创造了许多可歌可泣的业绩，体现出了极其宝贵的自强不息精神。扶残助残的传统美德和残疾人自强不息的精神在社会主义精神文明建设中不断得到广泛宣传和弘扬，改变了人们对残疾人的不正确观念，促进了良好社会风尚的形成，并成为现代文明社会残疾人观的重要思想来源。

国际社会关于残疾人的有价值的思想、观点，为现代文明社会残疾人观的形成提供了有益的借鉴。改革开放以来，我们抓住机遇，走出国门，积极参与国际残疾人事务，广泛开展国际交流与合作。在这一过程中，我们吸收借鉴国际社会残疾人工作的经验、做法，特别是《关于残疾人的世界行动纲领》和《残疾人机会均等标准规则》所包含的"平等·参与·共享"的思想，开阔了我们的视野，丰富和提高了我们对残疾人和残疾人问题的认识，促进了我国残疾人事业的发展。

二、现代文明社会残疾人观的丰富内涵

江泽民同志关于现代文明社会残疾人观的重要论述，深刻揭示了现代文明社会残疾人观的丰富内涵。现代文明社会残疾人观主要包括以下内容。

自有人类社会就有残疾人，残疾是人类发展进程中不可避免要付出的一种社会代价。残疾人是在心理或生理上的某种组织、功能丧失或者不正常，全部或部分丧失以正常方式从事某种活动的人。在人类社会的发展进程中，由于遗传、疾病、自然灾害、事故、战争和环境污染等自然和社会的原因，残疾现象的出现是不可避免的。在人类历史的各个阶段，在每个国家、每个社会的各个阶层，都有残疾人存在。残疾人同其他社会成员一样，是人类的组成部分，虽然有某种缺陷，但并非异类、另类，而是人的存在的多样性和差异性的一种表现。可以说，残疾人的残疾，客观上是人类历史发展和社会进步所付出的一种代价。

残疾人，有人的尊严和权利，他们的人格和权利应得到尊重和保护。我国的社会主义制度从根本上消除了阶级剥削、阶级压迫的政治、经济根源，为包括残疾人在内的最广大人民群众权利的实现提供了根本保障。依照我国宪法，残疾人享有与其他公民平等的权利。《中华人民共和国残疾人保障法》又对残疾人权利作出了进一步的规定，其基本精神之一就是：残疾人作为公民，在政治、经济、文化、社会和家庭生活等方面，享有同其他公民平等的权利。残疾人应享有的权利主要包括政治权利、人身权利、财产权利、受教育权利、劳动权利、医疗康复权利、文化权利、婚姻家庭权利以及获得特别扶助的权利等。随着社会的发展，残疾人的权利意识和社会保障残疾人权利的意识逐步增强，残疾人权利的实现程度和水平不断提高，这体现了我国人权保障的广泛性、真实性和公平性。同时也应看到，法律上规定了残疾人的平等权利，并不等于这些权利就能在事实上自然而然地实现。目前社会上还不同程度地存在着对残疾人的歧视和偏见，侮辱残疾人、侵害其权益的现象仍时有发生，残疾人在实现基本权利方面，仍面临许多亟待解决的问题，需要从法律、经济、行政等方面进一步采取措施，为残疾人权利的实现创造良好的社会条件。

残疾人有参与社会生活的愿望和能力，他们同样是社会财富的创造者。人的能力是以人的生理、心理等自然属性为基础，通过社会实践活动形成和发展起来的。能力是多方面的综合范畴，可以说人类有多少种活动就有多少种能力。判断残疾人的能力，应着眼于他们能干什么，而不是他们不能干什么，这是认识残疾人能力所应有的态度。虽然残疾使残疾人某些方面的功能受到损害和限制，但通过发挥其他感觉和思维器官的作用，刺激并调动人体自身的代偿功能，扬长避短，仍可以使被损害和限制的能力得到最大限度的弥补，以适合自己的方式认知世界、参与社会、创造财富，达到与健全人同等的程度和水平。除了极个别者外，几乎所有残疾人都具有生活能力、劳动能力、接受教育的能力、创造能力和参与社会的能力。由于残疾的磨炼，残疾人往往具有更加坚强的意志。历史和现实都表明，残疾人同样是社会物质财富和精神财富的创造者，是推动历史发展和社会进步的力量。

造成残疾人问题的主要原因不是残疾本身，而是外界障碍。外界障碍的存在，使残疾人在社会生活中处于某种不利地位，权利的实现和能力的发挥受到限制。对残疾人给予特别扶助，发展残疾人事业，保障残疾人权利的实现，是政府义不容辞的职责，是社会应尽的责任。联合国《关于残疾人的世界行动纲领》指出，无论在什么地方，对产生缺陷的条件进行弥补以及对致残后的种种后果进行处理的最终责任都要由各国政府来承担。我国是社会主义国家，更应关心残疾人这个社会弱势群体，积极为他们提供各种社会补偿。《中华人民共和国残疾人保障法》的基本精神之一就是，国家和社会对残疾人给予特别扶助，通过发展残疾人事业，减轻和消除残疾影响和外界障碍，保障其权利的实现。《中华人民共和国残疾人保障法》规定，各级人民政府应当将残疾人事业纳入国民经济和社会发展计划，经费列入财政预算，统筹规划，加强领导，综合协调，采取措施，使残疾人事业与经济、社会协调发展；政府有关部门要按照各自的职责，做好残疾人工作；全社会应当发扬人道主义精神，理解、尊重、关心、帮助残疾人，支持残疾人事业；机关、团体、企业事业组织和城乡基层组织，应当做好所属范围内的残疾人工作；从事残疾人工作的国家工作人员和其他人员，应当认真履行职责，竭诚为残疾人服务。需要特别指出的是，对残疾人的特别扶助措施，并不妨碍和影响其他社会成员实现自己的权利，因而不应视为对其他人的歧视或不公正，恰恰相反，它体现了社会公正，促进了社会和谐，是社会文明进步的表现。

  残疾人参与社会生活，需要社会的帮助，也依赖自身的奋斗。"天行健，君子以自强不息。"残疾人只有乐观进取，积极参与社会实践，不懈奋斗，才能克服自卑感和依赖心理，认识自我，磨炼意志，提高素质；才能认识社会，适应社会，融入社会，创造社会财富，实现人生价值；才能展示自身能力，增进社会理解，转变社会对残疾人的不正确观念。在社会主义市场经济条件下，残疾人更要适应时代要求，增强竞争意识和自强精神，全面提高自身素质，积极投身到改革开放和现代化建设中去。作为公民，残疾人要遵纪守法，遵守社会公德，增强社会责任感，履行好应尽的社会义务，这也是残疾人参与社会生活的一个重要方面。

发展残疾人事业,实现残疾人"平等·参与·共享"。残疾人问题从来就不是孤立存在的,它总是与一定的经济条件和社会发展水平密切相关,它的解决最终取决于经济、社会的发展。解决残疾人问题的根本途径是解放和发展生产力,推动社会的文明进步。经济越发展,社会越进步,越要求发展残疾人事业。江泽民同志指出:"残疾人事业是崇高的事业,是我们社会主义事业的一部分。"残疾人事业的发展必须融于经济和社会的发展之中,并与其相协调。在我国现阶段,发展残疾人事业,要立足于我国社会主义初级阶段的基本国情,与经济和社会的发展相适应,既缩小差距又不超越现实;要贯彻"讲求实效,打好基础"的方针,既立足当前,优先解决残疾人迫切需要而又有可能满足的基本需求,又着眼长远,抓好关系残疾人根本利益和残疾人事业持续健康发展的战略性工作;要发挥政府主导作用,动员社会力量广泛参与;要激励残疾人的参与意识与自强精神,充分重视和发挥残疾人在残疾人事业发展中的作用。

残疾人的解放,是人类文明发展和社会进步的一个重要标志。江泽民同志在致康复国际第十一届亚太区大会的贺辞中指出:"残疾人这个社会最困难群体的解放,是人类文明发展和社会进步的一个重要标志。"人类的解放始终是我们追求的目标。我们反对以肤色的不同、民族的大小强弱和性别的差异来划分优劣,追求并努力实现种族解放、民族解放和妇女解放;也反对以人体功能是否有缺陷来划分优劣,追求并努力实现残疾人的解放。人类的解放不仅必须消除奴役、压迫和剥削,还要消除歧视、偏见和陈腐观念导致的不平等的社会现象,最终实现人的自由而全面发展。这不但涉及经济基础、社会制度的变革,也要求社会思想文化的全面进步。残疾人的解放，对残疾人而言，是消除障碍，全面发展，实现"平等·参与·共享"；对健全人而言，是消除愚昧、偏见和歧视，实现道德的完善和精神的升华；对社会而言，是追求和谐友爱，实现进步平等。因此，残疾人的解放作为人类解放的一个重要组成部分，不仅是残疾人自身的解放，也包含着社会解放的意义。可以说，残疾人的解放是衡量人类解放的广泛性和深刻性的重要尺度之一。因此，以实现人类解放为最高宗旨的共产党人，以实现全体人民的富裕幸福为建设的根本目的的社会主义国家，更应为实现残疾人的解放而不懈奋斗。

新的世纪，对于中华民族来说，是发展进步、强盛复兴的世纪。新世纪社会的文明进步，将为残疾人和残疾人事业的发展提供更好的机遇和环境，同时也提出了新的更高的要求。在新的世纪里，我们要高举邓小平理论伟大旗帜，牢固树立现代文明社会的残疾人观，按照"三个代表"的要求，大力推进残疾人事业，促进残疾人"平等·参与·共享"，不断为社会的文明进步作出贡献。我们相信，在新世纪残疾人事业的发展进程中，现代文明社会的残疾人观这颗人类思想的明珠必将放射出更加夺目的光彩。

（原载《人民日报》，2001年4月24日）

努力践行"三个代表"重要思想，以改革的精神全面加强残联系统党的基层组织建设

同志们：

机关党委交给我的任务，是在纪念党成立八十周年之际，给同志们讲一次党课。朴方同志、建模同志和党组其他同志就这个党课该怎么讲，给了很重要的指导意见。我想，党课肯定要围绕党的相关问题来讲，否则不能称之为党课。我也在思考，党课可以从党发展历程去讲，可以从党历史性贡献去讲，可以从党基本路线去讲，还可以从党员的权利义务和党风廉政建设等方面去讲。今天的党课，我以"努力践行'三个代表'重要思想，以改革的精神全面加强残联系统党的基层组织建设"为主题。

同志们，我们党为夺取政权走过了近30年的征途，作为执政党又历经了50年的奋斗，在座同志多是经历了后50年这段历史。同志们有两重身份，一个身份是机关或直属单位的干部，受单位行政管理；另一个身份就是中国共产党党员，由所在的党组织管理。据直属机关党委统计，中国残联所属系统共有党员692名，其中直属单位有545名，机关有147名。党组是党中央的派出机关，党基层组织有4个党委、2个总支、66个支部，共72个基层组织。在跨入新世纪的第一年，我们庄重地迎来中国共产党80周年的诞辰日。我们党在成立80年后的今天，面临着"在改革开放和现代化建设的环境下，中国共产党将建成一个什么样的党、怎么样建设党"这样一个迫切要求作出正确回答的问题。要建设有中国特色的社会主义，

关键在于聚精会神地抓党的建设，全面推进党的建设。同志们都知道，我国残疾人事业在近十多年来，取得了历史性的进展和举世瞩目的成就，这些成就的取得是党中央、国务院及地方各级党组织和政府对残疾人事业正确领导的结果，是社会各界大力支持和残疾人、残疾人工作者自身努力的结果，也是中国残联党组和各级残联党组织作为领导核心紧密团结和带领广大残疾人、残疾人工作者努力奋斗的结果。党的十五大提出要推进党的建设的伟大工程，核心就是把党建设成为以邓小平理论武装起来的，全心全意为人民服务的，思想上、组织上、政治上完全巩固的，能够经受各种风险，始终走在时代前面，领导中国人民建设有中国特色社会主义的马克思主义政党。江泽民总书记提出"三个代表"的重要思想，全面反映了新形势下对党的建设的各方面要求。在座的党员、党组织负责人面临一个重要任务就是如何加强和改进基层党组织建设，这是十分迫切、重要和高难度的问题。党的基层组织是党全部工作和战斗力的基础，它担负直接联系群众、宣传群众、组织群众和团结群众，把党的路线方针政策落实到基层的重要责任。改革开放的推进、经济的发展、社会的文明进步、单位中心工作任务的完成，都有赖于党组织战斗堡垒作用的发挥。所以，以江泽民同志为核心的党中央领导集体反复强调必须下功夫把党的基层组织建设好。下面，我们围绕主题来探讨几个问题。

一、党基层组织要用改革的精神研究新情况、新问题，改进工作作风和工作方法

我国生产力结构是多层次的，多种经济成分并存发展。随着改革带来的利益关系调整、经营方式多样化、新经济组织和社会组织增加、劳动力大规模流动，党的基层组织建设面临着许多从未遇到过的新情况。例如，我党作为唯一的执政党，如何应对新社会阶层的政治参与要求？改革开放以来，社会经济结构和社会成分发生了深刻变化，过去城市里的党员基本上是由传统产业工人组成的，现在已经发生了很大的变化。个体户、私人企业在整个国民经济中所占比重越来越大，过去没有出现的中间阶层，或称为中间人群的数量越来越多。国内理论界一般认为，中等阶层或从事中等声誉评价等级的职业，其中层以上的我们称之为白领阶层。机关干部按照职业社会声誉来划分，也是属于中间阶层。现在党建部门在讨论一个问题，私企可以建立党组织，这是一个重大突破，不要小看这个问题。私企员工、个体工商户可以入党，那私营企业主能不能入党？这个问题还有争论，还需深入探讨。

党的组织形式怎样适应社会组织的多样化状况？前不久，我们到东北某市社区考察，一进门看到挂着牌子写着"党委书记某某""委员某某"，有人问"他们是什么级别？"当地同志回答："没有级别。""这些同志是专职的吗？""不是，都是离退休的同志，也有些街道的现任干部兼任。"在场的同志就觉得和以前有变化了。据民政部不完全统计，至1998年年底，全国共有社会团体16万多个、民办即非企业单位全国有70多万个，其中也包括自发的残疾人组织。那么我们党组织和这些社会组织是什么关系呢？对自发的残疾人组织，包括已有社团法人资格的残疾人组织，党组织如何去引导他们呢？我们以残疾人的政治代表为旗帜，现在面对日益觉醒的残疾人群体，我们如何用党的理想和奋斗目标，逐步地把残疾人、残疾人组织凝聚起来，团结在党和政府周围，这是一个很值得重视的问题。还有，各省级残联的专业协会，日常工作如何与党的工作有机结合起来，变得更有凝聚力？这是另一个值得重视的问题。

党组织怎样根据人们思想和价值观念的变化做好思想政治工作，这是要重点谈的。提出这个问题，是因为我们现在所面临的新情况。社会正处于转型期，从传统计划经济转向社会主义市场经济，人们谈生意更多是看对方资信、看合同契约……这些都是社会发展进步的体现。与此同时，人们的价值观必然随着发生深刻的变化。我们残联青年人很多，年轻党员也不少，对他们来说解决入党问题并不困难，一年预备期中不出大问题，能够胜任本职工作，一般就可以了。但在思想上入党，是一辈子都不容易解决的问题。据有关报道，中国社会科学院最近作了一个课题，叫做"转型时期伦理建设的难点和对策"，社会调查的结果令人深思。比如在回答"有无信仰"这个问题时，36.09%的人表示"没有信仰"；选择"社会主义、共产主义作为自己的信仰"的有25.86%；"信仰科学真理无神论"的有16.75%；"不要任何信仰"的有16.64%；"相信命运"的有12.51%。这项调查的对象主要为青年人，因为青年是最重要的群体，他们就是未来。在过去的革命战争年代、社会主义建设时期，我们党之所以能够克服一个又一个困难，取得一个又一个伟大胜利，靠的是崇高的理想、坚定的信念，凝聚了人气和力量。基层党组织的工作能不能做到家，就看能不能凝聚人气和力量。不能只靠行政约束，靠掌握着能不能升迁、能不能分房子等权力，这是不行的。代表着先进生产力的中国共产党为我们描绘了中华民族振兴的蓝图，建设中国特色社会主义，最终实现共产主义，这是我们必须坚持的理想和信念。党的事业兴衰成败和整个民族未来的命运都寄托在政治信仰的确立上，这一点对青年党员尤为重要。

基层党组织面临一系列新的问题，应当如何去做好工作呢？一要善于研究、勤于研究问题。这是衡量基层单位领导同志政治水平和政治责任感的标准。你当书记，我也当书记，你干了5年，我也干了5年，但单位发生的面貌改变可能是不一样的。你能否推动这个单位的事业发展，在事业发展的同时，单位是否能形成一股正气，在这里不是同一个概念。当前，在我们一些领导干部中，对本单位干部群众在思想、工作和生活中出现的新情况、制约事业发展的新问题，不勤于分析解决，在困难面前束手无策或是无动于衷，这等于是放弃领导，是最大的失职。这里举一个例子：此次英国大选布莱尔获胜，我国领导人致以祝贺，这是工党近百年来第一次连任。连任的原因表面看是近年来经济发展比较快，实际上是与布莱尔上任以来推出了一系列改革措施有直接关系，这些措施背后有比较系统的理论支持，改革大量吸收了在社会主义国家已经证明成功的经验。所以，对社会主义优越性不可妄自菲薄。我们过去的挫折是很多原因造成的，其中主要一条就是闭关锁国、不改革开放。布莱尔上台后一是整个国家政策总体倾向中下层阶级；二是采取了一系列倾向妇女、残疾人等弱势人群的措施；三是大力开发新兴产业等。举这个例子，也是想说大到一个政党、小到一个单位，如果因循守旧，不解决新的社会矛盾和问题，就会被人民所抛弃，就没有生命力。同样的道理，基层党务工作者一定要根据本单位实际情况，善于分析研究新问题，最终解决问题。

二是工作方式、方法的创新。江泽民总书记说，马克思主义的根本精神就是创新，坚持马克思主义最根本的就是坚持创新精神。在基层工作中，首先是学习方法要创新。学习不光是念报纸、读文件，现在很多现代化的传媒手段，要积极采用。最近，解放军政治思想教育做了一项重要改革，总政把部队所有教育课程都制成VCD，声情并茂，非常生动。其次是党的活动形式要创新。现在许多基层单位包括工厂、街道、乡镇等，都创造了很多生动的活动形式。再次，思想教育方法要创新，对党员考核的内容要创新。我们在对党员教育时，当然要按照《党章》的要求，按照党员权利、义务的要求，按照理想、信念的要求去教育。同时，社会处于向现代化的转型期，北京市就提出在2010年实现现代化，但环境的现代化和人的现代化又是两回事，党员教育必须把现代人的行为规范教育包括在内。有学者把现代人的标准大致概括为以下几点：（1）对中国社会主义现代化的社会文化变迁有深刻的感性认识，能够自觉与现代文明、文化相认同，全力投入、支持改革和社会主义现代化事业；（2）具有开放的心理结构，以积极开放的态度对待生活，具有兼容一切优秀人类文明成果的气魄和胸怀；（3）有积极的主体意识，把一切建立在理性思考的基础上，以积极的人生态度面对所处的现实生活境况；（4）以人道主义为核心和个人全面发展为目标新的伦理精神；（5）具有现代科学技术知识武装起来的新型思考和广阔视野；（6）在人格上是健康、和谐、全面发展的。总之，时代在发展，党员教育必须要和时代特点紧密结合起来。

二、基层党组织要从严要求党员，认真做好对党员的教育、管理和监督，增强解决自身矛盾的能力，形成良好的机关作风

这里强调的是要严格按《党章》办事，严格执行党的纪律，开展积极的批评与自我批评，切实加强机关和直属单位的思想作风建设。

最近，根据中央国家机关工委下发的《关于加强机关作风建设的通知》精神，直属机关党委通过座谈会等形式认真听取同志们的意见，大家有几点共识：一是认为党组、理事会，朴方、建模同志和其他党组成员非常重视机关建设，经常强调其重要性，并制定了一系列措施，效果明显；二是"三讲"教育后，机关"门难进、脸难看、事难办"现象有较大改观；三是文山会海现象有所减少；四是机关工作更加规范化；五是后勤管理有明显改进。同时，对存在的问题也应引起我们充分重视，可以概括为以下几方面。

一是存在衙门作风，服务意识淡薄。具体表现为：有些部门办文拖拉、时间长，文件失去了时效，这种损失难以估计；对基层情况不了解，按照过去情况来判断新问题，简单地否定基层的意见；不了解基层工作的实际，在处理地方工作问题上，只简单地发文件，没有留给基层同志可操作的时间，没有考虑基层处理问题的难度；有的单位处事仅从部门角度出发，没有从全局利益和需要出发；"门难进、脸难看、话难听、事难办"现象在一些部门仍然存在；等等。说到底还是谁对谁负责、谁为谁服务的问题。机关就是为基层服务的。江泽民总书记在江西省视察时说过，党风好不好，"三个代表"强不强，就是看你为群众做了多少事。为基层做的不一定是大事，但必须要能推动工作发展。

二是脱离实际、形式主义现象时有出现。朴方同志说过，"形式是要的，但不能形式主义；程序是要的，但不能程序主义"。开会和发文件效果如何，最终要以问题是否解决来衡量，不是光看程序是否完成了。我到过一些西部省市，与省市的同志谈工作，往往一提到改革开放问题，有些同志就认为南方气候和地理条件好，说西部没有这样的条件。诚然，自然条件的巨大差异是客观存在，但是如果不在主观上摒弃形式主义，如果人的观念跟不上，即使再好的地理和气候也没有用。

三是虚报、浮夸、敷衍之风，要引起我们注意。工作不想出大力，不愿意去研究问题、研究政策，不愿意做深入的调查，只根据数字、电话和文件来做工作，如果长时间处于这种状态，机关是行政领导部门，基层是按照指令办事，这样做的结果可想而知。

四是尊重知识、尊重人才、尊重残疾人的风尚尚待形成。同志们普遍反映，在中国残联机关部门之间工作相处的态度是不一样的，对基层同志的态度也是不一样的，不是说所有同志都这样，但确实有这样的现象。有些同志下基层回来后，也带来了基层的尖锐意见，反映有的同志在基层出口训人，作风骄横。当然，其中的情况是要区别的，如果基层工作确实没做好，你对其进行严肃的批评，并提出了改进措施，即使语气重些，人家也不会计较。如果你不管语气上还是思想出发点上，采取不屑一顾的态度，或者言语不诚恳，人家肯定会对你不满。绝大多数同志下基层时都比较注意，现在有这些意见反馈上来，就要同志们更加注意。中国残联给予地方的东西可以说很多，也可以说很少。"很多"是指争取国家政策支持的力度很大，"很少"是指把这些政策变成现实的东西，完全取决于地方政府的支持和地方残联自身的努力。如果我们失去了与基层的血肉联系，从文件上看还可以指挥人家，但从人心和归宿感上来说，就已经"武功全废"了。同时，队伍中有些同志还存在歧视残疾人的现象。

五是存在党性观念、组织纪律观念淡薄、律己不严、不讲团结等现象。作为一个党员干部在什么场合说什么话，党的政治纪律是有要求的，如果无原则地议论人和事，这对党员、群众的影响是十分消极的，这是自由主义的典型表现。我觉得，随着大家共事时间增长、性格相通、经历相似，共同语言多一些，这是正常的。但党的宗旨和事业，要求党员干部团结身边更多的同志，有些同志可能与你的意见不一样、经历完全不同、水平高低差异大，你更多的责任是要和他们多接触交谈、多启发教育，这样做才能使大家同心同德，为共同目标而奋斗。同时，要真正做到亲者严、疏者宽，团结问题就会比较好解决。

三、基层党组织要从自身特点出发，认真履行《党章》规定的职责，努力成为贯彻党的路线方针政策、团结和带领群众完成本单位任务的坚强战斗堡垒

一要完善和发展民主集中制。党的基层领导或行政领导在现代社会一定要有民主政治意识,我们共产党的执政特点就是民主集中制。这个问题三代领导集体都反复强调,但现在大到一个省,小到一个县,出问题往往也还是在这里。邓小平同志强调,民主集中制是我们党和国家的根本制度,也是最便利、最合理的制度,永远不能变。民主集中制执行得不好,党是可以变质的,国家是可以变质的。江泽民总书记最近对如何坚持我党的民主集中制概括了16字方针,即"集体领导、民主集中、个别酝酿、会议决定",我们在工作中一定要认真贯彻。各直属单位都有一定的决策权,除了对本单位中层以上干部的提拔、任用外,对事关单位发展大局的决策是否科学化、民主化,对每一位领导干部都是考验。这方面有许多沉痛的教训。据资料显示,当时没有经过苏联共产党中央政治局,只戈尔巴乔夫个人就宣布苏共解散了。曾经领导国家经济总量接近美国的党,一个列宁、斯大林等革命导师领导过的党,一个具有丰富执政经验的党,他一个人就宣布解散了,真是不可思议。要把民主集中制实行好,首先当班长的要让班子成员敢于讲真话,真话听不到,就别提正确的集中了。

二是各级党组织要积极支持干部人事制度改革。我党深刻总结了建党80年的历史教训,特别是成为执政党后,认识到领导问题是关键中的关键,对单位来说选拔任用干部同样如此。现在整个改革趋势是,由领导者选人改为制度选人。最近,我们有几个直属单位率先走出了这一步,如中国康复研究中心、中国聋儿康复研究中心、北京按摩医院、华夏时报社等。从缺位竞岗到全员竞岗是改革的两个阶段。缺位竞争,比如一个部门有三个处,一个处长退休了,过去是由班子研究决定任职,一般是由副处长接任,或是从外单位调一个人任职,而现在是要公开竞争。全员竞争是中组部提出的最终到位的改革举措。由领导者选人到制度选人,由从少数人中选人到公开选,这也是一场革命。这项改革关系到党和国家的前途命运。各单位党组织一定要从党和国家的根本利益出发,认真做干部队伍的思想政治工作,积极而又稳妥地推进干部人事制度的改革,使本单位工作充满生机和活力。

三是党组织负责人要认真履行自己的工作职责。据机关党委反映,机关有些部室同志对履行支部书记职责不够重视,党务会议经常不参加,甚至由一般党员来参加机关党委召开的支部书记会议。有的支部很少与本部门的党员和群众谈心、启发教育,有毛病也没有及时指出来,对党的方针、政策很少认真组织学习、研究贯彻等。如果这样,除了收党费外,我们的党支部就形同虚设了。《机关党的基层组织工作条例》工作职责规定得很明确,希望各支部成员认真学习并切实改进支部工作。

由于我思想认识水平的局限,今天提出上述问题仅供大家共同学习探讨。让我们全体党员同志一起努力,将中国残联系统各单位、各部门党组织建设成为带领广大干部群众团结战斗的坚强集体,在"十五"期间把残疾人事业再推上一个新的台阶。

(讲党课摘要,2001年6月14日)

重视组织绩效评估　推动社会文明进步

中国残疾人联合会（以下简称"中国残联"）是将残疾人自身代表组织、社会福利团体和事业管理机构融为一体的残疾人事业团体。本文通过对中国残疾人联合会工作的绩效评估，来分析探讨公共事业组织的重要作用。

一、中国残联的性质和特点

公共事业组织的涵义：公共事业组织是根据一定规范，依照独立与公正的原则，凭借特有的功能为社会提供各种服务的组织。公共事业组织在中国包括事业单位、社会团体和民办非企业单位。公共组织是社会管理的领导者和组织者，是公共管理的载体。公共事业组织是现代社会组织的重要组成部分，它在满足公民多元化需求和提供多途径公共服务方面具有重要作用。

中国有6000万残疾人，其中听力言语残疾2057万人，智力残疾1182万人，肢体残疾877万人，视力残疾877万人，精神残疾225万人，多重及其他残疾782万人。

中国残联成立于1988年3月，是经国家法律确认、国务院批准的各类残疾人的全国性统一组织，代表残疾人的共同利益，维护残疾人的合法权益，推动和发展残疾人事业，为残疾人服务。它是将残疾人自身代表组织、社会福利团体和事业管理机构融为一体的残疾人事业团体。它除了具有公共事业组织的一般特征外，自身具有以下突出特点。

（一）统一性

中国残联"是各类残疾人的统一组织"（《中国残疾人联合会章程》），而不是某类残疾人的代表组织，在组织机构上避免了机构重叠、力量分散、组织不完善、功能不健全等弊病，从而使组织制度、职能和活动方式更适应残疾人事业社会化管理的要求。

（二）代表性

中国残联代表所有残疾人的共同利益，不实行会员制，凡残疾人都是残疾人联合会的工作对象。

（三）综合性

"中国残疾人联合会及其地方组织，代表残疾人的共同利益，维护残疾人的合法权益，团结教育残疾人，为残疾人服务。"残疾人联合会融政治代表、公益服务、行业管理三种职能于一体，有别于国际上服务与代表分建组织的例行做法，有利于政府、社会和残疾人联合会之间的联系，有利于依靠政府、动员社会发展残疾人事业，全方位为残疾人服务。

（四）时代性

中国残联是改革开放的产物，具有鲜明的时代特点，既代表残疾人利益，又承担政府委托的任务，开展残疾人工作，动员社会力量发展残疾人事业，既具有"官"的色彩，又具有社会组织性质，是"亦官亦民"的事业团体，符合"精简、统一、效能"原则，适应改革开放的形势需要。

（五）服务性

中国残联按照"讲求实效、打好基础"的原则，根据国家经济和社会发展水平，逐步开展康复、教育、就业和扶贫等各项业务工作，为残疾人办实事，使残疾人得到实实在在的利益。

二、中国残联的宗旨、任务与组织结构

中国残联的宗旨是：弘扬人道主义，发展残疾人事业，保障残疾人的人权，使残疾人以平等的地位、均等的机会充分参与社会生活，共享社会物质文化成果。

中国残联的任务是：密切联系残疾人，听取残疾人意见，反映残疾人需求，全心全意为残疾人服务；团结教育残疾人遵守法律，履行应尽义务，发扬乐观进取精神，自尊、自信、自强、自立；宣传残疾人事业，建立政府、社会与残疾人之间的联系，动员社会理解、尊重、关心、帮助残疾人；开展和促进残疾人的康复、教育、劳动就业、文化生活、福利、社会服务和残疾预防工作，改善残疾人参与社会生活的环境和条件；协助政府研究、制定和实施残疾人事业的法规、政策、规划和计划，发挥促进、综合、组织、咨询、服务和监督作用，并对有关领域的工作进行管理和指导；开展国际交流与合作。

中国残联的组织结构：(1) 全国代表大会。全国代表大会代表由残疾人和残疾人工作者选举产生。每五年召开一次全国代表大会。代表大会的职权为：选举产生中国残疾人联合会主席团；审议主席团工作报告，确定工作方针和任务；修改中国残疾人联合会章程。(2) 主席团。主席团由全国代表大会选举产生。每届任期五年，主席团会议原则每年召开一次。主席团的职权为：选举主席、副主席；检查代表大会决议执行情况，审议工作报告和工作计划；检查执行理事会、评议委员会的工作；决定其它重大事项。(3) 执行理事会。执行理事会为中国残联的常设执行机构，由理事长、副理事长、理事组成，负责日常工作。(4) 专门协会。中国残联内设中国盲人协会、中国聋人协会、中国肢残人协会、中国智力残疾人亲友会、中国精神残疾人亲友会等专门协会；专门协会委员从中国残联

主席团委员中按残疾类别产生。（5）地方组织。中国大陆各省、地、市、县、区、乡、镇、街道普遍建有中国残联的地方组织。

资金主要来源于政府资助、社会各界（国内外组织机构和个人）捐赠、国际合作项目等。

三、中国残联的工作绩效

（一）承担政府委托任务，履行社会管理职能

1. 参与法律和政策的制定、实施与监督。中国残联依据中国国情，借鉴国内外有关法律，组织起草了《中华人民共和国残疾人保障法》（以下简称《残疾人保障法》）；经全国人民代表大会常务委员会审议通过，于 1990 年 12 月 28 日颁布。中国残联推动并参与《残疾人教育条例》《残疾人劳动就业条例》等法规的制定；积极参与了《民法》《刑法》等相关法律的制定和修改，以体现保障残疾人权益。中国残联促成将《残疾人保障法》纳入国家在全体公民中开展法制宣传教育计划，并协助以多种形式实施该计划。中国残联参加了全国人大常委会组织的《残疾人保障法》执法检查，监督该法的实施。设立残疾人法律服务机构，推动社会法律服务、援助机构，对有特殊需求和经济困难的残疾人提供法律援助。在中国残联及其地方组织的推动和参与下，县、乡、镇普遍制定残疾人优惠政策和扶助规定，如盲人免费乘坐市内公共交通工具，盲文读物、印刷品邮件免费寄递，减免残疾人的税收、学杂费、公益金等。

2. 在国家协调机构中发挥残疾人代表作用。中国残联响应联合国《关于残疾人的世界行动纲领》，促进中国政府成立了"联合国残疾人十年"中国组织委员会，并在"联合国残疾人十年"结束后，于 1993 年成立了国务院残疾人工作协调委员会，该委员会在国务院领导下，由 34 个政府部门、社会团体和中国残联的负责人组成。各级地方政府也建立了残疾人工作协调机构。作为残疾人代表，中国残联在残疾人工作协调委员会中积极反映残疾人的状况和需求，大力促进政府统筹规划残疾人事业的发展，协调解决残疾人工作中的重大问题。

3. 参与制定和实施国家计划。中国残联积极推动将残疾人事业纳入国家计划，使之与经济、社会协调发展。中国残联先后参与制定了国家发展残疾人事业的四个"五年计划"：《中国残疾人事业五年工作纲要》《中国残疾人事业"八五"计划纲要（1991－1995年）》《中国残疾人事业"九五"计划纲要（1996－2000年）》和《中国残疾人事业"十五"计划纲要（2001－2005年）》及与其配套的残疾人康复、教育、就业、文化、体育、生活保障、扶贫、辅助用具等具体实施方案。中国残联及地方组织参与计划的实施，并对计划执行情况进行监督和评估。

4. 提高公众扶残助残意识。中国残联促进政府、动员社会，利用大众传播媒体、展览、会议、图书和各种活动，进行广泛的社会宣传和公众教育，转变人们对残疾人不正确的认识，消除对残疾人的歧视、偏见和陈腐观念；呼吁社会理解、尊重、关心、帮助残疾人，在全社会开展"红领巾助残""青年志愿者助残"等多种形式的扶助残疾人活动，数以亿计人参加了上述活动。除经常性助残活动外，每年5月的第三个星期日为国家法定的"全国助残日"。

5. 激励残疾人的参与意识与自强精神。中国残联在残疾人中广泛开展自强活动，激励残疾人自尊、自信、自强、自立，积极参与社会生活，实现人生价值，为社会作出贡献。在中国残联的促进下，中国政府两次表彰了一批残疾人"自强模范"，他们当中有工人、农民、学生、公务员，也有科学家、企业家、律师、医生、教授及其他为社会作出贡献的人士，激发了残疾人的奋斗精神和参与意识，同时向社会展示了残疾人的参与能力。

6. 参与国家事务。中国残联为保障残疾人的政治权利，以团体名义推选全国人大代表和全国政协委员。在全国人大代表和全国政协委员中，都有盲人、聋人、肢体残疾人以及智力残疾人、精神病人亲属的代表。上述人大代表和政协委员除行使其一般权利外，还专门调查残疾人的状况，听取残疾人的意见，了解残疾人的需求，据此在人大和政协为残疾人状况的不断改善和国家的发展提出议案和建议。

（二）强化服务职能，改善残疾人状况

在中国残联和政府、社会的共同努力下，从1988年到2000年的十多年间，中国残疾人事业取得了显著进展，残疾人状况得到明显改善。

1. 康复工作。通过重点康复项目，共有654万残疾人得到不同程度的康复帮助，其中白内障手术使337万盲人复明，实施肢体残疾矫治手术73万例，对15万名聋儿进行听力语言训练，为14万名低视力残疾者配用了助视器，肢体残疾系统训练22万人，智力残疾儿童康复训练21万人，123万重度精神病患者得到治疗和康复。此外，还为残疾人提供了400多万件特殊用品和辅助用具。

康复训练和社区康复服务全面展开。中国残联所属现代化的康复研究中心在康复实践、科研、人员培训方面发挥了资源中心作用；推动综合医院设立康复科室；建立省、市、县、乡镇、街道康复服务指导机构、康复站10469个；开展社会化、开放式、综合性的精神病防治康复工作，建立精神病人康复工疗站2600多个。通过以上措施，使更多的残疾人因地制宜地开展康复训练，得到康复服务，改善了功能，增强了能力。

2. 特殊教育工作。促进政府将残疾儿童少年教育纳入普及义务教育的总体规划，同步实施；视力、听力、智力残疾儿童少年入学率由 1987 年的不足 6% 提高到 2002 年的 95.2%。特教学校由 1987 年的 504 所增加到 2000 年的 1648 所；在普通学校附设特教班 4567 个。达到国家大专院校录取分数的残疾考生录取率提高到 90% 以上；1985 年以来普通高等院校录取残疾学生 13 万名。

创办长春大学特殊教育学院、北京联合大学特殊教育学院、滨州医学院残疾人医学系、天津理工大学聋人工学院、南京中医学院盲人按摩专业等；7 所师范大学设立特殊教育专业；建立残疾人职业培训机构 970 所，对 300 多万残疾人进行了职业培训。

3. 劳动就业工作。中国残联建立省、市、县残疾人就业服务机构 3012 个；进行残疾人待业调查和劳动力资源登记，了解用人单位需求，培训和推荐残疾人；为残疾人就业提供服务；组织社会各单位依法按比例录用残疾人 97 万人；集中安排残疾人就业的福利企业达到 4 万多家，享受国家减免税收等优惠政策；扶持 138 万残疾人个体开业。为农村残疾人参加生产劳动提供综合配套服务，开办中、短期技术培训班，提供生产指导，并在农用物资供应、农副产品收购和信贷等方面给予优先安排和帮助。农村残疾人就业人数达 1616 万人；城乡残疾人就业率，由 1988 年的不足 50%，提高到 2000 年的 80%。

4. 扶贫解困工作。中国残联促进政府设立残疾人扶贫专项贷款，国家普遍进行的扶贫以及开展的残疾人专项扶贫，扶助 1000 多万农村贫困残疾人通过生产劳动脱贫。通过最低生活保障、救济、补助、供养等社会保障措施，解决了 269 万缺乏劳动条件的特困残疾人的温饱问题。

5. 文化体育活动。在公共文化场所为残疾人提供方便和服务的同时，开辟了 3000 多个残疾人文化活动场所。中央电视台和 28 个省级电视台开设了残疾人专题节目和手语节目；中央人民广播电台和30个省电台开办了残疾人专题节目；影视作品中增加了字幕；中国残联的直属杂志社、出版社和音像出版社以及地方组织为各类残疾人提供出版物，摄制反映残疾人生活的影视作品。

举办了五届全国残疾人艺术汇演，四万残疾人参加演出；中国残疾人艺术团在全国和三十多个国家和地区演出，展示了特殊艺术才华和奋斗精神，深深感染了社会。举办各类残疾人运动会、体育比赛100多次，参赛运动员达数十万人次；参加残疾人奥运会、"远南"残疾人运动会、特殊奥运会、世界青年残疾人运动会等重大国际赛事，获得奖牌1600多枚，打破或超过世界纪录185项。

6. 无障碍环境建设。中国残联联合民政部、建设部制定并实施了《城市道路和建筑物无障碍设计规范》，其中24条纳入工程建设标准强制性条文。中国民航总局开始试行《民用机场旅客航站区无障碍设施设备配置标准》。大中城市建成了一批无障碍设施，为残疾人出行、参与社会生活提供了便利。

7. 残疾预防。中国残联及地方残联，开展了缺碘地区新婚育龄妇女、孕妇和0－2岁婴幼儿等特需人群补碘宣传教育工作，推动了智力残疾的预防；与卫生部门配合进行计划免疫工作，杜绝了脊髓灰质炎的发生。

（三）增进国际合作，推动事业发展

1. 积极支持和参与联合国社会发展活动。中国残联一贯以务实的态度认真执行联合国大会通过的《关于残疾人的世界行动纲领》，积极参与"联合国残疾人十年（1983－1992年）"行动。首倡并促成"亚太残疾人十年（1993－2002年）"行动。积极支持并参与联合国《残疾人机会均等标准规则》的起草、执行和监测工作。积极参与联合国第47届大会残疾人问题特别全会、社会发展问题世界首脑会议非政府组织论坛、联合国社会发展委员会会议、亚太经社会委员会关于社会发展和残疾人问题的各次会议。发起召开国际残疾人组织领导人北京会议，积极推动联合国制定《残疾人权利公约》。

中国残联通过报纸、期刊、图书、展览、会议等形式大力宣传联合国的文件和活动。中国残联所出版的《中国残疾人》《三月风》《盲人月刊》和《华夏时报》等报刊登载了大量文章和消息，宣传联合国在社会发展方面，特别是在残疾人领域的重要文件和活动；中国残联的华夏出版社、康艺音像出版社出版了联合国《关于残疾人的世界行动纲领》《建立和发展国家残疾人事务协调机构或类似机构的指导原则》、国际劳工组织《工作岗位测评》等文件，并将《残疾人机会均等标准规则》录制成中文有声读物。中国残联于1995年还资助亚太经社委员会印制《亚太残疾人十年（1993—2002）：行动命令》。中国残联与联合国有关部门和专门机构建立了长期、良好的合作关系。中国残联与联合国有关机构合作承办以下会议：建立和加强国家残疾人事务协调机构专家会议、发动亚太残疾人十年大会、残疾人按比例就业研讨会、残疾人就业中国研讨会、亚太区特殊教育研讨会等。

中国残联与联合国儿基会合作，成功地完成并正在进行一系列残疾儿童康复项目。中国残联先后与联合国机构及有关国家合作，派遣中国残疾人艺术团到奥地利、荷兰、挪威和瑞典访问演出，以纪念联合国残疾人十年行动；并与亚太经社会和有关国家合作，为宣传和推动亚太残疾人十年，派中国残疾人艺术团出访新加坡、马来西亚、印度尼西亚、韩国、泰国、澳大利亚、新西兰和菲律宾等国家。

2. 积极开展国际交往。中国残联参加残疾人国际组织的活动，多次承办残疾人领域的各类会议；承办1994年远南残疾人运动会；支持和协助北京市举办2008年第29届奥运会和第13届残奥会；与

60多个国家及其残疾人组织进行残疾人领域的交流，增进了相互了解，借鉴了经验，发展了合作，促进了各自残疾人事业的发展。

3. 为国家人权保障事业赢得声誉。为表彰中国残联在保障中国残疾人权利，促进残疾人"平等·参与"所作出的努力和取得的成绩，联合国和有关组织近十年来授予中国残疾人联合会及其领导人"联合国和平使者奖"、"联合国残疾人十年特别奖"、联合国亚太经社会"亚太残疾人十年特别奖"、扶轮国际"保罗·哈里斯人道主义奖"、康复国际"亨利·凯斯勒奖"、残疾人国际亚太区委员会"亚太区奖"、美国社会心理康复协会"格拉尔尼克纪念奖"等奖项。

四、对组织的绩效评价

我们知道，在进行组织绩效果评价时，需要做的最关键决定是选择什么样的指标或标准，得到认同的一般指标有三种：以结果为基础、以过程为基础、以结构为基础。绩效既是组织结构的决定因素之一，又是其结果之一。

1. 中国残联是在改革开放中应运而生的产物，从结果看，十年来在康复、教育、就业、扶贫济困、文化体育、无障碍设施建设和国际交往等残疾人事业各领域作出了巨大努力，取得了令人瞩目的成就，充分体现了事业团体组织在社会公共事务中所不可替代的重要作用。

2. 中国正经历着一个由改革开放所带来的经济迅速发展和社会深刻变革的关键时期。在改革开放这一历史条件下，保障残疾人的人权，促进残疾人这一社会弱势群体的平等参与，中国残联遵循促进政府发挥主导作用、动员社会广泛支持、鼓励残疾人积极参与的方针。从过程看，中国残联充分发挥了非政府组织的桥梁和纽带作用。

3. 中国是残疾人最多的发展中国家，作为代表6000多万残疾人和2亿亲属的全国性统一组织，从组织结构看，组成各类残疾人的联合体，又通过类别协会积极发挥各类残疾人积极性，提供特需服务，解决其困难，这样的组织形式符合中国国情。避免了一些国家残疾人组织林立、单纯作为对政府的压力集团、为残疾人服务的资源分散浪费等缺陷。

4. 中国残联依托延伸到乡镇的组织系统（乡镇残联）和8万名工作人员，深入农村乡镇和城市社区进行广泛的社会化服务，对残疾人进行面对面的服务，为残疾人排忧解难，动员社会和民众，突显出残疾人组织的协调性。

五、组织目标与展望

根据《中国残疾人事业"十五"计划纲要》，到2005年，中国残疾人事业的目标是，残疾人状况进一步改善，残疾人参与社会生活的环境更加文明，为残疾人提供服务的能力增强，残疾人素质普遍提高。

经济发达地区残疾人生活基本达到小康，欠发达地区稳定解决温饱；残疾人普遍得到康复服务，530万残疾人得到不同程度的康复；残疾儿童少年义务教育入学率有较大提高；残疾人就业率达到85%；文化生活更加丰富，社会生活参与面扩大；社会福利有所提高，保障措施进一步完善；系统开展残疾预防，进一步减少残疾发生。

可以预期，中国残联作为具有"亦官亦民"特点的公共组织将发挥更大的作用——致力于残疾人人权的全面改善，促进残疾人与社会融合，为实现残疾人"平等·参与·共享"的目标，为人类文明与社会进步作出新的更大的贡献！

（《行政学研究方法》学习论文，2003年6月）

努力提高残联干部思想理论水平和工作水平，肩负起新时期残疾人工作的重任

这次省级残联领导干部培训班，是在"四代会"新一届的各级残联领导班子任期开始之际，其重要性不言而喻。下面主要讲几个问题。

首先要认真学习中央领导同志、邓朴方同志关于残疾人事业的一系列重要论述和人道主义思想理论，提高干部理论学习的自觉性和实践的主动性。在刚刚结束的第十三次国务院残工委会议上，回良玉副总理对中央领导同志在四代会前后的一系列重要讲话作了一个全面的概括：第一，残疾人事业是崇高的事业，是中国特色社会主义事业的组成部分；第二，各级党委、政府要从坚持立党为公、执政为民的高度，充分认识发展残疾人事业的重要意义，把残疾人事业纳入全面建设小康社会的总体规划，进一步加强对残疾人工作的领导和支持；第三，残疾人组织是党和政府联系残疾人的桥梁和纽带，要充分发挥作用，团结带领广大残疾人积极投身改革开放和现代化建设的伟大实践；第四，残疾人是建设中国特色社会主义的重要力量，要发扬自尊、自信、自强、自立的精神，不断提高自身素质，同全国人民一道共同创造幸福生活和美好未来；第五，要大力弘扬人道主义思想和中华民族扶残助残、团结友爱的美好品德，动员社会力量，支持残疾人事业发展。

中央领导同志这一系列重要论述，集中体现在胡锦涛同志为2003年《自强之歌》所作的序言，黄菊同志代表党中央、国务院在

四代会上的祝词以及回良玉同志在表彰会和四代会总结上的两次重要讲话中。中央领导同志这些讲话，虽然篇幅都不长，但非常重要。一是深刻阐述了残疾人和残疾人组织在国家发展大局、在残疾人事业发展中的重要地位及作用；二是对残疾人事业推动社会主义精神文明、政治文明、物质文明建设巨大作用的理论总结；三是对新时期我国残疾人事业发展提出了更高的目标和要求；四是做好残疾人工作必须长期坚持的指导方针。综上所述，是关于我们残疾人事业的地位、作用、目标、要求和指导方针等一系列重要论述。

同志们，对于我们所面对的工作来说，有什么能比上述问题更重要。从事残疾人事业，如果对残疾人事业基本问题不弄清楚，没有较为深刻的认识，就很难做到理论上的自觉和实践上的主动。同时，我们将朴方同志从1999年到2004年，即第十三次残联工作会议至第十七次残联工作会议、四届二次主席团会议上的讲话汇编成册，供培训班同志学习。

朴方同志的讲话汇编，主要集中讲了以下几个问题。第一，残疾人事业与国家发展大局的关系。这里提到，残疾人事业和国家发展大局总体目标是一致的，残疾人事业是国家发展大局中十分重要的组成部分，我们要自觉地把残疾人事业纳入国家发展大局中，同时要通过事业的发展促进这个大局的发展。第二，残疾人工作与全面建设小康社会。朴方同志讲，全面建设小康社会是党的十六大确定的目标，带领全体残疾人一起走向共同富裕，这本身就是我们党的宗旨和党的工作目标要求所在。残疾人应该和全国人民一道共同享受改革开放所带来的物质文化成果，实现小康也是残疾人的政治诉求。同时，全面的小康是指水平更高、更均衡、发展更全面的小康，因此这个小康不能不包括残疾人，没有残疾人的小康，就不是真正的小康。第三，关于残联的代表性和民主建设的问题。一是民主要靠制度来保证；二是制度就包括了一系列的决策程序；三是哪怕牺牲一些效率也要保证民主决策。第四，关于加强残联组织的自身建设，防止官僚主义。朴方同志讲到要解放思想、与时俱进，要有一个好的精神状态和工作作风，要加强学习，防止腐败。第五，要坚持社会化的工作方式。第六，关于残联组织的工作条件和运转机制。这里提到要有一定的业务领域和相应的基础设施，要有一支好的队伍。第七，坚持"人道·廉洁"的职业道德，全心全意为残疾人服务。

以上七点，对朴方同志这六次讲话的概括还不能说是全面的，只是大体择其要点。中央领导同志一再强调理论素质是干部综合素质的核心，思想的自觉来源于理论的自觉，行动的自觉来源于思想的自觉。残联领导干部，特别是省一级的残联领导干部，对如何看待残疾人问题、如何发展残疾人事业这些基本问题要有比较深刻的认识。中央领导同志和朴方同志的重要论述，为我们正确认识、解决上述问题提供了科学的理论依据、思想方法和工作原则。当然，这些论述并不是我们面对问题的全部答案，而更多的是提供了一般原理和基本方法。

只要同志们静下心来学习，相信会受益匪浅。在座同志从事残疾人工作长的有十多年，短的也有三四年了。《人道主义的呼唤》《残疾人工作基本知识读本》《关于残疾人的世界行动纲领》等，这些都是残联干部的必读书。胡锦涛同志说："我们要十分珍惜现有的学习机会，认真搞好学习，真正把'三个代表'重要思想的基本观点、科学体系和精神实质弄清楚。在完成学习计划的基础上，针对自己理论知识结构的缺陷，有计划地读点书，增加自己的理论积累，扩大自己的知识面，并且集中考虑和研究一个或几个重大理论或现实问题，努力取得更多的学习收获。"这是胡锦涛同志在 2003

年省部级主要领导学习班上讲话的最后一段,我把它作为第一个问题的结束语。

牢固树立科学的发展观和正确的政绩观、人才观,做清醒的、求真务实的领导干部。科学发展观是关于发展的本质、目的、内涵和要求的总体看法及根本观点,就是要坚持以人为本,树立全面、协调、可持续的发展观点,促进经济、社会和人的全面发展。我们学习贯彻科学发展观,就是要客观地、实事求是地研究和解决残疾人事业发展中的困难及问题。

比如说,残疾人生活状况在不断改善的同时,又与当地居民平均生活水平的差距不断拉大。从各省上报的数据看,城市中残疾人与健全人生活水平之间,在北京、上海、天津、广州等发达地区,一般相差2—5倍。在农村,由于各省的数字还没有统计出来,这个差距到底有多大,还是个未知数。区域社会经济发展的不平衡问题,对全国残疾人事业发展影响也是很大的。各地实施的五年规划,虽说到最后大体都能完成,但由于经济发展的不平衡,不同地区事业发展带来的实际成效差距是很大的。同样,我们所能提供的服务与残疾人需求之间的差距不小。因此,有许多实践中的问题值得大家深入思考。

第一,立足于对国情、省情、市情、县情研究来进行分类指导,这种指导应该立足于城市和农村的现实差别。

第二,我们工作中提出的口号和目标一定要切合实际,要留有余地。我们提出一些口号和目标,是为了把工作尽可能地往前推,但在实施方案中,就不能够任意拔高了,如果计划还是这么做,必然造成很多问题。比如说,每次承办运动会都想搞几个最,规模最大、人数最多、项目最全等,那么每届运动会都这么叠加下去,到最后是怎么个"最"法?希望通过举办运动会推动事业发展的地方，一看经费负担太重实在无法承担，到最后只能集中在经济条件比较好的省、市、自治区。

现在一些有条件的省在搞体育基地，争取成立管理中心、训练中心等，这是个机遇，符合残疾人事业和残疾人体育事业发展的需要。各省、市、自治区尽可能通过这几个重大赛事的机会争取到资源，能够建基地的就建基地，建不了基地的就成立管理中心，都不行就拉起一个项目队伍，以推动当地残疾人体育事业的发展。我们注意到国家体育总局除奥运争光计划外，还有全民健身计划，这个是更重要的。我们在抓残疾人体育运动、抓队伍、抓尖子的同时，地方残疾人体育活动的普及推广才是我们搞残疾人体育的本意。

第三，诚信为本的问题。诚信为本是我们残疾人事业可持续发展的必要社会条件。残疾人事业经过这十几年，绝大多数地方残联的社会信誉是好的，但也有些地方信誉不佳。有的同志在外接洽工作时，不顾后果地先把话说得很满，这样是不行的。在我们国家政治民主的进程中，残联组织很重要的一个社会功能，就是社会评价功能。比如说政府的服务质量如何，政府不能评价政府，必须由残联这类组织来评价。

关于树立正确的政绩观问题。我认为，衡量残联干部的政绩要坚持"四个真"：对残疾人要真联系；为残疾人服务是真服务；衡量工作的标准是真有效；残疾人生活状况要真改善。最近社会上流行一句话，叫"金杯银杯不如老百姓的口碑，金奖银奖不如老百姓的夸奖"，语言很朴素，却接近真理。我们可以改成"金杯银杯不如残疾人的口碑，金奖银奖不如残疾人的夸奖"。"评先进"是政府给你评的，但是你的政绩如何最终是要看残疾人的评价、社会的评价。

真正树立正确的政绩观，残联领导同志要警惕几个问题。

一是谈成绩多多益善，讲问题少说为佳。我们到基层去，有时候也颇费思量，特别是和省领导交换意见的时候。我们下去一趟，你们的工作成绩往往能说上五六条，但存在问题到底说多少条？是说个轮廓还是说得更具体？我们会先征求残联同志的意见，因为说重了省领导听了摇头，对残联同志也不好，说轻了没什么意义，来一趟讲的都是好话，实际上误导了地方同志。所以，问题不说不等于不存在，指出来问题，不管能解决到什么程度，都可以理解，因为有些问题不是说了就能马上解决，但总有个开头吧。

二是对待残疾人的情感问题。对社会面的残疾人组织，特别是专门协会以外的情况要多了解。随着社会的发展进步，残疾人自主意识越来越强，从个体到群体意识的增强，必然会从过去的松散状态走向争取自身权益的聚合。在这个时候，如果我们对情况不了解，漠视他们的合理要求，日积月累，要解开这个扣难度就大了。当残疾人认为只要你在那儿当理事长，就没办法谈，到了这种情形的话，工作开展就会很困难。

最后讲科学的人才观问题。中国残联历任领导同志对人才问题都非常重视。努力建设熟悉、精通残疾人工作的专业人才队伍，为残疾人事业持续健康发展提供坚实的智力支持，是我们树立科学人才观的根本目的。省级残联机关编制一般在30—50人这个数额内，编制调整余地不大，因此进人一定要严格，必须是事业所需的人才。要树立"人人都可成才"的观点，不能认为新引进的是人才，原有同志就不是人才。要调动全体干部职工的积极性，鼓励大家干事业，支持大家干事业，这里涉及领导干部的胸怀问题。

我在这里提示一下，作为现代意义的社会分工，除生产物质产品外还要生产精神产品，还要保持社会稳定、协调解决各种社会矛盾等，必然需要社会服务组织，即公共组织。随着国家发展和社会进步，运用社会化工作方式，是由残疾人事业的性质和残疾人组织的宗旨所决定的。社会化工作方式是社会对我们的一种选择，你想只依赖行政化手段是不行的。

我们在发挥"亦民"优势方面明显不足，那么在"亦官"方面呢？社会化工作方法不只是联系社会层面，还应该包含政府相关部门。在第十三次残工委会议上，司法部段副部长说，残联无障碍设施建设搞得很好，我们和残联共同搞一个文件，促进残疾人法律维权无障碍；发改委的领导说，目前正在制定"十一五"规划，残疾人事业未来五年中有哪些重大问题请提出来，我们将纳入考虑之中；卫生部领导提出，马上要召开国际预防缺陷大会，残联抓紧把残疾人预防纳入其中；科技部领导提出，要在人口与健康规划中把残疾人列入其中；等等。实践证明，行使政府职能的残工委成员单位每提出一条重要意见，就能够推动我们工作前进一大步。所以说，我们还需认真研究如何才能更好地发挥残联"亦官"的优势问题。

（在全国省级残联领导干部培训班上的讲话节录，2004年4月13日）

残疾人刊物的宗旨和任务

按照中央的部署，中国残联系统圆满地完成了保持共产党员先进性教育活动。这次来杂志社，听取了社领导班子作的工作汇报。我认为，杂志社的汇报体现了工作有新思路、管理有新进步、业务有新发展，特别是党员先进性教育活动后有了新气象。同时，顺利完成了会里交给的专项工作任务，《中国残疾人》和《三月风》杂志发行量今年又有了新的增长，为宣传残疾人事业，为社会精神文明建设作出了新贡献。

今年9月，恰逢《中国残疾人》杂志出刊第200期，要以此作为新的起点，加大宣传力度，采取有效措施，使之成为国内有影响力的宣传媒体、有创造力的文化传播平台、有感召力的平面载体、有竞争力的文化事业实体，对此大家都应该有这个雄心壮志。杂志社三刊肩负着历史使命，能不能做好当然要看结果，但是敢不敢做、有没有信心去做，这是政治责任感问题。刚才在汇报中提出的这些目标，说明你们不是安于现状，不是"小富即安"，搞杂志的人应该始终保持昂扬向上、锐意开拓的精神，在市场经济中提到的企业文化，最核心的也是这一点。

常说"文如其人"，搞精神产品的人，要是精神境界不高，文化品位不高，专业素质不高，是不可能办出好杂志来的，偶尔出一两篇好文章，也只能是昙花一现。因此我希望杂志社做好以下工作。

一是杂志社要成为"宣传残疾人事业的排头兵"。纵观这几年，华夏时报社在走向市场方面做了许多工作，花费了很大的精力，但是，在宣传人道主义思想、宣传残疾人事业的等方面还应更加明显地体现出来，杂志社在这方面要起到更突出的作用。

二是杂志社要成为"文化助残的生力军"。残疾人太需要精神文化食粮了。许多同志有这样的感觉，眼下让残疾人爱看的文学作品并不多，像咱们小时候读到的《青春之歌》《钢铁是怎样炼成的》《红岩》《烈火金刚》等优秀作品，读后令人热血沸腾。好书能筑造人生信仰，乃至潜移默化影响人的一生。现有的报刊、书籍及影视节目等文化作品，真正能领悟残疾人精神世界，起到教育、鼓舞和激励残疾人奋发向上的作用的好作品，仍需下大力气去发掘。残疾人处在激烈的市场竞争压力下，在复杂的社会矛盾中，更需要关心、帮助和激励。我接到一些残疾朋友的来信，说看了杂志上有感染力的文章，受到了深深的教育和鼓舞，点亮了他们心中的那盏灯，有时候甚至比给钱还要管用。有的残疾人作者，可能一辈子在《中国残疾人》《三月风》上只发表过一篇文章，但这依然会持续鼓舞着他们往前走，让他们认为活在世上有自己的人生价值。

三是杂志要成为宣传"人道主义的芳草园"。《中国残疾人》《三月风》和《盲人月刊》杂志越办越有特色，虽然现在报刊市场竞争激烈，但"酒好不怕巷子深"！要沉住气慢慢做，残疾人需要文化产品，需要精神食粮，哪一本杂志也不如《中国残疾人》《三月风》和《盲人月刊》杂志这么大篇幅地宣传人道主义。我们的人道主义宣传不能是说教式的、枯燥的，而应该是生动的、鲜活的。既然叫"芳草园"，就是长短文章都有，稿件要多样化，要"百花盛开""枝繁叶茂"。

四是杂志要成为"关注人生的观察哨"。刊物每期可以写些小评论，就残疾人关心的热点问题、焦点问题，实话实说，从新角度予以分析、评说，给残疾人以教育和启示。

五是杂志社要成为"机关工作的好帮手"。杂志社协助机关做了许多工作，在开展党员先进性教育活动、召开基层残疾人组织建设工作会议等方面都圆满地完成了任务。2007年上海特奥会、2008年北京残奥会都是很好的契机，杂志社应多作些贡献。

六是杂志要成为"基层干部的教科书"。随着残疾人事业的不断发展，我们现已有7万多名残疾人事业工作者，将来乡镇、社区以至村残协专职委员都配齐了，残疾人工作者队伍会更加壮大。基层的同志亟待学习、培训，但因地域条件等限制，只倚靠培训、上课不现实。而只有杂志能覆盖全国，基层同志需要不断地学习，每月能见面的老师就是《中国残疾人》杂志。中国残联没有办机关报，《中国残疾人》等杂志的角色就尤为重要。

杂志社"三刊"都具有自身的特点和潜力，有能力越办越好，这几年所走过的路也证明了这点。现在的条件比过去好多了，我们处在残疾人事业发展环境最好的时期。党中央提出以人为本的科学发展观、构建和谐社会、执政为民等理念，为残疾人事业发展提供了难得的机遇和条件。但是，路要靠自己走，我相信杂志社一定会走得更好。

下个月，将在广西召开中国残疾人杂志社编辑委员会2005年年会，我代表朴方主席和党组、理事会对年会的召开和《中国残疾人》出刊200期表示热烈的祝贺！对出席这次会议各地各级残联的同志以及全国残疾人工作者表示亲切的问候。衷心期望各地残联珍惜、关爱《中国残疾人》，并积极支持我会各项文化宣传出版工作。在大家的共同努力下，相信在"十一五"期间，我们的文化宣传工作一定会迈出新的步伐，为残疾人事业作出更大的贡献。

（在考察《中国残疾人》杂志社时的讲话节录，2005年8月2日）

推动残疾人事业在新的起点上加快发展

2008年3月28日，胡锦涛总书记主持中共中央政治局会议，对促进残疾人事业发展作出重大部署。4月5日，《中共中央 国务院关于促进残疾人事业发展的意见》（以下简称《意见》）正式印发。这是党中央在全面建设小康社会的关键时期作出的促进残疾人事业发展的重大部署，是指导新时期我国残疾人事业发展的行动纲领，是残疾人事业一个光辉的里程碑。会议和文件充分体现了党中央、国务院对8300多万残疾人的特殊关爱和对残疾人事业的高度重视，为残疾人事业又好又快发展指明了方向，对实现促进残疾人事业与经济社会协调发展，努力使广大残疾人同全国人民一道向着更高水平的小康社会迈进具有重要的战略意义。贯彻落实好中央精神，对于促进残疾人事业在新的起点上加快发展具有重要的指导意义和巨大的推动作用，对于全面建设小康社会和构建社会主义和谐社会也具有巨大的现实意义和深远的历史意义。

一、关于《意见》的主要内容

《意见》通篇贯穿以人为本，全面协调可持续的科学发展观，以保障残疾人的生命健康权、生存权和发展权为主线，以建立健全残疾人社会保障制度和促进残疾人的全面发展为主要目标，体现了在深入贯彻落实科学发展观和全面建设小康社会的进程中残疾人的共建共享。一方面强调加强残疾人医疗卫生、康复、社会保障等政策措施，保障残疾人共享改革发展成果；另一方面明确提出了加快发展残疾人教育，促进残疾人就业，倡导残疾人的劳动、参与、创造和贡献，充分发挥残疾人的积极性、主动性和创造性，帮助残疾人共同参与全面建设小康社会的伟大实践。同时，《意见》还特别强调了加强和改善对残疾人的服务，提出了健全残疾人服务体系，加快无障碍建设和发展残疾人服务业的全新要求。

《意见》的内容安排遵循了思想性、针对性和实用性相结合的原则。一是体现党中央、国务院发展残疾人事业的新思想、新思路。按照科学发展观的要求，认真总结改革开放以来我国残疾人事业20年发展的基本经验，从中国特色社会主义事业和全党工作的大局出发对残疾人事业进行科学的定位和部署，把残疾人事业切实纳入经济社会发展大局，健全领导体制，统筹安排部署，推动残疾人事业与经济社会协调发展。二是针对残疾人的特殊困难和残疾人事业发展中的瓶颈问题提出扶助政策措施，把握好普惠政策与特惠政策、一般性制度安排与专项制度安排的关系，把握好适合我国国情的政策尺度。三是注重与残疾人工作的实际相结合，既强调解决残疾人工作中的现实问题，使更多的残疾人从中得到实惠，又有一定的前瞻性，为进一步促进残疾人事业发展、开拓残疾人工作预留必要的政策空间。

（一）《意见》的具体内容

《意见》全文分为引言和7个部分，共22条，内容十分丰富，涵盖了残疾人事业发展的方方面面。我们要从以下四个方面来总体把握这个《意见》。

第一方面内容包括引言和第一部分，明确了残疾人事业在中国特色社会主义事业中的重要地位，分析了残疾人事业当前面临的新形势，阐述了促进残疾人事业发展的重大意义，明确了促进残疾人事业发展的总体要求和指导原则。《意见》指出："关心残疾人是社会文明进步的重要标志,残疾人事业是中国特色社会主义事业的重要组成部分",这两个"重要"进一步明确了残疾人事业在国家发展大局中的定位;《意见》强调:"促进残疾人事业发展,改善残疾人状况,已成为全面建设小康社会和构建社会主义和谐社会一项重要而紧迫的任务",明确了新时期、新阶段残疾人事业发展的主要任务目标。《意见》鲜明地提出了促进残疾人事业发展的四个指导原则,即坚持政府主导、社会参与,坚持国家扶持、市场推动,坚持统筹兼顾、分类指导,坚持立足基层、面向群众。这一部分明确提出七大任务目标:完善促进残疾人事业发展的法律法规和政策措施;健全残疾人社会保障制度;加强残疾人服务体系建设;营造残疾人平等参与的社会环境;缩小残疾人生活状况与社会平均水平的差距;实现残疾人事业与经济社会协调发展;努力使残疾人同全国人民一道向着更高水平的小康社会迈进。

第二方面内容包括《意见》的第二、第三和第四部分,从医疗、康复、预防、基本生活保障、教育、就业、文化体育等方面全面阐述了残疾人社会保障制度的基本框架和主要内容。一是强调了残疾人在医、食、住、用和康复、就学、就业等基本需求方面的保障。二是确保残疾人都能被纳入并享受到各项普惠政策。三是突出特惠保障,针对残疾人的特殊需求和特困群体,如残疾儿童的教育和康复问题,重度残疾、一户多残、老残一体等困难家庭,研究建立专项保障救助措施和制度。四是针对当前不断增大的残疾风险,进一步强调了建立综合性、多领域和社会化的残疾预防工作机制、健全残疾预防体系的重要性。

第三方面内容包括《意见》的第五和第六部分,重点强调了创造有利于残疾人充分参与和残疾人事业持续健康发展的环境以及进一步改善对残疾人服务的重点领域。一是针对残疾人的特殊需求,建立健全为残疾人服务的机构和设施，培育面向残疾人服务的社会组织，鼓励残疾人居家服务，依托基层社区开展公益性和综合性服务，促进残疾人服务相关产业发展。二是强调严格执行无障碍建设相关法律法规和标准，加快与残疾人生活密切相关的领域、环节的无障碍建设，积极推进无障碍服务。三是突出了围绕建设社会主义核心价值体系，将大力弘扬人道主义思想、中华传统美德与倡导"平等·参与·共享"的现代文明社会残疾人观有机结合，营造有利于自强和助残的良好国内国际环境。四是进一步明确了完善残疾人事业法律法规体系，依法保护残疾人的各项权益，推进残疾人事业发展的法制环境建设。

第四方面内容是《意见》的第七部分，通过加强对残疾人工作的领导，建立健全促进残疾人事业发展的长效工作机制和领导体制。一是明确了各级党委政府和有关部门的任务和职责，强调基层农村组织做好残疾人工作的责任。二是强调将残疾人事业纳入经济社会发展大局和各项规划、计划，并确保落实，建立稳定的经费保障机制。三是进一步阐明了残联组织的定位、职责和任务，加强残联组织和残疾人工作干部队伍建设等重大问题。四是充分发挥社会各界的积极性，为发展残疾人事业贡献力量。

（二）《意见》的创新点

《意见》在以下几个方面有所创新。

在认识上，《意见》把促进残疾人事业发展与深入贯彻落实科学发展观、促进社会公平正义和人权保障事业、构建社会主义和谐社会密切联系，强调了残疾人事业是中国特色社会主义事业的重要组成部分，阐明了新形势下进一步发展残疾人事业的重要意义。

在目标上，《意见》突出"紧紧围绕全面建设小康社会奋斗目标，着眼于解决残疾人最关心、最直接、最现实的利益问题"，并从七个方面明确了当前和今后一个时期促进残疾人事业发展的任务目标。

在组织领导上，《意见》提出"进一步完善党委领导、政府负责的残疾人工作领导体制"，要求"党委和政府要分别明确一位领导同志联系和分管残疾人工作，定期听取汇报，认真研究部署"。

在政策、措施上，《意见》更是亮点频现，提出了许多对残疾人给予特惠、扶助的措施，体现了国家扶持的原则，有不少涉及补贴、补助的政策措施都是以前从未提到过的。

在残联组织的作用上，《意见》要求各级残联"参与残疾人事业社会管理和公共服务"，切实履行"代表、服务、管理"职能，"发展和管理残疾人事业"，"中国残联要加强对全国残疾人工作的指导"。

以上只是点了点题，实际上《意见》通篇都体现着解放思想、实事求是、与时俱进的精神，主要内容都体现出党中央、国务院对加强社会建设，完善社会管理体制以及改善民生、解决残疾人问题、扩大公共服务等不断创新的执政理念。

二、深刻领会《意见》对促进残疾人事业发展的重大意义

《意见》分析了我国现阶段残疾人事业面临的形势与挑战，深刻阐述了促进残疾人事业发展的重要意义，明确了促进残疾人事业发展的总体要求和任务目标，提出了促进残疾人事业发展的各项政策措施。各级残联和广大残疾人工作者要认真学习，深入领会精神实质，用《意见》增强信心，统一思想，提高认识，凝聚力量，推动落实，进一步增强发展残疾人事业的责任感和使命感，明确残疾人工作努力的方向。

一要充分总结认识残疾人事业的成就和经验，认清残疾人事业发展面临的新形势。《意见》科学总结了残疾人事业取得的成就和面临的问题，反映了党中央、国务院对残疾人事业的高度重视。党和国家一贯重视残疾人问题，新中国成立特别是改革开放以来，采取了一系列发展残疾人事业的重大举措，加强残疾人事业法制建设、组织建设和业务建设，实施发展残疾人事业的国家规划和行动，改善社会环境，鼓励和推动残疾人广泛参与社会生活，开展国际交流与合作。我国残疾人事业不断发展，取得了历史性的进展和举世瞩目的成就，残疾人状况明显改善：1300多万残疾人得到不同程度的康复；残疾儿童少年义务教育入学率大幅度提高；就业状况得到相当改善；1000多万农村贫困残疾人通过扶贫开发解决了温饱；社会保障进一步加强；残疾人文化体育生活日益丰富活跃；扶残助残的良好社会风尚逐步形成；残疾人素质普遍提高，社会生活参与面扩大，为经济建设和社会发展作出了积极贡献。我国残疾人事业的成就赢得国际社会的高度赞誉。残疾人事业走上了一条适合国情、具有特色、系统发展的道路。残疾人事业已经由过去以福利救济为主的社会福利工作，逐步发展成为包括康复、教育、劳动就业、扶贫、社会保障、文化体育、无障碍环境建设、残疾预防等领域广阔的综合性社会事业，在经济和社会发展中发挥着越来越重要的作用。

总结中国特色残疾人事业的发展，可以得出以下基本经验：一是弘扬人道主义，秉持以人为本的理念；二是将残疾人事业纳入法制化的发展轨道，依法保障权益和推进事业；三是建立政府主导、社会各界参与、协调运作的工作机制，将残疾人事业融入经济社会大局协调发展；四是广泛运用社会化的工作方法，动员社会力量广泛参与和支持残疾人事业；五是坚持适应国情、打好基础、讲求实效、注重服务的发展模式；六是残疾人及残疾人组织积极参与，有效发挥作用。这些基本经验，是我们的宝贵财富，应当在今后的事业发展中继续坚持和发扬。

当前残疾人事业发展面临着从未有过的重大机遇，贯彻落实科学发展观，全面建设小康社会，构建社会主义和谐社会为残疾人事业带来了极好的发展时机。同时，我们也应清醒地看到，目前残疾人事业发展的长效机制还不健全，残疾人仍是最困难的社会群体，基本需求还得不到有效的满足。新的形势迫切要求我们开阔思路，勇于创新，抓住机遇，争取突破。

二要深刻认识促进残疾人事业发展的重要意义，进一步增强发展残疾人事业的责任感和使命感。《意见》阐述了促进残疾人事业发展对于保障社会公平正义、增进社会团结和睦、激发社会活力、促进社会发展的特殊重要作用，指出："关心残疾人，是社会文明进步的体现。残疾人事业是中国特色社会主义事业的重要组成部分。""促进残疾人事业发展，有利于维护残疾人合法权益，促进社会公平正义，实现全体人民共享改革发展成果；有利于调动残疾人的积极性、主动性和创造性，发挥残疾人在改革发展稳定中的重要作用，实现经济社会又好又快发展；有利于促进我国人权事业全面发展，体现社会主义制度的优越性，展示我国良好的形象。"残联是残疾人组织，以残疾人为本，代表残疾人利益。发展残疾人事业，为残疾人排忧解难，是我们的天职。我们要从全面建设小康社会、构建社会主义和谐社会的高度，从我们肩负的职责，充分认识促进残疾人事业发展的重要意义，进一步增强发展残疾人事业的责任感和使命感。

三要认真领会促进残疾人事业发展的总体要求，进一步明确残疾人工作的努力方向。《意见》明确了促进残疾人事业发展的总体要求，包括指导思想、指导原则和任务目标三部分。当前和今后一个时期促进残疾人事业发展的指导思想是："高举中国特色社会主义伟大旗帜,以邓小平理论和'三个代表'重要思想为指导,深入贯彻科学发展观,紧紧围绕全面建设小康社会奋斗目标。"指导原则是:"坚持政府主导、社会参与,坚持国家扶持、市场推动,坚持统筹兼顾、分类指导,坚持立足基层、面向群众。"这"四个坚持"具体地讲,就是各级政府要切实履行职责,发挥主导作用,将残疾人事业纳入经济和社会发展大局协调发展,同时要广泛动员、引导社会力量,整合社会资源,支持残疾人事业发展;国家对残疾人事业要给予扶持,对残疾人实行特别扶助,同时,发挥好市场机制对促进残疾人事业发展的积极推动作用;要按照统筹经济与社会,统筹城市与乡村,统筹发展与环境,统筹东中西不同地区,统筹不同类别残疾人需求的要求,切实将残疾人工作纳入各项统筹之中,同时,还要鼓励各地区因地制宜,发挥优势,创造性地开展工作;各项工作和服务要立足基层,直接面向广大残疾人群众,扎扎实实为残疾人办实事,解难事。任务目标,就是前面已经强调过的七大目标,这些目标都是残疾人事业发展中的一些关键问题,如能推动实现,必将从根本上改善残疾人的状况,促进残疾人事业又好又快发展。这是党中央、国务院立足当前、着眼长远提出的战略性要求,为进一步发展新时期残疾人事业勾画了蓝图。我们要认真领会促进残疾人事业发展的总体要求,进一步明确残疾人工作的努力方向,围绕目标,狠抓落实,全力做好各项残疾人工作。

(原载《学习与研究》,2008年第9期)

残疾人事业需要思想理论的指引

残疾人事业发展研究会的成立是一个标志,在残疾人事业20多年筚路蓝缕、风雨传薪的历程中又写下了意义不凡的一页,又将获得一次承前启后、继往开来的思想理论指引和推动。

我认为,一项事业要作出大的历史跨越,必须有较为充分的理论准备,而一项事业理论的繁荣程度,是它在社会立足的广度与深度的重要标志。以邓朴方同志为代表的广大残疾人工作者在探索中国特色残疾人事业发展的实践中,始终注重对思想理论的建设,许多专家、学者也怀着强烈的社会责任感,对这项崇高的人道主义事业投以深切的关注和思想理论的建言。

在改革开放和思想解放历史大潮推动下,残疾人事业从一个较低的起点走上了一条适合国情、具有特色的发展道路,发展成为一份领域广阔的综合性社会事业。人道主义逐步从思想理论上得到廓清并在全社会得到弘扬,有关残疾人权利保障的制度安排和社会政策也逐步建立并完善起来。这里面也凝聚了思想理论界专家学者,包括我们研究会一些理事、常务理事的不懈努力。对此,8300多万残疾人和他们两亿多亲属的感谢是发自内心的,同时他们也对大家怀有深深的期待——残疾人事业需要思想理论的指引,而广大残疾人盼望从事业发展中得到更多的实在利益。我想,我们不会辜负他们。因为这是"以人为本"的责任,也是社会和谐、文明、进步的要求。

理论指导发展,发展提升理论。当前,中国的改革开放和社会主义现代化建设又站在一个新的历史起点上,残疾人事业发展也面临着新的机遇和挑战。历史的经验需要总结,现实的新情况、新问题需要回答,未来的发展需要谋划和对策。残疾人事业发展研究会汇聚了社会保障、人口发展、公共政策等多学科、多领域的专家学者,可以发挥各自的专长和优势,以更加开阔的视野、更加先进的理念,进行广泛的交流,开展多视角、全方位的研究,为残疾人事业的持续、健康发展提供宝贵的思想营养和理论指引。与此同时,也会为相关学科建设和学术研究起到一定的促进作用。

在新的历史阶段,党中央高度关注民生,要求深入贯彻落实科学发展观。残疾人问题是一个重大民生问题,残疾人事业必须在科学发展观指导下加快发展。我们的研究会成立就是贯彻落实科学发展观实际行动和学习实践活动的成果。我们的研究工作不仅体现了科学的精神,也充满着人文的关怀。研究会开展工作必须坚持以科学发展观为指导,始终关注经济社会发展大背景下残疾人事业发展中的重大理论和实践问题,增强研究工作的现实性、针对性、应用性和理论的创造力、说服力和影响力。

研究会成立和论坛的举办适逢一个非常有意义的日子——12月3日——国际残疾人日,今年的主题是:执行《残疾人权利公约》,为了全人类的尊严和正义。我们今天的行动就是对国际残疾人日的最好纪念,相信中国残疾人事业的发展不仅会改善我国残疾人的状况,也会对世界残疾人运动作出有益的贡献。当然,这需要我们在已经取得进展基础上,作出更大的努力。在这方面,残疾人事业发展研究会在各位专家、学者的积极参与和支持下一定会发挥重要的作用。

(在残疾人事业发展研究会成立大会暨第二届中国残疾人事业发展论坛上的讲话,2008年12月1日)

在残疾人事业的沃土上创立新业绩

这次新任省级残联干部研讨班,中国残联党组理事会很重视,去年换届后就作了安排。朴方主席作了重要讲话,海迪主席将在结业式上作总结,四位新老理事长畅谈了学习体会,两位专家就当前形势作了专题报告。参加研讨班共有65位省市残联负责同志,大家在一起交流思想、相互学习借鉴,对做好残疾人工作大有裨益。下面我谈几点认识,和大家一起讨论。

一、回顾残疾人事业的发展历程

古人云:以铜为鉴,可以正衣冠;以史为鉴,可以知兴替。借今天这个机会,回顾新中国成立60年来我国残疾人事业的发展历程,汲取丰富的思想材料,对推动我们的事业更好地发展,相信会有启发和帮助。

事非经过不知难,人间正道是沧桑。我国残疾人事业的发展大体分为三个阶段:1949—1966年,残疾人事业起步并得到一定的发展;1966—1976年,残疾人事业发展受到严重挫折;改革开放以来,残疾人事业迅速、全面发展,取得了举世瞩目的成就。

(一)1949—1966年,残疾人事业起步并得到一定的发展

在1949年之前,战乱频仍、社会动荡,广大残疾人生活在社会最底层,饱受欺凌、压迫和歧视,许多人流离失所、沿街乞讨,过着非人的悲惨生活。

新中国成立后,党和政府关心残疾人,残疾人在政治上获得了

解放，开始走向新生活，残疾人事业起步并得到一定的发展。主要体现在以下几个方面。

1. 残疾人的民主权利、人身权利同健全人一样，得到法律保障。1954年通过的《中华人民共和国宪法》规定：劳动者在年老、疾病或丧失劳动能力的时候，有获得物质帮助的权利；国家举办社会保险、社会救济和群众性卫生事业，以保证劳动者享有这种权利。相关政策中也对保障残疾人权益作出规定，如1951年10月的《关于改革学制的决定》规定：各级人民政府应设立聋哑、盲等特殊教育学校，对生理上有缺陷的儿童、青年和成人施以教育。

2. 广泛开展了社会救济工作。建立了儿童福利院、社会福利院、敬老院、荣军院、精神病院等，无依无靠的重残人、残疾孤儿、残疾老人、伤残军人得到收养安置。生活困难的残疾人得到救济。农村残疾人分得了土地和生产工具，城市残疾人组织起来进行生产自救，以后逐步发展为各种福利工厂。1960年开始在农村建立五保制度。

3. 残疾人文化、教育、体育事业得到了发展。1952年政府组织盲人和语言专家制定了汉语盲文并向全国推行。1954年创办了发行全国的《盲人月刊》。1958年拟定了聋人汉语手语方案，逐步在全国施行。残疾人教育得到较快发展，到1959年全国特教学校达到297所。一些地方开展残疾人扫除文盲和业余文化教育。制作了反映残疾人生活的影片，举办了全国盲人、聋人运动会。全国成立了40多个盲人聋哑人俱乐部，举办了各种文艺汇演。

4. 残疾预防工作起步。开展了计划免疫、盲聋防治、地方病防治等工作。1956年至1958年在54个县对盲人、聋哑人状况进行了抽样调查。1959年成立了中国耳聋防治委员会筹备会，1960年中央成立地甲病防治领导小组，制定并实施了防盲治盲及防治地方性甲状腺肿规划。

5. 残疾人组织相继建立。1953年成立中国盲人福利会，1956年成立中国聋哑人福利会，1960年两会合并组成中国盲人聋哑人协会。这些组织广泛联系盲聋哑人，反映他们的呼声，协助政府开展劳动就业、教育、康复等工作，组织开展盲人聋人文化体育活动。

这里有一段佳话，毛泽东主席的亲家张文秋同志，当时被安排到新成立的盲人福利会工作，张文秋起初有点想不通。当时她和毛主席谈到这个问题，想换个工作。毛主席说："盲人是世界上最痛苦的人，你既然是为被压迫的人谋解放才出来革命的，为什么不去解放这些最痛苦的人呢？我劝你去，你要为他们解决困难，谋福利。"（1954年1月毛泽东同志与张文秋同志的谈话）

（二）1966—1976年，残疾人事业发展受到严重挫折

1966—1976年，国家经济社会发展遭到严重破坏，人道主义遭到践踏，残疾人事业受到严重影响，不少人被迫害致残，一些残疾人和残疾人工作者遭到批斗，中国盲人聋哑人协会被迫于1968年停止活动。

（三）改革开放以来残疾人事业全面发展，取得了举世瞩目的成就

改革开放以来，中国社会发生深刻变革，残疾人事业迎来了阳光明媚的春天。在经济快速发展、社会全面进步的进程中，国家重视残疾人问题，实施了一系列发展残疾人事业的重大举措，帮助和促进残疾人不断改善状况，平等地参与社会生活，共享社会物质文化成果。这些措施主要有以下几个方面。

1. 加强法制建设，建立残疾人事业法律法规体系。我国重视依法保障残疾人的权利。《宪法》第45条规定："国家和社会帮助安排盲、聋、哑和其他有残疾的公民的劳动、生活和教育。"1990年通

过、2008年修订的《中华人民共和国残疾人保障法》，对保障残疾人各项平等权利作出了全面的规定。各省、直辖市、自治区制定了《中华人民共和国残疾人保障法》实施办法。《民法通则》《民事诉讼法》《律师法》《劳动法》《教育法》《婚姻法》《继承法》等60多部重要法律中有保障残疾人权利的具体规定。1994年，国务院颁布《残疾人教育条例》，明确了国家和社会对帮助残疾人接受教育的责任和义务。2007年，国务院颁布《残疾人就业条例》，对保障和促进残疾人就业的责任和措施作出具体规定。全国大部分的县（市）、乡镇和街道根据法律规定，结合本地实际情况，制定了对残疾人给予优惠、扶助和照顾的具体规定。以宪法为核心，以《中华人民共和国残疾人保障法》为基本法律，包括相关法律、法规、规章以及扶助残疾人规定的保障残疾人权益、发展残疾人事业的法律法规体系初步确立。

全国人大和各级地方人大积极对《中华人民共和国残疾人保障法》及其实施办法的执行情况开展执法检查，各级政府及有关部门进行了专项检查，促进了法律的实施。各级人民法院积极为残疾人提供司法救助，法律服务和法律援助机构为残疾人提供大量优先、优质、优惠的法律服务和法律援助，全国建立残疾人法律援助（服务）中心2711个，维权示范岗6717个，仅2006—2008年就为残疾人办理案件60960件，有力地维护了残疾人的合法权益。

2. 实施发展残疾人事业的国家计划和行动。

（1）开展残疾人抽样调查。1987年，进行了首次全国残疾人抽样调查，在残疾人的数量、年龄构成、性别与婚姻状况、城乡分布、致残原因、生活、就业、教育、康复状况等方面获得了大量数据和资料，摸清了残疾人的基本情况。2006年，又实施了第二次全国残疾人抽样调查，对当前残疾人的基本情况和基本需求，有了详实的数据和清晰的了解。这两次调查，为制定发展残疾人事业、保障残疾人权益的法律、政策和发展规划提供了客观的、科学的依据。

（2）实施了发展残疾人事业的国家规划。国家采取有力措施，将残疾人事业纳入经济社会发展大局，不断加大经费投入，1988年以来国务院相继批准实施了发展残疾人事业的五个五年工作规划（《中国残疾人事业五年工作纲要（1988年—1992年）》《中国残疾人事业"八五"计划纲要（1991年—1995年）》《中国残疾人事业"九五"计划纲要（1996年—2000年）》《中国残疾人事业"十五"计划纲要（2001年—2005年）》和《中国残疾人事业"十一五"发展纲要（2006年—2010年）》），全面开展了残疾人康复、教育、就业、扶贫、社会保障、维权、文化体育、无障碍环境建设、残疾预防等各项事业。

（3）建立政府残疾人工作协调机构。1993年建立国务院残疾人工作协调委员会，综合协调有关残疾人事业方针、政策、法规、规划的制定与实施，协调解决残疾人工作中的重大问题，2006年更名为国务院残疾人工作委员会，组成单位达到38个。各级政府也相应建立了残工委。

（4）出台《中共中央 国务院关于促进残疾人事业发展的意见》，对残疾人事业作出重大部署。中央7号文件全面阐述了促进残疾人事业发展的重要意义、指导思想、目标任务和工作原则，为残疾人事业的发展指明了方向，是指导当前和今后一个时期发展残疾人事业的纲领性文件。

3. 提高公众意识，改善社会环境。

（1）弘扬人道主义精神，宣传现代文明社会的残疾人观。20多年来，广泛开展社会宣传，传播人道主义思想和现代文明社会的残疾人观，倡导理解、尊重、关心、帮助残疾人的良好风尚，采取措施消除对残疾人的歧视和偏见，营造残疾人平等参与社会生活的环境。这方面的工作已产生明显效果，残疾人的权利越来越多地受到尊重，能力越来越多地得到肯定，歧视和偏见大为减少。过去叫"残废人"，后来称"残疾人"，现在越来越多地称"残障人"，从残废人到残疾人再到残障人，体现了以人为本和人文关怀观念的转变，体现了社会对残疾人的尊重和理解认识的深化。

（2）广泛开展助残活动。在全社会广泛开展了全国助残日、志愿者助残、红领巾助残、文化助残、科技助残、法律助残等形式多样的助残活动，为残疾人解决了大量的实际困难，产生了广泛的社会影响。全国已建立助残志愿者联络站10万多个，登记在册助残志愿者331.5万名，受助残疾人共计396.1万人。

（3）积极推进无障碍环境建设。一是推进物质环境（道路、建筑、设施）的无障碍建设，实施了《城市道路和建筑物无障碍设计规范》，城市的主要道路和商场、医院、学校、影剧院、博物馆、机场、车站等公共建筑物及居民住宅设置和改建了一大批坡道、盲道、扶手、电梯、交通音响信号装置等无障碍设施。二是发展信息和交流的无障碍，一些电视台开设了手语新闻栏目，许多电视节目、影视作品加配了字幕。这些为残疾人出行、进行信息交流、参与社会生活和享受公共服务提供了便利。

（4）成功举办北京残奥会和上海世界特奥会。2008年我国成功举办了盛况空前的北京残奥会，4000多名残疾人运动员欢聚北京，参加国家和地区之广、参赛运动员之多前所未有。北京残奥会弘扬"超越·融合·共享"理念，让全社会强烈地感受到残疾人对和谐世界和美好生活的梦想与渴望，让全世界欣喜地看到了一个文明、进步、和谐的中国。我国残奥健儿顽强拼搏，奋勇争先，继雅典残奥会之后再次取得了金牌总数和奖牌总数双第一的优异成绩，实现了运动成绩和精神文明双丰收。北京残奥会有力促进了社会友爱互助和文明进步，留下了深含人文精神的宝贵财富，其效应必将持久发挥影响，为残疾人事业营造更加有利的社会环境。

2007年10月在上海成功举办第十二届世界夏季特殊奥林匹克运动会，1万多名运动员、教练员汇聚在这里，谱写了人类文明的新篇章。特奥会广泛传播了"平等、包容、关爱"的特奥理念，彰显了人文关怀精神，增进了社会各界对残疾人的理解和关注，加深了世界各国人民的友谊，成为展示爱心、促进和谐的盛会。

4. 鼓励和推动残疾人广泛参与社会生活。

（1）建立残疾人组织，发挥残疾人组织的作用。1978年，中国盲人聋哑人协会恢复工作；1984年，成立中国残疾人福利基金会；1988年组建了各类残疾人的全国性统一组织——中国残疾人联合会，它代表残疾人的共同利益，维护残疾人的合法权益，开展各项业务，直接为残疾人服务，履行政府赋予的职责，管理和发展残疾人事业。各省、市（地）、县（区）、乡（镇、街道）普遍成立了残疾人联合会。各级残联还设立了代表各类残疾人利益并为他们服务的五个专门协会，开展了丰富多彩的活动。中国残联成立以来，为改善残疾人状况、促进残疾人事业的发展做了大量卓有成效的工作。

（2）激励残疾人的自强精神。为激励残疾人的自尊、自信、自强、自立精神，国家于1991年、1997年和2003年对436名残疾人自强模范予以表彰。这些自强模范在各个领域作出了突出的贡献，创造了感人的业绩，他们的事迹和奋斗精神在全社会引起巨大反响，在残疾人中产生强烈共鸣。

（3）发挥残疾人的民主参与、民主管理和民主监督作用。随着社会文明程度的不断提高，残疾人越来越多地参与到国家政治生活和社会事务中，目前全国有3000余名残疾人及残疾人亲属成为县级以上人大代表和政协委员，他们认真行使民主权利，积极参政议政，就经济社会发展和残疾人状况的改善提出议案和建议。

（4）支持残疾人广泛参与社会文化体育活动。文化馆、图书馆、体育场（馆）等公共文化场所为残疾人提供越来越多的方便和服务，许多地方开辟了残疾人文化活动和体育健身场所，电视台、广播电台、报刊、网络等传媒广泛报道残疾人生活，并开设残疾人专题、专栏节目。各地举办了残疾人艺术汇演及工艺美术、书画、摄影、集邮等各类展览。积极开展残疾人竞技体育和群众性体育，参加地、市、县级举办的残疾人运动会和选拔赛的业余运动员累计达到150余万人次。通过文化体育活动，残疾人增进了身心健康，增添了生活情趣，扩大了生活领域。

5. 开展国际交流与合作，批准《残疾人权利公约》。

中国残疾人事业积极顺应国际残疾人事务发展形势。1981年"国际残疾人年"，1983—1992年"联合国残疾人十年"，随后两个"亚太残疾人十年"，联合国先后通过《关于残疾人的世界行动纲领》（1982年），《残疾人机会均等标准规则》（1993年），《残疾人权利公约》（2006年），对中国残疾人事业起到了良好的促进作用。中国积极参与国际残疾人事务，开展国际交流与合作，认真执行《关于残疾人的世界行动纲领》，积极参与"联合国残疾人十年（1983—1992年）"行动，倡导并支持两个"亚太残疾人十年"行动，大力推动《残疾人权利公约》的制定进程，与国际残疾人组织和有关国际机构建立并发展了良好的合作关系，在国际残疾人事务中发挥了重要的建设性作用。在这一过程中，也分享和借鉴了不少国外的有益经验，促进了我国残疾人事业的发展。联合国大会通过

《残疾人权利公约》后,我国于 2007 年 3 月 30 日签署。2008 年 6 月 26 日,第十一届全国人大常委会第三次会议批准公约,向全世界作出了保障残疾人权利的庄严承诺。《残疾人权利公约》的履行将为我国残疾人事业发展创造更加有利的国内外环境,更好地促进残疾人状况的改善和各项权利的实现。

在党和政府的关心重视和社会各界的支持帮助下,我国残疾人事业取得了历史性的进展和举世瞩目的成就,残疾人状况明显改善。

(1) 残疾人康复服务受益面迅速扩大,1500 多万人得到不同程度的康复,残疾人康复训练服务机构发展到 19000 多个。

(2) 教育得到较快发展,残疾儿童少年义务教育入学率有了较大提高,特教学校发展到 1672 所,普通学校附设特教班 2844 个,在校的三类残疾儿童达到 57.6 万人,职业教育和高等教育得到长足进步,4 万多名残疾人走进大学接受高等教育。

(3) 就业状况得到相当改善,就业人数不断增加,城镇达到 451.3 万人,农村达到 1717.1 万人。

(4) 扶贫开发取得重要进展,1000 多万农村贫困残疾人通过扶贫开发解决了温饱。

(5) 社会保障进一步加强,738.6 万残疾人享受最低生活保障,297.6 万残疾人参加社会保险,62.7 万残疾人在福利院、敬老院享受集中供养、五保供养。

(6) 文化体育生活日益丰富活跃,建成地市级以上残疾人文化活动场所 3530 个,体育活动场所 1192 个,残疾人运动员在国际比赛中共获得 2400 多枚金牌。

(7) 残疾人参与社会生活的环境大为改善,社会对残疾人的观念发生深刻变化,扶残助残的良好风尚日益形成。

（8）残疾人素质普遍提高，能力得到进一步发挥，为经济建设和社会发展作出了积极贡献。

（9）我国残疾人事业的成就赢得国际社会的高度赞誉，联合国和有关国际组织授予中国残联及其领导人"联合国人权奖""联合国残疾人十年特别奖""联合国和平使者奖"联合国亚太经社会"亚太残疾人十年特别奖"等十余个奖项。

梳理一下改革开放30年间残疾人事业发展历程，主要有以下大事。

1978年，中国盲人聋哑人协会恢复工作；1984年，中国残疾人福利基金会成立；1987年，进行首次全国残疾人抽样调查；1988年，中国残疾人联合会成立，实施《中国残疾人事业五年工作纲要（1988—1992年）》；1990年，通过《中华人民共和国残疾人保障法》；1991年，实施《中国残疾人事业"八五"计划纲要（1991—1995年）》，召开首次全国助残先进暨自强模范表彰大会；1993年，建立国务院残疾人工作协调委员会，召开中国残联第二次代表大会；1994年，国务院颁布《残疾人教育条例》，举办远南残疾人运动会；1996年，实施《中国残疾人事业"九五"计划纲要（1996—2000年）》；1997年，召开第二次全国助残先进暨自强模范表彰大会，江泽民为《自强之歌》作序；1998年，召开中国残联第三次代表大会；2001年，实施《中国残疾人事业"十五"计划纲要（2001—2005年）》；2003年，中国残联召开第四次代表大会，召开第三次全国助残先进暨自强模范表彰大会，胡锦涛为《自强之歌（2003年卷）》作序，邓朴方荣获"联合国人权奖"；2006年，实施《中国残疾人事业"十一五"发展纲要（2006—2010年）》，开展第二次全国残疾人抽样调查，国务院残疾人工作协调委员会更名为国务院残疾人工作委员会；2007年，国务院颁布《残疾人就业条例》，举办上海世界特奥会；2008年，出台《中共中央 国务院关于促进残疾人事业发展的意见》，修订《中华人民共和国残疾人保障法》，批准《残疾人权利公约》，成功举办北京残奥会，召开中国残联第五次全国代表大会。

上述的一件件大事，勾勒出残疾人事业发展的不凡历程，彰显了事业发展的杰出业绩。回过头来看，经过近30年的发展，我国残疾人事业走出了一条适合国情、具有特色的健康持续发展之路。我们从较低的起点开始，由救济为主的社会福利工作，逐步发展成为包括康复、教育、就业、扶贫、社会保障、维权、文化、体育、无障碍环境建设、残疾预防等领域广阔的综合性社会事业，初步形成了比较完整的组织体系、比较系统的业务体系、比较完善的政策法规体系和科学的思想理论体系，在经济建设、政治建设、文化建设和社会建设中发挥着越来越重要的作用。

二、关注大局、顺应大局、纳入大局、促进大局

关于残疾人事业发展、残疾人事业与国家经济社会发展大局的关系，朴方同志在近10年来全国残联工作会议和主席团会议上作了许多深刻、精辟的论述。这里简要回顾一下：1999年第十三次全国残联工作会议，讲残疾人事业与国家大局关系、残联的代表性问题、社会化工作方式问题、残联自身建设问题；2000年第十四次全国残联工作会议，讲残疾人事业的健康持续发展问题，强调五个"要有"：要有一个好的路子，要有一个运转良好的机制，要有一定的业务领域和相应的基础设施，要有一支好的队伍，要有一个好的外部环境；2002年第十六次全国残联工作会议，讲解放思想和残联组织建设问题，提出了"三个活跃"：使残疾人在残联更活跃，残联在基层更活跃，残疾人和残联在社会上更活跃；2003年第十七次全国残联工作会议，讲残疾人奔小康和残联组织架构调整问题，为中国残联第四次代表大会确定了主题；2004年四届主席团二次会议和第十八次全国残联工作会议，讲残联制度建设和联合国人权奖问题，指出制度建设是带有根本性、持久性、全局性的建设，是事业持续健康发展的保证，号召广大残疾人工作者把争取和维护残疾人人权作为神圣职责，成为人道主义的宣传员、实践者；2005年四届主席团三次会议和第十九次全国残联工作会议，讲落实以人为本的科学发展观，做好残疾人工作，为构建社会主义和谐社会贡献力量，还谈了纪念邓小平百年诞辰的感想；2006年四届主席团四次会议和第二十次全国残联工作会议，讲了要做好的三件大事："十一五"规划开局，第二次全国残疾人抽样调查，基金会换届；2007年四届主席团五次会议和第二十一次全国残联工作会议，又讲了三件大事：一是做好第二次全国残疾人抽样调查后期工作，规划好残疾人事业发展战略，二是充分认识《残疾人权利公约》的意义，用公约推动残疾人工作，三是深入领会党的十六届六中全会决定，更好地推进残疾人事业；2008年四届主席团六次会议和第二十二次全国残联工作会议，再次讲了三个问题：关于高举中国特色社会主义伟大旗帜，关于坚持和贯彻科学发展观，关于中国特色残疾人事业，实际上为中国残联第五次代表大会的报告点了题。

朴方同志的这些讲话高屋建瓴、立意深远，总结了事业发展的宝贵经验，反映了对残疾人事业的深入思考，帮助我们更好地理解残疾人事业与国家大局的关系。这些讲话启发、教育了几届残联的领导同志，大家认真学习领会上述讲话要点，一定会有新的收获和感悟。

关于残疾人事业与国家大局的关系，中央7号文件开篇就明确指出，"残疾人事业是中国特色社会主义的重要组成部分"。站在国家全局上看，残疾人事业是国家经济社会发展大局的重要组成部分，是全面建设小康社会和构建社会主义和谐社会的重要内容和基础性工作之一。我们发展残疾人事业，就应当关注大局、顺应大局、纳入大局、促进大局。

（一）关注大局

作为一项事业的领导者和推动者，必须树立大局意识，时时关注国家大局和形势，观察和思考大局给事业发展带来的机遇，这样我们做工作时，就会有清醒的头脑和敏锐的眼光，当思想居于主动，处理问题的方式、方法也会比较妥当。我们的大局是什么？就是贯彻落实科学发展观，全面建设小康社会，构建社会主义和谐社会。在当前，就是要应对国际金融危机，扩内需、保增长，调结构、上水平，抓改革、增活力，重民生、促和谐，特别是国家大力发展社会事业、着力保障和改善民生的一系列重大举措（如最近推出的新医改方案），都将对残疾人事业的发展产生重要影响，对此我们要积极关注、认真研究，善于发现机遇并及时转化为推动工作的政策措施。

（二）顺应大局

一项事业，顺应了历史潮流，就会不断发展壮大，逆历史潮流而动，就会遭到失败，为历史所淘汰。残疾人事业依存于大局，必须善于借势，顺应发展大势，紧跟时代步伐，从大局中汲取、集聚能量，乘势而上。大局是不断发展变化的，这就要求我们不断加强学习，不断地解放思想，打破旧的思想观念束缚，开拓进取主动适应大局，创造性地利用大局来推动我们的工作。

（三）纳入大局

必须将残疾人事业纳入国家经济社会发展大局，统筹规划、同步实施、兼顾特点、整体推进、加快发展；必须坚持政府主导，将残疾人工作纳入政府公共服务体系，充分发挥政府残疾人工作委员会的综合协调作用,各有关部门要将相关残疾人工作纳入职责范围,各司其职、加强配合、密切协作,形成发展残疾人事业的长效工作机制;必须大力推进法制建设,不断完善相关法律法规和政策,将事业纳入法制化的发展轨道,以制度来保障事业的可持续发展。将残疾人事业纳入大局,实际上是对政府发展残疾人事业的资源进行统筹安排、合理整合和优化配置,可以有效解决残疾人事业可持续发展能力不足的问题。

(四)促进大局

残疾人事业对国家大局的发展具有重要促进作用,大力发展残疾人事业,就是贯彻落实党的十七大精神,坚持以人为本、推动科学发展、促进社会和谐。8300万残疾人问题解决了,残疾人状况改善了,就是对改革、发展、稳定最大的支持和促进,为构建和谐社会作出重要贡献。今天,残疾人事业的发展和残疾人状况的改善已经与国家发展大局、改革开放全局紧紧联系在一起。胡锦涛总书记称赞残疾人事业是"崇高的事业",回良玉副总理指出:"残疾人事业是我国社会事业发展的一个亮点,是人权事业发展的一个看点,是和谐社会建设的一个闪光点,是改善民生工作的一个重点。"中央7号文件明确指出:"促进残疾人事业发展,有利于维护残疾人合法权益,促进社会公平正义,实现全体人民共享改革发展成果;有利于调动残疾人的积极性、主动性和创造性,发挥残疾人在促进改革发展稳定中的重要作用,实现经济社会又好又快发展;有利于促进我国人权事业全面发展,体现社会主义制度的优越性,树立我国良好的国际形象。"这鲜明体现时代精神的"三个有利于",深刻揭示了残疾人事业对于促进大局发展的重要意义,丰富了残疾人事业的思想理论内涵,也加深了我们对残疾人事业的理解。

三、打造"诚信、公正、民本"残联

我们残联要成为什么样的组织,才能适应新形势,在发展中实现我们的宗旨呢?我认为,应把残联打造成"诚信、公正、民本"的社会组织。

诚信就是诚实守信,言必信,行必果,不隐瞒欺诈,不弄虚作假。中国传统道德观中,诚信无欺,讲求信用,是基本的道德要求。孔子曰:"民无信不立","人而无信,不知其可也。"胡锦涛总书记强调要树立以"八荣八耻"为主要内容的社会主义荣辱观,诚实守信都是其中的重要内容之一。诚信作为一种精神信念和社会价值观,对于一个国家、一个政府而言,须诚信为政,取信于民。古有商鞅"徙木立信"变法的典故,也有"烽火戏诸侯"自食恶果的告诫。同样,对一个社会组织而言,如果不讲诚信、不守信用的话,最终只会被公众抛弃。诚信也是为人之道,遵纪守法,取信于人,才能妥善处理好人与人、人与社会的关系。

历史上辉煌数百年的晋商,就是以诚信闻名天下。山西商号虽然早已湮没于历史的尘埃当中,但其声誉和口碑却经久不衰。2009年3月18日,美国《纽约时报》刊登了关于"山西票号"的特写,向美国公众宣传山西票号的职业操守。可是,眼下社会出现的假烟、假酒、假农药、假种子等事件,连学术论文都有造假抄袭的,令人触目惊心。诚信成了稀缺性资源,这使社会遍尝苦果。

诚信意味着社会责任,残联组织必须切实加强诚信建设,成为高公信力的社会组织。我们对残疾人的"诚",就是恪守"人道、廉洁、服务、奉献"的职业道德。残疾人工作者要敬业勤奋,不弄虚作假,躬身践行朴方主席"畏天、畏地、畏人"的告诫,真正做到不愧于天,不怍于地,不负于人。

公正事关一个组织的根本价值导向。孔子曰:"不患寡而患不

均。"这里的"均",不是平均、均匀的意思,而是均衡、公平,是制度规则设计的公正。任何一个组织要服众,要凝聚人心,就必须做到公平公正。首先是体现在公开透明,让人民群众看得清楚明白,就会有效减少权力运行中的随意和滥用。否则的话,明规则会被潜规则替代,这个组织或单位就会人心涣散,走下坡路。要做到公正,首先是牢固树立宗旨意识,始终站在残疾人根本利益的立场上,这样我们就会信心坚定、处事公正,工作起来理直气壮、堂堂正正,让残疾人信赖,让群众信服。只要处事公正,哪怕有些事情一时做不到,有些问题暂时解决不了,残疾人也能理解。其次要坚持发扬民主,走群众路线,广泛听取残疾人和各方面意见,扩大群众参与,真正做到"兼听则明"。最后要完善制度建设,加强监督,建立健全信息公开、绩效考核、责任追究、监察举报等制度,使操作有程序,监督有规范,用制度来保证公平公正的实现。

这里说的"民本",就是以残疾人为本,坚持残疾人在残疾人事业中的主体地位,始终把实现好、维护好、发展好广大残疾人根本利益作为一切工作的出发点和落脚点。"民本"要求我们把残疾人拥护不拥护、赞成不赞成、高兴不高兴、答应不答应,作为检验我们一切工作得失成败的根本标准;"民本"要求我们尊重残疾人的知情权、参与权、表达权、监督权,自觉接受广大残疾人的监督;"民本"要求我们牢记朴方同志关于"残联不是官僚机构""永远不要变成官僚"的教诲,防止官僚主义、形式主义滋生,察实情、谋实策、干实事、求实效。这样,就能建设成健康向上的、被残疾人称之为"我们的残联"的组织。

四、"后发优势"与加快残疾人事业发展

省级残联班子换届后,一批来自各方面的优秀同志走上了领导岗位,为残疾人事业输送了新鲜血液,注入了生机和活力,这是事业兴旺发达的标志。同志们有丰富的阅历,带来了新的经验和气象,有做好残疾人工作的强烈愿望,其后发优势明显。同时,也存在有待提高和改进的地方。比如,对残疾人事业发展沿革不了解、对残联工作的地位和性质理解不全面、对社会化工作方式不熟悉,等等。反映到工作上的具体表现有:工作角色转换不够快,仍习惯于过去的行政方式,对残联干什么、怎么干等基本问题思考不多;对工作存在模糊认识,认为残疾人工作该由其他部门"包干",残联把任务分解出去就行了;对残疾人工作的困难思想准备不足,特别是从"强力"部门来的同志,从过去"让人做事"变成现在"求人做事",有畏难情绪和失落感;新老班子成员之间的沟通不够,工作协调不一致,影响了地方工作的推进。

针对这些问题,我们要通过加强学习,提高思想认识,尽快转变角色,成为残疾人工作的行家里手。我们相信,有残联多年来的工作基础,加上同志们的后发优势,残疾人事业一定会得到更快的发展。2007年,我给中央国家机关工委青年同志的推荐书目,是邓朴方同志的《人道主义的呼唤》,在此我再次向同志们推荐。该文集真实地记录了新时期我国残疾人事业发展的历史进程,科学总结了残疾人事业的宝贵经验,它是一份属于广大残疾人和残疾人工作者的宝贵精神财富,是一部当代中国残疾人事业的"百科全书",是闪耀着人道主义思想光辉的启示录。希望以为残疾人谋幸福为己任的各位同志细心去研读和思考。

今年的政府工作报告明确提出:"支持残疾人事业加快发展。"当前,加快发展的条件已经具备:中央7号文件正在深入贯彻落实,各地纷纷出台发展残疾人事业的政策措施,目前已有12个省、自治区、直辖市出台了"7号文件"的实施意见,其他各省也将陆续出台;各级党政领导高度重视残疾人工作。各省主要领导同志都对发展残疾人事业作出批示,残联的会议活动领导都参加,这是过去所没有的;国家财力不断增强,各级财政对民生的投入不断加大。国家财政收入1988年是2489亿元,2008年达到6.13万亿元,20年间增长了20多倍,这也为残疾人事业发展提供了坚实的保障;人道主义精神得到弘扬,现代文明社会残疾人观为更多的人接受,关爱残疾人的社会氛围更加浓厚;残疾人工作体系日趋健全,工作领域不断拓展,工作内容不断增加,目前工作已涵盖15个大项,50多个小项,形成了比较完备的业务工作体系;服务能力不断增强,各地建立了2000多个残疾人综合服务设施以及一批专业服务设施,服务范围逐步扩大,服务形式不断创新。

当前,我们要紧紧抓住机遇,加强长效机制建设,大力推动关系事业长远发展的几项关键工作。一是加强残疾人保障体系和服务体系建设。这是贯彻落实中央7号文件和中国残联五代会精神的一项重大战略任务,也是各级残联义不容辞的历史责任。中国残联已经成立了"两个体系建设"办公室,进一步加强对两个体系建设的研究,正在抓紧起草加快推进两个体系建设的指导意见。各地也要增强政治责任感和紧迫感,把推进残疾人社会保障和服务体系建设作为今后工作的重中之重,推动政府和有关部门围绕两个体系建设,出台促进残疾人事业加快发展的新举措。二是加强残疾人基础设施建设。抓住国家保持投资较快增长和加强民生工程建设的机遇,力争将各类残疾人服务设施建设纳入进去。尚未建立残疾人综合服务设施的地区要创造条件,建设符合要求、规模适度的残疾人综合服务设施,已经建成投入使用的残疾人综合服务设施要进一步完善功能,充分发挥作用,为残疾人提供有效服务。三是切实加强基层残联工作队伍建设。按照国务院残工委《关于加强基层残联建设的决定》和《进一步加强基层残疾人组织建设的意见》的要求,完善基层残联机构、健全机制、加强力量、提高效能；社区、村普遍建立健全残协，选聘好专职委员，形成完整的残疾人工作组织体系。目前，地方正在进行大部门体制改革工作，有的地方出现弱化残联机构的现象，希望各级残联高度重视此次改革对残联组织建设的影响，强化"守土有责"意识，把工作做在前面。要加强与体制改革职能部门的沟通协调，积极主动宣传残疾人工作、残联组织建设的重要性和特殊性，确保残联组织建设不仅不被弱化，而且得到进一步的加强。希望各地残联同志共同努力，针对本地情况和问题，把自身工作做好。

（在省级残联领导干部研讨班上的讲话节选，2009年4月13日）

蓬勃发展的中国残疾人事业

如何对待残疾人和解决残疾人问题,是衡量一个社会文明进步程度的重要标准。我国有8300万残疾人,这是一个人数众多、特别困难的群体。党和国家历来关心残疾人,重视残疾人工作和发展事业。党的三代中央领导集体和以胡锦涛同志为总书记的党中央都对关心残疾人、促进残疾人事业发展作出过明确指示。新中国成立60年来特别是改革开放以来,党和国家实施了一系列发展残疾人事业的重大举措,帮助和促进残疾人不断改善状况,平等地参与社会生活,共享社会物质文化成果,我国残疾人事业取得了举世瞩目的伟大成就,积累了重要的经验。

一

加强法制建设,建立残疾人事业法律法规体系。国家重视依法保障残疾人的权利。经过60年的发展,我国目前已初步确立了以《宪法》为核心,以《中华人民共和国残疾人保障法》为基本法律,包括相关法律、法规、规章以及优惠扶助规定的保障残疾人权益、发展残疾人事业的法律法规体系。60多部重要法律中有保障残疾人权利的具体规定。国务院颁布了《残疾人教育条例》和《残疾人就业条例》。各省、自治区、直辖市制定了《中华人民共和国残疾人保障法》实施办法。大部分县(市)、乡镇和街道也制定了对残疾人的优惠扶助规定。全国人大、全国政协和各级地方人大、政协对《中华人民共和国残疾人保障法》及其实施办法的执行情况开展检查、视察，各级政府及有关部门进行专项检查，促进了法律的实施。各级人民法院、法律服务和法律援助机构为残疾人提供了大量司法救助、法律服务和法律援助。

实施发展残疾人事业的国家计划和行动。一是开展残疾人抽样调查，摸清了残疾人的基本情况和基本需求，为制定发展残疾人事业、保障残疾人权益的法律、政策和发展规划提供了科学准确的依据。二是实施发展残疾人事业的国家规划。1988年以来，国务院相继批准实施了五个发展残疾人事业的规划，全面开展残疾人康复、教育、就业、扶贫、社会保障、维权、文化体育、无障碍环境建设、残疾预防等各项事业，显著改善了残疾人状况。三是建立政府残疾人工作协调机构。1993年建立国务院残疾人工作协调委员会（2006年更名为国务院残疾人工作委员会），综合协调有关残疾人事业方针、政策、法规、规划的制定与实施，协调解决残疾人工作中的重大问题。各级政府也相应建立了残工委。四是颁发《中共中央国务院关于促进残疾人事业发展的意见》，全面阐述了促进残疾人事业发展的重要意义和指导思想，提出了当前和今后一个时期的目标任务、指导原则和一系列重大措施，对发展残疾人事业作出重大部署。

提高公众意识，改善社会环境。在全社会大力弘扬人道主义思想，宣传现代文明社会的残疾人观，倡导理解、尊重、关心、帮助残疾人的良好风尚，营造残疾人平等参与社会生活的环境。广泛开展形式多样的助残活动，为残疾人解决实际困难。积极推进无障碍环境建设，为残疾人出行、进行信息交流、参与社会生活和享受公共服务提供了便利。

鼓励和推动残疾人广泛参与社会生活。一是建立残疾人组织，发挥残疾人组织的作用。1978年中国盲人聋人协会恢复工作，1984

年成立中国残疾人福利基金会，1988年组建中国残疾人联合会。各省、市（地）、县（区）、乡（镇、街道）普遍成立了残联，各级残联设立了各类残疾人专门协会。社区、村普遍建立了残疾人协会。二是激励残疾人的自强精神。为鼓励更多的残疾人自强、创造、参与、奉献，国家对在各个领域作出突出贡献、创造感人业绩的残疾人自强模范予以表彰，他们的事迹和奋斗精神在社会各界特别是广大残疾人中产生了巨大反响。三是发挥残疾人的民主参与、民主管理和民主监督作用。3100余名残疾人及残疾人亲属成为县级以上人大代表和政协委员，他们认真行使民主权利，积极参政议政，为经济社会发展和残疾人状况的改善作出积极贡献。四是支持残疾人广泛参与社会文化体育活动。成功举办上海2007年世界特奥会和北京2008年残奥会，弘扬了"超越·融合·共享"的残奥理念和"平等、包容、关爱"的特奥理念，让全世界看到了一个文明、进步、和谐的中国。

积极参与国际残疾人事务，开展国际交流与合作。我国认真执行联合国《关于残疾人的世界行动纲领》，积极参与"联合国残疾人十年（1983—1992年）"行动，倡导并支持两个"亚太残疾人十年"行动，大力推动《残疾人权利公约》的制定进程，与国际残疾人组织和有关国际机构建立并发展良好的合作关系，在国际残疾人事务中发挥了重要的建设性作用，同时借鉴和分享了国外的有益经验。2008年6月，第十一届全国人大常委会第三次会议批准《残疾人权利公约》，向全世界作出了保障残疾人权利的庄严承诺。

我国残疾人事业的成就赢得了国际社会的高度赞誉，联合国和有关国际组织授予中国残联及其领导人"联合国人权奖"等10余个奖项。残疾人康复服务受益面迅速扩大，1500多万残疾人得到不同程度的康复；残疾人教育得到较快发展，残疾儿童少年义务教育入学率有了较大提高，职业教育和高等教育得到长足进步；残疾人就业状况得到较大改善，城镇就业人数达到451.3万人，农村达到1717.1万人；扶贫开发取得重要进展，1000多万农村贫困残疾人解决了温饱；社会保障进一步加强，738.6万残疾人享受最低生活保障，297.6万残疾人参加社会保险，62.7万残疾人在福利院、敬老院享受集中供养、五保供养；文化体育生活日益丰富活跃，建成地市级以上残疾人文化活动场所3530个，体育活动场所1192个，残疾人运动员在国际体育比赛中屡创佳绩；残疾人参与社会生活的环境大为改善，扶残助残的良好风尚日益形成，社会对残疾人的观念发生深刻变化；残疾人素质普遍提高，能力得到进一步发挥，为经济建设和社会发展作出了积极贡献。

二

经过60年的艰苦奋斗和积极探索，我国残疾人事业走出了一条适合我国国情、具有中国特色的健康持续发展之路，逐步发展成为领域广阔的综合性社会事业。同时，我国残疾人事业在发展中也积累了十分宝贵的经验，可概括为以下几点。

1. 必须坚持解放思想、实事求是、与时俱进，从我国的基本国情出发，走中国特色残疾人事业发展道路。没有新中国的建立，没有社会主义制度的保障，没有改革开放以来中国特色社会主义事业的巨大成就，就没有我国残疾人事业的发展和进步。尤其是改革开放以来，我们坚持实事求是、解放思想，顺应了社会发展进步的大趋势，学习借鉴国际残疾人事务的先进理念和有益做法，从我国实际出发，以勇于创新的精神，立足于代表广大残疾人的根本利益，为残疾人服务，从而进一步创造了我国残疾人事业的辉煌业绩。

2. 必须把残疾人事业纳入国家发展大局，坚持党委领导、政府负责、社会参与，充分发挥残联组织"代表、服务、管理"职能。

坚持党委领导、政府负责，是残疾人事业发展的根本保障。要把残疾人事业列入党委和政府的重要议事日程，在经济社会发展全局中统筹规划、同步实施、兼顾特点、协调发展。残疾人事业是一项综合性社会事业，社会各界的广泛支持参与是这项事业发展的社会基础。残联组织作为党和政府联系残疾人的桥梁纽带，始终代表残疾人的共同利益，全心全意为残疾人服务，在管理和发展残疾人事业中发挥着不可替代的重要作用。

3. 必须坚持讲求实效、打好基础，始终把改善残疾人状况作为残疾人工作的根本出发点和落脚点。针对残疾人的迫切需要和基本需求，重点抓好康复、教育、就业、扶贫等受益面广、适用有效的工作，以业务促建设，以建设保业务，不断拓展工作领域和服务内容。将工作重心放在基层，注重解决实际问题，直接为残疾人服务，同时不断完善残疾人事业的业务体系、组织体系、政策法规和理论研究体系与长效机制，夯实残疾人事业发展的基础。

4. 必须坚持依法发展残疾人事业，切实保障残疾人合法权益。要建立和完善残疾人事业的法律法规体系，认真贯彻《中华人民共和国残疾人保障法》和相关法律法规，加强依法行政、执法检查、法制宣传和法律救助，将残疾人权益保障和事业发展纳入法制化轨道，促进残疾人权利的实现，为残疾人事业持续健康发展提供根本性的法制保障。

5. 必须坚持弘扬人道主义思想，树立现代文明社会残疾人观。要高扬人道主义旗帜，倡导以"平等·参与·共享"为核心的现代文明社会残疾人观，坚持以人为本，尊重残疾人的权利、价值和尊严，追求社会公平正义，促进社会文明进步。

6. 必须坚持发挥残疾人的积极性、主动性和创造性，激励自强不息精神，走劳动福利型道路。残疾人平等参与社会生活，有赖于社会的帮助,更取决于自身的奋斗。残疾人自身蕴藏着丰富的智慧和力量,是重要的人力资源,必须充分发掘残疾人潜能,促进残疾人劳动就业,创造社会财富,实现人生价值。

三

当前,我国残疾人事业已进入一个新的发展时期。我们要深入贯彻落实科学发展观,认真实施《中共中央 国务院关于促进残疾人事业发展的意见》,以开拓创新的精神抓住机遇,建设长效机制,不断改善残疾人状况,努力推动残疾人事业加快发展。

加强残疾人社会保障体系和服务体系建设。将残疾人社会保障和公共服务纳入社会保障体系建设和公共服务均等化的总体安排,统筹规划,同步实施,并作为优先和重点领域予以扶持。按照普惠与特惠相结合、一般性制度安排和专项制度安排相结合的要求,将残疾人普遍纳入覆盖城乡的社会保障体系,研究制定针对残疾人特殊困难的专项社会保障制度,提高残疾人社会保障水平。加快制定残疾人服务领域的技术标准和行业管理政策,统筹发展生活照料、医疗卫生、康复、社会保障、教育、就业、文化体育、维权等各项服务,优先发展残疾人急需、受益面广、社会效益好的服务项目,加大残疾人服务设施建设力度,提高为残疾人服务的能力。

加大《中华人民共和国残疾人保障法》的贯彻力度,进一步完善残疾人事业法律法规体系。加大《中华人民共和国残疾人保障法》的宣传力度,推动地方修订和完善实施办法,加快制定残疾人康复条例、无障碍条例和残疾分类分级国家标准,为发展残疾人事业提供有力的法制保障。

扎实推进各项残疾人工作。确保《中国残疾人事业"十一五"发展纲要》规定的任务全面如期完成,研究制定残疾人事业"十二五"发展规划,进一步解决残疾人在生存、发展等方面的问题,缩小残疾人状况与社会平均水平的差距。

充分开发社会资源，广泛动员社会力量积极参与、支持残疾人事业。积极发挥各类慈善团体的作用，鼓励和吸引各类民间组织、企业和个人兴办残疾人服务设施，引导社会现有设施、设备和其他社会资源为残疾人提供服务，深入开展城乡助残志愿服务，逐步建立稳定的助残志愿者队伍和长效帮扶机制。

进一步发挥残疾人组织的作用。加强各级残联组织建设，完善组织体系，切实履行职能，代表残疾人共同利益，维护残疾人合法权益，发挥好党和政府联系广大残疾人的桥梁纽带作用。努力为残疾人服务，发展和管理残疾人事业。加强残疾人工作干部队伍建设，造就一支恪守"人道、廉洁、服务、奉献"职业道德的高素质残疾人工作干部队伍。

（原载《求是》杂志，2009年第15期）

《残疾人研究》创刊致辞

"十二五"走来了,又是新一轮过程的开始。残疾人事业是艰辛的,要走的路还很远。事业需要思想引领,靠的是人道主义的力量、真理和道德的力量。残疾人问题是人类社会的固有问题,从古到今,社会一直面临着对残疾人如何认识、如何对待的问题,这就是我们研究问题的出发点。从事研究残疾人事业的人与涉及近3亿人口的群体相比,毕竟是太少了,我们需要更多能在这方面努力并坚持下来的同仁。

历史是人民创造的,群众是真正的英雄,这是历史唯物主义的常识。基层群众不仅是实践者,也是创造者,真知灼见来自他们,回答问题是为了解决问题。比如,健全残疾人社会保障体系和服务体系就是个大题目。领导干部、专业工作者和学者,他们更多的责任是通过实证观察,遵循事物内在联系,由表及里分析总结,研究理论与政策,完成知和行的结合。

研究残疾人问题,方法上有许多途径,但没有捷径。实事求是,既是最容易也是最难的,想急功近利、吹糠见米是做不了学问的。求真求实就是对历史、对事业负责。

要探索走新路,本刊不是纯理论学术刊物,也不能办成工作通信,"大视觉小见地",能对社会、残疾人工作有用、供其所需,就是有所作为。我相信,《残疾人研究》一定能做到!

(原载《残疾人研究》创刊号,2011年3月)

做好社会管理与服务这篇大文章

2011年4月22日,中国残联在北京召开残联组织社会管理与服务研讨会。会议认真学习贯彻胡锦涛总书记在省部级主要领导干部社会管理及其创新专题研讨班上的重要讲话精神,探索残联组织在社会管理与服务中作用发挥,研究残联组织加强和创新社会管理与服务的工作思路及有效举措,切实推动残疾人社会组织和民办服务机构在"两个体系"建设中发挥作用。中国残联机关各部门以及部分省市残联负责人参加会议。会议还邀请专家学者现场授课。

在加强社会管理的新形势下,中国残联召开社会组织管理与服务研讨会,认真学习贯彻胡锦涛总书记在省部级主要领导干部社会管理及其创新专题研讨班上的讲话精神,围绕残联组织在社会管理与服务中的定位和作用、加强与完善残联组织的社会管理与服务、引导好各类残疾人社会组织加强自身建设、增强服务能力,形成科学有效的维护残疾人权益机制等,进行了深入的研讨。

到会专家从不同角度谈了社会管理创新与社会组织发展的思路。地方残联同志介绍了加强社会管理与服务的工作体会,北京市介绍了残联作为枢纽型社会组织的工作实践和今后设想;广东省介绍了创新社会管理、推进残疾人服务业发展的构想;安徽省从加强基本情况调查、提升服务能力等方面谈了促进残疾人社会组织发展的实践;广州市提出了通过组建行业协会等方式实践残疾人社会组织发展与管理的新思路;深圳市介绍了加强残联组织服务机构建设和扶持公益性残疾人社会组织发展的做法;青岛市介绍了通过政策扶持和利用社会资源，推进残疾人托养和康复服务的经验等，对于我们进一步做好新形势下的残疾人社会管理与服务，很有启发和帮助。

下面，我就加强残疾人社会管理与服务侧重谈两个问题，同大家一起研讨。

一、加强残联组织社会管理与服务是一项重要而紧迫的战略任务

改革开放以来，我国在实现经济持续快速发展的同时，不断加强社会建设。党的十六大以来提出了以人为本、全面协调可持续的科学发展观和构建社会主义和谐社会等重大战略思想，确立了社会主义经济建设、政治建设、文化建设、社会建设四位一体的中国特色社会主义事业总体布局，加强了以保障和改善民生为重点的社会建设，推动社会管理进入了新的历史阶段。目前，我国初步形成了党委领导、政府负责、社会协同、公众参与的社会管理格局。

残联组织社会管理与服务是国家社会管理大格局的重要组成部分，各级残联组织积极发挥反映诉求、提供服务、协调利益、化解矛盾的作用，成为党和政府与残疾人之间的桥梁纽带，在发展残疾人事业、促进社会和谐稳定进步中发挥了不可替代的重要作用。

中国残联始终重视社会管理与服务，成立之初就根据残疾人事业发展的要求定位在"代表、服务、管理"三种职能，积极介入社会管理和服务，发挥体制机制的优势，运用社会化工作方式，全面发展残疾人事业，为残疾人提供切实有效的服务。2000年，民政部、教育部、中国残联等14部门联合下发了《关于加强社区残疾人工作的意见》，对加强社区残疾人工作提出了明确要求。2003年，中国残联第四次全国代表大会，把维护残疾人合法权益、活跃基层残疾人组织作为主要任务纳入新章程。2008年以来，积极推进残疾人"两个体系"建设,努力使残疾人基本生活、医疗、康复、教育、就业等基本需求得到制度性保障。从2009年起,直接资助残疾人社会组织开展服务残疾人的公益项目。应该说,我们多年来的各项工作,都是围绕着实现残疾人的各项权利和根本利益所做的社会管理与服务工作。

在残联的积极推动下,国家颁布实施《中华人民共和国残疾人保障法》,先后实施了五个残疾人事业发展规划,全面开展了残疾人康复、教育、就业、扶贫、社会保障、维权、文化体育、无障碍环境建设、残疾预防等各项工作,确立了残疾人事业的业务格局,形成了"横向到边,纵向到底"的残疾人社会管理与服务的组织网络,建立了专职、专业和志愿者三支队伍。各级残联的专职工作人员发展到9.9万人,基层村(社区)残协的残疾人专职委员发展到56万人;建立了一大批康复、教育、就业、扶贫、维权、文化体育等专业服务机构;助残志愿者发展到530万人。此外,还建成各级各类残疾人专门协会15500个,建立了残疾人福利基金会以及残疾人康复协会、残疾人事业新闻宣传促进会、残疾人体育协会、残疾人事业发展研究会等专业社会团体,广泛联系各界爱心人士和专业人士,开展公益活动。残疾人工作者成为社会管理与服务的一支生力军。

经过20多年的探索和实践,残疾人事业已由过去以福利救济为主的社会福利工作,逐步发展成为领域广阔的综合性社会事业,残疾人状况明显改善,残疾人事业赢得了社会各界和国际社会的广泛赞誉,成为我国社会事业和人权保障的亮点。我国残疾人事业确立了"政府主导、各有关部门齐抓共管、社会广泛参与、残疾人组织充分发挥作用"的工作机制,建立了组织体系、业务体系、政策法规体系和思想理论体系,走上了一条适合国情、具有特色、科学发展的道路，初步形成了具有特色的社会化管理与服务的模式，在经济社会发展中发挥越来越重要的作用。

但是，我们也要看到，残联社会管理与服务还存在不少问题，理念思路、体制机制、政策措施、方法手段还不完全适应新形势的需要。主要表现在以下几个方面。

第一，残疾人社会保障和公共服务的供给严重不足，远远满足不了残疾人的基本需求。残疾人在基本生活、医疗卫生、康复、教育、就业、社会参与等方面还存在许多困难，总体生活状况与社会平均水平存在较大差距。2010年度残疾人家庭人均可支配收入6344.6元，仅为全国居民家庭人均可支配收入的59%。基本社会保险覆盖率还偏低，城镇残疾人登记失业率远高于全社会平均水平。解决残疾人民生问题，仍是我们面临的最重要、最迫切的问题。

第二，基层残疾人工作比较薄弱，服务设施少，服务能力不强，多数残疾人包括一些特别困难的残疾人还不能得到及时有效的服务。残疾人底数不清问题依然存在，始终有一部分残疾人我们不了解，不掌握，联系不到。我们建立的残疾人人口基础数据库已采集1891万残疾人的信息，约占残疾人总数的近1/4，主要以评残信息为主，缺少社会保障、康复、辅具适配、教育、就业、托养、住房、收入、社区环境等信息，还不能有效满足政府部门、残联制定政策和管理残疾人事业的需要。

第三，社会管理与服务的意识不够，观念不强。以人为本、服务为先、寓管理于服务之中的理念没有牢固树立。一些同志把管理片面地理解为居高临下的管控，管理手段单一，管理和服务脱节。专门协会和社会工作没有得到应有的重视。

第四，残疾人利益诉求表达机制、矛盾调处机制、权益保障机制不够健全。残疾人的一些合理诉求还得不到及时有效解决，因生活保障、就业安置、征地拆迁、机动车运营等引起的残疾人上访和群体性事件仍然呈多发状态。

第五，面对社会发展的一些新情况、新趋势、新挑战，我们的准备不足，相关的管理和服务未能跟上。如残疾人社会组织数量不断增加，在19万个民办非企业单位中，社会福利和社会慈善类占7%，有1万多个，其中有相当一部分从事为残疾人服务的工作，仅北京市就有民办残疾人服务组织177个。目前我国已成为全球最大的互联网国家，虚拟社会对现实社会的影响力日益增强，网络的舆论影响力越来越强，一些社会矛盾和热点敏感问题在网上快速扩散放大，一些残疾人也建了网站、博客、QQ群，就他们所关注的问题进行交流讨论。有专家指出，"不管愿不愿意，我们实际上都被一张看不见的社会组织的网覆盖了"。而我们对此关注和了解不多，虚拟社会网络舆论引导机制尚未建立。

上述这些问题，既有现阶段经济社会发展水平限制带来的问题，也有社会转型必然要经历的阵痛，还有我们社会管理水平不高、工作不到位带来的问题。对此，我们要有清醒的认识。如果这些问题处理不当、解决不好，不仅会影响残疾人事业的发展，也会影响党和国家改革、发展和稳定的大局。如何妥善解决矛盾和问题，是需要我们高度重视的重大课题。

加强和创新社会管理，是以胡锦涛同志为总书记的党中央全面把握国内外形势、从党和国家事业全局出发作出的重大战略决策，事关最广大人民的根本利益，事关党和国家的长治久安，同样也事关残疾人事业的长远发展。加强残联组织社会管理与服务，是新形势下做好残疾人工作、维护广大残疾人根本利益、提高残联组织社会化管理水平、推动残疾人事业健康持续发展的必然要求。

二、做好残联社会管理与服务工作要解决的若干重要问题

一是要充分认识残联组织在社会管理与服务大格局中的作用。各级残联要提高认识,切实增强在社会管理与服务中发挥作用的责任感和使命感。要从促进社会公平公正、保障人民安居乐业、为党和国家长治久安营造良好社会环境的全局和战略高度,全面认识加强社会管理和服务的重大意义,切实把思想和行动统一到中央的决策部署上来。要深刻认识到,发挥残联组织在社会管理与服务中的作用,是党和政府赋予残联组织的重要责任和对残联组织提出的明确要求,是残联作为党和政府联系广大残疾人的桥梁和纽带的组织性质所决定的,是残联组织履行"代表、服务、管理"职能的必然选择和应有之义,残联组织不仅责无旁贷,而且大有可为。必须增强工作的自觉性,牢牢把握工作的主动权,努力做到在思想认识上有新进步、在工作思路上有新拓展、在破解难题上有新对策,在参与社会管理与服务、做好新形势下残疾人工作上不断取得新成效。

二是要健全维护残疾人权益机制,切实维护残疾人的合法权益。加强和改进社会管理,必须形成科学有效的残疾人利益诉求表达机制、矛盾调处机制和权益保障机制,统筹协调残疾人的各种利益关系,切实维护残疾人的合法权益。

建立健全残疾人利益诉求表达机制。进一步完善残疾人状况监测制度、信息上报制度、"两会"议案提案制度,完善公共决策的社会公示制度、公众听证制度、专家咨询论证制度,畅通和拓宽广大残疾人的利益诉求表达渠道,努力满足残疾人依法有序表达愿望和诉求的需要,依法保障残疾人的知情权、参与权、表达权、监督权。完善信访工作机制,落实残联领导干部接访、下访、回访、联系残疾人制度,依法按政策及时处理残疾人反映的问题,切实维护残疾人合法权益。教育引导残疾人增强公民意识,正确认识基本国

情，通过理性的形式、合法手段和正当渠道表达利益诉求，自觉维护改革发展稳定大局。

建立健全残疾人矛盾调处机制。全面、准确和及时了解残疾人的思想脉搏和利益需求，把握残疾人中一些苗头性、倾向性、潜在性的问题。进一步发挥基层残联组织和村、社区残协在政策咨询、法律帮助、矛盾调解等方面的作用。与各有关部门协作，综合发挥人民调解、行政调解、司法调解的作用，健全调解网络，协助党和政府把社会矛盾化解在基层、消除在萌芽状态。

建立健全权益保障机制。了解掌握残疾人的所思、所忧、所盼，切实维护残疾人合法权益，帮助残疾人解决生产生活中的实际困难，努力满足残疾人教育、劳动就业、社会保障、医疗康复、住房等方面的基本需求，不断改善生产生活条件。同时，做好释疑解惑、理顺情绪工作，解决好残疾人的思想问题，为残疾人顺气鼓劲。

三是要建立健全基层的管理和服务体系。加强基层残疾人组织建设，建立健全基层残疾人工作保障机制。抓住党和政府加强和完善基层社会管理和服务体系、把工作精力和注意力更多放到基层的重要契机，进一步争取各级党委政府对基层残疾人工作的重视和支持，积极争取工作资源和条件，切实把人力、财力、物力更多地投到基层，解决好基层残疾人组织有人干事、有钱办事、有服务设施做事"三个有"问题。推动基层残疾人组织积极参与城乡基层社会管理和服务，发挥基层残疾人组织在完善社会管理格局中的反映诉求、维护权益、提供服务等作用，进一步壮大基层残疾人工作力量，拓展为残疾人直接服务的有效资源，提高服务能力，用好"残疾人之家"，促进基层工作更加活跃、更具活力、更有成效。

四是要全面掌握残疾人基本情况，完善残疾人人口基础数据库。进一步完善残疾人人口基础数据库,增加社会保障、康复、辅具适配、教育、就业、托养、住房、收入、社区环境等方面的信息,建立完善覆盖全部残疾人口的动态信息管理体系。要与人力资源社会保障、民政、卫生、公安、教育、扶贫办、人口计生、统计等系统信息资源实现互通互联,开展数据信息的交换与共享,实现对所有残疾人口底数清、情况明。在摸清人口底数的基础上,制定好政策,做好服务。要做好残疾人状况监测工作,充分利用监测数据,了解残疾人状况和小康实现情况,评估我们的业务工作并适时调整相关政策措施。安徽对全省残疾人基本情况进行全面普查,要建设360万残疾人"一人一表"的数据库,不光掌握宏观数据,也弄清微观情况,在全面掌握宏观和微观情况的基础上加强管理和服务。这种做法值得各地借鉴。

五是要加强对残疾人社会组织的联系、指导和服务。残疾人社会组织是社会建设的重要组成部分,是残疾人服务的重要提供者,是我们同根生的手足、了解诉求的触角、服务体系的延伸,是残联履行职能的重要抓手和提升服务水平的得力助手,也是党和政府服务民生和解决社会问题不可或缺的重要帮手。如何把这些组织的积极作用尽可能纳入体制的运行中,形成推动残疾人事业发展的合力,是我们当前面临的新课题。

要加强对残疾人社会组织的培育、服务和管理,在服务中实施管理,在管理中体现服务,通过强化社会服务提高社会管理实效。积极与社会组织进行合作,鼓励、支持和引导社会组织有序参与残疾人社会管理、承担社会事务、提供公共服务。要制定完善促进残疾人社会组织健康有序发展的法规政策,积极培育和发展残疾人服务组织。积极推动建立政府向社会组织购买公共服务机制,通过购买服务等方式,加强对残疾人社会组织的管理、服务和引导。专门协会是各类别残疾人的代表组织,在联系本类别组织方面具有天然的优势,要积极发挥专门协会在联系残疾人社会组织方面的桥梁纽带作用。此外,有条件的还可以探索成立类似于行业协会的残疾人社会组织,来联系和团结残疾人社会组织,加强行业管理和自律。

六是要加强残疾人工作者职业道德建设和人才队伍建设。我们要加强职业道德建设,恪守"人道、廉洁、服务、奉献"的职业道德,始终保持与残疾人的血肉联系,积极开拓进取,不断提高参与社会建设和社会管理的能力,提高依法发展、管理残疾人事业和为残疾人服务能力,切实履行好"代表、服务、管理"职能。

加强残联社会管理与服务人才队伍的建设,造就高素质的人才队伍。广大残疾人工作者是实现社会管理和服务的最前沿队伍与最基本力量。他们贴近基层,面对残疾人,能够直接体察残疾人需求,及时为群众排忧解难,把问题化解在基层。从目前实际情况看,残疾人工作者中专业工作人员数量少,绝大多数没有接受过系统的专业培训,难以提供个性化、多样化、系统化的专业服务。这种情况必须尽快改变。要制定系统的人才培训规划,提高残疾人工作者职业能力和专业素质。要建立激励机制等措施,鼓励和吸引社会工作专业人才从事残疾人社会管理与服务。

七是要完善突发事件应急管理体系,提高突发事件应急管理能力。近年来,我国每年都会发生一些突发事件。残疾人领域也可能出现突发事件,这对我们的临机管理能力是一个现实的考验,如果处理不好,就会造成不利的社会影响和工作被动。我们要坚持预防与应急并重、常态与非常态结合的原则,建立健全涉残突发事件应急机制,提高危机管理和风险管理能力。做好涉残突发事件的监测预警、信息报告、应急处置、信息发布和舆论引导,提高应急处置工作水平。突发事件应急处置工作结束后,要进行总结评估,汲取经验教训，制定改进措施，完善处置流程，为今后处置类似事件积累经验。

今天主要是提出一些问题与大家交流，希望同志们多思考、多探索、多实践，我们上下共同努力，做好残联社会管理与服务这篇大文章。

（在残联"组织社会管理与服务研讨会"上的讲话，2011年4月22日）

健全残疾人社会保障体系和服务体系

国民经济和社会发展第十二个五年规划纲要提出,要"健全残疾人社会保障体系和服务体系,为残疾人生活和发展提供稳定的制度性保障"。国务院批转的《中国残疾人事业"十二五"发展纲要》,以残疾人社会保障体系和服务体系建设为主线,对"十二五"时期残疾人工作作出了全面部署。基本公共服务体系、人口发展和老龄事业、妇女儿童事业等国家级专项规划也都对残疾人两个体系建设相关内容提出了明确要求。加快推进残疾人两个体系建设,推动残疾人事业科学发展,帮助广大残疾人和全国人民一道向着更高水平的小康社会迈进,是"十二五"时期加强社会建设、保障和改善民生的一项重要而紧迫的任务。

一、正确认识"十二五"时期残疾人事业发展面临的形势和任务

"十一五"时期,残疾人事业迈出了历史性新步伐。党中央、国务院印发《关于促进残疾人事业发展的意见》,对残疾人事业作出重大部署;修订《中华人民共和国残疾人保障法》;成功举办北京残奥会、广州亚残运会等重大文化体育活动,扶残助残的社会氛围日益浓厚;残疾人社会保障体系和服务体系建设扎实推进,政府和社会为残疾人服务的能力显著提高,城镇残疾人社会保险覆盖率由34.8%提高到60.9%,农村残疾人参加新农合的比例达到96%,城乡1000万残疾人享受最低生活保障。1000多万残疾人得到不同

程度的康复，残疾人受教育水平不断提高，新增城镇就业残疾人近180万，610多万农村贫困残疾人通过扶贫开发解决温饱，越来越多的残疾人实现了人生和事业的梦想，过上了幸福和有尊严的生活。

同时，我们也要清醒地看到，残疾人事业发展滞后于经济社会发展的局面尚未根本改变，残疾人总体状况与全社会平均水平差距较大的局面尚未根本改变，残疾人社会保障体系和服务体系不健全的问题仍然相当突出，残疾人事业城乡和区域发展不平衡的问题仍然相当突出。残疾人家庭人均收入仅为全国平均水平的60%，仍有相当一部分适龄残疾儿童未能上学，超过一半有就业能力的城镇残疾人未能就业，近1/4的城镇残疾人未参加任何社会保险，约40%的城镇未就业残疾人和70%的农村未就业残疾人主要靠家庭供养。残疾人在基本生活保障、就业、社会参与等方面还面临一些新的困难和压力，残疾人的利益诉求和过上更好生活的期盼日益迫切。残疾人事业仍然是全面建设小康社会进程中亟待加强的一个薄弱环节。

"十二五"时期，残疾人事业面临重要的发展机遇。党和政府坚持以人为本，着力加强社会建设、保障和改善民生，为残疾人事业发展提供了有力的政策支持。国民经济持续稳定发展，综合国力显著增强，为残疾人事业发展提供了雄厚的物质基础。国家基本公共服务体系逐步建立，扶残助残的社会氛围日益浓厚，为残疾人事业发展提供了良好的社会条件。我们必须抓住机遇、乘势而上，坚持把促进残疾人事业发展作为统筹经济社会发展的重要举措，把健全残疾人两个体系作为基本公共服务体系建设的优先领域，把保障残疾人基本需求作为保障和改善民生的重点任务，推动残疾人事业全面、协调、可持续发展。

二、准确把握"十二五"时期残疾人事业发展的主线和指导原则

推动"十二五"时期残疾人事业科学发展,意义重大、任务艰巨、工作繁重。要深入贯彻落实科学发展观,坚持走中国特色残疾人事业发展道路,健全残疾人两个体系,为残疾人生活和发展提供稳定的制度性保障,为实现残疾人与全国人民共奔小康目标打下坚实的基础。

坚持以残疾人为本的理念。要把改善残疾人民生、促进残疾人全面发展作为残疾人事业的根本出发点和落脚点。要立足于解决广大残疾人的生产、生活困难,使他们的基本生活得到稳定保障,享有康复、教育等基本公共服务;积极创造条件发展残疾人教育,大力促进残疾人就业,激励残疾人自尊、自信、自强、自立;尊重和保障残疾人对残疾人事务的知情权、参与权、表达权、监督权,建立健全残疾人诉求表达机制、矛盾调处机制和权益保护机制。

完善党委领导、政府负责、社会参与、残疾人组织充分发挥作用的发展模式。要坚持党委领导、政府负责的残疾人工作领导体制,将残疾人工作纳入党委政府重要议事日程。充分发挥政府残工委的综合协调职能,完善各司其职、密切配合、齐抓共管、高效运作的工作机制。综合运用各种财税支持手段,建立稳定增长的残疾人事业发展经费投入保障机制。更加注重社会力量在推动残疾人事业发展中的重要作用,广泛动员社会力量参与,重视发挥市场机制作用,形成有利于残疾人事业持续发展的社会环境。加强残疾人组织建设,使各级残联成为"残疾人之家",成为党和政府联系残疾人的桥梁纽带和发展残疾人事业的参谋助手。

强化普惠与特惠相结合的制度安排。要将残疾人作为重点对象纳入国家基本公共服务和社会保障制度,公共服务机构要为残疾人

提供特殊扶助和优先服务，保证残疾人能够以平等的机会享有与其他社会成员均等的普惠性社会保障和公共服务。同时，要充分考虑残疾人的特殊困难和需求，制定残疾人专项社会保障制度，大力发展残疾人康复、特殊教育、就业服务、无障碍环境建设和文化体育等特需服务，提高服务的制度化、专业化和标准化水平，保障残疾人在享有社会保障和服务方面实现结果上和实质上的公平。要将残疾人专项社会保障和公共服务制度建设放在优先位置。

加强基础工作，提高残疾人事业管理科学化水平。加强分类指导，推进残疾人事业城乡区域均衡发展。西部地区要突出重点，优先解决残疾人的基本生活、上学、就医、就业等迫切需求；中部地区要加快发展，缩小残疾人社会保障和服务与社会平均水平的差距；东部地区要全面建设，努力实现保障和服务的能力、水平与残疾人的需求相适应，率先实现残疾人社会保障和服务的制度化、专业化和标准化。按照城乡一体化要求，加大对农村残疾人生产扶助和生活救助力度，完善农村残疾人保障制度和服务设施，加快推进城乡残疾人社会保障一体化和服务均等化。落实城乡基层组织的残疾人工作职责，努力增强基层为残疾人服务的能力。加强残疾人事业基础数据收集，加强对政策和规划实施的统计监测和绩效评估，加强对残疾人事业理论与实践研究，不断提高推进残疾人社会保障和公共服务管理的科学化水平。

三、认真落实"十二五"时期残疾人事业发展的重点任务

"十二五"时期残疾人事业发展要紧紧围绕两个体系建设，重点做好以下几方面工作。

保障贫困残疾人基本生活，初步实现残疾人人人享有康复服务。社会保障是残疾人的民生安全网。要落实社会保险补贴，帮助残疾人普遍加入基本养老保险和基本医疗保险，逐步将残疾人基本

医疗康复项目纳入医疗保障范围。将符合条件的残疾人全部纳入城乡最低生活保障制度，实现应保尽保，提高低收入残疾人生活救助水平。加快建立贫困残疾人生活补贴、重度残疾人护理补贴、辅助器具补贴等制度，扩大残疾人社会福利范围，适当提高社会福利水平，形成与经济社会发展水平相适应的残疾人社会福利制度。实施一批助残慈善项目，推进残疾人慈善事业加快发展。完善社会化的康复服务和托养网络，全面开展社区康复服务，使残疾人通过康复，恢复和补偿功能，增强生活自理和社会适应能力，平等参与社会生活。

大力提高残疾人受教育水平，千方百计促进残疾人就业。全面良好的教育是残疾人实现平等、参与、共享的基本条件，是残疾人自尊、自信、自强、自立的关键。要进一步完善残疾人教育体系，帮助适龄残疾儿童少年普遍接受义务教育。积极发展残疾儿童学前康复教育，对残疾儿童接受普惠性学前教育予以资助；逐步实施残疾学生免费高中阶段教育，大力发展残疾人职业教育，加快发展残疾人高中阶段教育和高等教育。健全特殊教育保障机制，完善残疾学生教育救助政策。强化残疾人就业保护和就业促进政策措施，大力开发适合残疾人的就业岗位。认真实施《农村残疾人扶贫开发纲要（2011—2020年）》，加大对农村残疾人生产扶助和生活救助力度。继续开展残疾人康复扶贫。

促进残疾人文化大发展大繁荣，满足残疾人精神文化需求。要贯彻落实十七届六中全会《决定》精神，以社会主义核心价值体系为指导，以满足残疾人精神文化需求为出发点和落脚点，坚持以人为本、服务至上，完善面向残疾人的文化服务设施，发展公益性、群众性残疾人文化事业，丰富残疾人精神文化生活。实施好残疾人文化建设工程。促进残疾人群众体育和竞技体育均衡发展，提高残疾人竞技体育水平。

加强残疾预防,有效控制残疾发生和发展。由于工业化、城镇化和人口老龄化加快,我国正处于残疾风险的高发时期。要将残疾预防作为"十二五"时期残疾人事业的一个战略重点,制定和实施国家残疾预防行动计划,建立综合性、社会化预防和控制网络,形成信息准确、方法科学、管理完善、资源共享、监控有效的残疾预防机制。实施重点预防工程,普及残疾预防知识,有效控制残疾的发生和发展。

重视基础支撑条件建设,促进残疾人社会保障体系和服务体系可持续发展。要认真贯彻落实《中华人民共和国残疾人保障法》,制定无障碍环境建设条例、残疾预防和残疾人康复条例,修订《残疾人教育条例》,进一步完善残疾人社会保障和服务政策法规。加强对残疾人服务设施的统筹规划,加大投入,重点扶持。加强残疾人事业领域的科技创新和成果应用,完善残疾人社会保障和服务统计指标。鼓励民间资本参与发展残疾人社会福利事业,大力倡导志愿助残。做好联合国《残疾人权利公约》履约工作,建立健全国家履约机制。

加强残疾人组织建设,充分发挥社会管理和公共服务职能。各级残联要适应加强和创新社会管理的新要求,进一步加强组织建设和思想作风建设,不断提高为残疾人服务的能力。广大残疾人工作者要继续秉持"人道、廉洁、服务、奉献"的职业道德,带着深厚的感情,以饱满的热情、持久的激情、执着的痴情,全心全意为残疾人服务,协助政府、动员社会,扎扎实实落实好"十二五"时期各项残疾人工作。

(原载《求是》杂志,2012年第6期)

把握全局战略思维
实现残疾人全面小康的战略目标

全面建成小康社会、全面深化改革、全面依法治国、全面从严治党,是党的十八大以来以习近平同志为总书记的党中央从坚持和发展中国特色社会主义的全局出发,提出并形成的治国理政的重大战略部署。全面建成小康社会是纲领性目标,在"四个全面"中处于灵魂和统帅的地位,是实现中华民族伟大复兴中国梦的关键一步,带领广大残疾人到2020年步入全面小康社会,关乎"全局"战略目标的实现,是我们各级党委政府义不容辞的责任,也是当前残疾人工作最紧迫最艰巨的任务。

一、残疾人实现全面小康,彰显社会主义公平正义的首要价值观

李克强总理指出:"残疾人事业关乎社会的公平正义,也是社会主义的题中之义。我们的目标是,要在2020年全面建成小康社会,不能让残疾人掉队。要让残疾人的生活更加殷实、更有尊严。"我国有8500多万残疾人,是残疾人口最多的国家之一。国家宪法规定"国家尊重和保障人权",历来主张残疾人是社会大家庭的平等成员,保障残疾人人权的实现、为残疾人平等参与社会生活创造条件,是全社会义不容辞的责任。在改革开放和现代进程中,坚持以人为本的科学发展观,注重社会和谐进步,积极吸收借鉴国际残疾人事务先进理念,使残疾人事业走上了具有中国特色的可持续发展道路。2012年,联合国社会发展委员会残疾人事务特别报告员来访,对我国残疾人事业取得的成就给予高度赞赏。由于现实处境,残疾人及其亲属对享受经济社会发展更多成果的愿望比健全人更为强烈。我们国家作为《残疾人权利公约》最早的缔约国之一,完全有能力、有条件解决好中国残疾人的生存和发展问题,凸显我国人权保障的真实性和广泛性。

二、残疾人实现全面小康,体现共产党人的"为人民担当"鲜明理念

党的十七大报告提出"发扬人道主义,发展残疾人事业"。残疾人事业是中国特色社会主义事业的重要组成部分,党和国家的重视是残疾人事业发展的最大政治优势,它体现了党和国家全心全意为人民服务的宗旨和意志。习近平总书记指出:"残疾人是一个特殊困难的群体,需要格外关心、格外关注。让广大残疾人安居乐业、衣食无忧,过上幸福美好的生活,是我们党全心全意为人民服务宗旨的重要体现,是我国社会主义制度的必然要求。"残疾人是困难群体中最困难最特殊的一个群体。社会弱势群体有老人、妇女、儿童、下岗工人、进城民工等,而老人中的残疾老人、妇女中的残疾妇女、儿童中的残疾儿童、下岗工人中的残疾职工、进城民工中的伤残民工等就是难中之难、困中之困的人。他们是大多靠低保生活的低收入群体,对于生活日用品物价上涨感受最明显,在农村因残致贫、因病致贫的现象非常突出。扶贫扶到最后,基本上都是重度残疾人。总之,残疾人总体生活状况与社会平均水平差距很大,他们在基本生活、医疗、康复、教育、就业、社会参与方面,存在许多常人难以想象的困难,是保障改善民生和全面建设小康社会的难点和重点。我们必须站在立党为公、执政为民的高度,从党和国家发展大局出发,充分认识新形势下做好残疾人工作的重要性和紧迫性，进一步加大工作力度，采取更为有效的措施，切实保障残疾人合法权益，促进残疾人全面发展，使残疾人和全国人民一道迈向更高水平的小康社会。

三、补不上残疾人这块突出的短板，实现不了真正意义的"全面小康"

从现在起，我们要用6年时间解决全国8000万人口的贫困问题，在这其中残疾人有1230万，占15.4%，这是最难解决的"兜底"部分。第二次全国残疾人抽样调查和2013年度全国残疾人状况监测的数据，反映了残疾人现实的生存状况：收入差距明显，残疾人家庭人均可支配收入为10541.1元，是全国居民家庭人均可支配收入的56.7%。其中，城镇残疾人家庭人均可支配收入为15851.4元，是全国城镇居民家庭可支配收入的58.8%；城镇残疾人家庭医疗保健支出为1789.4元，是全国城镇居民人均医疗保健支出的1.6倍，农村残疾人家庭人均医疗保健支出为1032.8元，是全国农村居民家庭人均医疗保健支出的1.7倍；受教育水平低，学龄残疾儿童接受义务教育比例为72.7%，有27.3%的学龄残疾儿童没有接受义务教育，而全国非残疾儿童基本上都有义务教育的机会；残疾人就业水平大大低于全国水平，城镇残疾人登记失业率为10.8%，是全国城镇登记失业率4.1%的2.5倍。残疾人的基本需求与已为他们提供的服务之间也存在较大差距。在这里，我们可以从数据背后看到残疾人和他们家庭的艰难。

2014年12月，国务院常务会议专题研究如何实现残疾人全面小康，2015年1月，国务院在《关于加快推进残疾人小康进程的意见》（国发〔2015〕7号）文件中明确要求：到2020年，残疾人权益保障制度基本健全、基本公共服务体系更加完善，残疾人事业与经济社会协调发展；残疾人社会保障和基本公共服务水平明显提高，帮助残疾人共享我国经济社会发展成果。

四、加快残疾人小康进程，是实现治理体系和治理能力现代化、创新社会管理的重要内容

残疾人这个特殊困难群体，占全国13.5亿人口的6.34%，直接影响到其中的2亿多家庭人口。据统计，每年出生缺陷人口有90多万，占出生人口4%～5%；每年需要康复的重症精神残疾人有750万；每年因交通事故致残人数在50万以上；等等。这些都意味着要付出巨大的社会管理成本和隐藏着不确定的社会风险。社会保障体系是社会最重要的稳定器，是国家治理体系的核心内容，是社会公共事务管理体系的主要组成部分。党的十八大要求要"健全残疾人社会保障体系和服务体系"。国务院于2012年7月颁布《国家基本公共服务体系"十二五"规划》，"规划"将残疾人公共服务确定为国家基本公共服务体系九个组成部分之一，提出了"十二五"时期的主要任务、国家标准和保障工程，为两个体系建设提供了坚实的制度保障。

近十年来，残疾人社会保障体系建设成效明显：残疾人参加城乡居民基本养老和基本医疗保险个人缴费政府补贴制度全面落实，残疾人社会保险参保率稳步提高。2012年底，有215.1万城镇残疾人和667.4万农村残疾人纳入最低生活保障范围，残疾人低保家庭救助水平得到提高；2013年底，残疾人居民参加城镇基本医疗保险比例达90%以上；2014年底，城乡居民养老保险参保残疾人数达2180万；全国共有19个省（市、自治区）建立了困难残疾人生活补贴专项制度，15个省（市、自治区）建立了重度残疾人护理补贴专项制度，有700多万残疾人受益。

五、实现残疾人全面小康，关键在坚定信心形成合力，把"子系统"的各项政策措施真正落到实处

用最后 6 年的时间，建成惠及 13 亿人民的全面小康社会，使人民过上富足的小康生活，大多数残疾人也过上比较富足的小康生活，任务十分艰巨和紧迫。我们既要看到困难、挑战的一面，更要看到有利的机遇和条件。我们常说"机不可失，时不再来"，要清醒地看到，残疾人全面小康是一个新的历史起点、新的历史机遇，要用全局战略的眼光来认识它、抓住它。在这里，最大的机遇就是"四个全面"战略新格局的确定。在这个大格局中，第一个"全面"是建成小康社会，这个战略目标自身是一个大系统，残疾人小康是与其密切联系缺一不可的子系统。通过"大系统"与"子系统"的相互作用，实现全面小康这一历史进程，从而明显改善残疾人生存状况、提供更多的发展机会，把现有政策、措施变为广大残疾人看得见、摸得着的东西。因此，在今后 6 年时间里，特别是"十三五"期间，要用求真务实的态度和方法，以"咬定青山不放松"的意志力，扎扎实实地推进以下工作：

1. 加大康复工作力度。在全国 2732 个县（市、区）开展社区康复，康复进社区、服务到家庭。省、市、县级辅具机构建设和适配服务，为残疾人提供上门服务。持续开展精神病防治工作，进行重症精神病人服用二代药试点。助听器验配和人工耳蜗植入。通过实施重点康复工程与合作项目，实施人才队伍建设。培养公共卫生康复管理硕士和康复医学学科带头人、辅助器具工程师，新培训社区康复协调员。提高残疾人参加新农合和城市居民医疗保险的比例。重视残疾预防工作有了新进展，加强脑瘫、孤独症预防与康复研究。

2. 保障残疾人受教育权利。实施特殊教育提升计划（2014—

2016年），积极发展残疾儿童学前教育，与教育部、中国残联共同建立未入学适龄残疾儿童少年通报制度，积极采取措施提高残疾儿童少年义务教育普及水平。努力推进残疾儿童少年融合教育。完成"特殊教育学校二期建设规划"，支持特殊高等师范教育院校、残疾人高等院校和职业学校建设。

3. 提高残疾人就业率。与财政部、人力资源社会保障部、中国残联共同推动残疾人职业培训工作，举办全国残疾人岗位精英职业技能竞赛和"就业援助月"活动。组织盲人医疗按摩人员从医资格考试，完善《盲人保健按摩管理办法》，加强对盲人就业的扶持。完善残疾人就业优惠政策，营造有利社会环境，有效地促进残疾人就业和创业。

4. 抓好农村残疾人扶贫。落实国务院办公厅转发《农村残疾人扶贫开发纲要（2011—2020年）》，重点解决因残致贫问题，实现"两不愁、三保障"的减贫目标。开展农村贫困残疾人摸底调查，建立贫困残疾人信息管理系统。加大社会扶贫力度，与中组部、商务部、新闻出版总署、中国残联共同实施"十二五"农村基层党组织助残扶贫项目和万村千乡市场助残扶贫项目。加强扶贫政策衔接、创新扶贫方式，促进残疾人增收。通过国家在农村建立低保制度，每年解决低保人口500万，并逐年提高标准，将符合标准的残疾人全部涵盖其中。为农村残疾人提供实用技术培训，为农村贫困残疾人家庭实施危房改造。

5. 重视残疾人托养工作。落实国家发展改革委、财政部、民政部和中国残联等部门共同出台的《关于加快残疾人托养服务的意见》，多种形式发展残疾人托养服务，加强服务管理及加快服务专业化，推动残疾人托养服务工作标准化、规范化发展。目前，全国已建残疾人集中托养服务机构和日间照料机构5917个，为77.1万名残疾人提供了托养服务，其中 37.5 万人接受了"阳光家园计划"的资助。这些在今后要做好巩固、发展的工作。

6. 丰富残疾人文化生活。与中宣部、发展改革委等部门共同落实《关于加强残疾人文化建设的意见》，将残疾人文化工作全面纳入国家公共文化服务体系，强调在为残疾人提供均等文化服务的同时，广泛开展个性化服务，对残疾人文化创业等给予特别扶持。开展残疾人文化周、残疾人体育健身周、残疾人文化进社区等群众性残疾人文化体育活动。

7. 推进无障碍环境建设。与住房和城乡建设部修订发布《无障碍设计规范》国家标准；铁道部加快推进铁路旅客车站和列车无障碍改造。公安部在全国范围内推行 12110 短信报警求助服务，方便听力、言语残疾人在特殊情况下报警求助。中国银监会、中国银行业协会加强和改进金融和银行业对残疾人的无障碍服务。落实药品标签及说明书盲文标注工作。中央电视台重要节目直播要全程配置手语翻译。中国残疾人服务网与央视网合作开展面向聋人的春晚文字加视频直播网上服务。

8. 加强财力保障、基础设施建设、科技、信息化等基础性工作。中央财政要加大对地方残疾人事业发展的扶持，继续对康复中心、职业培训、托养中心等项目进行设施建设和设备补助，加快推进省、市、县（区）等地方基础设施建设，为提升残疾人服务打下坚实的物质技术基础。

六、把最终责任落到各级党委、政府身上

党委领导、政府负责、社会参与、残疾人组织充分发挥作用是中国特色残疾人事业的领导体制和工作机制。2008 年，《中共中央国务院在关于促进残疾人事业发展的意见》中明确要求："各级党委和政府要高度重视残疾人事业，把残疾人工作列入重要议事日程，进一步完善党委领导、政府负责的残疾人工作领导体制。"《国务院关于加快推进残疾人小康进程的意见》中强调：要健全组织领导机构，完善工作保障机制。各有关部门要按照职责和重点任务分工抓紧制定相关配套政策措施；省级人民政府要结合实际制定具体实施方案；要开展残疾人小康进程监测，督促检查落实情况，组织专项督查工作。

党的十八大全面总结了改革开放以来的历程，指出我们取得伟大成就的根本原因，是始终高举中国特色社会主义伟大旗帜，坚持走中国特色社会主义道路。残疾人事业在这一波澜壮阔的里程中崛起、发展，造福了千千万万残疾人。人民群众是改革开放和社会主义现代化建设的主体，也是最大的受益者。习近平总书记指出："实现全面建成小康社会、建成富强民主文明和谐的社会主义现代化国家的奋斗目标，实现中华民族伟大复兴的中国梦，就是要实现国家富强、民族振兴、人民幸福，既深深体现了今天中国人的理想，也深深反映了我们先人们不懈追求进步的光荣传统。"发展依靠人民，发展为了人民，发展成果由人民共享，广大残疾人也在其中。中国残疾人事业的开拓者邓朴方同志在20年前满怀信心地说：现在我们只有上，只有咬紧牙关，树立信心，顽强拼搏，相信通过我们的努力，残疾人与全国人民共奔小康的目标一定能够实现。

（中央党校"战略思维与领导能力"研究专题课题报告，2015年4月23日）

言事篇

荣誉归功于祖国和人民

在举国上下庆祝党的十六届四中全会胜利闭幕和迎接伟大祖国五十五周年国庆的大喜日子里，中国残奥代表团287人肩负着祖国和人民的重托，在奥林匹克运动的发源地——希腊雅典第十二届残奥会赛场，团结奋战、顽强拼搏，取得了令世人瞩目的辉煌成绩，金牌、奖牌排名分别由上届第六位、第八位跃居榜首，中华人民共和国国歌63次奏响在雅典上空，鲜艳的五星红旗141次在雅典赛场升起。我国残奥健儿在雅典残奥会取得历史性的突破，表现出强烈的爱国主义、英雄主义和集体主义精神，向全世界展示了我国改革开放和社会文明进步的伟大成就，展示了中华民族自强不息、顽强拼搏的精神，展示了我国人权保障和残疾人事业领域取得的重要进展。今天，我们可以自豪地说，我们残奥健儿无愧于祖国和人民的期望，我国残奥健儿再一次为祖国和人民赢得了新的荣誉。

在雅典参赛的日子里，我们时时刻刻都能感受到祖国和人民的关怀和支持，特别是9月27日，中共中央、国务院发来贺电，使我们激动万分，深受鼓舞。我们虽然身在国外，但祖国时刻在我们心中。为祖国和人民争取荣誉，是我们最大的心愿，也是我们夺金牌、破纪录的强大精神动力。在这里，请允许我代表中国残奥代表团运动员、教练员和工作人员，向各级领导同志，向全国人民表示衷心的感谢。现作如下汇报。

一、本届残奥会的盛况

第十二届残奥会于 2004 年 9 月 17 日至 28 日在希腊雅典举行。这是世界残奥历史上规模最大、水平空前、影响力深远的一次盛会。雅典残奥会是奥运会和残奥会第一次由同一组委会组织完成，在现代奥林匹克运动发展史上具有特殊意义。参加本次残奥会的共有 136 个国家和地区、运动员 3840 人，加上新闻记者、工作人员，总人数超过 9000 人。本届残奥会共设 19 个大项、519 个小项。雅典继成功举办了第二十八届夏季奥运会后，又出色举办第十二届残奥会，充分体现了"追求、力量、鼓舞、庆典"的主题。希腊和雅典市政府对残奥会非常重视，希腊总统康斯坦丁诺出席开幕式并宣布开幕，国际残奥会主席克雷文致辞。希腊人民特别是雅典市民对残奥会倾注了极大的热情，售出门票 130 多万张，许多家庭全家到赛场观看比赛，为运动员呐喊助威。动人心魄的开幕式《太阳之旅》的演出，被誉为"雅典人民把惊喜留给残奥会"。闭幕式上中国残疾人艺术团的表演，震撼了全场观众。来自各行业的 15000 名志愿者参加医疗、礼仪、服务、通讯、交通等方面的工作。一些志愿者年过七旬、白发苍苍，仍不辞疲倦，满怀爱心、热情周到地为大会服务，给我们留下了难忘而美好的印象。

在雅典残奥会的十二天中，每场比赛都紧张、激烈，扣人心弦，一些世界纪录保持者，这次纷纷落马，许多名不见经传的小将或新手，在竞争中脱颖而出。一些运动员虽然破了世界纪录，却拿不到奖牌；胜负之别，竟在毫厘之间，比赛的对抗性、激烈性和观赏性，彰显出竞技体育的无穷魅力。

我们还特别感到，雅典组委会在关怀和呵护残疾人方面，工作十分周到细致。无论是主会场、各比赛场地还是运动员村，都完全做到了"无障碍"。残疾人无论参加或观看比赛，都有专门入口，有专用电梯，卫生间都有专用厕位；供盲人使用的盲道交叉纵横；低底板公共交通车辆，都有伸缩自如的搭板，使轮椅能够自如、方便地上下。可以说，雅典残奥会充分体现了人文关怀的理念。

我们感到，本届残奥会不仅是一次规模空前、竞争激烈的体育赛事，同时也是世界残疾人的盛大节日。来自世界各地的不同语言、不同肤色、不同国籍与地区的残疾人在这里欢聚一堂，共同度过了人生中难忘而美好的时光。

二、精诚团结、顽强拼搏

在本届雅典残奥会的激烈竞争中，中国体育代表团共有200名运动员，参加了11个大项、284个小项的比赛，共获得了金牌63枚、银牌46枚、铜牌32枚，奖牌共计141枚，有23人创下29项世界纪录。与中国体育代表团参加悉尼残奥会相比，有以下几个明显的变化：一是我代表团在金牌、奖牌榜上的排名由第六位、第八位跃居到第一位；二是不仅在田径、游泳、乒乓球、举重等重点项目上继续保持了优势，盲人柔道项目也成绩喜人；三是首次参加残奥会的坐式排球、自行车、射箭、轮椅击剑项目，并获得了金牌；四是大批年轻选手表现突出，不仅得到了锻炼，而且取得了优异成绩，为参加2008年北京残奥会奠定了坚实基础。

从本届残奥会比赛结果看，我国残疾人体育的总体实力有了新的提高，与悉尼残奥会相比，获奖项目增加了5项，金牌数增加了29枚，奖牌数增加了69枚。其中26枚金牌是由首次参加残奥会的选手获得。

开赛第一天，年轻射击运动员李剑飞，凭借稳定的心理素质和过硬的技术水平，在比赛中不畏强手，以2.2环的优势，为代表团夺得第一枚金牌，极大地鼓舞了全团士气。乒乓球队更是发挥团队精神，在比赛中团结协作，敢打敢拼，一路过关斩将，多次在落后的情况下，反败为胜，力克各路劲旅，全队共 13 名队员，共获得 7 枚金牌、3 枚银牌、3 枚铜牌。其中，夺得中国残奥会史上第 100 枚金牌的广西籍选手张小玲，连续 5 届在残奥会上夺得 9 枚金牌，创造了残奥运动史上的奇迹。年轻的中国轮椅击剑队、自行车队、射箭队，首次参加残奥会比赛，战胜强劲对手，获得金牌，实现了零的突破。游泳比赛竞争异常激烈，各国选手运动水平提高迅速，绝大多数项目的世界纪录被打破，游泳队在首个项目虽有多名选手闯入决赛并发挥了最好的成绩，但首轮却与金牌失之交臂，在开局不利的情况下，全队上下及时总结调整，坚定信心，在随后的比赛中发挥出色，一举夺得 19 枚金牌。举重队共 19 名运动员，获得 5 枚金牌、4 枚银牌、6 枚铜牌，打破 3 次世界纪录。老将威风不减当年，又涌现出一批新秀。

夺金大户田径队，克服了赛前分级调整和级别合并等不利因素的影响，及时调整战术，比赛中一批首次参赛的年轻选手表现突出，不畏强手，勇挑重担，顽强拼搏，多次在竞技场上创造优异成绩，共夺得 25 枚金牌，超额完成了赛前的既定目标。

代表团高度重视反兴奋剂工作，赛前对 60 名运动员进行了严格抽查，进行了反兴奋剂教育，与各运动队签订责任书。本届残奥会同奥运会一样进行了严格的兴奋剂检测，我代表团有 49 名运动员接受检查，无一例阳性。

残奥会是当代残疾人体育最高层次的综合性大赛，竞争十分激烈。我国运动员在雅典残奥会上赛出了意志，赛出了风格，赛出了水平。国际残奥会主席克雷文先生为中国金牌获得者颁奖并盛赞中国残奥代表团的表现，他表示，中国运动员在比赛中不仅表现出很高的竞技水平，同时也展现出良好的精神状态和顽强意志，给大家留下了十分深刻的印象。

中国体育代表团作为一个整体，每一个成员都积极地为代表团的优异成绩作出了贡献。即使是没有获得奖牌的运动员以及他们的教练，在比赛落后的情况下，仍然锲而不舍、不言放弃，创造了自己的最好成绩，这种精神同样应该得到称赞。本届残奥会中国代表团所取得的每一块奖牌都来之不易，每一次拼搏的背后都有一段感人的故事，都是全体运动员、教练员、工作人员共同努力的结果。

团部全体人员发扬不怕疲劳、连续作战、高效务实的工作作风，对参赛队伍实行统一领导，全力以赴地打好开局第一仗，以鼓舞全团士气，审时度势，重点部署关键场次比赛，及时解决各运动队遇到的困难和问题；团部坚持午夜例会制度，及时小结和分析形势，团部领导和各领队配合教练员一起帮助运动员调整情绪，以最佳的竞技状态，轻装上阵，提高争金夺牌的成功率。办公室、竞赛、外联、医疗、财务等工作小组，都出色地完成了各项工作。

残疾人体育事业离不开无私奉献的优秀教练员，在长达十个月的集训参赛过程中，每一位教练员都坚守岗位、恪尽职守、无私奉献。在训练场上，他们认真负责，精心钻研，努力提高运动员的运动成绩，在生活上，他们是运动员的良师益友。在集训中，教练员金帆的父亲病逝、张贵富的父亲病重，他们都一心扑在训练上，作出了巨大牺牲。来自新疆的锡伯族射箭队教练永玉平到雅典后因疲劳过度，旧患复发，住进医院，他依然时刻挂念着赛前训练，病未痊愈就坚持出院，又出现在训练场上。

游泳运动员尹建华的父亲，在代表团出征前一天不幸去世。他的家人顾全大局，把祖国和人民的利益放在首位，为了不影响尹建华参赛，一直瞒着他这个悲痛的消息，直到代表团返回北京才告诉他。尹建华在本届残奥会上夺得 2 枚金牌，并打破 2 项世界纪录,他用自己优异成绩告慰自己的亲人。来自湖北的无臂游泳运动员何军权,儿子今年8月份出生,为了备战残奥会,至今父子还未相见,将个人利益融入集体当中,胸怀祖国,全身心投入训练,在比赛中力挫群雄一举夺得4枚金牌,打破3项世界纪录。特别可喜的是,首次参加残奥会的中国女子坐式排球队,以中国女排为榜样,解放思想,敢打敢拼,一路过关斩将,力克欧美劲旅,勇夺冠军,为我国集体项目的发展树立了榜样。轮椅竞速是残疾人体育最具代表性的项目,首次参赛的中国轮椅竞速队,在男子4×100米接力预赛中列第一位,后因技术犯规被取消成绩,但仍引起了各参赛国的震惊,为我国发展轮椅项目树立了信心,积累了经验。

三、荣誉归功于祖国和人民

中国体育代表团在本届残奥会上取得优异成绩,是党中央、国务院对发展残疾人事业的高度重视、关心和支持的结果。特别是北京申办2008年奥运会成功之后,中央领导同志对备战2004年雅典残奥会和2008年北京残奥会作出了重要批示。中共中央、国务院在《关于进一步加强和改进新时期体育工作的意见》中明确指出,筹备和组织2008年奥运会和残奥会,既是北京市和体育总局的大事,也是全国人民的盛事,要把2008年奥运会和残奥会办成历史上最出色的一届奥运会,同时提出要重视和支持残疾人运动员的选拔、集训、组团、参赛工作,按照国际惯例确保2008年残奥会圆满成功。中央有关部委加大了对残疾人体育事业的投入,批准成立了中国残疾人奥林匹克运动管理中心,在组织和经费等方面提供了有力的保障。成绩的取得,得益于国家的改革开放、国民经济快速发展、综合国力大大增强,得益于我国残疾人事业的发展,广大残疾人生活状况的显著改善,为残疾人体育运动的发展提供了更好的条件。

各级政府和有关部门，对残疾人运动员参加残奥会都给予了大力支持。各省、直辖市、自治区残联和体育局积极发现、培养、输送残疾人运动员。承担集训任务的江苏、上海、福建、云南、陕西、天津、湖北、河北、广东等省市领导和有关部门都十分重视，专门成立了由主管领导任组长的集训工作领导小组，为集训提供了良好的服务和保障。国家财政用彩票公益金专项支持残疾人体育事业，国家体育总局在部门集中的体育彩票公益金中拨出经费用于发展残疾人体育。中国残联党组、理事会高度重视中国残奥代表团组团、集训和参赛工作，会同国家体育总局为备战本届残奥会，做了大量卓有成效的工作，充分利用现有的体育训练基地，精心组织、周密安排，保证了运动员科学系统的训练，提高了运动员的竞技水平；同时加大力度，为运动员创造更多的参加国际赛事的机会，积累了经验并获得了更多的残奥会入场券。从代表团总体成绩来看，效果十分明显。同时，代表团在参赛期间也得到了后勤保障的有力支持。

代表团出发前，回良玉副总理、陈至立国务委员亲切接见代表团全体成员并作重要讲话。残奥会期间，当代表团取得优异成绩时，回良玉副总理、陈至立国务委员又分别打电话表示祝贺，鼓励运动员再创佳绩，十分关心运动员的生活和安全情况，并亲自到机场迎接代表团凯旋。邓朴方主席亲赴赛场，为运动员鼓劲并颁奖。国家体育总局、全国总工会、共青团中央、全国妇联、中国残联以及许多省、直辖市、自治区的党、政领导同志、部队、社会团体纷纷来电、来信祝贺，使代表团备受鼓舞。

残奥会开幕之前，我国驻希腊大使唐振琪到残奥村看望运动员，并参加中国代表团入村升旗仪式，使馆同志为代表团举办了气氛热烈的欢迎和庆功会。华人、华侨和留学生等在赛场上为运动员呐喊助威。所有这一切,都使代表团感到:我们身后有一个伟大的祖国!为祖国而战,为荣誉而战,这绝不是空话,而是发生在雅典真真切切的故事。

为了扩大残疾人体育的交流与合作,增进运动员之间的友谊,团领导参加了国际残奥会、雅典组委会、希中友好协会及有关友好国家筹办的活动,并拜访了香港、澳门地区体育代表团。

为了宣传报道中国残奥代表团和雅典残奥会,新华社、人民日报社、中央电视台派出阵容强大的报道组,共有60多人的国内记者团,他们不辞辛劳,奔波在运动员村内外,奔波于比赛场馆之间,共发出报道千余条、照片1000多幅,各大网站全面深入地报道了中国残奥代表团的参赛情况,使国内亿万观众和读者能及时了解中国代表团和雅典残奥会的盛况。

中国代表团的出色表现引起国际媒体的广泛关注,NHK、BBC、美联社、法新社、巴西国家电视台、波兰国家电视台、白俄罗斯国家电视台等媒体纷纷要求采访我团。团领导和运动员在接受采访时,宣传了我国改革开放后经济社会的巨大进步,宣传了我国残疾人事业和残疾人体育工作所取得的成就,宣传了我们与各国残疾人组织和残疾人运动员加强交流与合作的诚挚愿望。

同志们、朋友们,通过这次残奥会,我们看到了中国残疾人体育运动的巨大进步,同时我们也应该看到,中国残疾人体育运动总体水平还不是很高,在机制上还需要不断提高和完善。

体育是社会发展和人类文明进步的标志,残疾人体育事业发展水平是一个国家综合国力和社会文明程度的重要体现,是一个国家民族精神力量的重要标志。目前,国际残疾人体育运动飞速发展,各国政府加大了对残疾人体育的重视和投入。从本届运动会的奖牌分布来看，70多个国家夺得奖牌，40％的世界纪录被打破，竞争日益激烈，乌克兰、捷克等国家异军突起，残疾人体育的发展面临新的格局。如何保持优势、持续发展是对我们巨大的挑战。

残疾人体育发展科技含量日益增高，本次运动会中双腿假肢的男子100米成绩达到11秒。残疾人竞速轮椅、专用自行车及专项器材、装备研制水平的高低直接制约和影响着残疾人运动员的成绩，目前我国在这个领域内尚属空白。本届残奥会设立19个大项，我国仅参加11项，尚有8项未取得残奥会的资格，其中有3项还没有开始申请参赛资格。作为2008年北京残奥会的东道国，我国将力争参加所有大项的比赛，在这样短的时间内，进一步拓展参赛项目，提高新开展项目的水平，是对我们的重要挑战。

我国残疾人运动员是业余选手，多数没有固定职业。他们在参加训练的时候不得不考虑自身和家庭经济生活问题，一些优秀人才因生活困难不得不放弃体育。仅仅依靠国家资金的投入不能解决所有问题，需要全社会的关注和支持。

残奥会在广大残疾朋友心目中有极其崇高的地位，我们要充分利用残奥会的影响，在我国更加广泛地开展残疾人体育运动，使更多的残疾人投入到体育锻炼、康复健身活动中来，增强体质、提高素质，参与社会生活，积极投身改革开放和全面建设小康社会的伟大实践，为我国社会主义的物质文明、精神文明、政治文明建设作出应有的贡献。

同志们、朋友们，雅典残奥会已经结束，2008年北京残奥会已进入倒计时，成绩已经成为过去，走下领奖台，一切从零开始。让我们高举邓小平理论和"三个代表"重要思想的伟大旗帜，紧密团结在以胡锦涛同志为总书记的党中央周围，在全国人民的热情关注和支持下，团结奋进，开拓进取，扎实工作，为在2008年北京残奥会上取得更加优异的成绩,为推进我国残疾人体育和残疾人事业的全面发展作出新的贡献。

(在第十二届残奥会中国体育代表团总结表彰大会上的讲话,2004年9月30日)

向党和人民交出一份满意的答卷

在全国人民欢庆北京奥运会圆满成功、喜迎残奥会之际,召开残奥会赛时动员大会,对做好中国残奥代表团参赛工作的战前总动员意义重大。下面,我就中国残奥代表团的有关情况作简要报告。

残疾人体育是残疾人康复健身、平等参与社会、实现自身价值的重要途径,也是展示一个国家综合国力、文明程度、人权保障以及彰显人文精神的重要平台。举办残奥会,就是要通过体育这种生动直观的形式展示残疾人自强不息、乐观向上的精神,让社会更多地了解、关心残疾人,推进社会文明进步。历届残奥会都改变了举办国人民的观念,该国残疾人事业以此为契机,实现了跨越式的发展。在全世界,残疾人参与体育竞赛都以其不畏艰难、百折不挠、乐观进取、顽强拼搏的精神为世人瞩目,给人以启迪和激励,残奥会以其强烈的感染力给世界增添了宝贵的精神财富。

改革开放以来,我国残疾人体育事业取得了巨大成就。1984年,我国首次派团参加残奥会。2004年在雅典残奥会上,中国代表团取得金牌、奖牌总数双第一的好成绩。自雅典残奥会以来,我国共派出113个代表团(队)共1731名运动员参加国际积分赛,共夺得811枚金牌、438枚银牌、335枚铜牌,打破超67项世界纪录,为参加北京残奥会打下坚实基础。

党和国家高度关心和重视残奥会和中国残奥代表团组团参赛工作。胡锦涛总书记指出,要抓紧做好残奥会各项筹办工作,落实残奥会各项筹办任务,广泛动员社会各界关注残奥运动、关注残奥会、关注残疾人体育事业，努力实现两个奥运同样精彩。习近平同志就残奥会和残奥代表团工作也作出了重要指示。在党和国家的关心和重视下，在国家体育总局、北京奥组委等部门大力协助下，中国残奥代表团各项工作正在顺利进行。今年7月17日，北京2008年残奥会中国体育代表团正式宣告成立，全团上下一心，目前正在全国14个训练基地进行紧张有序的训练。

北京残奥会中国体育代表团全团共547人，其中有运动员332人，男运动员197名，女运动员135名。运动员中有公务员、学生、农民、自由职业者，均为业余运动员，年龄最大的51岁，最小的15岁，来自汉、回、满、彝、壮、蒙古、土家、傈僳、布朗、哈尼共10个民族。中国代表团将参加北京残奥会所设田径、游泳、乒乓球、射击、举重、盲人柔道、自行车、射箭、轮椅击剑、轮椅网球、坐式排球等20个大项、295个小项的比赛。

本次代表团有四个显著特点：一是规模大。中国残奥代表团是我国自1984年首次参加残奥会以来规模最大的残奥代表团，也是北京残奥会规模最大的代表团。运动员比雅典残奥会增加132人。二是项目全。雅典残奥会我们只参加了11个大项的比赛，这次将参加北京残奥会全部20个大项的比赛，其中马术、轮椅橄榄球、轮椅篮球、赛艇、帆船、硬地滚球、盲人足球、脑瘫足球、盲人门球是首次参加残奥会。三是覆盖面广。代表团成员来自全国31个省、直辖市和自治区，其中运动员来自29个省、直辖市和自治区，充分显示了我国残疾人体育发展的广泛性和普及性。四是新运动员多。本次代表团中首次参加残奥会的运动员有226人，占运动员总数的68%。

中国奥运代表团在北京奥运会上取得了辉煌的成绩，极大地鼓舞和激励了全国各族人民。我们残奥代表团决心以奥运军团为榜样，注重科学训练，从严、从难、从实战出发，强调细节处理，细化参赛流程，拟定训练和参赛计划，注重心理辅导和调节，保证运动员临场发挥出最好水平，争取最佳成绩。同时，加强队伍爱国主义、集体主义教育，进一步坚定运动员、教练员"自强不息，为国争光"的理想和信念，激发残疾人运动员刻苦训练、敢为先的精神和斗志，胜不骄，败不馁，在北京残奥会上以出色的运动成绩、良好的体育道德风貌，作文明之师、威武之师，展示残疾人运动员文明向上、乐观进取的精神，展示我国残疾人事业的发展进步，展示我国经济社会发展伟大成就。

在这里，我还要说明一点，我们与国家体育总局合作，高度重视中国残奥代表团反兴奋剂工作，严抓实管，确保代表团的"圣洁出征"，维护国家形象。

中国残奥代表团承载着十三亿人民的期望，承载着全国8300万残疾人的重托。在北京残奥会上取得运动成绩和精神文明双丰收，这是党和人民对我们的殷切期盼，是广大残疾人运动员、残疾人工作者的追求和梦想。我们一定按照胡锦涛总书记的指示精神，在中央奥运筹办工作领导小组的直接领导下，在全国人民的热情支持下，广大残疾人运动员、残疾人工作者团结一致，奋发努力，以出色的成绩向党中央、国务院和全国人民交上一份满意的答卷。

（在"北京残奥会赛时动员大会"上的讲话，2008年8月26日）

为实现"两个亚运,同样精彩"奋发努力

在党中央、国务院的高度重视和坚强领导下,经过广东省、广州市、亚运会组委会和亚运会亚残运会筹办工作各协调机构、各有关部门、有关方面的共同努力,经过16天的紧张、有序运行,广州亚运会已于昨天圆满落幕。

广州亚运会开闭幕式以珠江为舞台、城市为背景,令世人惊叹,突破运动会开闭幕式的传统思维,充分体现了锐意进取、改革创新精神。亚运会出色的组织工作,热情周到的服务,志愿者的奉献精神,东道主热情、友好的待客之道,赢得了参赛各代表团以及各国际体育单项组织的高度评价。

广东省举全省之力,付出了卓绝的努力,郑重兑现了对国际社会的庄严承诺,成功举办一届热烈、精彩的亚洲体育盛会,感动了亚洲人民。成功举办广州亚运会,为推动亚洲奥林匹克运动的发展,促进亚洲的和谐进步、繁荣发展和人民的友谊,作出了重要贡献。成功举办广州亚运会,充分展示了我国改革开放、科学发展的成就和时代风貌。广州亚运会的辉煌永载史册。在此,向组委会各工作机构、各赛区、各运行团队的同志们,为亚运会热情奉献的志愿者们,表示热烈祝贺和亲切的慰问!

党中央、国务院对办好广州亚残运会高度重视,要求实现"两个亚运,同样精彩"。12月4日,党和国家领导人将出席在北京举行的广州亚残运会火炬点燃暨火炬传递仪式,亲自点燃火炬,并宣布广州亚残运会火炬传递开始,充分体现了对广州亚残运会和残疾

人事业的关心和重视。11月28日，在广州亚运会胜利落幕第二天，刘延东同志立即召开广州亚运会亚残运会筹办工作领导小组会议，专题研究亚残运会工作。回良玉副总理、刘延东国务委员、邓朴方主席和汪洋书记高度重视广州亚残运会筹办工作，要求通过成功举办亚残运会，弘扬人道主义精神，进一步推动残疾人事业又好又快发展、促进和谐社会建设和社会文明进步，展现我国人权保障的成就。为促进亚洲人民的和平、友谊、进步和弘扬人道主义精神作出贡献！

广东省、广州市立足同时筹办两个大型运动会、主办两个运动会的国际体育组织之间没有合作协议等实际情况，加强领导，统一指挥，科学调度，倾情投入，两个亚运筹办工作同步推进，在组织体制、筹办机制上积极创新，为运动会的成功举办打下了坚实的基础。通过各部门、各工作机构的通力合作，在无障碍设施建设、赛事组织、人员培训、重大活动、运动会服务、城市运行等筹办工作各个方面快速推进，取得了突破性的进展，目前广州亚残运会筹办工作基本就绪。广东省、广州市残疾人事业加快发展，残疾人社会保障体系和服务体系建设成果显著，为广大残疾人创造新生活。

今天，广东省召开亚残运会动员大会，充分体现了广东省委、省政府对举办亚残运会的高度重视和实现"两个亚运，同样精彩"的坚定决心。在此，我代表中国残联、中国残奥委员会，对广东省委、省政府及有关部门，广州市委、市政府及有关部门和组委会各运行团队，为广州亚残运会和残疾人事业发展所作的巨大努力和热诚奉献，表示衷心的感谢和崇高的敬意！

刚刚送别参加亚运会的宾客，广东省、广州市又要热情迎接参加广州亚残运会的各方来宾，再过11天，广州亚残运会就要正式开幕。在此，我再谈几点意见。

一、克服疲劳，继续以饱满的热情投入到亚残运会运行工作

亚残运会转换工作任务重，时间紧，业务交叉多，运行服务与转换并行。经过长时间、高强度的亚运会赛会运行，同志们身体都比较疲劳，在思想上也容易松懈。因此，工作安排上要加强统筹安排，科学调度，做好人员岗位配置和适度的人员调休。各级领导要带好头，鼓励一线工作同志，继续发扬亚运会期间能吃苦、善战斗的良好精神风貌，继续保持饱满的精神状态，克服身体上的疲劳，以饱满的热情、坚定的信心、严谨的作风，扎实地做好亚残运会开幕前的各项准备工作和赛时运行工作，在亚运会的成就上再立新功。

二、加强统筹协调，细致扎实地做好转换工作

顺利实现由亚运会转换到亚残运会，是成功举办亚残运会的前提。转换期人员岗位调整、物资移出移入、设施设备安装以及景观布置等工作任务重、头绪多，更要加强统筹，细致、扎实地做好工作。

一是请各部门、各工作机构要加强调度和统筹力度，确保转换期工作有序推进。处理好管理和服务保障工作关系，为顺利转换创造良好的工作条件。及时制作、发放落实各项工作证件，做到及时开展亚残运会转换工作，各场馆运行团队、运行指挥部要掌握转换工作进度、质量，及时协调、解决转换过程中产生的问题，扎实完成各项转换任务。在转换工作中，要特别注意安全生产和施工安全。

二是加强对重点场馆、重点领域的指导、监控、协调力度。运动员村、机场、总部饭店、主体育场等场馆和开幕式、无障碍设施、信息技术系统等领域，转换工作任务多、难度大、风险高，有

关工作机构要重点加强指导、监控、协调和保障力度，推进各项转换工作按时、保质、高效落实。

三是要继续在细节上完善无障碍设施。无障碍工作已经取得显著的成绩，转换期重点要在细节上进一步完善，把超出亚运会运行需求的无障碍设施及时布置到位，加强设施标志、可靠性、安全性、便捷性方面的检查，满足亚残运会的特殊要求。整理、发布服务信息，充分体现亚残运会的人文情怀。

四是提前细致做好服务接待工作。赛会接待活动规格高、人员多，是接待服务工作的难点所在。欢迎宴会、出席开幕式等活动的邀请、证件、票务、交通等各个环节，要力求严谨、周全、细致。加强与外交部沟通、配合，做好领导人会见外国政要的安排。

三、着力建立协调联络和信息发布机制，周密地做好竞赛组织工作

竞赛组织是赛会运行的核心。组委会有关机构要着力加强与亚洲残奥委员会、国际单项残疾人体育组织和各代表团的联络、沟通工作，着力建立高效的协调联络机制、信息发布机制和共享机制，确保及时掌握准确的信息，为做好决策和应对工作提供信息支持。要高度重视运动会项目设立、运动员参赛资格、分级信息、代表团抵离信息，采取积极有效措施，保证运动会的规模，保证赛事规范有序运行。

加强与国际单项体育组织的协调，周密地做好赛事组织和服务保障工作。配合国际体育组织，做好亚残运会分级工作，为竞赛编排及时提供准确的信息。竞赛编排要适应分级变化、小项设立等方面的变化。通过联调测试提高计时记分系统和成绩信息系统的稳定性、可靠性。体育展示工作既要营造热情、欢快的赛场氛围，又要兼顾残疾人体育项目的特点，引导观众观赏赛事。竞赛场馆运行团

队和相关领域要切实做好培训、运行和服务保障工作，提供高质量的竞赛轮椅维修、储存和运输服务及医疗救护。亚残运会比赛小项多，赛程短，颁奖活动密集，请颁奖、礼宾团队仔细规划、周密地做好颁奖工作。认真配合做好国际残奥委员会在广州召开执委会的会议保障服务工作。

四、认真实施特殊服务工作方案，凸显人文关怀

各项特殊服务方案，既体现了亚残运会的特殊要求，又体现了对残疾人的关怀，是人文精神的集中体现。要认真落实导盲犬出入境和出行政策、特殊器材和轮椅义肢维修等特殊事项。机场运行和有关航空公司要充分考虑到残疾人运动员的特殊服务要求，进一步加强配备备用轮椅、机舱轮椅，提高工作人员服务技能。安检工作要注意保护残疾人的隐私，体现对残疾人的尊重。

进一步加强机场、口岸、交通、住宿、餐饮、运动员村等业务口之间的整合。结合亚运会运行情况，有针对性地加强亚残运会特殊岗位培训和助残服务培训，把相关特殊服务政策真正贯彻落实到各场馆团队、各业务口和每个工作人员，做到无缝对接，实现全流程的无障碍服务。

赛时参加亚残运会的人员，是我们广州的客人，对他们参赛之余的出行、市内参观、旅游、购物等可能遇到的困难和问题要引起重视。要加强城市公共交通无障碍服务的组织工作，构建赛时运动员和观赛人员无障碍交通网络。在重点的公共场所配备临时无障碍卫生间；加强商业服务网点的基本扶残助残常识培训；重视发布无障碍服务信息，建立无障碍的服务环境；加强赛时无障碍设施的检查、维护，细致地做好服务保障工作，把广州亚残运会办成充满人文关怀的盛会。

五、精心组织重大仪式和重要活动,唱好重头戏

亚残运会开闭幕式、火种采集、火炬点燃暨火炬传递启动仪式和传递工作,是亚残运会的重头戏。社会广泛关注,组织难度大,群众参与热情高,活动方案严密细致,重要环节必须做到万无一失,确保活动安全、隆重、热烈。

积极借鉴亚运会组织经验,精益求精地组织好亚残运会的开闭幕式。党和国家领导人出席开幕式和宣布开幕环节要精心安排。入场和散场是组织工作的重点和难点之一,要加强组织、协调工作。开幕式各类客户群中残疾人比较多,要采取人性化的服务和保障方案,尽可能缩短残疾人客户群步行的距离,减少他们遇到的不便。加强天气预报的会商,做好开闭幕式不利天气条件的应对预案。各项综合保障工作要到位,确保万无一失。

火炬传递工作是亚残运会开幕前的重要活动,对于营造赛前氛围,提高社会各界对亚残运会的关注,具有重要意义。各有关部门、工作机构、运行团队要密切配合,确保活动的庄严、隆重、安全。

六、加强观众组织和宣传动员,营造热烈的社会氛围

加强亚残运会的宣传策划工作。积极主动向媒体提供残疾人事业发展成果、自强助残先进事迹,加强社区宣传工作,努力让亚残运会的精神走进社区,让更多市民理解、关心、尊重残疾人。

赛时宣传以亚残运会赛会活动和"十一五"期间残疾人事业发展成果为载体,重在弘扬人道主义精神,充分展示党和政府对残疾人事业的关怀与支持和中国人权保障取得的巨大成果。

观众组织是营造赛会氛围,支持、鼓励参赛运动员的重要方面,要认真做好赛会观众组织、观众服务工作。提倡各级领导同志

带头观看亚残运会比赛，组织学生、居民、干部观看亚残运会赛事，让更多的人去感受残疾人顽强拼搏、自强不息的精神，为残疾人运动员鼓劲、加油，共同营造热烈的赛会氛围。

加强残疾人体育知识和观赛礼仪教育，把亚残运会赛场作为弘扬人道主义精神和自强自立教育的课堂。引导观众文明、有序观赛，体现出东道主的热情、友谊和风范。通过举办亚运会和亚残运会，进一步提高市民素质，促进创建文明城市。

七、加强管理教育，中国体育代表团要当文明好客东道主

广州亚残运会中国体育代表团已经于11月28日正式成立。在此，我向同志们通报中国体育代表团工作。

在国家体育总局的大力支持、帮助下，中国体育代表团由631人组成，参加全部19个大项的比赛。代表团中运动员448人，均为业余运动员，男、女运动员分别为259人和189人，教练员、工作人员183人。代表团运动员来自全国31个省、直辖市、自治区，运动员中有公务员、现役军人、工人、农民、学生、自由职业者；运动员中有汉、回、满、蒙古、藏等9个民族，体现了我国残疾人体育发展的广泛性和普及性。运动员平均年龄23.6岁，有194人参加过北京残奥会。

目前代表团19个运动队正在全国10个省市的12个训练基地进行最后阶段的封闭训练，全团上下情绪高涨，训练状态良好。

中国体育代表团认真贯彻中央领导同志指示精神，坚持严格管理，把爱国主义教育、文明礼仪教育、反兴奋剂工作作为代表团重点工作，努力提高运动员文明素养；严肃赛风赛纪，培养运动员尊重对手、尊重裁判、尊重观众的良好道德风尚；特别重视反兴奋剂工作，加强思想教育，提高思想认识，筑牢思想防线，同时组织集训队认真学习反兴奋剂法律法规和反兴奋剂知识手册，进行全员考试、考核,建立防火墙;签订反兴奋剂责任书,工作责任到人,管理到位,工作落实。要求中国体育代表团积极展现"自强不息、奋勇争先"的残疾人体育精神,做文明之师,干干净净参赛,当好文明东道主。

中国体育代表团将严格遵守亚残运会的各项规程、规则和组委会的各项规定,积极支持组委会的各项工作,为亚残运会的圆满成功作出应有的贡献。

同志们,再过11天,广州亚残运会将隆重开幕。我相信在党中央、国务院的坚强领导下,在各有关部门的支持下,通过广东省、广州市和组委会各工作机构、各运行团队的共同努力,在"我们欢聚、我们分享、我们共赢"理念的指导下,一定会把广州亚残运会办成团结、祥和、文明、精彩的亚洲残疾人体育盛会,实现"两个亚运,同样精彩"。

(在"广东省广州亚残运会赛时动员大会"上的讲话,2010年12月1日)

全面推进残疾人托养服务体系建设

这次会议的主题是认真贯彻党的十七届五中全会精神，顺应国家经济社会发展的新形势，按照残疾人社会保障体系和服务体系建设的新要求，研究部署进一步推进残疾人托养服务工作的目标任务和措施。简单说，就是要解决好三个问题，一是为什么要开展残疾人托养服务，二是残联为什么要承担托养服务工作，三是如何做好托养服务工作。

下面，我讲三点意见。

一、统一思想，提高对做好残疾人托养服务工作重要性和紧迫性的认识

统一思想、提高认识，就是要解决好我们的第一个问题，即为什么要开展残疾人托养服务。这是一个再学习、再认识的过程。大家知道，十七届五中全会通过的《关于制定国民经济和社会发展第十二个五年规划的建议》（以下简称《建议》），明确了我国经济社会发展"十二五"规划的指导思想、发展目标和重大举措。"十二五"规划与以往最大不同点，就是始终围绕着解决民生问题。规划建议提到要顺应各族人民过上更好生活的新期待，要以科学发展为主题，以加快经济发展方式为主线，强调要更加注重以人为本，更加注重全面协调可持续发展，更加注重统筹兼顾，更加注重保障和改善民生促进社会公平与正义。同时，《建议》提出的"十二五"经济社会发展目标也把保障和改善民生放在了更加突出的位置，一是"城乡居民收入普遍较快增加",努力实现居民收入增长和经济发展同步、劳动报酬增长和劳动生产率提高同步;二是"社会建设明显加强",覆盖城乡居民的基本公共服务体系逐步完善;三是特别强调"支持残疾人事业发展,健全残疾人服务体系",这一点对我们来说是最重要的。这些要求进一步确立了保障和改善民生在"十二五"国家经济社会发展中的核心地位,突出了保障和改善民生对实现转方式、调结构、扩内需、促和谐的基础作用。

从我们对残疾人托养服务的认识来看,也是残疾人事业发展到今天,经过不断摸索得出来的。我国的残疾人事业经历了一个由点及面、由易至难、从小到大的发展过程。经过20年的努力,残疾人康复条件不断改善,受教育程度日益提高,平等就业差距逐步缩小,保障力度持续增强,社会参与领域日益广泛。残疾人事业已经发展为涵盖康复、教育、就业、社会保障、权益维护、基层建设、文化体育等多项内容的综合性社会事业,初步走出了一条适合我国国情、具有中国特色的残疾人事业发展道路。同时,我们也应清醒地看到,残疾人总体生活与社会平均水平相比仍存在较大差距,残疾人基本公共服务需求仍难得到有效满足,残疾人家庭人均可支配收入不到全国居民家庭人均可支配收入的60%,仍有上千万的城乡残疾人生活在最低生活保障线以下。不同残疾类型、不同残疾程度、不同年龄段的残疾人享有的保障与服务水平并不均衡。限于资源和服务能力,过去我们更多把力量集中在了见效快、相对集中的部分残疾人保障与服务上,"广覆盖、广受益"始终没能完全实现。特别是城乡2000多万智力、精神和重度残疾人的困难突出,许多是老残一体,学校进不去、医院收不了、家庭供不起,走出家门参与社会生活更是难上加难,已经成为残疾人群体中最为困难的部分。残疾人托养服务是广大残疾人工作者对这部分残疾人痛苦的真切感受,是对这部分残疾人家庭苦苦期盼、社会高度关注的负责任回应。从国际社会上看,凡是残疾人事业发展到一定水平的国家和地区都比较好地解决了这个问题,解决的主要渠道就是提供托养服务。通过政府的带动,借助社会力量,把这部分最困难残疾人"兜"起来。这部分残疾人能不能得到托养服务,能不能纳入社会保障制度范围,能不能有一个彻底解决问题的有效保障,关系到他们的生命健康权能不能得到起码的保障,关系到我们的社会保障体系是否健全和完善,这也是在体现社会公平正义的原则和底线。所以,开展残疾人托养服务不是我们的主观意识决定的,而是提高残疾人生存质量的客观要求,是残疾人事业发展和社会进步的必然。

《中共中央 国务院关于促进残疾人事业发展的意见》(中发〔2008〕7号)和《关于加快推进残疾人社会保障体系和服务体系建设的指导意见》(国办发〔2010〕19号)(以下简称中央7号文件和国办19号文件)提出加快残疾人两个体系建设,就是致力解决残疾人事业发展中这些突出矛盾和问题,以促进残疾人事业与经济社会的协调发展。民生至重则生民为暖。保障和改善残疾人基本民生,促进残疾人平等参与社会生活,是我们发展残疾人事业的最终目的,也是建设残疾人社会保障体系和服务体系的根本出发点和落脚点。党的十七届五中全会把保障和改善民生提升到一个新高度,这既为我们推进残疾人事业又好又快发展创造了难得的历史机遇,也坚定了我们提高残疾人社会保障水平,带领广大残疾人与全国人民一道迈入小康社会的信心和决心。我们一定要抓住机遇,扎实工作,围绕保障和改善残疾人民生这个中心问题,不断提高保障与服务水平。

二、立足长远,拓展和夯实为残疾人服务的平台和阵地

第二个要解决的问题是,为什么各级残联要把托养服务承担起

来。当前及今后一个时期，深化改革开放，加快转变经济发展方式将成为我国经济社会发展的主线，也必将带来社会各个领域的深刻变革。作为我国社会主义事业的重要组成部分，残疾人事业也必然要顺应国家转变经济发展方式这一大局，在发展理念、模式、路径等方面寻求新的突破。这不仅仅是适应外部形势的需要，也是促进残疾人事业持续健康发展的现实要求。

我们事业发展的宗旨和目的是要为残疾人谋利益，发展的动力和方向来自广大残疾人的现实要求。经过20年的发展，残联的工作定位和职能角色更加清晰。对于党委和政府来说，各级残联是被赋予一定行政职能，承担政府工作任务的工作部门，我们必须承担起党委、政府在残疾人领域为民解忧、为民排难和改善民生的责任来。从工作范畴来说，托养服务应该成为残联重要业务的组成部分。

同时，对社会来说，各级残联又是为特殊人群服务的公共服务和公共管理部门。残联的"代表、服务、管理"三大职能中，"代表"职能大家容易理解，"服务"则必然是公共服务体系的组成部分，"管理"也毫无疑问属于公共管理的范畴。对于残疾人来说，各级残联就是针对残疾人特殊需求为他们提供各种专业服务的部门。比如为盲人配发盲杖、为肢体残疾人量身定做轮椅，以及其他各类残疾人个性化辅助器具的提供和服务，包括残疾人的各种康复、就业培训、权益维护等，都需要我们通过履行对残疾人事业的公共管理、为残疾人提供公共服务来体现。在这个问题上，我们也要再学习、再认识。有些同志认为，由于条件所限，残联是不是就呼吁一下，让社会重视，推动其他部门来做，我们做好沟通协调就可以了。这话表面上看没有错，但从出发点讲就错了。为什么？因为作为特殊群体的代表服务部门，各级残联对残疾人最了解，联系最密切，最能感受残疾人的疾苦。残疾人托养只是个简称，不是简单地"一托一养"，不是把人放在屋子里面有吃、有喝、有床睡觉就行了。托养服务涉及精神残疾人、智力残疾人、肢体残疾人和多重残疾人的专业服务，是根据我国国情建立的一种新型的公共服务形式。如果我们光说不做，只在那儿喊口号、提要求，不拿出自己的服务载体和实践经验，不拿出服务标准和行业规范，必将在这个问题上失去话语权。我们绝不能成为只会给残疾人挂绶带、披红花，给他们逢年过节送桶油、送袋米的形象组织。在残疾人公共服务和公共管理领域，必须旗帜鲜明地担当起为残疾人服务的职责，必须在这个领域发挥示范和带头作用。这也就是我们要承担起残疾人托养服务任务的根本原因。

三、开拓创新，建立完善残疾人托养服务体系

第三个问题就是要解决怎样才能做好残疾人托养服务工作的问题。残疾人托养服务工作经过近几年的努力，取得了明显的成效：居家托养服务广泛实施、日间照料机构得到较快发展，建设了一批残联主办、公办民营、民办公助等多种运作模式的全日制托养服务机构，还带动了一系列政策制度的探索和突破。前年开始中央财政三年投入6个亿专项资金，实施残疾人托养服务"阳光家园计划"项目，带动了地方20多亿资金支持该项工作的开展。三年多来，这项工作不仅得到了各级党委、政府的高度肯定，受到广大残疾人及其亲属的衷心拥护，获得了积极的社会反响，也增强了我们进一步做好工作的信心和动力。但总体看，残疾人托养服务还处于起步阶段，与残疾人托养服务整体需求、广大残疾人及其亲属的期待相比，与残疾人两个体系建设的要求相比，无论是服务机构建设、公共财政投入、专业队伍培养、服务能力建设，还是政策落实、监督管理等都明显滞后，标准规范有待完善，必须不失时机地把残疾人

托养服务纳入各级政府公共服务体系，统筹规划、建立制度、夯实基础、加大投入、加快发展。

当前，一些同志还存在畏难情绪，对开展残疾人托养服务缺乏自信心。"十一五"期间，我们在实施农村残疾人危房改造项目时，也有很多的顾虑，担心有没有条件做、能不能做好。但是想到那么多的残疾人居无定所或住在危房，随时都有生命的危险，一咬牙也就做起来了，现在看来也没有想象的那么难。之所以举这个例子，就是要说，我们千难万难也都是工作层面上的难，再难也难不过残疾人生活上的艰难。只要我们怀着对广大残疾人的深厚感情，抱着带领残疾人共奔小康的坚定信念，我们就一定能想出办法并把这件事情做好。当前及今后一段时期，是我们加快发展残疾人事业的战略机遇期，中央7号文件要求加快残疾人事业发展，国办19号文件提出推进残疾人两个体系建设。只要我们科学规划并不断细化方案，各级党委、政府一定会支持残疾人托养服务的开展。在这里，我讲几点具体要求。

一是逐步搭建残疾人托养服务的基本框架。构建残疾人托养服务体系，必须立足于残疾人数量多、分布广、需求差异大这一现实，着力搭建服务对象侧重点不同、服务内容相互补充、发挥作用相辅相成的多层次残疾人托养服务体系框架。既包括以政府扶助、社会化服务进家庭为基本特点的居家托养服务，也要有以社区服务为依托的残疾人日间照料机构，还应建设一批专业性强、运行规范、具有示范效应和辐射作用的骨干托养服务机构。逐步形成以居家托养为基础、日间照料为主体、机构托养为骨干的残疾人托养服务体系基本框架，为残疾人提供多层次、可以满足不同需求的多元化服务。

二是进一步健全完善残疾人托养服务政策制度。新修订的《中华人民共和国残疾人保障法》首次在法律层面上明确残疾人托养和托养机构的概念，并历史性地提出建立残疾人护理补贴制度。中央7号文件、国办19号文件更是从体系建设的高度，为残疾人托养服务提供了积极有利的政策支撑。但托养服务毕竟还处于起步阶段，今后几年，我们要努力在基础设施建设、财政资金投入、税费减免、岗位补贴、购买服务、引导社会资金投入以及对托养机构水、电、燃气、供热等方面出台一系列优惠政策和扶持措施，通过制度保障，促进残疾人托养服务工作的持续稳定发展。

三是建立科学合理的管理规范和服务标准。残疾人托养服务体系的重点是要明确服务哪些残疾人、解决如何服务的问题；关键是要制定科学合理的管理规范和服务标准，坚持用规范管理促进持续发展，坚持用科学标准提高服务水平。针对居家服务、日间照料、机构托养建立起一套科学管理规范和服务标准，按照行业管理的专业要求，促进残疾人托养工作良性运转。

四是努力形成持续稳定的投入机制。残疾人托养服务的持续稳定发展必须有持续稳定的投入机制作为保障。首先，托养服务作为基本公共服务，政府必须承担更多的责任，财政资金应是主渠道。无论是机构建设，还是运行保障、服务补贴都要依靠各级财政、主要是地方财政的投入。中央财政的投入主要是扶持和引导作用。其次，由于残疾人托养服务涵盖的内容较广，既有教育的服务，也有康复的功能，还承担着辅助性劳动就业等任务，也可以在这些领域建立相对稳定的资金支持渠道，残疾人就业保障金在促进托养服务、职业康复、辅助性就业、就业训练、技能培训等方面更要发挥积极的作用。最后，在争取政府投入的同时，我们也要努力吸引社会力量和各种慈善资金的支持，积极拓展和开辟残疾人辅助性劳动产品的市场，还可以根据残疾人家庭的实际情况采取有偿或低偿服务等措施，多渠道解决残疾人托养服务资金保障问题。

五是加强专业人员队伍建设。建立完善残疾人托养服务体系，必须加强专业人才队伍建设，努力提高管理和服务水平。一方面，要逐步把残疾人托养服务岗位纳入国家标准职种范围，实施残疾人托养服务从业人员持证上岗制度，实现残疾人托养服务从业人员的职业化；另一方面，要对现有从事托养服务人员进行专业知识和职业技能培训，不断优化人员队伍结构，提高人员队伍专业化水平。再次，要发挥我们的自身优势，实现残疾人康复服务、就业服务、文体教育等领域专业技术人员与残疾人托养服务人员队伍建设相结合，扩大融合交流和团队、小组优势。同时，各地还应致力于开发托养服务领域的社工岗位，鼓励和吸引专业社会工作者和社工专业的高校毕业生从事残疾人托养服务工作，并积极把托养服务作为志愿服务活动的重要领域，使志愿者服务成为残疾人托养服务的重要力量。

当前及今后一段时间，我们各级残联的工作重心必然要向残疾人社会保障领域倾斜，必然要更多地关注残疾人基本生活、医疗、养老等基本民生问题，必然要进一步加强对残疾人社会救助、社会保险、社会福利等方面政策制度的研究探索。中国残联根据事业发展的需要，在教就部单独设立社会保障处，目的也是要加强这方面的工作。无论是从做好残疾人托养服务工作考虑，还是着眼于整个社会保障业务的开展，各级残联都应配备专门的人员力量，加强残疾人社会保障工作队伍建设，扎实推动残疾人托养服务和社会保障工作全面深入开展。

（摘自全国残疾人托养服务工作现场会议上的讲话，2011年1月13日）

迎接生命阳光的一扇窗户

举世瞩目的上海世博会已经圆满地落下帷幕。在党中央、国务院的高度重视下，在上海市委、市政府和各省、直辖市、自治区的大力支持下，在生命阳光馆全体同志的不懈努力下，生命阳光馆以独特的展示风格和深刻的展示内涵吸引了214万名中外观众，诠释了党和政府以人为本的执政理念，体现了社会主义制度下的人文关怀，彰显了残疾人对人类文明作出的贡献，向世界展示了我国残疾人事业和人权保障事业取得的巨大成就，书写了世博会历史的新篇章，实现了回良玉副总理、邓朴方主席提出的要把生命阳光馆办成世博会精彩亮点的目标，荣获了"国际展览局奖章"银奖和中共中央、国务院授予的先进集体称号。在此，我代表中国残联向为上海世博会生命阳光馆的成功举办作出贡献的各有关部门，各省、直辖市、自治区特别是上海市委、市政府，向为生命阳光馆作出无私奉献的爱心企业、爱心大使，向展馆的全体工作人员和志愿者致以诚挚的感谢和崇高的敬意！对获得表彰的单位和个人表示衷心的祝贺！

生命阳光馆是世博会159年来首次设立的残疾人馆，也是我们残联系统至今举办的规模最大、展期最长、观众最多、影响最广的一次展示。在世博会开幕前夕，胡锦涛总书记在参观生命阳光馆时深情地说："设立生命阳光馆很有意义，体现了全社会对残疾人的关爱。我们要继续大力推动残疾人事业发展，让关爱的阳光照亮每一位残疾人的心灵。"这是对所有参与生命阳光馆建设、服务的同志的充分肯定，是对残疾人事业的巨大鼓舞和鞭策。

生命阳光馆从立项筹建到顺利展出，前后经历了三年多时间。三年来，世博中国关爱生命共享阳光组织委员会各成员单位和各省、市、自治区残联特别是上海市残联以高度的政治责任感和历史使命感，认真组织、积极参与，在生命阳光馆的筹备筹建、场馆运行、安全保卫、新闻宣传、志愿者服务等方面做了大量艰苦而卓有成效的工作。生命阳光馆的全体建设者、工作者、志愿者和运行团队，始终以严谨的工作态度，饱满的工作热情投入生命阳光馆的筹备与服务，许多同志放弃休息，夜以继日地坚守工作岗位，甚至带病坚持工作。在历时半年多的接待服务工作中，做到热情周到、节俭高效，赢得了国际展览局、上海世博局和中外观众的广泛赞誉和好评。刚才，中共中央政治局委员、上海市委书记俞正声同志在接见受表彰代表时，对生命阳光馆给予了高度评价，深刻阐述了生命阳光馆对推进残疾人事业的重要意义，充分肯定了同志们为生命阳光馆的建设运行所付出的艰辛努力和作出的特殊贡献。同时，韩正市长、杨雄副市长一起接见了受表彰的同志们。

生命阳光馆的成功举办是党中央、国务院高度重视、亲切关怀的结果，是上海市委、市政府大力支持的结果，也是各部门、各地区、各单位齐心协力、共同参与、密切配合的成果。生命阳光馆工作团队所表现出来的为国争光的主人翁精神、乐于付出的奉献精神、尽职尽责的敬业精神和开拓创新的进取精神，是上海世博会生命阳光馆为我们留下的最宝贵的精神财富，它已经成为上海世博精神的重要组成部分。

2010年12月27日，中共中央、国务院在北京隆重举行了中国2010年上海世博会总结表彰大会，胡锦涛总书记在会上发表了重要讲话，胡锦涛总书记指出："在上海世博会筹办举办过程中，全体办博人员大力培育和弘扬为国争光的爱国精神，全心为民的服务精神，团结协作的团队精神，严谨科学的实干精神，追求卓越的创新精神，爱岗敬业的奉献精神，为上海世博会取得成功提供了强大精神支撑。"胡锦涛总书记要求我们"要进一步研究和总结上海世博会所展示的发展理念，深化对以人为本，全面协调可持续发展的认识，继续推动经济社会又好又快发展。"今天，我们在这里召开总结表彰大会，就是要认真学习贯彻胡锦涛总书记的重要指示，全面总结生命阳光馆的成功经验，大力弘扬上海世博会的精神，把生命阳光馆的成果转化为推动残疾人事业科学发展的新动力。

下面，我就此提出三点希望：

一是要组织好生命阳光馆在各省、市、自治区的宣传。最近，回良玉副总理和邓朴方主席都在《上海世博会生命阳光馆总结报告》上作了重要批示，要求扩大后续效应，传承生命阳光精神。为了落实回良玉副总理和邓朴方主席的指示精神，中国残联决定以播放电视片、网络和发放宣传资料的形式组织生命阳光馆在各省（市、自治区）的宣传展出。各地要充分利用这个机会组织广大残疾人和社会各界观看，让更多的人感悟上海世博会、生命阳光馆的精神，了解我国残疾人事业的过去和今天。

二是加快建设上海世界特奥博物馆。在生命阳光馆展出期间，在朴方主席以及韩正市长的亲自关怀下，市政府正式批准立项建设上海世界特奥（残疾人）博物馆。该馆建成后就可以将生命阳光馆移植到特奥博物馆内永久展出，持续传播人道主义精神，把生命阳光馆所提倡的"融合与关爱"的理念发扬光大。

三是加大科技助残力度。这次生命阳光馆展出的高科技辅助器具产品，引起残疾人和健全人的极大兴趣，说明这方面的需求很强烈。我们要加强与政府部门、高等院校、科研机构和企业间的合作，加快推进科技和信息无障碍建设步伐，加快辅助器具的研发工作，让先进的科学技术为更多的残疾人提供生活帮助，让他们与健全人一样感受温暖阳光下的幸福生活。

同志们，作为上海世博会的一个重要而特殊的组成部分，生命阳光馆的使命已经结束了，但是，它对社会的教育和启迪、对残疾人事业的推动将长期延续下去。让我们在新的一年里，继续弘扬世博精神，锐意进取，扎实工作，加快推进残疾人社会保障体系和服务体系建设，为实现残疾人同全国人民一道迈向更高水平的小康目标，为全面建设小康社会和构建社会主义和谐社会作出新的贡献。

（在上海世博会生命阳光馆总结表彰大会上的讲话，2011年2月13日）

全面履行《残疾人权利公约》
促进残疾人平等·参与·共享

尊敬的大会主席，女士们、先生们、朋友们：

非常高兴与联合国有关机构代表、世界各主要残疾人组织领导人以及近20个国家和地区的专家相聚在北京。上午，中国国务院副总理、国务院残疾人工作委员会主任回良玉先生，全国政协副主席、国务院残疾人工作委员会副主任、中国残联名誉主席邓朴方先生发表了重要讲话，对保障残疾人权益，增进残疾人福祉，实现公正、包容、惠及每一个人的可持续发展等作出了精辟阐述并提出了宝贵建议。在三天论坛期间，我们还将分享世界主要残疾人组织及各国、各地区残疾人事务的经验，并形成凝聚共识、开创未来的重要文件——《北京宣言》。这次论坛不仅是国际残疾人事务中的一件盛事，也将对在全球金融危机和经济不景气情况下更加关注残疾人问题、促进各国经济社会协调发展有着重要的意义。在此，我衷心感谢国内外相关机构和专家多年来对中国残疾人事业给予的关注和支持，也非常荣幸将我们的工作体会与各位专家和朋友们分享，通过相互学习借鉴，共同推动残疾人事务的健康发展。

一、伴随着改革开放和现代化建设的进程，中国残疾人事业走上了符合本国国情的可持续发展道路

中国有8500多万残疾人，是残疾人口最多的国家。中国宪法规定"国家尊重和保障人权"。中国历来主张残疾人是社会大家庭的平等成员，残疾人事业是中国特色社会主义事业的重要组成部分。保障残疾人人权的实现、为残疾人平等参与社会生活创造条件，是政府义不容辞的责任，是全社会应当履行的义务。在改革开放和现代化进程中，中国坚持以人为本科学发展，注重社会和谐进步，积极借鉴吸收国际残疾人事务先进理念，使残疾人事业走上了具有中国特色的可持续发展道路。

经过十几年的努力，我们初步形成了以宪法为依据、以数十部相关法律为基础、以《中华人民共和国残疾人保障法》为核心、以行政法规和地方法规为配套、以地方扶助残疾人优惠政策为补充的残疾人事业政策法规体系；基本建立了政府主导、社会参与、残疾人组织充分发挥作用的工作机制；制定实施了六个发展残疾人事业的国家五年规划，公共财政对残疾人事业的投入逐年增加，残疾人社会保障、康复、教育、就业、扶贫、托养、文化体育、维权、无障碍等基本公共服务全面拓展，建成了中国康复研究中心、中国残疾人体育运动管理中心、中国盲文图书馆等一批基础设施，政府和社会为残疾人服务的能力明显提高。

二、残疾人生活状况显著改善，参与社会能力不断提高，充分体现了中国人权保障的广泛性、真实性和公平性

中国残疾人生存和发展状况显著改善，社会参与更加广泛，精神面貌发生了深刻变化。最近五年来，新增城镇就业残疾人近180万，610多万农村贫困残疾人通过扶贫开发解决温饱；1000多万城乡贫困残疾人基本生活得到保障，城乡残疾人社会保险参保率稳步提高，残疾人福利津贴制度逐步建立。1000多万残疾人得到不同程度的康复，残疾人受教育水平不断提高。残疾妇女和残疾儿童得到更多的关注和保护，开展了残疾儿童抢救性康复，残疾儿童少年义务教育入学率逐年上升。保障残疾人的公民权利和政治权利，建立了残疾人法律援助制度，4000多名残疾人及其亲属和残疾人工作者担任各级人大代表和政协委员，参与国家和社会公共事务管理。

中国残疾人运动员在国内外体育赛事中奋勇争先，取得了优异成绩；中国残疾人艺术团足迹遍及世界各地，特殊艺术成为和平友谊的象征。他们自强不息的精神和超凡出众的才华，生动诠释了生命的尊严和价值，真实反映了中国人权保障和残疾人事业发展的成就。

三、积极参与残疾人事务领域的交流与合作，为推动国际残疾人事务发展作出了应有的贡献

在中国政府的全力支持下，我们成功举办了上海特奥会、北京残奥会和首届广州亚残运会等国际残疾人重大文化体育活动，上海世博会在世博会159年历史上首次设立生命阳光——残疾人主题馆，这些文化体育活动不仅成为展示残疾人精神和才华的舞台，也成为弘扬人道主义精神、推动残疾人事务发展的人文盛会。中国政府和残疾人组织积极参与并支持联合国在残疾人领域的各项行动，倡导和参与《残疾人权利公约》的制定，中国成为第一批签署和批准《残疾人权利公约》的国家。我们积极参与发起和实施两个"亚太残疾人十年"行动，在推动亚太地区残疾人事务方面发挥了积极和重要的作用。我们履行国际义务，为亚非发展中国家提供了力所能及的经济和技术援助。中国残疾人事业的开拓者和领导者邓朴方先生以其对国际残疾人事务的卓越贡献获得"联合国人权奖"。

女士们，先生们，我们也清醒地看到，中国仍然是一个发展中国家，经济社会发展水平还不高。残疾人总体状况与社会平均水平仍然存在较大差距，残疾人社会保障体系和服务体系还不健全，残疾人事业城乡和区域发展还不平衡，残疾人在基本生活保障、康复、教育、就业、社会参与等方面还面临不少困难和障碍。加快推进残疾人社会保障体系和服务体系建设，实现残疾人"平等·参与·共享"的目标，任重道远，我们作好了长期艰苦奋斗的准备。

我们将全面履行《残疾人权利公约》，继续坚持以残疾人为本的原则，完善普惠加特惠的制度安排，强化政府主导、社会参与、残疾人组织充分发挥作用的体制机制，不断消除残疾人面临的有形和无形障碍，不断改善残疾人民生、促进残疾人全面发展。到2015年联合国千年发展目标实现时，我们将建立起残疾人社会保障体系和服务体系基本框架，继续帮助1000万贫困残疾人改善生活，使残疾人基本生活、医疗、康复、教育、就业等基本需求得到制度性保障。到2020年，残疾人社会保障体系和服务体系将更加完备，实现残疾人人人享有基本生活保障、人人享有基本公共服务，广大残疾人文化教育水平将明显提高，就业更加充分，参与社会更加广泛，生活得更幸福、更有尊严。

我们也将一如既往地继续加强与联合国、国际残疾人组织和各国、各地区在残疾人领域的友好合作关系，积极支持联合国将残疾问题纳入千年发展目标和2015年后发展战略所作出的努力，积极支持新的"亚太残疾人十年"等区域性工作，为推进全球残疾人事务发展作出新的贡献！

女士们，先生们，2000多年前，中国的先哲就提出了"老吾老以及人之老、幼吾幼以及人之幼""鳏寡孤独废疾者皆有所养"的"天下大同"的社会理想。少有所养、壮有所为、老有所依，人人安居乐业、家家丰衣足食，人民不再罹受战争、贫困和疾病的苦痛，不再因肤色、种族、信仰或者残疾而受到歧视，人类的大家庭更加和谐、幸福。这是我们每一个人心中的期盼，也是本次论坛向世界发出的强劲呼唤。让我们为崇高理想的实现作出坚韧不拔的努力！

（在"消除障碍促进融合"国际论坛上的主旨发言摘录，2012年6月6日）

争取新的光荣

中国残奥代表团全体同志：

还有 8 天，我们将在大洋彼岸美丽的伦敦，与 166 个国家和地区的运动员相聚，迎来四年一度盛大的节日，我们又能见到老朋友并结识许多新伙伴，多么令人期望和兴奋啊。

我们是一支光荣的队伍。从 1984 年第七届美国残奥会到 2008 年第十三届北京残奥会，再到 2012 年第十四届伦敦残奥会，伴随着改革开放的春风、残疾人事业的步伐，28 年的征程硕果累累、成绩骄人。

我们要让世界更多地了解中国的进步、社会的发展、人权的保障。我们要以扣人心弦、赏心悦目的竞赛，让人们感受到残疾人体育是那般的快乐、独具魅力！我们要鼓舞、激励更多的人参加康复健身，改善功能，提高生活质量，让自己更阳光、更自信、更坚强。

我们要在赛场上升国旗，奏国歌，拿奖牌。因为我们背后，是祖国，是 8500 多万残疾兄弟姐妹，是许许多多无私帮助我们的人。朴方主席说："争取赢，不怕输"。这是体育精神和科学态度的统一。有人比喻奥林匹克竞赛是硬币的两面：荣誉和挫折。我特别要对年轻运动员说，无论结果如何，只要赛出自己的水平、赛出最好状态，就是好样的！因为，你们的追求、理想，是人世间最宝贵的精神财富。

代表团的同志们，我们是一个坚强的集体，每一个人胸前的国徽，昭示着自己承载的使命。中国奥运代表团是学习的榜样。我们要尊重裁判、尊重对手、尊重观众和媒体。对兴奋剂和不文明的言行零容忍，毫不含糊。大家都知道，一损俱损、一荣俱荣，我们视诚信如生命。

接纳与融合是残奥运动的崇高目标。我们最期待的，是以残疾运动健儿永不言弃的精神，激励一代人，造就千千万万生活的冠军！

伦敦残奥会走来了，同志们，我们一定要自强不息、奋勇争先！

（2012年8月21日）

残奥理想与人类精神的契合

9月7日上午,阳光明媚,伦敦残奥村中国代表团团部。

鲜艳的五星红旗之下,中国代表团团长、残奥委会主席王新宪高兴地接受了中国媒体的专访,围绕伦敦残奥会组织工作、中国代表团的预期与表现、残奥运动与残疾人事业发展关系以及对伦敦残奥会的观察与思考,即兴回答了记者提问。

记者: 请您谈谈对伦敦残奥会组织工作的印象和评价。

王新宪: 我是第三次担任残奥会代表团团长。2004年雅典、2008年北京和2012年伦敦,12年的跨度,站在一个残疾人工作者的视角,我觉得,无论在自己国家还是国际社会,对残疾人的认识、对残疾人问题的解决,都前进了很大一步。国际上每年都举办种类繁多的运动会,唯独四年一届的夏季奥运会、残奥会,从国际认同度和赛事规模与水平来说,都是其他运动会不能比拟的。那么,为什么要同城举办奥运会和残奥会呢?从人类社会来说,如果以身体状况的差异为标准,只有健全或残障这两种。人类的原生态就是这样,如漠视一面,这个社会就"残缺不全"了。

谈到伦敦残奥会,大家有一个共同感受,国际残奥委会和伦敦组委会为办好这届残奥会作出了最大努力。英国政府非常希望把2008年北京残奥会的成功延续到伦敦残奥会上。英国是残奥运动的发祥地,有着它的思想文化渊源,比如以"求知和权利"为主题的开幕式,内涵深刻、令人难忘。

每当进入残奥村,就会有一种美妙的感觉。

运动员来自 164 个国家和地区，有大国小国、富国穷国、强国弱国，每人胸前戴自己的证件牌，大家都相互平等、尊重，奥运会、残奥会给人们勾勒了一个未来理想社会的前景。这里对运动员照顾很周到，生活十分便利。我特别喜欢 grab & go cart 小木屋，早上 6 时到下午 6 时，总有两个快乐的志愿者在热情服务，这里还免费供应咖啡、三明治、水果等。

我注意到残奥村的无障碍环境，哪怕残疾程度最重的运动员，仅靠手指、眼睛、语音控制的电动轮椅，就可以到村里任何地方，他们不需要靠别人帮助。我原担心赛事期间的交通，也没有出现太大问题。

令我最感动的是观众和志愿者，总共有 7 万多名志愿者为残奥会服务。他们中许多人清晨就到了，晚上 11 时后才离开。为团部开车的司机中文名叫"博书"，他在南京学习了 4 年。他仅在应聘考试当天请过假，为我们义务开车整整 12 天。志愿者捷夫的家在另一个城市，为保证当好志愿者，临时住在租金昂贵的市区里。弗兰克的家在希思罗机场附近，每天来回近 4 小时路程。

组委会说已经售出近 250 万张门票了。英国观众尽情为各国运动员欢呼，中国举重运动员刘磊以 226 公斤的成绩打破世界纪录和残奥会纪录时，全场观众掌声雷动，我仿佛身在国内赛场。我与当地华人交流，他们说感觉在生活中残疾人和健全人是一样的。我想，这应该体现了现代社会的文明进步吧。

伦敦市的公共交通，较早实现了无障碍出行，有方便轮椅上下的设备，公交大巴对残疾人做到招手停车，乘客也乐意配合。公共场所如商场、古旧建筑和老博物馆等进行无障碍改造。期间，我参观了建于 1860 年的英国皇家盲人研究所，他们演示了盲人如何"听"电视。英国《反歧视法》规定，10% 以上的电视节目制作必须提供能让盲人听懂的旁白。伦敦等城市无障碍环境建设，对我们有很好的借鉴意义。要着重提高全民无障碍意识，如北京、上海、广州、杭州和南京等大城市都有无障碍公共交通，但在全国大、中城市的普及度不够。无障碍设施建设是社会的责任而不是对残疾人的恩赐，这如马路上的红绿灯不是对行人的恩赐一样，无障碍设施就是残疾人的红绿灯、安全岛。

记者：请谈谈中国代表团的参赛特点，是否达到了预期目标？

王新宪：到9月6日为止，我们已经获得金牌70枚、银牌60枚、铜牌53枚，也就是说中华人民共和国国歌70次奏起，国旗183次升起。从8月30日开始比赛起，在短短8天时间里，中国国歌在英伦大地不断地奏响，了解近代史的中国人，能不为中华民族的振兴、崛起感到自豪吗？国内外很多网民对中国代表团的成绩感到振奋，然而奖牌来之不易。我在残奥村遇到残疾程度最重的脑瘫运动员，他们刚参加硬地滚球比赛归来，我说咱们照个相，竟没有一个运动员能够顺利伸出两个手指，打出象征胜利的"V"的手势，太不容易了！

谈到中国代表团成绩的预期，首先，中国代表团按照胡锦涛总书记提出的自强不息、奋勇争先的精神，在强手如林、没有高科技运动器材优势情况下，让世人看到在中国运动员身上，什么叫不屈不挠，什么叫虽败犹荣，什么叫自强不息，这就是最大的预期。其次，我们为友谊而来，为展示中国残疾人事业成就、残疾人体育进步而来。到今天为止，运动员没有发生一例不文明言行、没有被人投诉、没有发生兴奋剂问题，每个运动员都在尽力一搏。再次，我们保持了连续两届的优势项目，如游泳、田径、乒乓球等不主要依赖器械和基础设施的项目，占了金牌总数70%。在欧洲传统项目上实现重大突破的有自行车、赛艇项目。室内自行车取得了5金，公路自行车取得了 1 银。赛艇项目总共 4 枚金牌，我们夺得 2 枚。占运动员总数 47.5% 的 134 名新队员，在已获金牌总数中占据近 40%。

我们的不足主要有，凸显残疾人体育魅力和技战术水平的集体项目，与强手差距还在拉大。比如轮椅篮球，美国、俄罗斯、英国表现强势。脑瘫足球、轮椅网球、轮椅橄榄球，我们没有拿到残奥会入场券，从国情出发后面还要考虑帆船、马术等项目。坐地排球、盲人门球、轮椅篮球等项目，残疾人喜爱，在基层社区容易推广，对群众性体育活动能起到引领作用，今后可以更广泛地开展。

我希望媒体朋友更多地宣传残疾人体育，体育是残疾人生活乃至生命的一部分，是回归成为"社会人"的机遇和舞台。正由于残疾人身残体弱、行动不便，外出活动机会少，更需要体育锻炼。关键是选择合适的项目，如轮椅太极拳、柔力球等都是很好的项目。有些残疾人目前还没找到工作，但参加社区体育活动，就成了他们走向社会的第一步。群众体育没有门槛，只要参加就行。通过体育活动，增强体质、改善功能，对残疾人康复也会产生意想不到的积极效果。

记者： 请您谈谈残奥会、残疾人体育运动与残疾人事业发展的关系。

王新宪： 残奥运动促使人类反思自己，怎样看待我们的过去，怎么准备我们的将来。从 1948 年英国古德曼医生创办残奥运动，到 1960 年罗马第一届残奥会 400 名运动员，到伦敦第十四届残奥会 4000 多名运动员，人数多了 10 倍。残奥运动为什么会越来越获得国际大家庭的认可？根据联合国数据，残疾人占全球人口总数 10% 以上。人类发展过程中，由于战争、贫穷、灾害和事故，残疾人越来越多，自有残奥运动以来，残疾人总数在增加、比例在升高，将来怎么办？首先要共同携起手来，消除战争、贫困、歧视。其次是残疾预防，减少残疾的发生。残疾是人类发展中不可避免的代价。政府、社会有义务提供更好的康复、就业、就学和医疗等保障。重要的是改变人们的观念，例如用人单位，不应首先看残疾人不能做什么，而是应该考虑，通过提供条件帮助残疾人能够做到什么。

改革开放30多年来，中国残疾人事业在党中央、国务院高度重视下，取得了举世瞩目的成就。国家颁布了五个残疾人事业发展纲要，通过"十一五"发展纲要的实施，使1000多万残疾人脱贫解困，使1000万残疾人得到康复服务，社会保障制度基本实现全覆盖。

残疾人体育是我国残疾人事业重要组成部分。2008年以来，党中央、国务院颁布了促进残疾人事业发展的意见，国务院下发了加强残疾人社会保障体系和服务体系建设的通知，国务院办公厅发出了加强残疾人体育工作的通知。今年7月国家公布基本公共服务的规划中，包括了为残疾人提供体育服务，为残疾人全面发展创造重要条件。国家要求在"十二五"期间，要建立残疾人"两个体系建设"的基本框架。目前最大的挑战是，如何使欠发达地区残疾人生活更快地接近当地平均水平。

近10年来，我国残疾人群众体育活动蓬勃发展，进一步夯实了残疾人竞技体育的基础。伦敦残奥会我国代表团取得的成绩，是中国残疾人事业和体育事业发展的缩影。希望通过残奥会，大家更加关心残疾人事业和残疾人体育事业，让广大残疾人在同一蓝天下生活得更美好。

记者：请谈谈担任这届团长的感受和12年来残奥运动的最大变化。

王新宪：我对团里残疾人兄弟姐妹说，全国有8500多万残疾人,能入选282人的运动员队伍,是一种特殊荣誉。来到比赛场地,只有两种结果,胜利或失利。我要说,来到伦敦竞技场你就是最棒的,奖牌颜色决定不了自己的未来。无论赛绩如何,都要把参加这次残奥会作为人生道路的新起点,做到了这一点,就获得了人生意义上的金牌。

伦敦残奥会和奥运会口号是一样的,inspire a generation 即激励一代人。残奥会激励一代人,首先是激励我们身边的人,残奥运动员的精神,对健全人来说更是可敬、可学。从这个意义上说,残奥理想与人类精神同根同源。

从近12年来看,残奥运动最大的变化是,这次残奥会参加的国家和地区,是最多的一次,哪怕只有一个运动员或者观察员,也参加到残奥大家庭中来,说明国际社会的共识越来越相近。残疾人通过体育运动,实现自我完善、提高,变化非常明显。开赛以来不断有世界纪录被刷新,残疾人所迸发出的潜力,很多健全人也自叹不如。随着科技进步,在新型材料、工艺和装备的帮助下,使残疾带来的缺憾得到极大的补偿或代偿。赛场上那些"刀锋战士",他们比健全人都跑得快,科技力量的神奇让人惊讶。过去人们多从情感上帮助残疾人,科技进步给残疾人带来新的生命、新的希望,也给人们未来如何创造真正的"无差别社会",带来无尽的思考和憧憬。

最后,我要向所有参与伦敦残奥会报道的新闻界朋友致敬,衷心地感谢你们!

(2012年9月7日)

在世界卫生组织首届全球防聋合作中心战略计划会议暨中国听力论坛上的致辞

尊敬的各位来宾，女士们、先生们：

很高兴出席世界卫生组织全球防聋合作中心战略计划会议暨中国听力论坛。我们相聚在北京，探讨全球防聋合作、分享工作经验、展望未来发展，必将有力地促进全球听力障碍预防与康复的交流与合作，进一步推进中国听力语言康复工作发展。在此，我代表中国残疾人联合会，对本次会议和论坛的举办表示热烈祝贺，向来自世界卫生组织及各国的专家、学者和朋友们表示诚挚的欢迎！

听力障碍是影响人类健康和生活质量的重要因素。世界卫生组织最新报告，全球有3.6亿人双耳患有中度以上听力障碍，占全球总人口的5.3%。听力问题导致沟通交流障碍、参与社会生活困难，给家庭、社会带来沉重的情感和经济压力，不仅是全球性的公共卫生问题，也是一个严重的社会问题，日益受到各国政府、国际社会的广泛关注和重视。

中国是残疾人口最多的国家，有8500多万残疾人，其中听力残疾人有2780万。我们历来主张残疾人是社会大家庭的平等成员，保障残疾人人权的实现、为残疾人平等参与社会生活创造条件是政府义不容辞的责任，是全社会应当履行的义务。中国政府历来重视听力障碍预防与康复工作，特别是近30年来，通过采取一系列重大举措，显著改善了听力障碍者的康复状况，推动听力障碍预防与康复事业实现了历史性跨越。

一、政府主导、部门支持,听障儿童康复状况显著改善

1990年以来,中国相继颁布《中华人民共和国残疾人保障法》《残疾人教育条例》等法律法规,建立健全了保障残疾人权利的法规政策体系,并逐步建立起政府领导,卫生、教育、民政、财政、残联等多部门各司其职的听力障碍预防与康复工作机制,将听力语言康复纳入各级政府和相关部门事业发展规划,统筹布局,协调实施。从1988年起,中国将听力残疾预防与康复事业纳入国民经济和社会发展规划,连续制定实施了五个国家听力语言康复五年工作规划,以聋儿康复为重点,加大投入实施抢救性康复工程,显著改善了听力障碍者的康复状况。目前,已帮助37万听障儿童实现不同程度的康复。2011年到2015年的五年间,中央财政投入近20亿元人民币专项资金,实施国家防聋治聋专项工程,将为16865名聋儿免费植入人工耳蜗,为18000名聋儿免费配发助听器。与此同时,中国各级地方政府积极采取措施,为聋儿康复救助创造条件、提供相应保障,29个省(市、自治区)制定了本地聋儿康复的救助政策或实施专项救助。中国听障儿童康复状况得到显著改善,"人人享有康复服务"的理想正在逐步变成现实。

二、构建网络、强化技术,听力障碍预防与康复服务能力不断提高

经过近30年的努力,中国已初步建立起以儿童为重点的听力障碍预防与康复服务体系,形成了较完整的听力筛查、耳聋诊断、助听器验配(人工耳蜗植入)、听力语言康复训练各环节有效衔接的服务网络。依托基层妇幼保健机构建立新生儿听力筛查服务网络,大力推广新生儿听力筛查;推进各级医疗卫生机构耳病防治和听力学服务能力建设;大力开展社区听力语言康复服务,做好知识普

及、筛查、转介、指导等工作；加强听力语言康复机构建设，提升规划服务水平，目前全国有登记在册听力语言康复机构1044个，逐步建立起听力语言康复国家中心、区域中心、省中心和市、县听力康复机构。2009年4月，中国聋儿康复研究中心成为世界卫生组织听力障碍预防与康复合作中心，标志着中国聋儿康复机构达到一个新的高度。听力语言康复人才队伍规模不断扩大，全国登记在册的听力语言康复机构专业人员达到13650人，其中康复教师9706人。在广大专业技术人员的努力下，中国已初步建立听力障碍预防与康复的学科体系，通过研究、探索适合国情的现代康复理论、方法、技术，加大各类专业人才培养力度，中国听力语言康复事业的专业技术基础不断增强，为提高服务能力提供了保障。

三、广泛宣传、全民动员，不断提高公众听力障碍预防与康复意识

中国高度重视加强宣传教育，推进听力残疾预防工作。提倡优生优育，做好孕产妇保健，预防、减少遗传性耳聋和先天性耳聋的发生；严格执行《耳毒性药物临床使用规范》，预防和减少药物导致耳聋的发生；重视高危职业人群听力保护。2000年，中国政府决定将每年的3月3日设立为"全国爱耳日"。14年来，每年都确定不同的活动主题，由十多个政府部门共同组织形式多样的大规模听力障碍预防与康复知识宣传活动。"全国爱耳日"活动影响力不断扩大，对提高社会公众的听力障碍知识知晓率，增强全社会的听力障碍预防与康复意识作出了重要贡献。2007年，受世界卫生组织委托，中国残联承办首届听力障碍预防与康复国际大会，大会发表《北京宣言》，呼吁设立"国际爱耳日"。在世界卫生组织大力推动下，今年"国际爱耳日"活动在世界各国正式推开。设立"国际爱耳日"是国际听力障碍预防与康复事业的重大进展，是中国和相关

国际组织为全球听力障碍预防与康复事业作出的积极贡献。

中国听力障碍预防与康复工作虽然取得了显著成绩，但仍面临人口众多、发展不平衡、专业化服务能力不强、保障制度不健全、听力残疾人的康复需求未能普遍满足等困难。同时，中国正经历快速的工业化、城镇化和人口老龄化，听力障碍的发生、流行特点随之发生变化，对听力障碍预防与康复工作构成新的挑战。与国际先进水平相比，我们的工作还有较大差距，需要不断借鉴学习各国的先进经验。

当前，中国政府在大力推进经济发展的同时，更加着力保障和改善民生。这为听力障碍预防与康复事业发展提供了良好机遇。我们将以此为契机，积极响应世界卫生组织的有关倡议，全面贯彻落实《全国听力障碍预防与康复规划（2007－2015年）》，采取有力措施提高中国听力障碍预防与康复工作的整体水平。一是将继续加大经费投入，组织实施重点康复救助项目，逐步消除听障残疾人因为贫困而不能享受基本康复服务的现象；二是继续发挥多部门协同工作的优势，大力实施计划免疫、噪声防治、新生儿听力筛查等，强化听力残疾预防工作；三是进一步加强听力语言康复服务基础设施和人才队伍建设，努力完善服务体系，提升听力语言康复专业化服务能力；四是积极推动建立听力残疾儿童义务康复制度，制定、完善听力残疾医疗、康复相关保障政策，努力完善听力语言康复保障体系；五是继续扩大对外交流与合作，参与国际听力障碍预防与康复领域的相关活动，积极承担国际义务，学习借鉴国际先进经验。

女士们、先生们，消除听力障碍，挑战无声世界，是我们共同的责任和追求。享有听力健康是人的基本权利，一个文明、公正的现代社会理应为实现这项基本权利作出承诺，提供保障。让我们携起手来，共同担当责任，关注听力障碍预防与康复，为实现"人人享有听力健康"的目标而努力。

（2013年4月23日）

让贫困盲童都拥有自己的书包

——记中国盲协"关爱盲童·阳光书包"活动

从2013年开始,中国盲人协会和众多热心人士一起,做了一件"善小而为之"的大事,详情让我慢慢道来。

当你为了孩子走进文具店,最引人注目的自然是货架上琳琅满目的学生用品,一时让人难以选择。可是,因为视力障碍的特殊性,供盲童专用的学习、生活必需品,特别是适合其使用的阅读资料和工具,市面上仍十分短缺,这些恰是盲童学习所迫切需要的,盲童只有依靠它们才能克服学习的障碍,才能更好地认识社会、了解世界,在人生道路上起好步子。

据统计,我国现有盲人(含低视力)1731万,其中在校学习的盲童约有7万多人。对自身困难最了解的,还是残疾人自己。在时任中国盲协主席李伟洪等同志的策划下,向在校失明学生捐赠阅读设备、有声读物等学习用品的"阳光书包"项目诞生了。

"阳光书包"里装有什么呢?

它包括了由中国盲人协会认证的盲人专用学习、生活用品,内有书包,阅读机,教育部9年义务教育推荐课外读物(U盘),著名播音员、主持人为盲童录制的"爱之声"系列有声读物光盘。"阳光书包"有两种配置:A型书包适合学习盲文的全盲学生,还包括盲字板,盲杖;B型书包适合阅读汉字的低视力学生,还包括笔袋,放大镜。由此可见,项目策划者对学生"特殊性"的深度认识和拳拳之心。

也许有朋友会问，"阳光书包"囊括了电子产品和学习辅助工具，这需要不少钱吧？其实并不多，算下来也就两三好友去"大排档"小聚一次的花费，捐赠一个"阳光书包"只需300元！为取信于民，让爱心人士了解捐款具体用途，中国盲协公布了开支细项：书包70元；阅读机70元；有声读物U盘（16G）50元；"爱之声"系列有声读物光盘12元/套；盲杖（6节或4节）或手持放大镜45元；盲文写字板或笔袋18元；包装纸箱15元；回音卡及邮费20元。

同时，中国盲协对项目实施过程作了严谨、细致的安排：一是以盲校为单位，指定专人负责统计学生姓名、残疾证号、年级、学校负责人联系电话等信息，并认真填写申领登记表上报中国盲协。二是捐赠人将捐赠款项汇入中国盲人协会账户，由中国盲协出具税前扣除捐赠发票。每个"阳光书包"内会附带纪念明信片"回音卡"一枚。受助盲生会以他们特有的方式填写"回音卡"并回寄给捐赠者。三是向各地盲校发放"阳光书包"，邀请捐赠人参加发放仪式，中国盲协向捐赠人颁发奖牌和答谢证书。

从2013年起，"阳光书包"之旅从西南边陲广西，历经山西、四川、重庆、贵州、云南、江西、安徽、浙江、山东、宁夏回族自治区、内蒙古自治区、新疆维吾尔自治区等18个省（市、自治区）、70多所盲校，共发放"阳光书包"7400多个。最后，划上圆满句号是山西长治南烨集团，先后资助近200万元，该企业高管放下繁忙工作，提前购置"阳光书包"并自带路费，与中国盲协同志一道跨省过市，亲手将"阳光书包"送到广西、四川等地2000多个盲童学生手中。在特教学校孩子们欢声笑语中，多年来盲生的"书包之困"，就此成为历史。同时，该企业还扶助了广西、四川、山西等地的残疾人扶贫、职业培训基地。

"阳光书包"项目的实施,使更多的人领悟到,什么是残疾人最难的事、什么是最实际的解决办法,最有发言权的是各残疾类别的兄弟姐妹,此似乎又印证了我十多年前所说的,"协会工作理想之日,就是残联工作圆满之时"!

在澳门特别行政区"康复服务十年规划研讨会"的主旨发言

非常高兴能够得到澳门特别行政区政府社会工作局的邀请,参加这次具有重要意义的研讨会。来自澳门特别行政区政府有关部门的负责人和亚太地区不同领域的专家、学者共同研究,分享残疾人事务发展方面的经验,为制定康复服务发展规划提供建设性意见,这必将促进亚太各国、各地区更加关注残疾人问题,推动残疾人事业的长期健康发展。

澳门与内地在残疾人事务方面的合作由来已久,从资金、项目支持到技术交流、经验分享,澳门都给予了内地残疾人事业发展许多宝贵的支持和帮助。在此,我谨代表中国残联向长期关心支持内地残疾人事业发展的各位同仁、专家、学者表示衷心的感谢。下面,我就内地残疾人事业发展的情况和制定残疾人事业发展规划方面的体会向大家做个介绍。

一、内地残疾人事业的基本情况

目前,我国内地共有8500多万残疾人,占全国人口总数的6.34%,涉及2.6亿家庭人口。这个数字,相当于每16个人中就有一个残疾人、约每4个家庭有一个残疾人。30多年来,伴随着改革开放和现代化建设的进程,中国残疾人事业走上了一条符合本国国情的可持续发展道路,为改革开放和社会发展作出了重要贡献。残疾人事业从一个较低的起点起步,由小到大,由救济为主的社会福利工作，逐步发展成为包括康复、教育、就业、扶贫、社会保障、维权、文化、体育、无障碍环境建设、残疾预防等领域广阔的综合性社会事业，在经济建设、文化建设和社会建设中发挥越来越重要的作用。

(一) 建立了较为完善的政策法规体系

1990年，《中华人民共和国残疾人保障法》颁布，并于2008年修订；1994年，《残疾人教育条例》出台；2007年，《残疾人就业条例》开始实施；2012年，《无障碍环境建设条例》出台。经过多年努力，我们已经建立了以宪法为依据、以数十部相关法律为基础、以《中华人民共和国残疾人保障法》为核心、以行政法规和地方法规为配套、以地方辅助残疾人优惠政策为补充的残疾人事业政策法规体系。

(二) 建立了比较完整的组织体系

我国残疾人事业的组织体系包括三部分：各级政府残疾人工作委员会、各级残疾人联合会（包括专门协会）和基层残疾人协会、助残社会组织。采取政府负责、社会各界广泛参与、残疾人组织积极发挥作用、协调运作的工作机制。经过多年努力，省、市、县、乡、村各级都建立残疾人组织。

(三) 建立了比较系统的服务体

从1988年开始，我们制定实施了六个发展残疾人事业的国家五年规划，公共财政对残疾人事业的投入逐年增加，对残疾人的服务拓展到社会保障、康复、教育、就业、维权、无障碍等十数项工作领域。各地先后建成了康复中心、辅助器具中心、体育运动训练中心、盲文图书馆等一批基础设施，各级各类康复服务机构超过19000个。

当然，我们也清醒地看到，内地残疾人社会保障体系还不够完善，残疾人在基本生活、医疗卫生、康复、教育、就业、社会参与等方面还存在许多困难，总体生活状况与社会平均水平存在较大差距；一些地方和部门对残疾人事业发展重视不够，歧视残疾人、侵害残疾人权益的现象时有发生；基本救助、社会保险、社会福利等普惠政策还需要新的突破，有些特惠措施在局部地区取得突破但还没有成为统一的基本制度安排；以保障残疾人生存权、健康权、发展权为主要内容的各项制度还需要不断落实。

二、内地残疾人规划制定的情况

为改善残疾人状况，促进残疾人事业与经济社会协调发展，从1988年开始，中央政府先后批准并实施了由中国残联起草的六个《中国残疾人事业五年发展纲要》（以下简称《纲要》），将残疾人事业全盘纳入政府发展规划。2011年3月，中国政府发布《国民经济和社会发展第十二个五年计划》，随后，国务院颁布了《中国残疾人事业"十二五"发展纲要》。《纲要》确定了"十二五"时期残疾人事业发展的指导原则和总目标，以加强残疾人专项社会保障制度建设为重点，以健全残疾人服务体系为核心的主要工作目标。

（一）社会保障

符合条件的残疾人全部纳入城乡最低生活保障制度，实现应保尽保；提高低收入残疾人生活救助水平。

城乡残疾人普遍加入基本养老保险和基本医疗保险。逐步提高基本医疗和康复保障水平。

有条件的地方探索建立贫困残疾人生活补助和重度残疾人护理补贴制度。扩大残疾人社会福利范围，适当提高社会福利水平。

实施"集善工程""长江新里程计划"等一批助残慈善项目，推进残疾人慈善事业加快发展。

（二）公共服务

完善康复服务网络，通过实施重点康复工程帮助1300万残疾人得到不同程度的康复，普遍开展社区康复服务，初步实现残疾人"人人享有康复服务"目标。

完善残疾人教育体系，健全残疾人教育保障机制。适龄残疾儿童少年普遍接受义务教育，积极发展残疾儿童学前康复教育，大力发展残疾人职业教育，加快发展残疾人高中阶段教育和高等教育。

加大职业技能培训和岗位开发力度，稳定和扩大残疾人就业，城镇新增就业残疾人100万；规范残疾人就业服务体系，保障有就业需求的残疾人普遍得到就业服务和职业培训。

加强农村残疾人扶贫开发，扶持1000万农村贫困残疾人改善生活状况、增加收入、提高发展能力；为100万农村残疾人提供实用技术培训；改善农村贫困残疾人家庭居住条件。

建立残疾人托养服务体系，为200万智力、精神和重度残疾人托养服务予以补助。

加强残疾人公共文化和体育健身服务，进一步丰富残疾人精神文化生活。

建立残疾人法律救助工作协调机制，加快残疾人法律救助工作站建设，为符合规定的残疾人法律援助案件提供补助。

加快推进城乡无障碍环境建设，有条件的地方为贫困残疾人家庭无障碍改造提供补助。

制定实施国家残疾预防行动计划，开展残疾预防体系建设试点项目。

（三）支撑条件

加强残疾人社会保障和服务政策法规建设，制定《无障碍建设条例》《残疾人康复条例》，修订《残疾人教育条例》。

加强残疾人组织建设，建设好专职、专业和志愿者队伍，加强残疾人康复、教育、就业、维权、托养、文化体育、社会工作等专门人才培养。

新建、改建、扩建一批骨干残疾人服务设施。

建立稳定增长的残疾人事业经费投入保障机制。

做好残疾人社会保障与服务统计和残疾人状况监测。建设残疾人人口综合数据管理系统和中国残疾人服务网。

产出一批残疾人事业科技和理论研究重大成果。

《纲要》确定了社会保障、康复、教育、就业、扶贫、托养、文化、体育、无障碍环境、法制建设和维权、残疾预防、组织建设、基础设施建设、统计监测和社会环境建设共15个领域的主要任务和政策措施。

《纲要》明确提出了实施0到6岁残疾儿童抢救性康复工程、千万残疾人康复工程、阳光助学计划、百万残疾人就业工程、阳光助残扶贫基地建设工程、阳光家园计划、阳光安居工程、残疾人文化建设工程、残疾人自强健身工程、志愿助残阳光行动共十大助残工程。

为保障目标完成，纲要同时提出了实施残疾人综合服务设施、专业康复机构、示范性社区康复站、专业托养服务机构、特殊教育机构、就业服务能力建设、残疾人人口综合数据管理系统建设、科技助残行动计划、残疾预防综合信息网络平台和数据库建设、残疾人事业专业人才培养共十大能力建设项目，并制定了纲要执行评估指标体系。

三、残疾人事业规划制定的主要体会

（一）制定发展规划，要从实际出发与国情相适应

社会主义初级阶段的基本国情决定了内地推动残疾人事业发展的立足点和着力点。把残疾人事业纳入经济社会发展全局统筹安

排，又要采取特殊政策措施支持残疾人事业发展，把握好普惠政策和特惠政策、一般性制度安排和专项制度安排的关系。

（二）摸清底数，掌握需求，讲求实效

做好残疾人工作，要搞清需要提供服务的真实底数。为此，中国残联分别在1986年、2006年组织了两次全国残疾人状况抽样调查，又从2007年起连续开展了残疾人状况监测，在全国范围内通过残疾人证登记建立了"残疾人口库"，今年，我们正在组织残疾人基本服务状况和需求专项调查，为制定"十三五"规划做准备。

（三）坚持以残疾人为本

充分发挥残疾人积极性。残疾人是推动经济和社会发展的一支重要力量，要努力做好增强和提升广大残疾人及残疾人组织的社会活力。

（四）坚持社会化的工作方式

残疾人事务需要建立政府负责、社会各界参与、协调运作的工作机制。政府将残疾人事业纳入经济社会发展规划，统筹安排、同步实施。各有关部门将相关残疾人工作纳入职责，各司其职。社会各界广泛参与、协调运作，共同推动残疾人事业的发展。

大家知道，中国仍然是一个发展中国家，残疾人总体状况与社会平均水平仍然存在较大差距，实现"平等·参与·共享"的目标仍然任重道远。我们将一如既往地继续加强与包括澳门特别行政区在内的各国、各地区在残疾人领域的良好合作关系，积极借鉴有益经验，不断推动残疾人事业发展，为广大残疾人兄弟姐妹实现中国梦作出新的努力。

（在"澳门康复服务十年规划研讨会"上的发言摘录，2014年9月10日）

保障残疾人合法权益
促进残疾人平等·参与·共享

十分感谢张伟良主席的邀请，有机会参加这次十分有意义的纪念活动，见到这么多的新老朋友真的很开心。下面，我将围绕大会主题"自强不息——推动更有利残疾人的政策"，简要介绍我国残疾人康复事业。

一、内地残疾人康复事业发展的近况

我国内地共有8500多万残疾人，占全国人口总数的6.34%，涉及2.6亿家庭人口。中国宪法规定"国家尊重和保障人权"，主张残疾人是社会大家庭的平等成员，尊重、关心、帮助残疾人是社会文明进步的标志。目前，残疾人生活状况显著改善，参与社会能力不断提高，充分体现了中国人权保障的广泛性、真实性和公平性。

康复，是广大残疾人有别于其他弱势群体的最急需解决的问题。我们所说的康复，是指综合地、协调地应用医学的、教育的、职业的、工程的、社会的措施，以减轻伤残者的身心和社会功能障碍，使其得到整体康复而重返社会。做好残疾人康复工作是改善残疾人基本生活状况、增强社会参与能力的关键环节。

中国残联成立后，从白内障复明手术、小儿麻痹后遗症矫治手术和聋儿听力语言训练这"三项康复"起步，随着社会的进步和残疾人康复事业的发展，现在康复业务已拓展到白内障复明、精神病防治康复、聋儿语训、社区康复、辅助器具适配等十数项工作领域，覆盖各年龄段和各残疾类别，逐步形成了以专业康复机构为骨干、以社区为基础、以家庭为依托的社会化残疾人康复服务体系。

30多年来，残疾人康复服务体系从无到有，从少到多，由弱到强，现已形成以国家级机构为龙头，以省级机构为骨干，以地市级机构为支撑，以基层机构为基础，与残疾人社区康复工作紧密衔接的康复服务网络。截至2013年底，全国建立各类残疾人康复机构6618个，专业人员14.2万人，其中残联系统康复机构2596个，在岗人员1.8万人，培养社区康复协调员35.3万人。

二、采取的主要措施

一是扎实推进康复法规政策建设。中国残联紧密衔接卫生计生委、民政、教育等与残疾人康复相关部门出台的政策措施，积极争取将残疾人康复纳入其中。中国残联与国家卫生计生委、国务院法制办等部门密切协作，共同推进《残疾预防和残疾人康复条例》的制定和《国家残疾预防行动计划》的编制工作。同时，积极督促有关残疾人医疗保障政策的落实，特别是将相关康复项目纳入医保范围、重度残疾人参加新农合、重性精神疾病患者日常服药费用报销等重点工作。

二是强化康复机构规范化建设。为指导各康复机构发展，中国残联陆续下发《关于转发残联系统康复机构建设规范（试行）的通知》《关于鼓励和引导民间投资兴办残疾人康复机构的实施意见》，推动地方加强康复机构标准化、规范化、制度化建设。

三是加大康复人才队伍建设力度。中国残联制定了《全国残联系统康复人才中长期发展规划》和《残疾人康复人才建设"十二五"实施方案》，实施了"康复人才培养百千万工程"。与康复机构、高等院校合作，建立16个残疾人康复人才培养基地，推动康复新职业申报，组织编写康复系列教材和教学大纲。

四是普遍开展社区康复。在全国范围内普遍开展残疾人社区康复工作，推动各地贯彻落实《社区康复站工作规范》和《社区康复协调员工作规范》，建立了2853个社区康复示范站，依托各类省级、地市级康复中心和儿童康复机构普遍开展家长学校工作。截至2013年底，全国有2794个市县开展社区康复工作，对328.8万残疾人提供了社区康复服务。

五是加强残疾预防和残疾儿童康复工作。残疾儿童是社会最关注、最具康复价值的群体。近三年，中国残联把0到6岁残疾儿童的抢救性康复作为主要抓手，实施残疾儿童抢救性康复项目，在全国40个城市开展残疾儿童随报及早期康复工作试点，下发《0—6岁儿童残疾筛查工作规范》，将儿童残疾筛查纳入基层卫生服务内容，探索建立早预防、早筛查、早转介、早治疗、早康复的工作机制。此外，为做好残疾预防工作，中国残联专门成立了残疾预防与控制研究中心负责业务开展。

六是实施重点康复项目，带动全国康复工作开展。"十二五"期间，中央财政安排残疾人康复资金近70亿元，实施贫困残疾儿童康复救助"七彩梦行动计划"和"彩票公益金残疾人康复救助项目"两个重大项目。编撰少数民族语言教材，着力扶助边远贫困地区残疾人康复，带动各地加大对残疾人康复工作的投入力度。

残疾人危房改造是政府主导的，残联具体落实的惠残项目，由各级财政分别出资，对农村贫困残疾人的危旧住房进行改造，是一项专门针对最贫困残疾人的兜底工程，解决了贫困残疾人最迫切、最急需的困难和问题，保障了残疾人的基本生活。

七是动员社会重视康复宣传。中国残联着力加大宣传力度，通过报纸、电台、电视台、网站等媒体，大力宣传残疾人康复事业，向社会公众、残疾人及亲友宣传普及康复知识。

在实施五个"五年规划"的基础上，2011年至2013年，通过实施"残疾儿童抢救性康复"等一批重点康复工程，使1019.2万残疾人得到不同程度的康复，实施白内障复明手术229.3万例，为28.2万名低视力者配用助视器并进行视功能训练，对26.5万名盲人进行定向行走训练，8.9万名聋儿接受听力语言训练；肢体残疾儿童康复训练1.4万名，贫困孤独症儿童康复训练3.5万名，584万名重症精神病患者得到治疗和康复，为残疾人提供假肢和矫形器适配20.1万例。大力开展社区康复，513.9万残疾人得到社区康复服务。残疾人康复服务覆盖面不断扩大，根据2013年全国残疾人状况及小康进程监测数据，2013年残疾人接受过康复服务的比例达到58.3%，比2010年提高了24.8%。

三、制定残疾人事业规划以持续发展

2011年5月11日，国务院常务会议讨论通过《中国残疾人事业"十二五"发展纲要》（以下简称《纲要》）。《纲要》紧紧围绕残疾人社会保障体系和服务体系建设，确定了"十二五"时期残疾人事业发展的指导原则和总目标，以加强残疾人专项社会保障制度建设为重点，以健全残疾人服务体系为核心，对"十二五"时期残疾人社会保障、基本公共服务和重大基础性工作作出全面部署。《纲要》确立了"十二五"残疾人事业发展的主要工作目标。

《纲要》明确提出了实施0到6岁残疾儿童抢救性康复工程、千万残疾人康复工程、阳光助学计划、百万残疾人就业工程、阳光助残扶贫基地建设工程、阳光家园计划、阳光安居工程、残疾人文化建设工程、残疾人自强健身工程、志愿助残阳光行动共十大助残工程。

为保障目标完成，《纲要》同时提出了实施残疾人综合服务设施、专业康复机构、示范性社区康复站、专业托养服务机构、特殊教育机构、就业服务能力建设、残疾人人口综合数据管理系统建设、科技助残行动计划、残疾预防综合信息网络平台和数据库建设、残疾人事业专业人才培养共十大能力建设项目，并制定了《纲要》执行评估指标体系。

大家知道，我们仍然是一个发展中国家，由于经济社会发展水平的原因，残疾人总体状况与社会平均水平仍然存在较大差距，残疾人社会保障体系和服务体系还要进一步健全和夯实。残疾人事业城乡和区域发展还不均衡，残疾人在基本生活保障、康复、教育、就业、社会参与等方面还面临不少困难和障碍。因此，实现"平等·参与·共享"的目标仍然任重道远。

说到这里，我深深怀念尊敬的方心让先生，他是我的好朋友，他为推动残疾人事业发展作出了杰出贡献，方先生与邓朴方先生结下了深厚的友谊，是两地残疾人事务交流与合作的倡导者和开创者，给我们留下了宝贵的精神财富。

香港复康会三十多年来一直关心、帮助内地残疾人，特别在康复领域贡献良多，先后帮助培训了1000多名康复人才，他们在社区、农村发挥了重要作用，获得内地同行们的高度赞誉。我相信，今后我们会继续携手努力，互相学习借鉴，特别是复康会创会以来积累的宝贵经验，用之共同推动两地残疾人事业发展，为更多残疾人兄弟姐妹造福。

（在"香港复康会成立55周年研讨会"上的发言摘要，2015年1月17日）

残疾人盼望得到贴心的居家服务

2015年1月,全国政协主席俞正声主持双周协商会,专题研究依法保障残疾人权益问题,委员建言献策,推动出台了困难残疾人生活补贴和重度残疾人护理补贴"双补"政策。在此,我代表残疾人对俞主席表示感谢。做好残疾人服务是社会的义务和责任,又是家政服务的重点和难点。

一、残疾人服务需求的迫切性

我国有2518万重度残疾人,由于自身和外部条件的原因,他们一生基本是要在家里度过,其困难和痛苦是常人难以想象的。做好居家服务工作,是特殊困难群体生存底线的需求,是兜底民生的体现,是以人为本的理念在精准扶残助残的体现,是减少残疾人生活的二次损伤、维护残疾人生命健康权的具体保障。

二、政策建议

一是政府主导,政策引导,通过购买服务引领社会力量参与。根据重度残疾人的需求,由家政公司提供打扫卫生、洗衣服、做饭、换煤气等日常家政护理服务,由康复机构和社工组织提供残疾人居家康复训练服务等。通过政府购买服务方式,对一户多残、老残一体、重度残疾等困难残疾人家庭提供生活照料、能力辅导、康复护理、陪同外出、心理疏导和无障碍改造等服务。

二是充分发挥社会资源的效力,培育适应残疾人特殊需求的服务机构和专业队伍。支持家政公司、社会组织和社工组织做好残疾人居家服务，政府对这些单位要给予落地的支持，包括降低公益类组织登记准入条件、创业期启动资金的补贴、小额贷款贴息、税收减免优惠等。鼓励社会专业组织、志愿者等参与制定行业服务的指导标准、培养业务骨干等，提高残疾人居家服务质量。

三是整合居家服务资源。残疾人的特殊性使其难以通过参与社会生活获得服务，需要有关部门牵头，统筹资源、多方协作，将涵盖家政保洁、康复护理、能力训练、文化娱乐、心理咨询、陪同外出等各种居家服务项目系统整合，使残疾人不需外出就可获得适合自身特点的服务。

（在第十二届全国政协第 44 次双周协商座谈会围绕"促进家庭服务业发展"建言献策的发言，2015 年 12 月 17 日）

在全面建设小康社会的进程中，要高度关注残疾人群体

2016年3月4日上午，第十二届全国政协社会保障界别正在小组审议全国政协常委会工作报告和提案工作情况报告。坐在前排的王新宪听得十分认真，不时进行记录。会后，我们进行了现场采访。

《南方都市报》（以下简称"南都"）： 您今年提案是关于精神残疾人康复工作，这个提案的初衷是什么？

王新宪： 从现实情况看，可以说残疾类别里，精神残疾人的困难程度是最大的，精神残疾人的亲属是非常痛苦的。这样的家庭连过年亲戚都不愿上门，还没说两句话，患者就会让人扫兴而归。精神康复者好不容易找到一份活干，社会上的其他患者一出事，就连累他们也丢了工作。精神病患者的亲属告诉我，患者往往是在康复之后因歧视才感受到真正的痛苦。在农村的贫困地区，"关锁"精神残疾人的现象依然存在，精神残疾人的处境可想而知。因此，我们必须为这些群体发声。社会对他们的理解和关爱还非常不足。比如去年，一个省会城市的某重要媒体，在一新闻报道中直接用"武疯子"作标题。我告诉当地的有关部门，用"武疯子"来形容有暴力倾向的精神病人，就有歧视、侮辱的含义，这是对人民群众的一种误导。人在精神状态正常的时候去侵害别人，是要担法律责任的，患者肇事肇祸，是完全或部分失去责任能力之后的行为。

南都： 也就是说，社会对精神残疾人的认识还非常不足，

对吗？

王新宪：是的。人们往往把感冒发烧当成病，没有把精神疾病当成病，这就是社会认识的缺失。《精神卫生法》已经出台了，但怎么向社会宣传、普及精神卫生知识，还是一个很大的问题。我们常见到街道社区的宣传栏上，对常见病、老年病宣传不少，比如防治高血压、糖尿病等。但却很少看到有关精神卫生知识的介绍，如怎么防治精神类疾病、如何注意家庭成员的精神异常、如何早发现早介入早治疗等。种种原因，不少人根深蒂固地把精神残疾人当成社会另类来看待，客观上加大了精神残疾人康复回归社会的难度。

南都：除了社会认知不足外，精神残疾人康复工作难度大还体现在什么方面？

王新宪：这两年做了些调研，一个明显的感受就是，许多地方在这方面经费保障不足、医疗康复设施缺乏、专业队伍人员不足。总体来说，国家这些年是越来越重视，保障得越来越到位，但由于人多面广，所以现在保障水平还是比较低的。比如精神残疾人的服药问题，就很难得到有效保障。大家知道，精神病的治疗康复是公共卫生的重要组成部分。如果患者选择服用二代药的话，每个月至少要300至500元，这对不少贫困患者的压力还是很大的。同时，用于精神残疾人康复的基础设施还比较少。另外，还必须看到，为这部分特殊群体服务的队伍也不足，我们国家的精神残疾人有800多万，全国却只有2万多名专业医生，与儿科医生不足的问题一样让人堪忧。

南都：这部分人大多数还是贫困群体，要改善他们的生活状况，该怎么做？

王新宪：贫困地区老乡有句话，"有吃的没花的，最怕摊上个残疾的"。对经济条件不好的家庭来讲，往往吃饱穿暖没问题，但最怕家里有个残疾人,这是困难家庭长期被困扰的原因。这不光影响这一代人,还影响子女的教育和成长,导致家庭的"穷根"移到了第二代身上。

实现全面建成小康社会的奋斗目标,不能落下残疾人群体。我认为,对残疾人的帮扶,要和我们国家提出的"四个一批"的扶贫攻坚战略举措结合起来,把他们纳入到医疗保障兜底的那一批人中。

南都:说到残疾人就业,目前国内残疾人就业整体状况如何?

王新宪:这些年来,各级政府为帮助残疾人就业做了大量工作,也取得了很好的成绩。同时,根据统计,仍然有40%以上有就业愿望的残疾人还没能就业,已经就业的也并不稳定。在面临经济下行压力的情况下,如果企业裁员,很多情况下残疾人是先被裁掉的。对于谋求转型的企业,残疾人原有的技能不适用新的岗位,也可能造成失业。还有的残疾人年龄大了,身体适应不了高强度的劳动,也会面临失业。我一直呼吁,在企业困难的时候,要优先保障残疾职工的基本生活,要尽量把他们留下来,如果实在做不到,等困难时期过了,也要尽量让残疾职工重新上岗。

南都:一直以来,精神残疾人就业都存在很大的困难吗?

王新宪:残疾人就业困难,是一个客观事实,特别是中重度残疾人,包括精神残疾人和重度智力残疾人等。这部分人比较稳定、流动性小,在适当的条件下,安排他们做一些服务性的工作,哪怕做简易的家庭保洁都可以,就业渠道还有拓展的空间。

南都:按比例安排残疾人就业的政策实施了很多年,情况怎么样?

王新宪:这是残疾人就业的主渠道,还是要多呼吁,使社会更加重视残疾人就业问题。尤其是在经济发达地区,应该比其他地方做得更好，社会的文明进步也要体现在残疾人就业方面。最主要是保证已有规定的严格执行。比如公务员招收，每年要留出一部分岗位招收残疾人，只要考试合格的，就要安排就业。现实的情况是，很多残疾人考试合格了，用人单位还是不愿意安排就业。还有的企事业单位，宁愿缴纳残疾人就业保障金，也不愿意雇用残疾人就业，这就是一种逃脱社会责任的行为。

南都： 对残疾人进行就业培训是不是非常重要？

王新宪： 是的，加强残疾人就业培训很重要。劳动力市场往往是双向选择的，企业的本质是生产者不是慈善家。根据我们的统计数字，近些年国家在就业培训方面的投入不断加大，但残疾人接受培训的人数没有相应提高，和国家加大投入的部分不成正比。我觉得这里还是有各种障碍，国家职业培训的"利好"有待更多地惠及残疾人这个特殊群体。

南都： 这种情况如何解决？

王新宪： 开展就业技能培训，这块工作涉及劳动保障、职业教育、残联等相关部门。总的来说，对于残疾人就业培训，要适销对路，安排适合残疾人的培训类型。另外，培训机构要具备无障碍设施，方便残疾人就业和培训。有些公共场所只有台阶，一些行动不便的残疾人上不去，接受培训或者就业的机会就没了。要积极消除这些障碍，所有的社会职业培训机构和公共场所，都应该按照国家无障碍标准来建设或改造，这对健全人也提供了方便。

南都： 部分残疾人外出培训不方便，是不是针对残疾人的就业培训也可以进行一些创新？

王新宪： 确实是这样。我了解到，现在有地方开始通过网络对残疾人进行培训，或者帮助他们在网上进行创业。有些残疾人做电商做得很好，但起步的时候还是很艰难，也需要社会的支持。比如残疾人在家里上网接受培训，需要电脑但没钱买，可以动员相关单位和机构把淘汰换新的电脑给他们用，利用一些闲置的资源来帮助残疾人，也是举手之劳。

南都： 现在随着中国社会老龄化趋势的加剧，养老问题日益突出，残疾老年人的养老问题更加突出吧？

王新宪： 这个问题要从两个层面看。一方面，随着人的平均寿命越来越长，相应地残疾风险就越高。一般人到了70岁以上，老年性痴呆、耳聋、白内障、中风等疾病发生风险变高，一旦得病后，康复难度大，也加大了养老的负担。建立健全专业的残疾老人托养服务机构，或者发展残疾人居家养老服务是当务之急，要培训相应的社区服务队伍、社会工作者队伍和专业技术队伍等不同性质的服务人员。

南都： 为什么需要这些不同的队伍？

王新宪： 这和不同队伍服务的侧重点不同有关。社区服务队伍和社会服务队伍主要提供经常性、照顾性的服务，比如在家里面给残疾人吃药、做饭、换煤气、洗衣等家政服务。很多残疾老人走得早，就是因为遇到了二次损伤，如摔倒等。另外，残疾老人除了易患老年人常见病之外，还有因残疾带来的其他病痛，这些需要专业工作者来护理。因此，在解决残疾老年人养老难问题，除了对要加强老年人社会福利保障措施之外，还要针对残疾老年人的特殊性实施特殊措施，这很重要。

南都： 如何消除在有些宣传报道、电视节目中出现的对残疾人的有偏见和歧视残疾人现象？

王新宪： 这个问题在很多电视台节目里都有，主持人在不经意间，对精神病人或残疾人的言语、动作进行模仿，这其实反映了主持人缺少人道主义精神和社会文明素养。比如今年春节，在我们某个省级电视台的娱乐节目中，主持人拿精神残疾人开玩笑，这很不应该。作为文艺工作者，应该更高尚、更文明、更人道，给社会大众传达向善的正能量。

我还要说的是，电视新闻节目都缺少手语翻译，现在很多电视台都增加了这一项，实现了信息无障碍，帮助残疾人与社会其他成员一起，共享精神文明进步的成果。我希望对精神残疾人的新闻报道要严谨，不要把精神残疾人妖魔化，要更多地关心他们背后的故事，让他们及其亲人真切地感受到温暖。

（原载《南方都市报》，2016年3月8日）

切实加强精神病防治康复工作

精神病防治康复工作，是当今的重大公共卫生问题，更是人们普遍感到焦虑的社会问题。我国约有1600万重精神疾病患者。其中，精神残疾人827万，约占8502万残疾人口总数的10%。精神残疾人中，有康复需求的比例为79.8%，是各类残疾人中最高的。在残疾人家庭中，精神残疾导致家庭的支出成本最高、家属的社会压力和精神负担最重。

应该肯定，我国精神残疾康复工作有明显进步。《精神卫生法》正式实施，规定了政府在精神卫生公共服务方面的责任，各级精神卫生工作领导协调机制逐步建立；重性精神病纳入了新农合和城镇居民医保等基本医疗保险重大疾病保障及城乡医疗救助制度范围，医疗保障实现了制度上的"全覆盖"；重性精神病管理纳入创新社会管理工作范畴，国务院办公厅转发了关于加强肇事肇祸等严重精神障碍患者救治救助工作意见的通知；卫生部将精神病的社区医疗服务纳入《国家基本公共卫生服务规范》，明确基层卫生机构要为辖区内重性精神疾病患者提供随访评估、分类干预、健康体检、健康教育等服务。同时也要看到，目前现有的服务和保障还远不能满足精神残疾人的需求，社会对这类残疾人的歧视和偏见十分严重，需要全社会的格外关心和切实帮助。

当前急需破解的主要问题如下：

一是精神疾病工作机制衔接不畅。相关工作部门按照职能，分别负责临床治疗、肇事肇祸、生活救助、权益保护等工作。现实中，精神病患者在医院接受治疗后，病情基本稳定，按照卫生部"重性精神疾病管理工作规范"的要求，本应回归社区进行康复。但是，由于缺乏社区康复、家庭照料等衔接保障措施，恢复期精神病人的"出口"问题难以解决。患者及其亲属缺乏必要的康复知识，家人病耻感和外界歧视现象的存在，病人康复信心倍受打击，致使难以康复并极易复发。

二是对精神病防治康复的财力、人力严重不足。近年来国家对公共卫生投入不断增加，但用于精神卫生工作的经费还是相当有限。全国仅有2万名精神科医师，三分之二的区县无精神卫生专业机构，特别是西部地区，精神科医生严重匮乏。地方政府对精神疾病防治投入不足，有的省区至今仍没有专门的精神病医院，部分地区重性精神病患者发现、随访、管理工作不到位，贫困患者难以得到有效救治。

三是精神病患者的医疗负担很重。这两年，国家接连出台关于精神病患者服药的普惠政策，但具体执行政策的是在县一级行政机关，据了解，2012年底各地城镇居民医疗保险的精神病日常服药的政策报销比例普遍在50%～70%左右，新农合的政策报销比例普遍在30%～60%左右，起付线高、实际报销比例低、报销药品少的情况普遍存在，贫困精神病患者服药难问题仍非常突出。同时，由于价格相对较高，第二代精神病药物普及率低，大部分地区未将其纳入基本药物报销目录中，第一代药多数因副作用大，康复效果难以保证。

针对以上问题，具体建议如下：

一是加大公众宣传力度，为精神残疾人回归社会、参与社会生活创造无障碍环境。现代医学证明，通过系统的治疗康复，大部分病人是完全能够康复回归社会的。我们要广泛宣传精神病防治康复基本知识，减少公众对精神障碍和心理行为的认识误区。加强患者及其家庭战胜疾病、回归正常生活的正面宣传，规范对肇事肇祸案件的报道，营造宽容的精神康复环境。

二是普惠与特惠结合，提高精神病患者医疗保障水平。由于精神疾病的长期性和特殊性，要解决精神残疾人对医疗保障的特殊需求，就要坚持普惠、特惠措施相结合的原则。

要推动各地落实重性精神病患者医疗保障相关政策，降低或取消精神病门诊、住院起付线和提高报销比例；推动有条件的地区，将更多的第二代新型抗精神病药物纳入基本药物报销目录；扩大现有的国家救助项目，争取财政加大对贫困精神病患者医疗救助支持力度，保障贫困精神病人的基本医疗和生活。

三是加强精神病社区康复工作，做好与社区医疗机构的衔接。相关部门要协同做好三方面工作。一是大力推广"社会化、综合性、开放式"的精神残疾康复工作模式，建立健全医疗康复和社区康复相衔接的服务机制，加强精神卫生专业机构对社区康复机构的技术指导。二是争取加大投入，推动将精神残疾人的康复纳入基本公共卫生服务范围，支持精神残疾人社区康复机构和托养机构建设。三是将精神障碍者社区康复纳入政府购买服务范围，鼓励社会力量参与服务，积极推进社区康复机构的增点扩面。

（全国政协第十二届第四次会议第 2258 号提案，2016 年 3 月）

我们该给残奥会一个新闻头条

第5个比赛日，50金、40银、28铜，高居金牌和奖牌榜榜首，中国残疾人运动健儿在里约残奥会上夺金摘银，书写着传奇。

当失去左腿的董超在R1—SH1级男子10米气步枪比赛中为中国军团射落首金时，我情不自禁地为他鼓掌；当"四朝元老"、失去双臂的许庆在一天夺得两枚游泳金牌时，我为他舍我其谁的豪气叫好；当31岁的刘文君获得女子100米T54级金牌，为自己的最后一届残奥会画上圆满句号时，我向这个永不服输的姑娘竖起了大拇指……

我在中国残联工作的十几年间，作为团长曾带领中国代表团出征雅典、北京、伦敦残奥会，见证了中国军团连续三届残奥会雄踞金牌和奖牌榜榜首的盛况。所以，我始终对残奥会有着难以割舍的情愫。

1960年首届残奥会在意大利罗马举办，当时只有23个国家的400名残疾人运动员参加。56年之后，当残奥会圣火在巴西里约马拉卡纳体育场点燃，已经是第十五届，参赛国家和地区达到了160个，运动员超过了4400人，规模为历届之最。这充分说明残疾人运动正在受到各国的高度重视，国际残疾人运动正走向前所未有的辉煌。

我国残疾人运动快速发展是在改革开放以后。1983年10月，天津市举办了伤残人体育邀请赛，来自全国13个省、市、自治区的200名盲人和截肢运动员参加了此次比赛。这是新中国成立后国内首次举办规模较大的残疾人运动会。1984年10月，中国第一届残疾人运动会在安徽合肥举行。从广州举行的第三届中国残疾人运动会开始，形成了每隔 4 年举办一届的惯例。而在我国，首次举办大型的国际性残疾人运动会是 1994 年的北京第六届远南运动会。这次运动会我们不仅取得了傲人成绩，也向世界展示了我国残疾人运动的水平，树立了我国残疾人体育大国的形象。

"残疾人体育运动的目的不是为了创造拿金牌的冠军，而是为了创造生活中的冠军。"2004 年雅典奥委会主席安杰洛普洛斯夫人的这句话令我依然记忆犹新。与奥运会"更快、更高、更强"的目标不同，残奥会更多的是通过体育运动，增强体魄，促进康复，并向社会展示残疾人自尊自立、顽强拼搏的精神和能力，增进残疾人与健全人之间的相互理解，推动社会的文明进步。

每到奥运会，街头巷尾、茶余饭后，人们都在关注着赛事进展。相比之下，人们对残奥会的关注度则没那么高。其实，就竞技性、观赏性而言，残疾人运动丝毫不输健全人运动，而且还有其独特的魅力。比如盲人足球，场上 5 名运动员完全凭听力和脚法进行比赛，这比健全人踢足球要难得多。更让人可喜的是，中国盲人足球队虽然成立只有 10 年时间，可在 2008 年北京残奥会上，就已经获得了世界亚军的优异成绩。这样既有魅力，又能为国争光的项目，我们是不是值得一看呢！

里约，中国残疾人运动军团正在奋力拼搏，为国争光，他们将把最好的风貌、最振奋的中国精神传递给世界。正如有些媒体呼吁的那样，中国残疾人运动健儿从来不缺坚强的斗志和拼搏的精神，他们缺的是更多的关注和更多的掌声。

我们该给中国残疾人运动健儿一个新闻头条；也祝他们享受比赛、广交朋友，我们等待他们胜利而归。

（原载《人民政协报》，2016 年 9 月 14 日）

提高农村和少数民族地区残疾儿童义务教育入学率

近期,我们赴吉林、天津、广西等地开展了特殊教育专题调研,深深感到农村,特别是边远地区和少数民族地区,残疾儿童少年义务教育入学率仍比较低。有关调查数据显示,84%的未入学适龄残疾儿童少年来自农村。造成入学率低的主要原因有以下几点。

一、地方政府对特殊教育认识水平偏低,管理水平亟待提高

部分地方政府官员和特殊教育管理者将特殊教育定位为慈善和公益事业,而不是残疾儿童应该享有的权利,有的甚至仍然存在先办好普通孩子教育,有时间精力财力再来办特教的想法。认识偏差导致职责缺位,表现为对本地区特殊教育的发展规划不到位,对制约特教发展的关键问题缺乏解决的制度安排和有效机制,部分地市基础教育管理部门尚无专人负责特殊教育工作。

二、特殊教育投入和资源明显不足

农村和民族地区,尤其是中西部和边远地区经济社会发展相对滞后,财政压力大,再加上重视不够,很难将有限的财力向特殊教育倾斜,导致特教资源紧缺、现有学校办学场地狭小、缺乏必要的教学康复设备和无障碍设施。据了解,全国尚有589个30万人口以下的县无特殊教育资源中心,多分布在边远和民族地区。大部分接纳残疾学生随班就读的普通学校缺乏特教资源,缺少专业教师和资源教室。

三、特教教师数量不足,专业水平不高

广西特教学校的师生比为 1∶8.6,教师数量明显不足。接受过专业训练的特教教师更为缺乏。陕西临潼区特教学校 57 名教师中,仅有 3 名教师有特殊教育专业背景。北京顺义十三中是有残疾学生随班就读的农村初中,学校反映招不到特教专业毕业的教师。连北京近郊区的农村尚且如此,其他地区的情况可想而知。目前多数学校采取普教转岗、临聘等方式选任教师。另外,随着特教学校中重度残疾学生增多,配置既懂特殊教育又懂康复治疗的人员十分必要。

四、家庭因素影响入学不容小视

造成残疾学生未入学的主要原因除残疾程度较重外,排在第二位的是家庭经济困难。残疾孩子学习的特殊需要决定了一般意义上的"两免一补"无法保证他们就学。还有另一类家长,他们不愿承认孩子残疾,更不愿送残疾孩子上学,认为学了也没用。不少地方就发生过送教上门的老师被家长打出家门的情况。

目前农村和民族地区残疾儿童义务教育状况,宛如本世纪初西部地区"两基"攻坚战时的缩影,只有像当初那样众志成城、抓铁留痕,才能打赢这场攻坚克难之战。为此提出以下建议:

一是将特殊教育发展情况纳入地方各级政府绩效考核目标,加大权重,加强督导,必要时实行"一票否决",强化政府责任,提高政府依法发展特教的意识。

二是以县为单位逐一核实未入学残疾儿童少年,明确解决入学的时间表和路线图,做到"一人一案"。根据时间表,逐县验收,确保落到实处。

三是加大经费投入,提高财政保障水平。在现有特教学校生均

公用经费标准基础上建立投入增长机制；中央和省级设立的特教专项经费向中西部倾斜，改善特教办学条件。加大残疾学生助学力度，在"两免一补"基础上突出特教特办，扩大残疾学生补助范围、增加补助项目、提高补助水平。

四是实施中西部地区特教师资定向培养计划，用优厚的待遇吸引优秀人才长期稳定地到中西部地区特殊教育一线工作。

五是通过各种途径宣传和普及有关残疾、残疾人享有受教育权利等知识和知识改变残疾人命运的典型事例，营造良好社会氛围。通过讲座、个别咨询、心理辅导、家长联谊会等方式，为残疾儿童家长提供支持和服务。

（在第十二届全国政协第 58 次双周协商座谈会围绕"重视特殊教育"建言献策的发言，2016 年 11 月 9 日）

关于实现食品药品信息识别无障碍，为盲人和老人排忧解难的提案

食品药品安全是事关人民身体健康、生命安全的重大民生问题，党和政府、社会各界都高度关注。其中，食品药品包装信息的正确标示和认读是保障食品药品安全的重要环节。

我国有1700多万视力残疾人，他们由于视觉障碍而难以认读食品药品的包装信息，特别是盲人，由于无法辨认药瓶、药盒上的信息而吃错药的事情时有发生，有的老年盲人每天要用多达10多种药，他们遇到的困难是常人难以想象的。这种状况严重影响到他们的身体健康和生命安全。另外，由于难以辨认食品包装信息，盲人在购买和食用食品时也非常不便，被动买不称心的食品甚至过期食品十分常见，这种状况直接影响了盲人的生活质量和身体健康。食品药品包装信息问题不但影响到盲人群体，同样也影响着人口更多的老年群体。据统计，我国目前有60岁以上的老年人超过2亿，有的人由于疾病加上衰老导致失明成为视力残疾人，更多的老人虽然没有达到视力残疾的程度，但是视觉功能严重衰退，难以辨认小字号的食品药品包装信息，导致他们在食品药品的购买和使用过程中也遇到上述问题。当前，党中央、国务院正在带领全国人民加快实现全面小康目标、加快推进残疾人小康进程，要在民生和基本公共服务方面兜住底、补短板，其中，实现食品药品的信息无障碍无疑是要加快解决的民生"短板"问题。

《中华人民共和国残疾人保障法》第五十四条规定：国家采取

措施，为残疾人信息交流无障碍创造条件；各级人民政府和有关部门应当采取措施，为残疾人获取公共信息提供便利。国家和社会研制、开发适合残疾人使用的信息交流技术和产品。发达国家在解决食品药品包装信息无障碍方面已经积累了很多经验并制订了相关标准。《欧盟指令》第56款明确规定：必须在药品包装上使用盲文标示药品名称、剂型和规格，并向盲人患者提供产品包装说明书信息。欧盟于2009年修订的《人用药品标签和包装说明书可读性指南》规定，要在药品包装上附加盲文或电子语音信息标识；美国于2012年通过法案加强盲人安全用药监管问题，确保药房环节通过盲文、音频和放大字体等手段的使用来指导盲人和视力受损群体的用药安全。在食品方面，许多国家也有相关规定，有的在食品包装上增加了盲文标示。我国2008年出现了第一家药企开始做盲文包装药盒试点工作，但由于成本等原因未得到推广。

当前，食品药品无障碍技术基本上分为三种：第一种是在包装上加上盲文。这种方法存在盲文信息密度低、成本高、盲文识字人数少的缺点。因此，现在已经较少使用。第二种是在包装上加上二维码等电子标识，盲人通过手机等设备扫描后可朗读出对应的文字信息或者播报出语音信息。目前，大部分食品药品已经标注了二维码，但是有的产品二维码对应的信息不全面；二维码的位置不统一，盲人难以找到二维码进行扫描。因此，需要对二维码的相关标准进行统一以便于盲人进行辨识。这种方法需要盲人掌握无障碍智能手机技能（读屏智能手机），对老年盲人来主产有一定困难。第三种技术目前已经由国内相关企业开发成功。这种方法是利用计算机图像识别技术和大数据，将药品和食品包装扫描成图片库放入设备或云端，通过手机或专用设备随意扫描包装就可朗读出有关食品药品的信息。这种技术不依赖于在食品药品包装上做任何改动，成本低，便于推广；盲人通过智能手机或者专用小型设备都可操作。但是需要权威部门认定的食品药品包装信息以保障其真实可靠。

建议国家工业和信息化、食品药品监督等有关部门，按照国务院关于"加快推进食品药品信息无障碍"的要求，切实推进解决盲人食品药品信息无障碍问题，研究各种有关技术的可行性，制定相关标准，推动食品药品无障碍包装的实施。同时，通过对新技术、新方法的研发和应用，提高信息无障碍的技术含量，通过积极的试点和试用来逐步推广。

实现食品药品信息无障碍，受惠群众面广，不仅解决了盲人和老年人的"切肤之痛"，弘扬社会扶弱助残精神，同时产生积极的示范引领作用，对提高我国无障碍环境建设水平、进一步推动社会的文明进步，将产生积极而深远的影响。

（全国政协第十二届第五次会议第1397号提案，2017年3月）

社会文明进步的标杆

记者：我国曾在1994年颁布首部《残疾人教育条例》。时隔23年，国家对其修订并公布。在您看来，修改原有条例的深层现实原因是什么？《残疾人教育条例》实现了哪些根本突破？

王新宪：前版《残疾人教育条例》有两个历史背景：一是早在1990年，我国颁布了《中华人民共和国残疾人保障法》，它明确了残疾人受教育的权利，前版《残疾人教育条例》随之出台。当时，我国健全人中还存在大量的文盲，农村健全孩子失学、辍学现象普遍，人们对残疾人教育的认识还是很粗浅的。在这种条件下，《残疾人教育条例》能出台已经是很大的进步了；二是它难免受当时历史条件的局限，许多条款是倡导性的，甚至只是愿景，难以全面体现国家的意志力。

修订后的《残疾人教育条例》有许多亮点。一是彰显了教育公平。残疾人受教育权利得到进一步的保障，摒弃了各种显性、隐性的残疾歧视；二是凸显了职业教育的重要性。很多残疾人面临就业难的问题，与目前职业教育的差距息息相关。从这个意义上对残疾人来说，职业教育比学历教育显得更为迫切；三是提倡融合教育等现代教育理念。让有身心障碍的残疾人在没有歧视社会环境下，享受与健全人同等的机会和条件，一起接受优质的教育，享受同样的教育资源，这也是教育公平的制度体现；四是把扫除"文盲"作为残疾人教育的紧迫任务，这对实现全面小康的目标任务关系重大。

因此我认为，《残疾人教育条例》修订的根本意义在于，它鲜明地体现了对残疾人教育的法律保障、教育资源保障、教育行政管理保障,同时,为目前正在实施的第二期特殊教育提升计划提供了强劲动力,必然会对我国的教育事业产生深远的影响。

记者: 盲人姑娘董丽娜2011年两次报名参加北京高等教育自学考试均遭拒绝一事,引发了社会的广泛关注。关于残疾人接受教育遭拒的类似案例,媒体屡有报道。请您结合自身经历谈一谈,教育对残疾人而言意味着什么?

王新宪: 就我个人而言,是教育和实践改变了我的人生。我曾因残疾被拒之升学的门外,当时难过得流下了眼泪。工作以后,我争取机会参加各种在职学习,一直没有停止接受教育。通过学习与实践,提高了自立能力,也增强了对社会的信心。如果失去接受教育的权利和学习的机会,人的社会化进程就中断了,生命意义实际上就不存在了。

我还认为,教育的本质是通过塑造人本身来改造社会。残疾人只有通过教育的途径,才能使自己具有"一技之长",成为真正意义上的社会成员,同时享受到社会经济发展带来的成果。否则,你就进不了社会这扇门,成了事实上的"与世隔绝"。其次,作为一名残疾人,你改变不了残疾的现实,但通过接受文化教育,可以帮助你跨越残疾带来的障碍。比如,许多手脚不方便的残疾人,通过互联网通信技术等,在家里就可以实现多种形式的灵活就业。很多残疾人是具有天赋和潜质的,如果在学龄阶段失去受教育的机会,可能从此失去发挥独特才能的空间,这一点对残疾人影响尤为长远。

记者: 我注意到,本次发布的《残疾预防和残疾人康复条例》,在总体思路上,强化了全社会的残疾预防意识,并要求充分发挥部门的协同作用。残疾预防涉及医疗、教育、安全生产、职业病防治等多个领域,如何强化全社会的残疾预防意识?

王新宪:残疾预防,每一个公民、每一个家庭都有相应的责任。例如应大力提倡婚前检查,我认为,它不仅不会影响婚姻中的"感情""信赖",还为婚姻上了一首理性的"保险"。现代人应该懂得利用科学知识造福自己、造福社会。解决残疾预防要与奔小康的目标结合。越贫困的地区,先天残疾就越多,近亲结婚、缺医少药、地方疾病等都是致残原因。让当地摆脱贫困、加强医疗保健是最根本的手段。有关部门调研数据显示,每年新增的残疾人有200多万。国家应对出生缺陷干预加大投入。当然,出生缺陷不能与残疾画等号,大部分出生缺陷可以通过及时的、有效的治疗来弥补。加强对出生缺陷的干预,可以大大减少先天残疾的数量并减轻先天残疾的程度。

此外,还应高度重视预防老年残疾。现在很多老朋友见到我开玩笑说:"新宪,我很快就进入你的队伍了。"随着生活水平的提高,人的寿命越来越长,发生残疾的风险就越高。比如,老年性白内障、老年性耳聋、老年性失能,等等。防范老年残疾风险,需要普及现代医学知识,改善人们的生活习惯,不断提高医疗保障水平。

记者:从宏观层面来看,《残疾预防和残疾人康复条例》取得了哪些突破?

王新宪:2008年8月,在《中共中央 国务院关于促进残疾人事业发展的意见》中,就提出了要高度重视残疾预防问题。我国残疾人口那么多,对经济社会发展影响极大,除了把现有残疾人工作做好外,还应重视把控源头,残疾预防意义重大。在这一共识下,由国家卫计部门牵头中国残联等相关部门,对残疾预防做了多项中长期规划,列为残疾人事业五年工作纲要中的主要指标,但将其上升到法律层面，这是首次。

首先，将残疾预防的认识提升到一个新台阶，它是一个全民参与、政府负责的系统工程。打个比方，如心脑血管疾病也可以造成运动功能障碍，因而，预防重大疾病也是预防残疾。从这个意义上来说，《残疾预防和残疾人康复条例》会促进社会对残疾预防加深认识，将其提升到与重大疾病预防的同等重要位置上。其次，《残疾预防和残疾人康复条例》全面融汇了现代康复的理念，为今后更好地吸收和借鉴国内外先进经验提供了法律保障。再次，明确了该项工作的责任主体，部门分工明确，有利于相关工作的落实。

《残疾预防和残疾人康复条例》在残疾预防和医疗保障方面，将残疾人纳入基本医疗保障范围，对困难残疾人给予补贴和救助。今后，0—6岁残疾儿童和孤独症儿童有望免费得到手术、辅助器具配置和康复训练等服务。这个阶段属于抢救性康复阶段，发现早、抢救及时，康复效果就明显。实践证明，0—6岁阶段如能得到及时康复，就能给孩子带来一辈子的人生希望。所以我经常说，这6年的付出，至少给这些家庭带来60年的温暖，国家和社会也都因此而受益。在这方面，怎么付出都不为过，人民群众都会支持、理解，地方财政再困难，也不能缺残疾孩子康复的钱，这是民生中的大事。

记者：您刚才也提到，目前我国的康复中心已经建到了县级，但是对比城镇，广大农村地区残疾人享受的康复服务仍有欠缺，如何补上这一公共服务的短板？

王新宪："十二五"期间，我国有1300万残疾人得到康复。残疾人专门的康复机构现在已经发展到7111家。开展社区服务的县市区达到2956个，残疾人的康复队伍有19万多人。在我们取得的巨大进步的同时，农村康复服务仍待改善。

要把残疾人康复服务延伸、覆盖到农村的"自然村"。举个例子，贫困农村的精神病人经常就是"关锁病人"，家人怕他们闹事、出事，迫不得已把他们关起来。应该怎么做？新农合应解决农村贫困精神残疾人服药问题；当地农村条件有限，应及时通过转诊获得康复医疗和救助。

要全面掌握农村残疾人真实情况，为其提供精准的康复服务。前段时间，中国残联对全国持证残疾人状况做了一次全面的调查，掌握了详实的数据，这对今后康复工作的深入开展夯实了基础。

说到底，设施硬件和队伍建设是农村康复服务的两个抓手。有了基础设施，残疾人康复有处可去，专家下基层服务也有个场所。对比8500多万残疾人，目前我国康复专业队伍不到20万人。我认为，在加快小康进程的过程中，要把康复专业队伍建设放到重要位置予以解决。从事康复、托养工作的同志，他们是用生命的蜡烛点燃文明进步之光，要善待他们，提高其生活待遇，解决进修培训、职称评定等实际问题。

记者： 从法规政策上来说，要求单位按比例安排残疾人就业。总体上来说，通过缴纳就业保障金，也是一种履行社会责任的选择。如何让"残保金"发挥最大效益？

王新宪： 残保金是政府基金中的一项。目前，残保金收取越来越规范，它确实对残疾人的就业保障发挥了巨大的作用。同时，它的使用效能还有很大的提升空间。它可用于残疾人职业培训。对社会培训机构发放残疾人培训补贴，调动"民间"的积极性。应该更多地把资金投向社会，投向残疾人就业方面能直接受益的地方。同时，对安置残疾人就业数量多、效果好的企业给予奖励；应该拿出部分资金改造适合残疾人的就业岗位，比如修建就业场所的无障碍设施、改造残疾人操作的机器设备等；还可以对处在学习培训期间、生活没有保障的残疾人给予补贴。

记者：残疾人就业方面，中国残联要求要千方百计做好农村残疾人教育培训工作，提升残疾人综合素质和社会竞争力，加大对贫困残疾人生产劳动、就业创业和参与社会生活的各项扶持力度，发挥扶贫的长期效应。这一点如何实现？

王新宪：就业与扶贫有很高的关联度。城市里往往扶贫是就业，农村中就业先要扶贫。目前，我国约有413万名残疾人的年收入低于国家贫困标准线；在农村，还未入学的残疾孩子大概有27万人。

对残疾人来说，残疾程度不同就业的选择和渠道有很大差别。农村轻度残疾人较容易安排，应该下最大功夫助其就业。可以对他们开展种植业、养殖业、手工业等方面的技术培训。职业培训如果到位，就能帮助他们脱贫。当然，还要采用如"公司＋农户"等模式，依靠当地党组织、政府相关部门、扶贫机构等为其提供种苗等物资和技术支持，帮助他们疏通市场销售渠道；对待中度残疾人，要帮助他们进行辅助性就业，靠劳动解决一部分生活补贴，同时进行职业康复。残疾人在家里是封闭的，通过训练可以提高他们的社交能力，实现简单就业；对于重度残疾人而言，要通过托养等"阳光计划"项目，以集中照料与家庭托养相结合，减轻残疾带来的沉重负担，帮助这些家庭走出"因残致贫""因病致贫"的困境。

发动社会力量帮助残疾人就业很重要。我在调研中到了山西运城的一家企业，他们多年来坚持帮当地残疾人检测土壤，免费将化肥送到残疾人家里面，这让我很受感动和启发。然而，社会力量帮助残疾人就业创业仍需政府支持，当地政府要把清单拿出来，告诉人们残疾人在哪里、需要些什么帮助，以利于社会力量的帮扶。

记者：当前的残疾人精准扶贫工作中，存在一些问题。比如，将贫困残疾人一股脑地都当成"病人"认识；将已纳入建档立卡的贫困残疾人都作为"兜底一批"对象一兜了之；将贫困残疾人的少数淹没在脱贫攻坚的多数之中，以平均数掩盖这特殊的少数；将脱不了贫、解不了困的残疾人作为"被允许"贫困发生率的沉淀对象。我们的精准扶贫工作如何更好地惠及残疾人？

王新宪：残疾人扶贫是一项攻坚任务，残疾人精准扶贫，不光要解决达标问题，还要解决发展问题。也就是说，不仅要对其兜底，还要加强其稳定性，拓展他们发展的空间，确保其脱贫后继续提升生活水平而不会返贫。党中央、国务院扶贫力度很大，习近平总书记说过，在实现全面小康的进程中，不能让一个残疾人掉队。因此，要防止地方为了完成任务，采取简单的"加减乘除"的办法，搞数字扶贫、假扶贫，要特别注意防止这样的现象出现。

记者：您长期致力于残疾人工作，您如何看我国残疾人事业对社会发展的作用？

王新宪：全社会理解、关心、帮助残疾人，已经成为社会文明进步的重要标志。那么，我们也可以思考这样一个问题：残疾人和残疾人事业对社会的贡献体现在哪里呢？这是个大题目啊，我在这里谈点浅显认识。

首先，残疾人不是社会的包袱，8500多万残疾人当中蕴含着巨大的生产力，他们也是精神文明和物质文明的创造者。无数优秀残疾人的事迹，早已证明了这一点；同时，残疾人的自强不息精神，体现了中华民族在艰难困苦中不屈不挠的顽强精神，是社会主义核心价值观的生动体现；残疾人和残疾人事业涵养了具有独特魅力的文化境界，我将其概括为"自信文化"。与励志文化相比，自信文化更具感染力和震撼力，它所彰显残疾的哲学精神，是我们知难而进的强大动力。我们的社会，所有人都应该具备这种精神，要当生活的强者，对社会有贡献，至少应自食其力。如同参加残奥会的运动员所说，我们不仅要拿奥运会的金牌，更重要的，我们要成为生活的冠军。

残疾人和残疾人事业的重要社会贡献，就是我们常说的社会问题导向。如何看待、如何解决残疾人的问题，作为导向，它带领人们更深刻地思考、寻求解决错综复杂社会问题的路径，它是一把钥匙。在困难群体中，残疾人是困中之困、难中之难，当我们能够找到问题最难的节点时，离解决问题的终点可能就很接近了。把残疾人的问题解决好，把残疾人事业发展好，实际上解决的是人类对自身进行终极思考的问题。

（原载《人民政协报》，2017年3月13日）

无障碍为"中国梦"添砖加瓦

我国无障碍环境建设的起步得益于改革开放。1985年在全国政协六届三次会议上，全国政协20多位委员提出"在建筑设计规范和市政设计规范中，考虑残疾人需要的特殊设置"的提案。1989年建设部等部门共同编制了《方便残疾人使用的城市道路和建筑物设计规范（试行）》。1990年全国人大常委会颁布《中华人民共和国残疾人保障法》，对无障碍设施建设作出明确规定。2012年国务院颁发了《无障碍环境建设条例》。近年来，在党中央、国务院高度重视下，我国无障碍环境建设法律法规、政策规划、技术标准等不断完善，无障碍环境建设取得了显著进步。如首都北京主干道路路口基本改造为坡化，盲道在主要道路实现了全覆盖；新建高铁站均实现了无障碍建设标准，高铁、动车组列车均配备了无障碍设施，铁路部门共改造了3400余节无障碍车厢；由中央财政资助了120多万户贫困残疾人家庭进行无障碍改造，等等。无障碍环境建设既提升了城乡百姓的生活质量，促进了社会文明进步，在国际上也产生了良好影响。

但也要看到，当前我国无障碍环境建设仍存在许多亟待解决的困难和问题。一是全社会无障碍意识、工作机制和研究还较薄弱。目前在国家层面还未建立无障碍环境建设领导小组或联席会议制度，影响了无障碍环境建设的统筹规划和落实；社会对无障碍认识还有很大差距，并且我国相关高等院校未开设无障碍学科、课程，无障碍领域研究、专业人才培养十分滞后。二是对老旧场所、设施改造滞后的问题突出。由于量大面广，受资金、人力等因素制约，许多城市为此止步不前。据调查，全国基层综合服务中心等六类与百姓日常生活密切相关的公共服务设施，25%的出入口、60%的服务柜台、70%的厕所，未进行无障碍建设和改造。同时与道路、建筑物相比，公共交通滞后的现象尤为突出。三是与物理环境障碍相比，信息无障碍的发展现状与老年人、残疾人等困难群体的需求差距很大。现大部分政府门户网站、社会公共服务机构网站、新闻媒体网站未进行无障碍改造；适宜残疾人使用的信息通信技术和产品很少；特别是目前我国还未出台针对盲人、聋人的信息消费支持政策，盲人也难以自主地获取食品、药品包装上的信息。为此提出以下建议。

一是健全无障碍环境建设长效工作机制。坚持依法推进无障碍环境建设，增强法规的权威性、严肃性；建议在国家层面成立无障碍环境建设部级联席会议制度，统筹推进全国无障碍环境建设工作。

二是加大工作力度促进老旧设施特别是公共交通等重点领域无障碍建设。突出重点，抓关键环节，相关主管部门要制订计划，加大投入，对与民生密切相关的政府办事部门、商场、银行、医院、文化场所、社区服务等设施，尽快进行无障碍改造，明确改造完成时限。建议交通运输部进一步制定落实相关无障碍政策、标准，加快公共交通设施无障碍改造，发展无障碍公交车、轨道交通、出租车、客运船舶，完善公共交通无障碍服务。

三是补齐信息交流无障碍的短板。建议工信部、财政部出台盲人、聋人信息消费支持政策，减免有线电视收视费、电信资费、上网费等资费。建议工信部、中央网信办加大政府、公共服务机构网站无障碍建设和改造力度，方便残疾人浏览信息和实现网上办事。

建议国家食品药品监督管理总局研发推广读取语音标签、扫描读取药品内容等科技手段,研究出台食品药品信息识别无障碍的政策指引和措施。

四是开设无障碍专业课程。建议教育部在相关高等院校开设无障碍专业课程,鼓励高等院校建立相关机构,开展无障碍研究,进一步落实特教学校的无障碍设施配置;住房城乡建设部要在注册建筑师考试中强化无障碍要求,加快无障碍专业人才培养;同时通过主流媒体加大社会宣传力度,营造无障碍环境建设良好社会氛围。

(在第十二届全国政协第 68 次双周协商座谈会围绕"无障碍环境建设"建言献策的发言,2017 年 6 月 8 日)

紧紧抓住残疾人精准脱贫的着力点

习近平总书记强调,"把贫困老年人、残疾人等作为群体攻坚重点","确保既定时间节点完成脱贫攻坚任务"。从全国特别是中西部欠发达地区调研和地方反映的情况看,目前,贫困残疾人脱贫工作依然面临诸多困难和问题。

一、贫困残疾人数量多、贫困程度深、致贫原因复杂,脱贫难度大

随着国家脱贫攻坚工作的推进,虽然绝对贫困人口数和贫困残疾人数逐年减少,但贫困残疾人在未脱贫人口中的占比仍呈上升趋势。目前,全国未脱贫的残疾人有335万。其中,智力、精神和重度肢体残疾人131万,这部分残疾人家庭由于劳动力被束缚、没有稳定收入来源,脱贫问题突出,一户多残、老残一体的家庭脱贫则更难上加难。

二、针对贫困残疾人特殊需求的公共服务资源严重短缺

一是适合困境残疾少年儿童、集康复教育于一体的专门机构很少,无法满足边康复、边接受教育的迫切需求,加上贫困家庭负担不起长期的康复费用,许多自闭症、脑瘫等智力、精神和重度肢体残疾少年儿童缺少受教育机会。此外,还有一些人口较多的贫困县尚未建有特殊教育学校。二是虽然近年来部分地区已经通过集中供养、托养模式实现了贫困残疾人基本脱贫,但从全国范围看,针对成年智力、精神和重度肢体贫困残疾人的供养、托养服务机构仍然不足。三是残疾人康复的医疗保险支付范围窄，而康复周期长、见效慢、花费大，贫困残疾人家庭难以承受长期的康复费用，医保的"兜底"保障作用不明显。四是农村贫困残疾人的家庭无障碍改造十分迫切。

三、一些地方干部对贫困残疾人脱贫存在片面认识

一是认为残疾人"无劳动能力"或"无脱贫能力"。二是将贫困残疾人作为"兜底一批"对象一兜了之。三是将贫困残疾人的少数淹没在脱贫攻坚的大数之中，以平均数掩盖这一特殊的少数。

此外，由于社会仍对残疾人存在认识上的误区和偏见，残疾人往往被当作负担，常受到不公平对待，就业常遇到歧视。尽管国家有明确规定，但用人单位安排残疾人就业的比例偏低，残疾人到政府机关和事业单位工作的难度更大、门槛更高。

为此提出以下建议：

一是加大针对贫困残疾人扶持力度。政策、项目和精力要更加聚焦贫困残疾人脱贫解困，精准出台更多惠及残疾人贫困户的特惠扶贫政策，有针对性地进行重点帮扶。

二是加快提高残疾少年儿童康复和教育公共服务保障水平。整合用地、用房和保障手段，采取公办、民办公助或公办民营等有效形式，支持和鼓励建设适合智障、自闭症、脑瘫等困境少年儿童的、集医疗康复和特殊教育于一体的康复教育机构，减轻这部分特殊困难家庭的沉重负担。尚未建设特殊教育学校的贫困县，各级财政应给予建设补贴，尽早建成投入使用。

三是加大成年特困残疾群体的扶持力度。整合政府各类扶贫资金和用地用房资源，加大对智力、精神和重度肢体残疾人的集中供养、托养服务和辅助性就业扶持力度，释放家庭劳动力，解决整个家庭脱贫增收问题。

四是加强对贫困残疾人康复服务力度。提高康复补助标准,扩大医疗康复保险报销支付范围和支付比例;为符合条件的贫困残疾人家庭进行无障碍改造,保障贫困残疾人的基本生活。

五是切实提高对残疾人群体和贫困残疾人脱贫攻坚的重视。加大残疾人合法权益保障和脱贫攻坚的宣传力度,在全社会营造关心爱护帮扶残疾人的氛围。增强基层干部带领贫困残疾人脱贫致富的信心,落实"一人一策""一村一策",保证各项扶贫措施精准落地。

(在政协第十二届全国委员会常务委员会第二十二次会议的发言,2017年8月29日)

关于修改《公务员录用体检通用标准》的提案

近年来,随着我国残疾人事业不断发展,残疾人在康复、教育、脱贫等方面的状况有了明显改善,但就业形势依然严峻。参加公务员考试、进入国家机关是残疾人就业的途径之一。伴随着残疾人高等教育的快速发展,残疾人受教育状况逐步改善,越来越多的残疾学生走进了大学校门,残疾人受教育程度越来越高,符合公务员录用学历等方面条件要求的残疾人越来越多。

公务员录用体检制度已经实行多年。根据《公务员法》第11条规定,公务员应当具备的条件当中包括"具有正常履行职责的身体条件"。2005年1月,原国家人事部和卫生部正式颁布《公务员录用体检通用标准(试行)》(以下简称《体检标准》),作为各中央、地方政府机关公务员录用体检的适用标准。《体检标准》对报考者的视力和听力作出要求,实际上限制了视力障碍、听力障碍者参与公务员招录的资格,虽经2010年、2016年两次修订,但限制残疾人特别是限制视力、听力残疾人等招录的规定仍未改进。

《体检标准》2005年颁布实施以来,围绕着公务员录用体检以及相关的体检标准的就业歧视依然频繁发生,近2亿的弱势人群的平等就业权利受到影响,其中包括很多受过良好教育、具备履职才干的优秀残疾人,因为不符合《体检标准》,考入公务员队伍的残疾人数量很少。我国的《公务员法》没有明确说明残疾人伤残程度以及在何种情况下可以担任公务员、在何种情况下不能,这让许多政府部门避免录用残疾人成为可能。除了各级残联等少数单位需要配备残疾人干部而招录了为数很少的残疾人外，其他部门很少招录残疾人。

公务员招录体检制度对于弱势人群的就业歧视，是政府、事业单位等公共部门通过《体检标准》等系统的制度和成文的政策实施的，并且其影响范围非常广泛，从中央和地方的公务员招聘，到事业单位、教师招聘甚至城市入户都适用，从而构成制度性歧视。

宣海是安徽六安市舒城县人，左眼失明、右眼视力 0.1，属视力一级残疾。2011 年到 2012 年，屡次报考安徽省公务员考试因视力不合格资格审查未通过，未能顺利参加考试，他在 2012 年 4 月将安徽省人社厅告上法庭，被媒体称为"全国公考残疾歧视第一案"。谭劲松是湖南岳阳人，右眼几乎失明、左眼矫正视力 0.3，持有国家视力二级残疾证。2016 年岳阳云溪区事业单位招聘考试中笔试和面试总分第一，因为视力不符合《体检标准》，最终落选。

《体检标准》先行将视力、听力残疾人排除在公务员队伍之外，这一部门规定与《宪法》《劳动法》《中华人民共和国残疾人保障法》《残疾人就业条例》等有关法律法规对于保障残疾人平等就业机会和公平就业条件的精神相违背。不仅如此，我国已经加入了数项保障公民平等权利的国际公约，作出了消除对于残障人士以及其他一切劳动者的就业歧视的承诺。然而，由《体检标准》所体现出来的对这部分人群的就业限制，显然与我国通过这些国际公约所作出的"保障劳动者平等就业权利"的承诺不符。

公平的就业机会对于个人参与社会经济生活具有重要意义，残疾人具有担任公职的政治权利。我国香港在残疾人报考公务员体检时规定："符合公务员职位基本入职条件的残疾应征者，无须再经筛选，便会直接获邀参加遴选面试。"为方便残疾人参加公务员考试，招聘部门更会向应征者查询所需要的协助或设施，以方便其参加笔试或面试。在我国台湾，尽管体检要求也比较严苛，但录用残疾人报考者不完全以体检标准为依据。对比两岸公务员体检标准中视力和听力的标准，大陆的《体检标准》要求双眼矫正视力低于0.6，双耳均有听力障碍在使用人工听觉装置情况下在3米以内耳语仍听不见者为体检不合格；而我国台湾的公务员体检标准要求双眼矫正后视力未达0.1，矫正后听力损失逾90分贝以上者为不合格。

现行的公务员录用体检标准过于严苛，残疾人报考公务员应以胜任某个职位为标准，而不是以身体条件为标准。从《体检标准》所涵盖的体检项目来看，所涵盖的21项检查条款并非每一项都基于对待录用人员是否能够正常履行职责和影响公共健康的科学判断。《体检标准》中对身体健康的要求与工作岗位和职业能力并无必然关联，"一刀切"的刚性要求，使不同能力的个体无法获得个性化的身体能力评判。对于视力与听力等项目的规定，不符合公共卫生常识。听力障碍和视力障碍者，不对公共健康构成危害，听障和视障不具有传染性等公共危害性，不影响弱势人群正常履行职务的能力，完全可以通过提供工作必需的合理便利，从一定程度上满足工作岗位的基本要求或特定工作岗位。而现行《体检标准》在拒绝提供合理便利的情况下，对听力障碍和视力障碍者等的区别对待和排斥，属于就业歧视。

促进残疾人就业，是保障基本民生，加快残疾人小康进程的要求，保障各类残疾人进入公务员队伍的平等权利更是消除歧视、彰显社会公平正义的重要举措。2013年8月，中组部等七部门下发了《关于促进残疾人按比例就业的意见》（以下简称《意见》），提出各级党政机关在坚持具有正常履行职责的身体条件的前提下，对残疾人能够胜任的岗位，在同等条件下要鼓励优先录用残疾人。《意见》要求，到2020年，所有省级党政机关、地市级残工委主要成员单位至少安排有1名残疾人。其中省级残联机关干部队伍中残疾人干部的比例应达到15%以上。

为帮助各类有条件的残疾人进入公务员队伍,实现服务国家、服务社会的职业梦想,建议尽快启动《体检标准》修改工作,修改对视力、听力障碍者等体检的限制条款。

(2017年9月6日,王新宪等14位委员提出《关于修改"公务员录用体检通用标准"的提案》(1148号),在政协第十二届全国委员会优秀提案和先进承办单位表彰会获"优秀提案"表彰)

慈善工作中的辩证法

同志们、朋友们，大家好！

本月有两件引起我们关心的大事：5月13日，中共中央政治局召开会议，审议《长江三角区域一体化发展规划纲要》；5月16日，第六次全国自强模范暨助残先进表彰大会在京召开，习近平总书记等中央领导同志亲切接见了受表彰的与会代表。这两件大事的主题词中，分别有"长三角区域"和"残疾人"，因此今天研讨会的主题，从内涵到外延都凸显出它的现实意义。

我对研讨会的主题来不及作深入思考，仅谈点不成熟的想法和认识，与大家一起讨论。围绕长三角一体化残疾人福利工作，我认为以下一些问题值得大家去探讨：

第一是关于大福利与小福利，这个问题与我们工作定位点相关。大福利，多指残疾人的制度性保障，比如从普惠角度来说，保基本的有"两不愁三保障"，即"不愁吃不愁穿，义务教育、基本医疗、住房安全有保障"；党的十八大报告中要求健全、完善的残疾人社会保障体系和服务体系；在国家基本公共服务制度中，实施对残疾人专项保障服务等。

小福利，则解决残疾人及其亲属一些特殊的、个性化的需求与服务，从"小政府大社会"的现代治理理念出发，许多民生问题要通过"第三次分配"也叫"慈善分配"来解决。传统经济学将"初次分配、再分配"称作第一次、第二次分配，前者体现"效率"，后者体现"公平"，"慈善分配"则体现"社会公正"，公平与公正是社会价值观的上篇与下篇。

第二是关于大环境与小环境，这个问题与我们工作观察点相关。大环境看社会，小环境看社区（基层）。残疾人受参与社会的机会和身体条件所限，他们更关心能否得到就近、就便的服务与帮助。现在往往感觉利好信息不少，但看得见摸得着的东西不太多。因此，残疾人对小环境的改善更为关注。比如，家庭无障碍环境改造、社区全科医生对残疾人及亲属的指导效果、重度残疾人居家服务的改善、残疾儿童能否顺利入托、保障精神残疾人服用二代药等问题。

第三是关于"大切口"与"小切口"，这个问题与我们工作立足点相关。我请教在座的同志，在大家熟悉的生活环境中，你知道有多少保姆、助老（残）志愿者懂得正确地推轮椅？搀扶老人起落行走？瘫痪残疾人、失能老人有多少享有医护床（带有角度调节、洗浴功能）？对他们来说，防止"二次损伤"至关重要。"小切口"更容易让残疾人能得到、帮得上，或叫"真扶、真助"。

体现"小切口"的途径，各地提供了许多新鲜经验，比如上海就解决了户内小轮椅、肢残异形鞋的难题；推进无障碍友好环境，在解决"有"的基础上，解决"好"的问题。例如，行进盲道（导向块、触感条）、提示盲道（停步块），向上突出标准是高出4毫米，有些地方道路弄成了6～8毫米，对大部分行人造成了新障碍，特别是在机场、车站、码头等地，是出行人流高度密集的地方，我见过不少老人出行，拖带着沉重的行李箱，另一只手拉小孩，在人流涌动中一点障碍就会造成意外。因此，要从中国国情出发，提高无障碍环境建设、管理、改造和完善的工作水平，加强对机场车站、码头等无障碍重点环境的研究，比如说，要让盲道更加平顺，视障者脚感明显、过路人如履平地，手拉行李箱不会卡轮。还可以借鉴发达国家和地区的新经验，比如在我国香港，主要街道普遍设立了贴墙导向牌、发光盲道、写字楼大字标识（低视力的无障碍环境）和手语咨询台等。建设高标准的、有"长三角"特色的无障碍友好环境，让残疾人和健全人都能感受到出行的便利和社会的人文关怀。

当前，我们应该重点关注以下方面。

一是变化。既然百年未遇之大变局，从我国和平环境下来说，改革开放40年带来变化最为巨大。许多领域过去我们很熟悉，现在从形式到内容都发生了根本变化。这里举个例子，许多朋友喜欢逛书店，俨然成为精神生活的一部分。2018年中国图书市场码洋达894亿元，其中线上销售已经占了半壁天下。手机已经成为获取资讯的主要载体，纸质读物面临前所未有的挑战。实体书店为了求生存，许多把门面摆设得更像"精品店"，店内"文具超市"和"文创商品区"成了主角。还有许多新行业弄不清该属公益性还是商业性，比如遍地开花的"少年儿童教育""幼儿益智班"等，这些一时都难有定论。

二是机遇。"互联网+"催生了"慈善+"。最近《广州日报》载，广东某市办理结婚证时，给新人提供了做善事的机会，通过扫描"爱邮公益"二维码，每捐出9.9元，可获赠一张"爱的明信片"……如果利用APP收集的大数据"杀熟"，那同样可以转化为慈善"公募平台"；以"慈善"带营销的实体书店，为65岁以上老人办"会员卡"，每月有两天买书一律8.5折、免费送一杯咖啡……由此可以看到，亦商亦善或亦善亦商，在成熟的社会主义市场经济环境下，是深植慈善最丰润的土壤。

三是对策。成功经验从来都是产生于地方和基层，比如，残疾人危房改造行动最早来自吉林，0—6岁残疾儿童免费康复做法来自广东，残疾人居家服务、重度残疾人托养模式分别来自北京和广州,残疾人"量体裁衣"服务经验来自四川,以残疾人奔小康目标统筹推动事业发展经验来自浙江,等等。"长三角"各地域的发展水平逐步接近,民俗民风大体相通,因此相互间的借鉴性趋强。要十分重视残疾人服务智能化的开发运用,创新简约、实用运作方法,使慈善功效更加普惠、恒久。

最后,我要强调的是,要特别重视慈善文化建设。慈善文化是精神源头,慈善实业是物质源头,慈善褒奖是动力源头。现在我们常见到的现象是:不缺慈善活动,欠缺慈善文化;不缺慈善项目,欠缺慈善精神;不缺慈善表彰,欠缺慈善尊重。

慈善文化的养成不是一朝一夕的事。大家可能听说过"墙上的咖啡"的故事,它发生在美国洛杉矶,情节里除捐赠者的善心外,最难得的是咖啡厅服务生不分贵贱的待人态度。诚如蔡元培先生在所著《中国人的修养》中言:"道德者,非可以猝然而袭取也,必也有理想,有方法。"

这里举几个例子。慈善家余彭年先生,生前把深圳彭年大厦物业全部捐出。他曾经说过:"儿子比我强,留钱有何用?儿子不如我,留钱又有何用?"四川汶川发生地震后,台湾红十字会捐建残疾人康复中心会长在奠基仪式上致辞时说:"我领养了一个重度残疾的孩子,我与妻子都没有将他看成负担,而是将他看成上天对我们全家人的恩赐!"发达国家把福利彩票称为"微笑的纳税",余彭年等人的知行合一,生动诠释了中国传统哲学思想的睿智,"授人以鱼不如授人以渔""为善最乐""施比受有福"等,彰显了"有"与"无"的朴素辩证关系,引导我们摆脱自私狭隘的羁绊,进入"小无"与"大有"的精神境界。

慈善文化的灵魂,是要唤醒人们潜藏内心的"慈悲"。我看过日本著名编剧、导演和作家是枝裕和的电影《小偷家族》。主人翁是几个没有亲缘关系、以偷盗为生的男女老少,他们自愿组成了亲密"家庭"并愉快地生活着。影片将社会的"善中之恶""恶中之善",现实中人的"本性"刻画得如此真切,使观看者对"人性之光"有了更深的认识。从事残疾人福利工作的同志,从出发点到归宿面对的就是有特殊困难的人,要有深厚的人文情怀,才能练就体恤民情的观察、分析和对策能力。

慈善文化的悉心栽培,使之润物无声、细水长流地滋养、萌发社会新阶层、品牌企业及普罗大众的"性本善",谁说不是迫在眉睫又任重道远呢……

(在"长三角洲区域一体化残疾人福利工作研讨会"上的发言,2019年5月28日)

言史篇

在中国残联纪念邓小平同志诞辰 100 周年大会上的讲话

同志们：

今年 8 月 22 日，是中国改革开放和社会主义现代化建设的总设计师邓小平同志百年诞辰。今天，我们中国残联系统的干部职工怀着十分崇敬的心情，在这里隆重集会，深切缅怀小平同志的丰功伟绩，纪念这位改变了中国命运的不朽的世纪伟人。

一

邓小平同志是我党我军我国各族人民公认的享有崇高威望的卓越领导人，伟大的马克思主义者，伟大的无产阶级革命家、政治家、军事家、外交家，久经考验的共产主义战士。在长达 70 余年的革命生涯中，邓小平同志以自己极具个性特点的政治品质、思想作风、道德品格和人格魅力，赢得了全党全国人民的拥护和爱戴，成为我党第一代领导集体的重要成员和第二代领导集体的核心。

在中国共产党的领导下，上个世纪神州大地发生了两次翻天覆地的深刻变革，产生了两位划时代的领袖。一次是经过艰苦卓绝的革命斗争，中国从积贫积弱的半殖民地半封建的旧中国变成社会主义新中国，领导这次变革的是毛泽东同志；另一次是通过改革开放，把不发达的社会主义国家带上富强民主文明的社会主义现代化之路，领导这次变革的是邓小平同志。

邓小平同志为我们留下了许多政治和精神遗产，其中最为宝贵的是建设有中国特色社会主义理论。邓小平建设有中国特色社会主义理论，是邓小平同志和他的战友在和平与发展成为时代主题的历史条件下，在我国改革开放和社会主义现代化建设的实践过程中，在认真总结我国和其他社会主义国家历史经验和教训的基础上，逐步形成和发展起来的。邓小平建设有中国特色社会主义理论，科学地把握社会主义的本质，第一次比较系统地回答了中国这样的经济文化比较落后的国家如何建设社会主义、如何巩固和发展社会主义等一系列基本问题。它是马克思列宁主义基本原理与当代中国实际和时代特征相结合的产物，是毛泽东思想的继承与发展，是当代中国的马克思主义。它是全党全国人民集体智慧的结晶，是中国共产党的指导思想和中华民族的精神支柱。

正是在邓小平建设有中国特色社会主义理论的指导下，全党和全国人民坚持走改革开放道路，围绕着经济建设这个中心，实现了由计划经济向社会主义市场经济的历史性转变。国民经济持续快速协调健康发展。社会主义民主政治和精神文明建设成效显著。祖国统一大业取得新进展，我国政府恢复对香港、澳门行使主权。国防和军队建设迈出新步伐。我国的国际地位进一步提高。在迈入新世纪之后，全国各族人民正在党的十六大精神指引下，满怀豪情地投入全面建设小康社会的伟大实践。

回顾20多年来改革开放的风雨历程，小平同志的音容笑貌时时在我们眼前浮现，小平同志那掷地有声的谆谆教诲时时在我们耳边回响。我们无限怀念敬爱的小平同志，我们深信：小平同志对中国革命和建设的卓越贡献，特别是他在古稀之年，以极大的政治智慧和勇气开创并不断推动的中国改革开放伟业将永垂史册，他将世世代代活在全国人民心中。

二

同志们，在纪念邓小平同志百年诞辰的日子里，我们广大残疾人和残疾人工作者的心情格外激动。在我们看来，广大残疾人的命运以及新时期的残疾人事业，是和邓小平这个名字紧紧联系在一起的，是和小平同志开创的改革开放事业紧紧联系在一起的，是和祖国的前途和命运紧紧联系在一起的。

邓小平同志多次指出："发展是硬道理。""社会主义阶段的最根本任务就是发展生产力……并且在发展生产力的基础上不断改善人民的物质生活。""社会主义要消灭贫穷。贫穷不是社会主义，更不是共产主义。"中国人民遵循邓小平同志的教导，在新时期的社会主义建设中，始终以经济建设为中心，以发展生产力为第一要务，经过20多年的努力，中国的国内生产总值翻了两番，经济总量跃居世界第六位。去年，我国人均GDP突破1000美元，标志着我国经济发展进入了新阶段。国民经济的持续稳定发展，综合国力的不断提高，使人民生活水平总体上实现由温饱向小康的历史性跨越，也为改善残疾人生活状况提供了必要的物质条件。

自1988年中国残疾人联合会成立以来，国家已先后批准了四个关于残疾人事业的五年计划，每个五年计划的经费投入都有大幅度的增加。从2003年开始，又拨出公益金专款，加大对残疾人康复、教育、扶贫和备战2008年北京残奥会的资金支持。卫生、教育、劳动保障、民政等政府部门在制定政策时，根据残疾人的特殊需求，加大扶持力度，提供各种优惠，使残疾人在生产生活、就学就业等方面得到了很大改善。

20多年来，残疾人的康复、教育、就业、扶贫等工作取得了长足的进展。截至2003年，全国不同程度得到康复的残疾人已经达到900多万，其中白内障复明、精神病防治、聋哑儿童语言康复训练和用品用具供应服务等效果尤为显著。盲、聋、智力残疾儿童少年义务教育入学率达到77%，职业教育进一步发展，从学前教育到高等教育的特殊教育链初步形成。城乡残疾人就业渠道不断拓宽，就业服务逐渐改善。

残疾人综合服务设施，是保证广大残疾人享有医疗、康复、教育、职业培训和文化体育活动等权益的物质基础。10多年来，由国家财政支持建设的残疾人综合服务设施不断完善，从省市到县区普遍建立了融残疾人康复、职业介绍和培训、文体活动场所为一体的基础设施，使广大残疾人在基本生活得到保障的同时，也有机会得到其他方面的服务。

邓小平同志说："社会主义的目的就是要全国人民共同富裕，不是两极分化。""我们提倡一部分地区先富裕起来，是为了激励和带动其他地区也富裕起来，并且使先富裕起来的地区帮助落后的地区更好地发展。提倡人民中有一部分人先富裕起来，也是同样的道理。"他还说："一定要从各方面采取有效的措施，搞好我们的社会风气。"遵照小平同志的指示，在沿海地区和一部分社会成员先富裕起来以后，政府加强宏观调控的力度，加大对西部地区和东北老工业区的开发和扶持力度，在扶贫工作方面，也采取了得力措施，使全国的贫困人口从20年前的2亿多下降到现在的2900万。中国残联把扶助贫困残疾人工作放到重要位置，在扶残助困方面也取得了很大成绩。扶贫开发和残疾人专项扶贫，扶持近千万农村贫困残疾人解决了温饱。通过实施最低生活保障，采取救济、补助、供养等措施，499万特困残疾人解决了基本生活问题。去年，党的十六届三中全会提出"以人为本"的科学发展观，强调"五个统筹"，着力经济社会的全面、协调、可持续发展。社会各界也都积极奉献爱心，加强互助精神，那些发展比较快、比较富裕的地区和群体，也采取各种方式扶贫助困，残疾人这个最困难的社会群体，得到了社会的普遍关心和爱护。

当前，人们关于残疾人的观念已经发生深刻变化，人道主义思想逐渐深入人心，以"平等·参与·共享"为核心内容的现代文明社会残疾人观逐步确立，残疾人的公民权利和人格尊严得到社会的普遍承认和尊重，各界人士热情帮助残疾人解决他们在生活和其他方面存在的困难，各种形式的扶残助残活动蓬勃开展，如送温暖工程、红领巾助残、文化助残、科技助残、希望工程、春雨行动、春蕾计划、幸福工程、光彩事业等。这些活动由不同的社会团体组织，针对不同的残疾人，内容丰富，覆盖面广，收效也十分明显。

改革开放以来，中国残疾人福利基金会、中华慈善总会、中国扶贫基金会、宋庆龄基金会、中国青少年基金会等社会慈善机构，以及一些国际慈善组织在帮助社会弱势群体克服面临的困难，发展教育、扶贫和福利事业方面做了许多有益的工作。广大残疾人也得到这些福利机构特别是中国残疾人福利基金会很大的帮助。

活跃在城乡的千千万万志愿者，以极大的热情和无私的精神，默默地为残疾人做好事、做实事，帮助他们解决了许多生产、生活、心理、精神上的困难。这些志愿者的行动，具体体现了对残疾人的关爱，也从一个侧面反映了中国社会的文明进步。

广大残疾人在社会主义大家庭中，乐观进取，自强不息，顽强拼搏，不断提高思想道德水平和科学文化素质，为社会主义现代化建设添砖加瓦。越来越多的残疾人自食其力，其中不少人勤劳致富。各行各业的英雄模范人物中都有残疾人的杰出代表，他们的优秀品质和模范行动，也为中国的物质文明和精神文明建设作出了自己的贡献。

邓小平同志曾经强调：要"真正摸准、摸清我们的国情"。他还说："现在的世界是开放的世界。""任何一个民族、一个国家，都需要学习别的民族、别的国家的长处。"中国的残疾人事业在邓小平理论的指引下，既脚踏实地，立足国情，深深扎根于中国大地，又放眼世界，走出国门，积极参与国际残疾人事务，不断参与推进联合国制定《残疾人权利公约》，不断引进科学理念，汲取先进经验，逐步摸索出一条符合中国国情又适应国际潮流的有中国特色的残疾人事业发展之路。

1987年，中国残联的前身中国残疾人福利基金会成立3年之后，我们就积极推动全国第一次残疾人抽样调查，比较全面地掌握了残疾人各方面的基本数据，为国家制定残疾人事业的法律法规、政策、规划提供了可靠的依据。时隔18年，国务院已正式批准开展第二次全国残疾人抽样调查，这次调查必将使新时期残疾人事业的发展建立在更加科学、更加符合实际的客观基础之上。

1990年，中国残联成立两年之后，国家颁布了《中华人民共和国残疾人保障法》，这是我国第一部关于全面保障残疾人权益的法律。保障法对残疾人的康复、教育、劳动就业、文化生活、福利、社会环境等方面的权利作出了详细规定。此后，我们又在选举法、民法通则、劳动法、教育法、婚姻法、继承法等36部法律中写入保障残疾人平等权利和合法权益的内容。

残疾人事业是社会主义事业的重要组成部分，新时期的残疾人事业一开始，就被政府纳入国民经济和社会发展的大局，与其他事业同步发展。在当前制定全面建设小康社会的总体规划时，党和政府重申没有残疾人的小康不是真正的小康，不是全面的小康，一定要把残疾人纳入全面建设小康规划，使残疾人和广大人民一起过上富裕和幸福的生活。

在联合国《关于残疾人的世界行动纲领》的推动下，中国从上世纪 80 年代起，就开始了建立政府残疾人协调机构的进程。1993 年，国务院残疾人工作协调委员会正式成立，这个委员会由国务院有关部委、中宣部、解放军总政治部、工青妇等 35 个部门组成，国务院领导同志担任主任，民政、教育、卫生和劳动等部委和中国残联负责人担任副主任。各省、市、县也都成立了协调机构，成员单位加强统筹，密切配合，各司其职，形成合力，在残疾人事业的发展和残疾人的人权保障方面发挥了重要作用。

残疾人是残疾人事业的主体，残疾人在代表和维护自身权益、发挥主观能动性主动参与社会、发掘潜能实现人生价值等方面应当并且可以发挥更大的作用。10 多年来，我们的各类残疾人的代表组织——残疾人联合会已经从中央、省、市建到了城市街道和农村乡镇，在社区和行政村也普遍成立了残疾人协会或小组。残疾人组织发挥"代表、服务、管理"三项职能，团结广大残疾人，热爱生活，刻苦学习，不断提高自身素质，超越自我，融入社会，取得了可喜的成绩。

回顾 20 多年走过的道路，我们深切地体会到，以上的成绩，是在邓小平同志开创的改革开放的大背景下取得的，如果没有小平同志，没有小平同志领导的改革开放路线，没有整个国民经济持续健康发展，没有全国人民生活水平的普遍提高，残疾人的状况不可能得到这么大的改善，残疾人事业也不可能得到这么迅速的发展，中国残疾人的生存环境可能依然困厄艰难，我们也许还不能真正成为掌握自己命运的主人。

三

同志们，中国残疾人事业伴随着中国改革开放事业的进程，取得了举世瞩目的成就，得到了国内外的广泛赞誉。2003 年 12 月，联合国授予中国残联主席邓朴方同志"联合国人权奖"，就是国际社会对中国残疾人事业的充分肯定和高度赞誉。但毋庸置疑，作为一个庞大群体，残疾人还面临着不少困难和问题，无论是政府，还是我们残疾人组织，都要继续认真对待，努力解决这些问题。

现代文明社会残疾人观认为：残疾，是人类发展进程中不可避免要付出的一种社会代价。对于我们这样一个处在社会转型期的发展中大国，这种代价也许付出更多。邓小平同志生前反复强调，人口多，底子薄，是我国最大的国情，所以，要彻底解决残疾人的问题，我们还须有长期奋斗的思想准备。

1987年，邓小平同志在与美国总统卡特谈话时说："中国需要改进对残疾人的服务。"小平同志的这句话，抓住了残疾人工作的本质，是我们做好新时期残疾人工作的极为重要的指导思想。为人民服务，是我们党的宗旨。为残疾人服务，包含在为人民服务之中。全心全意为残疾人服务，研究新时期为残疾人服务的内容和手段，落实为残疾人服务的措施和方法，拓宽为残疾人服务的领域和渠道，提高为残疾人服务的质量和水平，总之，加强和改进对残疾人的服务，是落实党的宗旨的重要内容，是立党为公、执政为民的具体体现，也是我们纪念邓小平同志的最好的实际行动。尤其让我们感动的是，1997年，小平同志留下遗嘱，他要捐献自己的角膜给需要复明的残疾人。小平同志身体力行，用实际行动诠释了为残疾人服务的精髓和要义。

加强和改进对残疾人的服务，说到底，是政府责无旁贷的责任。要坚持以政府为主导，建立长效机制，制定长期稳定的政策和工作计划，建立协调统一的工作机构和监督检查制度，逐步加大对残疾人事业的财政投入。要结合社会保障体系建设、城市社区建设、农村税费改革、公共卫生体制等一系列重大举措，将残疾人事业纳入其中。这样，对残疾人的服务才能有制度保证。我们已经初步建立了这样的机制，今后要继续完善。

要进一步发挥残疾人组织的桥梁作用。各级残联组织，要充分发挥"代表"职能，反映残疾人的呼声，代表残疾人的利益，深入实际，深入基层，认真调查研究，坚持与时俱进，开拓创新。要根据社会经济的发展实际，结合各地的具体情况，调整思路，抓住重点，创造性地开展工作。当前要切实解决好贫困残疾人的住房、残疾人的医疗救助、残疾人的最低生活保障、残疾儿童的就学等问题，帮助最困难的那部分残疾人尽快脱贫致富，跟上社会发展的步伐。

要进一步确立"以人为本"的科学发展观，继续高举起人道主义的旗帜。"以人为本"，对于残疾人事业来说，就是以残疾人为本。一事当前，首先考虑广大残疾人的利益和需求，考虑残疾人事业的整体发展，考虑残疾人事业和其他社会事业的协调一致。凡是有利于残疾人提高福祉，有利于残疾人事业加快发展，有利于经济社会的统筹协调的事，就坚决地、认真地去做，并且一定要做好。

要继续动员社会广泛参与，形成社会化的工作新格局。随着经济社会的发展和文明程度的提高，社会各界扶残助残的愿望和能力进一步增强，政府和残疾人组织要重视社会力量在帮扶残疾人工作中的重要作用，动员、倡导、鼓励和促进现有的社会服务设施、人力物力资源兴办为残疾人服务的福利机构，开展为残疾人服务的各类活动，提供为残疾人服务的各种方便，营造为残疾人服务的社会氛围，逐步形成帮扶主体多元化、帮扶方式多样化、社会各界广泛参与和相互促进的良好局面。

同志们，在纪念邓小平同志百年诞辰的日子里，我们欣喜地看到，小平同志开创的改革开放事业，已经使包括广大残疾人在内的亿万中国人民得到了切切实实的利益，我们相信，这个伟大事业的推进，必将继续为中国人民包括残疾人带来更大的利益。让我们高举邓小平建设有中国特色社会主义理论的旗帜，进一步贯彻落实"三个代表"重要思想，在十六大和十六届三中全会精神的指引下，紧密团结在以胡锦涛同志为总书记的党中央周围，牢固树立科学发展观，求真务实，锐意进取，努力工作，不断开创残疾人事业的新局面！

（2004年8月19日）

不可忘却的同志

20多年来，残疾人事业从小到大、从弱到强逐步发展起来，广大残疾人工作者为这个事业呕心沥血，创造了可歌可泣的业绩。今天，越来越多的同志，来自四面八方、各行各业，在残疾人事业这块热土上耕耘着、奉献着。回首过去，特别是地方基层残联初创期，远不只是"跑断腿""磨破嘴"那么简单，为了在十分困难条件下把工作推动起来，"自己给自己发文件""自己说自己重要"的情景，迄今记忆犹新。如今，许多作出重要贡献的同志已离退休或离开了残联的岗位，甚至有些同志倒在了自己辛劳的岗位上，每每想起他们，一种难以平抑的心情，久久挥之不去。

王延勤是宁波市海曙区残联主持工作的副理事长。他常年带着"三件宝"，一本联系全区残疾人的通讯录、一本从不离身的工作笔记、一辆破旧的自行车。他从部队转业到残联工作岗位后，恪守"民困我帮、民求我应、民需我做"工作准则。尹江岸社区同志回忆说，王延勤对该社区143位残疾人的情况了如指掌。他年复一年不计辛劳，为残疾人排忧解难，送去党和政府的关怀。王延勤52岁这一年，因积劳成疾不幸去世。送别时灵堂里的500多个花圈，印证了《人民日报》载文誉为"残疾人的贴心人"的他。

廖绍秀是广东省江门市残联理事长。她以对残疾人真诚的爱心和对事业执着的追求，使全市残疾人状况得到明显改善。在积劳成疾、重病缠身后，她仍以顽强的意志和超人的毅力忘我工作，使12000平方米的江门市残疾人综合服务中心大楼高质量、低成本地顺利建成，成为"残疾人之家"和全市"文明工程"。她忘却长期折磨自己的病痛，牢记住残疾人的嘱托，在深知自己病重难以承担高强度工作后，她顾全大局主动请辞，在二线继续当好残疾人事业的助手和参谋。时年51岁的廖绍秀，为残疾人燃尽了自己，江门人民为她洒下了难舍的行行热泪。

赵小琼是湖南省湘西自治州吉首市残联理事长，右腿因患骨癌高位截肢。2003年8月，她在接连做了三次大手术后，还没等身体完全恢复，就顽强地坐着轮椅上班。她积极推动"健康快车"康复项目活动，深入到乡镇调查摸底、筛选病人，帮助195名白内障患者得以重见光明。为了起草本市残疾人服务设施建设方案，她用功能仅存的一根手指，一个字一个字地点击键盘。术后不到一年半时间，小琼就永远地走了，年仅44岁。

倒在工作岗位上的同志，还有湖南省残联理事长胡盛穆、江西省残联理事长陈继邦，副理事长马卫华病逝在武汉工作会议会场，安徽省残联副理事长冯银华倒在改写工作稿件的办公桌前。

多么好的同志啊！没有千千万万残疾人工作者的汗水和奉献，就不会有今天的残疾人事业。每当回首这些年事业发展历程，我们都会心潮起伏、感慨万千，心底最想说的话就是：广大残疾人工作者是最可爱的人，各级残联是残疾人最可信赖的、特别能战斗的队伍。

（在省级残联领导干部培训班上的讲话节选，2009年4月13日）

沙面随忆

这是年幼生活过的地方，一直想回去看看。当寻访它时，已不觉过了半个多世纪，我也步入了老年。

沙面，原是一片沙洲而因此得名。它地处荔湾老城南临白鹅潭，小岛形成于1859年，面积仅0.3平方公里。1861年第二次鸦片战争期间沦为英、法租界。1946年10月，国民政府颁布"收回沙面租界为本市辖区"公告，至此结束了长达85年的租界历史。

依母亲回忆，当年家住的房子在沙面复兴路。

我从岛上北街由西往东走。途中，迎面向好几个上了年纪的人打听，他们都是摇头摆手，说不知道"复兴路"在何处。多半个时辰后我走累了，内心一阵犹豫，但还是不愿意放弃，于是往沙面派出所走去。

正对着大门是一张接待台，后面坐着位老民警，皮肤黝黑脸颊清癯，典型的岭南人模样。听明白我的来意后，他点点头以惯性的告知语气说："现在的沙面大街就是过去的复兴路！这地儿就是你问的那条路。""这是哪年改的街名？"我似乎多余地追问了一句。"那我就说不上了。"他摆摆手，表示对市民的服务已经完成了。

路没走错，要找的地方就有谱了。当走到沙面小学的东侧，见二街口有栋二层建筑，与母亲的描述的方位、外观极为相似，我想应该是这栋楼了。近看，剥落的墙体镶嵌着一块灰色小石板，上刻有中英文字："沙面大街36、38号文物建筑（B），清末民初建，曾作法国传教社楼。广州市文物管理委员会2001年6月。"小楼为欧式建筑，土黄色外墙，正面拱券穹顶，首层八扇门窗的边框，隆起浮雕般的白色饰带，给人多少有点恬淡高古的感觉。

往北走到尽头就能看见沙面西桥，它建于1861年，是当年连接北岸沙基路唯一通道。这里离"十三行"并不远，也连带成了繁华街铺，中西合璧的"骑楼"鳞次栉比，平日市场里人头攒动，岛上的人要买生活品多到这儿来。沙面岛与对岸之间的河道，当年英法享有治外法权，水面的一半归租界管制，连清政府的官船也不能在河道那一侧停留。1922年7月10日，任粤海关税务局长的英国人，以"谒见"为名登上停泊在白鹅潭的永丰舰，"称白鹅潭为通商口岸，毗邻沙面，提出舰队驶离白鹅潭及孙中山离粤等要求"，孙先生正色道"此为我方领土，我可往来自由"。当年洋鬼子在我疆域之蛮横可见一斑！

从沙面东桥出穿过人民桥底，不远处就能看到"毋忘此日"纪念碑，这是要寻访的第二个地方。我半蹲着，仔细辨认已经变得模糊的"沙基惨案纪念碑重建说明"碑文：……为了声援上海"五卅"反帝运动，在中国共产党领导下，6月19日，香港十余万工人举行总罢工，步行回广州，香港遂成死港、臭港。21日，沙面洋务工人举行罢工，封锁沙面；23日，省港大罢工工人、市郊农民、黄埔军校学生，各界群众上10万人，举行了声势浩大的示威游行，中共广东区委主要领导陈延年、周恩来等均亲自参与。当队伍途经沙基时，突遭沙面租界的英、法帝国主义军队开枪，当场死52人，伤百余人，于是又有震惊中外之"沙基惨案"事件。事后，国民政府决定为烈士们举行隆重国葬。翌年，广州市政府在惨案纪念日，将沙基路命名"六二三路"，并在沙基桥侧建"毋忘此日"碑……

周恩来时任黄埔军校政治部主任，他在悲愤中为军校牺牲学员写下挽词"喋血沙基为帝国主义死敌,转战潮广为国民革命先锋"。同年9月,在沙基惨案发生三个月后,国民革命政府将牺牲的烈士遗体集中收殓后葬于广州市郊大宝岗。1957年,由广州市人民政府将其迁葬于广州市银河革命公墓烈士山。

纪念碑则命运多舛。第一次是1950年,因建设需要将原碑移至沙面东桥畔,其后被拆毁,另改建新碑。第二次是1967年,兴建人民桥时新碑又被拆去,后在桥北之东侧建约3米高、外观楔形石米批荡的新碑。第三次是1999年人民桥扩建,新碑再次拆去。桥扩建完成后,依照原"毋忘此日"碑设计图重建,2001年落成于现址。

我站在那心想,纪念碑不会再拆了吧,俗话"事不过三"呢,要不先烈之魂何以安息啊!哪怕实用主义多一些,这"变"得越多的文物历史价值不就越"贬值"了吗?

沙面,又似一本厚重的历史唯物主义具象教科书。这个地方百年来受尽屈辱、满目疮痍,当年国民革命政府所立的"毋忘此日"碑,见证了中国共产党与国民党人曾经并肩走上反帝反封建反军阀的历史舞台。

岛上留下了各种欧式建筑300多处,俨然活脱的"西洋建筑博物馆"。这里,让后人真切感受到昔日"欧风美雨"的浸润,东西方文明的交融并蓄,晚清中国建筑工人的"匠心"智慧。沙岛虽游人如织,凭那千百棵参天古树散落在大街小巷,错落有致的榕树、樟树遮天蔽日随风轻曳,使翠绿之洲又显得如此静谧悠闲。这里是年轻人拍婚纱照之首选地,看新人脉脉含情凝视相拥,那般甜蜜可真羡煞旁人啊。

我默默地坐在石阶上,目光不由移向了西岸,此时仿佛又听到当年志士仁人的呼喊:"同胞们,团结奋斗救中国!"也许他们谁都不曾想到,90年弹指一挥间,中国共产党带领人民实现了中山先生的夙愿。而今不忘初心的人们，正走在新时代的长征路上，那脚步离中国梦是越来越近了……

（原载《三月风》杂志，2017年第10期）

国际歌,依然神圣、崇高

1923年初夏的一天,有这么一小群人,先后从广州东山恤孤院后街31号民房起行,沿着黄泥沙土小路,来到东北郊的区庄,很快汇入往沙河方向的人流。人们并不知道,这些人是中共第三次代表大会的与会者。

他们来到的地方,是1912年开始动土的黄花岗烈士墓园,在苍松绿柏中,长眠着辛亥革命先烈72人。习近平总书记指出,"鸦片战争后,中国陷入内忧外患的黑暗境地,中国人民经历了战乱频仍、山河破碎、民不聊生的深重苦难。为了民族复兴,无数仁人志士不屈不挠、前赴后继,进行了可歌可泣的斗争……"在烈士墓前,这些接受了先进思想的中国共产党人,向已经倒下的反帝反封建先驱发誓,要完成其未尽之事业。尔后,瞿秋白领唱了他从俄文版翻译过来的《国际歌》。

这首庄严、雄浑的马赛曲,是1871至1888年期间,法国人鲍狄埃和狄盖特为纪念巴黎公社的英魂而作,后逐渐在各国工人阶级中传唱,成为了那个时代国际无产阶级斗争的主旋律。此地此时,代表们以这首为劳苦大众谱写的歌,抒发他们内心的涌动!

1923年6月12日至20日,中国共产党第三次代表大会在民主革命发源地广州举行。出席大会共30多人,其中我们熟悉的有:陈独秀、李大钊、毛泽东、蔡和森、瞿秋白、张太雷、张国焘、谭平山、刘仁静、罗章龙、何孟雄、向警予、阮啸仙、陈潭秋、邓培、林育南、项英、邓中夏……他们代表了全国420名党员。

有关史料记载，就是从第三次党代表大会开始，《国际歌》成为在党的重要会议上最扣人心扉的声音，它宛如党带领队伍在出征前吹响的"集结号"。当"三大"代表从这个南方大城市相互道别时，等待他们的将是浴血荣光之路。

4 年后的 1927 年 4 月，我党最早的创立者李大钊，在临刑就义前高呼："共产主义在中国必然得到光辉的胜利！"这一年他 38 岁；陈独秀大儿子陈延年，在任中共江苏省委书记期间被叛徒出卖，同年 6 月牺牲，这一年他 29 岁；张太雷，1927 年 12 月领导广州起义，成为"第一个牺牲在战斗第一线的中央委员和政治局成员，年仅 29 岁"；陈延年之弟陈乔年，曾任中共中央组织部副部长、中共江苏省委组织部长，是最早为《国际歌》以中文配词的人，1928 年 6 月牺牲，年仅 26 岁；蔡和森，中共两广省委书记、中央政治局常委，1931 年在广州牺牲，年仅 36 岁。5 年后，我党早期妇女运动杰出领导者、中共湖北省委主要负责人之一向警予，由于叛徒出卖，1928 年 5 月英勇就义。7 年后，1930 年 10 月，毛泽东爱妻杨开慧被军阀杀害，她那年 29 岁，留下两个年幼的孩子流落街头。瞿秋白，我党早期领导人，红军长征后留南方坚持斗争，1935 年在福建长汀牺牲，年仅 36 岁。

1927 年至 1941 年，牺牲的"三大"代表还有邓培、何孟雄、林育南、邓中夏、阮啸仙、项英和陈潭秋等。峥嵘岁月见证了无数年轻的革命家，被捕后没有机会与爱人、亲人告别，他们是那样的决绝，唱着《国际歌》昂头挺胸，面向敌人的屠刀、枪口走去，大义凛然视死如归。

历史无情，同样在大浪淘沙下，与初心相悖的张国焘等人跟党最终分道扬镳，党的叛徒——是他们最后的名分。

我党从诞生到今天，走过了近百年极不平凡的历程。作为她的一员，我荣幸地列席了党的十九大。同车前往人民大会堂的，有参加过孟良崮战役的万老和原黑龙江省委书记李力安，他们虽年近百岁，仍身板硬朗思维清晰。李老回忆道：我 1935 年入党，两年后高中辍学，不久就参加了党领导的"牺盟会"，我有 80 多年的党龄了。一路上老人说话不多，也许是为了节省体力，以这样的高龄参加大会，让我们深深地感受到老同志对党、对人民的那份坚持与赤诚！

历史性的大会将要闭幕了，我坐在中六前区，身旁是佩戴火箭军臂章的将军，他高兴地告诉我，大会决议稿中吸收了他们提出的修改意见。

2017 年 10 月 24 日 12 时许，中国人民解放军军乐团奏响了雄壮的《国际歌》。

此刻，感觉它比以往更加高亢激昂，习近平总书记振聋发聩的声音仿佛又在耳边响起："同志们！今天，我们比历史上任何时期都更接近、更有信心和能力实现中华民族伟大复兴的目标。"是啊！《国际歌》，它以跨越时空的不朽，从 1923 年党的"三大"到今天，不知激励了多少优秀中华儿女，每每这个时候，共产党人的心都会热血沸腾，升腾的是依然的神圣、崇高……

（原载《中国残疾人》杂志，2017 年第 12 期）

从我们党支部做起

——学习十九大关于党建论述的一点体会

去年末,我参加了一次机关"党课形式"的学习活动,所在支部的同志发言积极,自己也谈了一些学习体会与大家交流。

党课,是指"中国共产党的组织为了对党员进行党章教育而开的课",这是词典里的解释,言下之意讲党课就要紧扣党章的内容,这注释是基本合理的。那么,这次学习发言侧重讲什么好呢?考虑后落在了"在实现'四个伟大'中如何发挥党支部作用"题目上,我总觉得它与我们关系最近且至关重要。作为一个党员,在支部生活时间远长于工作任职时间,也就是说,最后伴你终身的组织就是党支部了。

一、基层党组织是全部战斗力的基础,是实现伟大斗争、伟大工程、伟大事业和伟大梦想的政治保证

党的十九大报告强调,加强基层组织建设,"要以提升组织力为重点"。新党章修正案在党的基层组织一章中增写了党支部的职责,明确规定:"党支部是党的基层组织,担负直接教育党员、管理党员、监督党员和组织群众、宣传群众、凝聚群众、服务群众的职责。"机关和直属单位党支部作为党基层组织的重要组成部分,它的基本任务第一条,就是要承担"宣传和执行党的路线、方针、政策,宣传和执行党中央、上级组织和本组织的决议,充分发挥党员的先锋模范作用,积极创先争优,团结、组织党内外的干部和群

众，努力完成本单位所负担的任务"。

我们党发展到今天，近一个世纪艰难历程证明，党的力量来自组织，基层党支部工作是党的生命之源，集中体现在组织优势、组织功能和组织力量上。说到这里，我想回顾一下身边的历史。

北京市西城区文华胡同 24 号，是我党创始人之一李大钊在北京居住时间最长的地方。1920 年 10 月，北京的共产党早期组织成立，李大钊为书记。当时，不少进步青年和共产党早期组织的成员都把李大钊的家当成学习和讨论的活动场所。就是这点点星火，从 1921 年第一次党代表大会，全国有 50 多名党员，到 1925 年第四次党代表大会，全国虽然发展到 994 名党员，却也仅相当于中国残联现有党员的六成。今天，我们党拥有 8900 万名党员，402 万个基层支部，成为世界上第一大政党。也回头来看我们自己，1984 年中国残疾人福利基金会成立时，有党员 39 人；到 2017 年 7 月底，中国残联直属单位有 1500 多名党员，70 多个基层支部，也就是这支队伍，在党中央的领导下，带领广大残疾人和各级残疾人工作者艰苦奋斗，取得了世人瞩目的成就。那么，按照新党章的上述要求，我们党支部怎么才适应新时代对基层党组织的要求呢？这就是下面要谈到的。

二、教育党员、管理党员、监督党员，党支部守土有责

不忘初心，我们来重温、比较战争年代与和平年代的入党誓词。中共中央组织部在 1940 年 2 月《共产党人》第四期刊："我宣誓：一、终身为共产主义事业奋斗；二、党的利益高于一切；三、遵守党的纪律；四、不怕困难，永远为党工作；五、要做群众的模范；六、保守党的秘密；七、对党有信心；八、百折不挠，永不叛党。谨誓"。十九大党章修正案："我志愿加入中国共产党，拥护党的纲领，遵守党的章程，履行党员义务，执行党的决定，严守党的纪律，保守党的秘密，对党忠诚，积极工作，为共产主义奋斗终生，随时准备为党和人民牺牲一切，永不叛党。"执政党在和平时期解决好思想的先进性和组织的先进性，关系到党的前途命运、人心向背。党员在改造客观世界的同时改造主观世界，完成新的自我教育、自我改造的"社会化"。党组织的自我完善，是一个再认识与再实践的过程。这里要提示的，是机关党支部工作的特点：党员几乎都是干部，干部绝大多数是党员。因此，党员教育工作与干部教育工作密不可分、相辅相成。

建设学习型党支部，当前要突出学习贯彻习近平新时代中国特色社会主义思想。党章修正案指出：习近平新时代中国特色社会主义思想是对马克思列宁主义、毛泽东思想、邓小平理论、"三个代表"重要思想、科学发展观的继承和发展，是马克思主义中国化最新成果，是党和人民实践经验和集体智慧的结晶，是中国特色社会主义理论体系的重要组成部分，是全党全国人民为实现中国民族伟大复兴而奋斗的行动指南，必须长期坚持并不断发展。

党员干部要具有一定的马克思主义理论基础。马克思主义鲜明的现代性，来自它的科学理论远见和世界眼光。武汉大学前校长刘道玉老人说过："读书是毕生的课题。我已78岁了，中风14年，基本上是个残疾人，但仍然坚持每日必读，每月一新书；每日必思，思有所得；每日必写，写有新意。"刘老这段话也映衬出我们的差距，建议支部的同志，可以相互推荐一些有理论深度的文章，通过慢读精读，将其作为自己夯实基础、更新知识和提高思辨能力的过程。

三、党员要率先垂范，组织群众、凝聚群众、服务群众

一是以实现伟大梦想来凝聚群众。推进残疾人事业，帮助最困难群体实现全面小康，从根本上改善生活状况，提升广大残疾人及

其亲属的获得感。

二是以工作创新来凝聚群众。领导方式、工作方式和活动方式更加符合干部群众的实际，以增强他们对基层党组织的信任感和向心力。具体来说，有以下一些着力点：培养党员干部的专业能力和专业精神，增强干部队伍适应实现"四个伟大"的需要；丰富干部的知识储备，完善知识结构；了解党员干部的学历、经历和特点，挖掘潜能、用其所长，并向组织提出相关建议；党员干部的付出要得到充分尊重，创造的业绩要得到客观肯定；将"激励机制和容错纠错机制"落实到制度层面，为积极作为、敢于担当的党员干部鼓劲撑腰。支部成员之间思想上要相互关心以激发正能量，及时帮助化解负面情绪。

三是以人民为中心思想来服务群众，机关工作要从行政管理型转向服务管理型；关心、尊重党务人事和综合部门的干部；实行党务公开，广泛听取群众意见和接受监督。

（原载中国残联办公厅《工作通报》第 12 期，2018 年 5 月 3 日）

老街行思

1840年鸦片战争后，泱泱华夏的独尊固守，终挡不住的"欧风美雨"的无情冲刷，在一些睁眼看世界"先进的中国人"感召下，国人开始将信将疑接受一些新奇、带有"西方色彩"的事物，于是乎，不少地方陆续出来了赶时髦的"文明路"，但其人文底蕴与现代精神自然融合的，却是凤毛麟角。

我在这里说的，真正算得上名副其实的"文明路"，它位于广州老城中心的越秀区，全长虽不足两里路，这条历经百年沧桑的老街，以它承载过的那些不同寻常的人和事，成就了它在羊城风物中的赫赫地位。

现在的"新"老街，已经是高楼鳞次栉比、人车川流不息，感觉与繁华城市街道别无二致。不过是，当你踏进鲁迅纪念馆广场，迎面是城里人难能见到的，——绿草茵茵满目苍翠，金芒果、木棉花、细叶榕……枝繁叶茂生机勃勃，澄碧蓝天映衬着淡黄色的钟楼，眼前一切着实令人心旷神怡。钟楼前的广场，原是师范学堂运动场，1924年广东大学在这里开辟跑道，使广州有了首个标准的运动场；同年，孙中山在广场向民众发表激情演说；1927年，国民革命军在此誓师北伐……中山大学（原广东大学）后来迁至珠江南岸，它的校徽依然以钟楼为最醒目的标志。

这里曾是鲁迅居住的地方。先生于1927年1月受聘中山大学中文系主任兼教务主任后，16日从厦门乘轮船赴穗，18日抵达后第二天即入住钟楼，与好友许寿裳同处一室。两个月过后，鲁迅觉得住在校内来访者太多，难以安心看书写作，"每有来客络绎不绝，大抵至 11 时才散。客散以后，鲁迅才开始写作，有时至于彻夜通宵"（徐寿裳语）。于是，先生起意在校外租房。3 月 16 日，他与许广平入住白云路 246 号。可见，鲁迅并非在辞去中山大学职务之后才搬离钟楼的。

鲁迅爱清茶、岭南水果、绍兴酒，抽当地"彩凤""美丽"等牌子香烟，对南方的"吃"亦颇感兴趣。他甫抵广州，就邀友"东堤晚酌"，翌日又到"另一处小酌"，"如是者十余日"豪兴不减。这里能看到鲁迅性情中人鲜活的一面。诚如周海婴所说，"很长一段时间，父亲的形象被塑造为'横眉冷对'，好像不横眉冷对就不是真正的鲁迅、社会需要的鲁迅。的确，鲁迅是爱憎分明的，但不等于鲁迅没有普通人感情，没有他温和、慈爱的那一面"。

在纪念馆的地板上，绘制了一幅颇具动感的城区图，它标有先生踏足过的地方：中山大学、黄埔军校、中共广东区委、知用中学、海珠公园、北新书屋、商务印书馆分馆、创造社出版分部、北新书局分局、广雅书局、太平馆、陶陶居、妙奇香、永汉电影院、国民电影院、艳芳照相馆、高第街、天字码头和沙面（租界）等。这里的老字号大都还在，它们不失为"老广州"的怀旧寻幽之地。

虽首次到这个赫赫有名的南方城市，鲁迅却对这里的"革命形势"评价不高，他认为"革命策源地现在成为革命的后方了，还不免是灰色的"，鲁迅还说，"在一处演讲时，我说广州人民并无力量，所以这里可以做'革命的策源地'，也可以做反革命的策源地……"从后来发生的事情足见先生眼光的犀利。在"护党救国"的反共舆论下，李济深、古应芬、李福林等人步蒋介石上海"四一二"政变后尘，在广州等地掀起"四一五"血雨腥风，一夜间封锁包围市内机关、团体和学校二百多处，大肆搜捕共产党人和进步青年。鲁迅极力营救中大学生未果，五天后愤然辞去校内一切职务。

9月27日鲁迅离穗，在这八个多月里，先生笔耕不辍著述甚丰，仅杂文写就43篇，来往书信180封，校录、翻译许多文稿……他依旧如此，将"我只是把别人喝咖啡时间，都用在了工作上"的身影留下了。

这里还留下了近代史上浓墨重彩的一笔。

1924年1月20日至30日，在孙中山主持下，在钟楼礼堂召开了中国国民党第一次全国代表大会，它标志着第一次国共合作的正式形成；通过共产党参加起草的以反帝反封建为主要内容的宣言，实际确立了联俄、联共、扶助农工的三大政策。据有关记载，当年有24名共产党员参加了大会，其中谭平山、李大钊、于树德等3人被选举为国民党中央执行委员会委员，毛泽东、张国焘、瞿秋白等6人选为候补委员。在钟楼会场，我们可以看到毛泽东当年的座位，在第三排的正中央……

与纪念馆一墙之隔的，是广东省立中山图书馆。它创建于1912年，名为"广雅书局广东图书馆"属于国内最早建立的省公立图书馆之一。原馆设文德北路，此处前身是明代羊城胜迹"南园"范围，后为清代广雅书局藏书楼，园中原有"抗风轩"等古建筑，曾为孙中山早年从事民主革命活动的秘密聚会点。

在我当工人的那些年里，因为家离这儿近常来借阅。当年，主大厅靠墙一圈排满了组合柜，每组柜的眉框镶嵌书籍门类，分层抽屉里按汉语拼音字母排列检索卡片，查阅书目后再填写借书单子，交由柜台工作人员办理。从查阅动作的熟练与否，我就能看出访者是"常客"还是"散客"。

新馆于上世纪九十年代建成，建筑面积达10万多平方米。中山图书馆藏书量从新中国成立前的几万册增加到迄今五百多万册，现已经实现网络化、数字化管理。2017年夏,我查阅当地报刊1988年—2000年间反映残疾人事业的新闻报道,多次前往报刊借阅部,由于一些年份报纸还没有来得及数字化,要从地库翻查提取,几个月报纸就能摞满一部手推车。工作人员的不辞劳苦、细致耐心,使我每次到这儿都有种暖暖的感觉。

值得一提的是,中山图书馆在弘扬人道主义精神,彰显社会文明进步也走在前面。它是最早建设无障碍设施的省级图书馆,每层阅览厅都设有残疾人卫生间,电梯、轮椅坡道让老人、残疾人通行无阻,现在仍经常举办各种扶弱助残等公益活动。

上世纪七十年代,我几乎每天上下班都在它前面经过,殊不知,这极普通的骑楼四间连铺建筑——是中共广东区委(监委)旧址。

这里曾是覆盖面最广的党组织,直接联系广东、广西、福建、香港甚至南洋地区;这里设立了中国共产党最早的地方军事机构——军事运动委员会;这里是大革命时期全国辖区面最宽、党员人数最多的地方党组织。1927年,广东全省党员人数达9000多人,占全国党员人数的1/6;这里设有我党初期最健全的内部机构,组织、宣传、军事、工运、农运、青运、妇运、学运、监察、秘书等一应俱全。

党史记载,周恩来任黄埔军校政治部主任期间曾是中共广东区委委员长,当年毛泽东、周恩来常来此开会、研究工作。1925年初,为加强党内监督和组织建设,广东区委设立了监察委员会。可以说,广东是中国共产党纪检监察工作的发源地。

在当年的血雨腥风中,毛泽东、周恩来、张太雷、罗亦农、恽代英、彭湃、陈延年、李富春、聂荣臻等革命先驱,他们背负着民族的苦难与希望,热血贲张的身躯在刀光剑影中穿梭,多少年轻生命战斗到最后一刻！离开纪念馆有一段路了，我脑海里依然萦绕着展厅墙上习近平总书记那段话："一切向前走，都不能忘记走过的路；走得再远、走到再光辉的未来，也不能忘记走过的过去，不能忘记为什么出发……"

老街处处渗透着"南海潮"的风味，连着三个季的炎热，过去寻常人家只剩屋外纳凉一招，将骑楼底下"行街""食嘢"看作最大的乐趣，也是过日子最廉价的消费。这里是老城区最有名气的"糖水街"，各具特色的招牌小吃——莲子羹、双皮奶、龟苓膏、榴莲酥、红豆沙、菠萝冰、艇仔粥、云吞面、沙河粉……让路人眼里拔不出来非亲口尝尝方罢。

朋友，当你倘徉在"糖水街"上，脚踏先辈足迹令人心潮涌动、浮想联翩，传统美食又让人清喉润肺、齿颊留香，这与常说的"忆苦思甜""饮水思源"，真有异曲同工之妙，不信吗？请您来这里走走、看看……

（原载《三月风》杂志，2018年第6期）

母亲

1929年，母亲生于开平蚬岗，家就在镇子边上叫"东胜里"的村子里，从呱呱落地到年逾耄耋，母亲这辈子，都不曾离开过南粤这片生于斯长于斯的热土。

开平，位于珠江三角洲西南部，总面积1659平方千米，常住人口约70万人，属亚热带季风海洋性气候区，因地形呈低洼状，极易发生水患。史载，这地方过去曾是新会、台山、恩平、新兴诸县交界的三不管区域，社会治安恶劣，土匪十分猖獗。明万历元年（1573年）官兵驻屯绥靖，始有"开平"之说。崇祯十一年（1638年）置县，独立县治则始于南明永历三年，即清朝顺治六年（1649年），至今有356年历史。上世纪中叶，开平已蜚声海内外。据有关统计，开平现在海外67个国家与地区的侨胞有75万人，与台山、新会、恩平合称四邑侨乡。

母亲周宁香在家中属小字辈，在姐妹中排行第五。父亲周在盘，字金石；母亲李遇宝、庶母关金女；大哥周雄驹、二哥周雄略（周凡）、三哥周雄骏（周宪灏）、四哥周雄谋；大姐周女衡、二姐周文岐、三姐周妙霞、四姐周艳颜，后面还有俩妹妹周惠琼、周惠群。

周家在当地算得上大户人家，据母亲回忆，外公当年是开平工商业行会会长，在蚬岗圩、三埠镇及省城广州，都有周家开的米铺。受耕读文化传统的影响，倚靠外公外婆的开明及家境殷实，母亲与她的几个姐姐得以有机会在开平长沙师范等学校读书，学历最高当属母亲的二哥、二姐、四姐和母亲等兄妹。

长沙师范学校,创建于1928年开平三埠。1935年秋,粤府将学校更名为"广东省省立长沙师范学校",隶属省教育厅,学校设初级(简易)、高级师范等,学制3—4年。1941年3月至1944年6月间,学校多次为日寇占据。此时期,母亲与她的四姐分别在读初、高级师范班,学校先后迁至开平百合、恩平莲塘、新兴县城郊,母亲与她的四姐俩人是在百合镇临时校址完成学业的。

1945年8月抗战胜利,学校由百合迁回到三埠原址。新中国成立后,在省教育厅指导下,长沙师范学校侧重于中、小学教师的教育轮训工作。1979年9月,正式以"广东长沙师范学校"的名称招收高中生。2003年7月,开始启用"开平市长师中学"校名。2005年5月,学校被评为广东省一级中学。

据母亲口述,她1948年前参加地下学联,后多在香山县(今中山市)唐家湾一带活动;解放初期,在台山县上、下川岛加入土改工作。母亲回忆新中国成立初期参加工作时的经历,经常会提及到欧初、杨毅这两位地方领导人。1951年6月至12月,欧初任中共开平县委书记;1951年7月至1953年4月,杨毅任中共台山县委书记。1954年母亲加入中国共产党,1956年后,一直在广东交通运输部门的新中国造船厂、省内河运输局、珠江航运公司等单位工作。

记得我学龄前有一段时间,母亲要到佛山工作,因家里没有人照顾,附近又没有合适的托儿所,只能将我寄托在佛山儿童福利院。我依稀记得,是在一栋老式旧洋楼里,首层大厅宽阔,但光线显得昏暗。感觉最辛苦是周末,母亲下班后带着我赶乘最后一趟广佛列车,这是当年连通两地的主要交通线,票价虽是几角钱,但乘不上就一点儿办法都没有。母亲一边拉着我往车站赶,一边催促边给我鼓劲，快到车厢时我的腿已经迈不动了，就这样一次也没有落下过。母亲一头是紧张的工作，一头是带着少不更事的残疾孩子，这份艰难不是常人都能体会到的。

1965年7月至1966年6月，我回到母亲家乡开平蚬岗中心小学读书。回乡缘由有着深刻的历史印记。1964年，据说"台湾蒋介石趁我们三年自然灾害困难，要反攻大陆"，为此战备需要疏散城市人口，连同户口也迁往农村。我记得当时，是大姨妈儿子伟廉表哥领着我，一大早从越秀南路汽车站上车，乘坐俗称"火柴盒"的老式汽车到了赤坎，叫了两辆专用载客的自行车，见车尾架上固定了一块窄小木板，在沙土路上颠簸了近两小时，到外婆家时已经是满天星斗了。

在蚬岗中心小学，我是插到四年级班上。教语文、数学课的老师叫周松尧，他的家就在东胜里村口。令我想不到的是，母亲20年前在此读书时，周老师就当过她的先生。在乡下生活了三个月后，我已能用"开平话"朗读课文了，这让老师和同学们都惊讶不已。多少年后心里总有些遗憾，我想如果当年学的是"英语"的话，那后来就省劲多了。在这一年的假日里，我经常到大姨妈的金鸡乡、四姨妈的长安乡和蚬岗圩六姨夫工作的副食品店玩耍。

阿公去世得早，我连他的照片也没见过，说起来是一点印象都没有。唯一留下念想的，是当年阿婆用阿公的一件旧银灰色丝绸长袍，改成了一件小棉袄，天冷了我就穿上它，这数小时候最好的衣服了。这个家庭要数母亲的母亲功劳最大，粗略算下来，阿婆不仅养育了众多子女，还带大了我等近十个孙子、外孙。既是如此，老人并没有享受过什么，记得有一次，母亲偶尔帮老人洗衣服，见那内裤破得如抹布一般，已看不出原来的颜色，母亲不禁潸然泪下。

大姨妈是个命苦的女人，婚后不久丈夫就远到美国打工，几年后就杳无音讯，她含辛茹苦将伟廉表哥一手拉扯大。在国内经济困难时期，每次从香港返回内地，她用扎塑料花的微薄收入，买些面包、白糖一类食品，给每个姐妹都分一点。

1985年，广东得改革开放风气之先，我有机会到境外参加一些国际会议。首次赴香港，到铜锣湾看望三姨妈，感觉到老人的善良和细心。在离开前，她拿出一大把硬币放我手中，反复说："新仔，坐车、打电话都要靠它啊。"几天后又去看望老人家，一见面她就埋怨我："你两天都不打电话，害得我整日挂心！"我一时感到内疚和委屈，这源自当年内地使用电话并不方便，自然没养成每天"打电话报平安"的习惯。

母亲长期从事人事、劳动工资工作，我印象中她最辛苦的两次经历，都是处理发生在珠江航道的重大事故上。

1975年夏，"8月4日，零时25分，肇庆开往广州的红星245号客轮与广州开往肇庆的红星240号客轮在珠江容桂水道蛇头湾水面发生碰撞，两轮当场沉没，800百余名旅客中，罹难432人，其中肇庆乘客52人，其余基本是广州人"。《肇庆志》载道，这是新中国成立后广东最严重的一次事故。发生这次事故后，相关各方迅速成立了联合"善后工作小组"，地点设在黄花岗空军招待所，母亲面对各地的罹难者家属，在极压抑的气氛中从早到晚忙碌着，她将近一个月没有回家。

可谁也没想到，五年后悲剧在珠江再次重演。这次发生在我小时候坐过的"花尾渡"，这是广东内河平底木质客货驳船的俗称，因船尾部绘有斑斓图案，于是人们习称其"花尾"。它没有动力且吃水浅，靠前面小火轮拖拽前行。1980年2月26日中午12时，客轮"曙光401"由汽轮"先行408"拖带，从广州开往三埠，载客453人，船员39人。途中气候正常，先后有152名旅客登岸。不料翌日凌晨2时07分，行至台山谭江水道冲口附近河面时，天气骤变，电闪雷鸣，恐怖的"石湖风"瞬间袭来，船体在强风压迫下很快向右侧倾斜，船舱旋即大量进水，真可谓"覆水难收"，仅仅2分钟就整船沉没，301人罹难！后来听闻航运公司有的干部说，这届领导是最重视生产安全的，却碰上了"不可抗力"的雷雨大风。

随着造船技术进步和航运安全水平提升，1981年11月19日，客船"曙光301"完成了最后一个航次，源自清末民初兴起的"花尾渡"，全部退出珠江水道航运，终结了"一代船王"的历史使命。

读书学习是母亲的生活常态。从1985年开始，母亲参加了汉语文专业高等自学考试的学习。"自考"一直是国内严格的学历教育之一，年轻人要考合格也不容易。母亲读书不辍坚持下来，年逾六十时已领取了中共党史、教育学、文学概论、中国现代文学作品选、写作、外国文学等课程自学考试合格证书，她终于圆了年轻时的大学梦。

1987年母亲离休。其后，她担任了多年老干部支部书记，负责政治学习、社会活动和看望慰问老同志等工作。有一次偶然的机会，我替她查找旧同事的电话号码，翻看了一个笔记本，里面记录有学习主题、讨论内容、参会人的发言等，看得出老同志学习是挺认真的。2019年9月国庆前夕，母亲获中华人民共和国成立70周年纪念章，老人是以生命与信念的坚持获得这份荣誉。

母亲对上的姐姐我叫四姨妈，今年99岁了，依然精神矍铄，我觉得老人家是她们姐妹中最幸福、长寿的。老人告诉我，她"每日起床前要做20分钟运动"。深受当数学教师的四姨夫影响，兄妹多人成为了教学、科研方面的骨干。亲戚说母亲家人有长寿基因，外婆、大姨妈和三姨妈等，她们都是八九十岁的老寿星。我更笃信的是，除去生活医疗等保障外，最要紧的是儿女的孝顺，让老人能够舒心、愉快地安度晚年。

开平的方言，与台山、恩平、新会最为接近，俗称"四邑话"，我虽平日没多少机会讲，可也没完全忘记。2016年春节前夕，我专程到江门市走访慰问，对象是公益服务机构和困难家庭，陪同的领导正巧是开平籍的。我讲了几句已经生疏的家乡话后，他立刻反应说："哦，你讲的是蚬岗话啊。"虽是"十里不同音，五里不同调"，可怎么说也脱不开那"乡邑"的味道。路上，我们又讨论起"开平人的精神特质"，一番各抒己见后认识大致趋同：具有"广府人"的一般共性外，还凸显出本地域的个性禀赋，比如节俭持家、勤勉创业；崇尚德善、孝亲敬老；耕读传家、倚重教育；文化多元、兼收并蓄；求新求变、笃行实干等。

阿婆、姨妈、舅母、妈妈，一个个普通女性的背后，有着说不尽的悲欢离合、人间冷暖，她们以超乎人间想象的含辛茹苦，托举起海内外"两个开平"！这是一个时代母亲的缩影，深深嵌入了民族荣辱兴衰史的底色中，映衬出"南国侨乡"色彩斑斓的一帧。

我愿这片热土上每天发生的故事，伴随着奔腾向前的潭江水，生生不息源远流长；祈福海内外的乡里乡亲，万事胜意平安吉祥，在那千百个沐浴逢春的"碉楼"伴随下，齐声唱响新时代的"步步高"！

（原载《广府人》杂志，2020年第5期）

过眼烟云之广东咨议局

在这张旧照片里，有人们最熟悉的形象：身着威严的大元帅戎装，目光如炬又忧心忡忡——他是孙中山先生，这张旧照片是他就任非常大总统的珍贵留影，它将时间定格在1921年5月初。但是，他与军政人员卓立合影的地方，了解的人并不多，它是中山先生曾九次踏足之处——广东咨议局旧址（现位广州起义烈士陵园正门内西侧），这座融汇中西风格的建筑群落，以它那些年代的特殊背景，成为一段如烟往事的历史注脚。

十九世纪末二十世纪初，在西方工业化日臻长进之时，吾泱泱大国却落入命运多舛的泥沼。1883年中法战争、1894甲午战争、1904年在华日俄战争，将"同治中兴"那点心气消蚀殆尽，30余年的洋务运动功败垂成，中华民族自鸦片战争之后，再次濒临亡国灭种的深渊。至此，有识之士悲切疾呼："能变则全，不变则亡，全变则强，小变则亡"，"彼俄只见衅于日也，非俄之败于日也，乃专制国败于立宪国也"。清王朝在残酷现实和社会舆论的双重压力下，"立宪救国"在朝野间趋成共识，1906年7月13日，清廷下诏宣告"预备立宪"。1908年清政府拟定了《各省咨议局章程》《咨议局议员选举章程》，江苏等各省咨议局先后设立。这是我国历史上第一次自上而下的宪政运动，中国近代"和平民主改革"的首次试水。

1909年10月，广东咨议局正式成立。议长易学清，副议长丘逢甲、卢乃潼，咨议员共72人。据咨议局章程设定，广东咨议员额定为91名。在《咨议局章程》中，规定了其职责权限，如"议决本省应兴应革事件""议决本省岁出入预算事件""议决本省岁出入决算事件""议决本省担任义务之增加事件""议决本省权利之存废事件"等，就此形成与地方执政当局相互制衡的机制。

广东咨议局成立后，旋即提出了一系列革新议案。晚清的广东，百业凋敝民不聊生，世风日下之时然赌风炽烈，城乡几乎"无地不赌"，对百姓生计、社会治安危害甚巨。为此，副议长丘逢甲等咨议员联名提出"禁绝一切赌博"议案，获社会热烈反响。1910年5月，在陈炯明等一众咨议员坚持下，咨议局再次议决"定期一律禁绝赌博"。时任两广总督袁树勋，以未及"筹抵赌饷"为由，拒绝核准施行议案。同年10月，咨议局第二次年会再次通过决议，吁请粤督代奏清廷"定期实行禁赌"。

不曾想，当咨议局继续深入讨论禁赌议案时，70余名咨议员中，不少与赌业有着千丝万缕关系，有的则被贿赂收买，与赌商沆瀣一气。咨议局中"利益派"占有优势，反对禁赌倾向暗流涌动，辩论禁赌案时各方言辞激烈，在争执无果情形下，只好付诸表决。表决结果，赞成者20人，否决者35人，禁赌议案流产。反派议员的倒行逆施，激起了广泛民愤，社会舆论铺天盖地，清廷为遏制事态发展，着全部"否决派"议员"请辞"，勉强平息了此次风波。

面对广东地方官吏的日益腐朽，"敲剥闾阎，玩弄新政，民怨沸腾，地方败坏"，咨议局着力纠举地方官吏贪赃枉法。有如，纠举平远县令魏绍堂案、纠举汕头警视长冯骏案、纠举前开平县何煜恒吞款肥己案、纠举化州罗江税厂征收违法案、纠举罗定州陈倧万违法案等。关于废除"不经审判就地正法之刑"议案，在中国法制史上留下浓墨重彩一笔。1909年至1911年，广东咨议局先后提出议案127件，涵盖改革司法吏治、改良整治监狱、发展工商实业、规范财政税收、振兴办学教育等领域，大多为顺应民意的改革主张。

"立宪"改良派囿于自身的保皇性、妥协性和软弱性，难有更大作为。有识之士对此洞若观火，指曰："清末民初'立宪派'不敌'革命派'症结所在，在当时人看来，立宪派不算有'主义'，革命派才是有'主义'，而革命派之所以成功，是以有主义胜无主义"。辛亥革命爆发后，1911年12月22日，存在两年又两月的广东咨议局寿终正寝。

一叶知秋，清末各省咨议局的出现，实为晚清行将就木的回光返照。"立宪运动"虽是昙花一现，但毕竟反映了那个时代有觉悟的知识分子，在"西潮侵凌、外患驱迫"下，日见国家沉沦、危机重重，苦苦寻求救国救民、以图中兴之"良方"。正如明清史学大家孟森所言："它演绎了身处'五千年以来之大变'的中国知识分子正在帝国的余晖中痛苦地寻找通往现代民族国家之路"。当年咨议局顺应世界潮流的努力，客观上为资产阶级民主革命提供了思想铺垫。

历史逻辑使然，近现代100多年以来，"和平、奋斗、救中国"，"驱除鞑虏，恢复中华"，为民主革命先行者孙中山等无数仁人志士至死不渝的夙愿，它终由中国共产党领导人民大众将其实现，中华儿女百年奋斗历程证明，建立"平等、民主、富强"的新中国，走中国特色社会主义道路是唯一正确的历史抉择。

（原载《广府人》杂志，2021年第6期）

素波荡漾百年潮

在广州生活了 60 多年,我还是第一次走进这条小巷子。

素波巷,虽位于越秀老城区,可在羊城千万条横街窄巷中,实在再普通不过了,若拔高一点说它比邻于高第街,那也早让那街的赫赫名声给淹没了。可谁曾想到,一个世纪前,有这么一些人穿梭于小巷中,看似与行人无异的欻欻脚步,却是在走向无限希望与未来。巷子幽深处的"小红楼",虽质朴无华毫不起眼,她成了南粤最早创建党组织的摇篮。

是日,我抵达小巷中的第十中学,正巧是课间操时段,看着奔跑雀跃的孩子们,刹那间似乎自己也年轻了许多。该中学前身为"私立东山培正兴华分校",创立于 1906 年,是名副其实的百年老校。因惯例只接待团体参观,我与传达室的老师沟通后,向北径直穿过操场,一栋砖混结构旧式建筑呈现眼前。我默默注目这朱红色的外墙,心里不禁言道:"哦,你就是小红楼啊!"

在主陈列室大门上方,悬挂着"广东省立宣讲员养成所遗址"牌匾,侧墙有文字注明:"中国共产党广东第一个支部成立地址"。要说这里的因果由来,得回溯到当年特殊的历史背景。

1917 年深秋,俄国爆发了震惊世界的"十月革命",给各国被压迫人民大众,呈现了一个全新社会的前景。马克思、列宁关于革命运动的学说与经验,强烈吸引着迷茫的中国进步青年和知识分子,他们在上下求索中逐渐意识到,"以俄为师"将马克思学说付诸行动,是实现"庶民的胜利"的唯一途径。一年后随之发生的事情,对中国人来说更是刻骨铭心。中国作为第一次世界大战的战胜国之一,没有给国人带来丝毫荣耀,还因此蒙受了奇耻大辱:在1919年1月召开的巴黎和会上,竟将战败国德国在中国夺取的特权交给日本。这如同一付醍醐灌顶的猛药,将一直寻求救国图存的人们激醒了,"帝国主义压迫的切骨的痛苦,触醒了空泛的民主主义的噩梦"(瞿秋白语)。由此触发的"五四"爱国运动与之前"十月革命",最终酿成空前的反帝反封建浪潮,催生了中国共产党在中国大地落子、发芽。

与此同时,缘起"南陈(独秀)北李(大钊)"相约建党,契合南方地区逐步形成的革命形势,陈独秀开始指导广东早期共产党组织创建工作。1920年8月,"陈独秀在上海成立中国第一个共产主义小组后,立即函约广东的谭平山等人在广州建党"。

此时,广东作为国民革命的中心,享有合法开展工农运动得天独厚的条件。1920年12月至1921年9月,陈独秀应时任广东省长陈炯明之邀,来粤任省教育委员会委员长,主持广东教育与改革。作为新文化运动的旗手,陈独秀旗帜鲜明,提出教育改革目的在于改革社会。而永久的教育是未成年教育,但从当下实际出发,"目前非注意成年教育不可"。陈独秀等并没有坐而论道,从1920年起在极短时间内,先后在这里创办了"广东省立宣讲员养成所""注音字母教导团""机器工人夜校"和"俄语学校"等,通过文化启蒙开发民智,提升底层民众社会认知与政治觉悟。来自各地的工农学员,在此学习基础文化知识、三民主义教程外,也最早接触到了俄国十月革命经验和马列主义一般理论,从这里走出了数百名接受了培训的干部。1921年3月,这里诞生了广州第一个共产党小组和广东第一个党支部,陈独秀亲自担任书记,成员有谭平山、陈公博、谭植棠等9人。至1922年6月,中共广东支部已有党员32人,其中工人占1/3，为广东成为大革命策源地作了重要的骨干准备。

在开放的主展室里，正中央悬挂马克思画像，下方黑板上早已没有当年任何痕迹，但留存资料显示，养成所第一次入学考试作文题为："我们的历史使命"，作为共产党人的先驱，他们从开始就把传播马列真理、鞭挞黑暗、唤醒民众，作为最紧迫的任务。

在养成所聘用的14位主要教员中，其中8位来自北京大学，6位来自广东高等学府和国外高校，在这些国内知名的知识分子中，不乏最早接触、研究马克思学说的学者，他们没有沉溺于生活条件的优厚，以忧国忧民赤子之心，为积贫积弱的苦难中国寻找出路，映衬出一代先进知识分子的良心与觉悟。从实际起到的作用看，"宣讲员养成所"具有了当今党校的雏形。三年后1924年4月，还是在这座城市，彭湃、毛泽东等创办、主持的广州农民运动讲习所，见证了我党对中国革命的认识，从马列主义到立足扎根工农的艰辛探索，在不长时间里又踏进了一大步。

要奋斗就会有牺牲，人们一旦接受了马克思主义，它就会成为崇高的理想信念，百折不挠至死不渝。中共广东党创建的见证人谭平山、胡根天、谭天度、梁复燃等当年就读的第一期学员中，抗日将领黄梅兴、工农运动领袖黄学增、黄觉群、孙律西、刘琴西、方汝楫……这些中华民族的优秀儿女，虽看不到"第一个百年"，他们有知今日祖国之强盛、人民之幸福，定会对酒当歌含笑九泉。

经有此行，深感"小红楼"弥足珍贵之处，有她得以寻觅"先进中国人"的足迹、吾党"初心""使命"的始萌渊源——"广东人最早认识马克思""广东第一个党支部旧址""小红楼诞生第一个党支部""追寻陈独秀在广州的建党往事"……眼前一幅幅无声无色的图片资料，酷似一帧帧历史风云图，令人仿佛回到上一个世纪的起点。我思绪起伏，面将黑板那道题目默默自问：区区浅堂陋室,推波助澜百年潮涌,洪荒之力从何而来?自信答曰:惟马列主义真理光芒、惟共产党人百折不挠、惟中华儿女不懈奋斗!

(原载《广府人》杂志,2021年第2期)

羊城寻旧念中山

大凡上了岁数的人，为何多选择年纪相仿的好友结伴而行？一日，与老年朋友聊开这话题，我渐渐明白了个中缘由。老人之虞，怕的是旅途体力不支成了别人的累赘，而你我都"半斤八两"的话，自然减轻了心理负担。大家都是"过来人"，更看重的是，人生价值观的趋同，历史认同感的积淀，少了与"后生仔"一起那种代际差异。

老人心仪于人文景观与自然风光俱佳之地，更乐于选旅费性价比高的去处。朋友觉得我说的在理，于是问：依你意，何处值得一游？吾答曰：追溯千年梦西安，六百载来看北京，近代百年品广州，此华夏大地西、北、南三个名城，有厚重的历史，有许多古今浑然一体的景观，你走上一趟，就知此言不虚。

如由近及远，择人文与风光皆宜之地，当属与古罗马同龄的羊城。她是我国古代"海上丝绸之路"的发端，近代民主革命的策源地，当代改革开放的先行地，岭南文化的聚集地。就看近代，中山先生与无数反帝反封建先驱，以及那波澜壮阔的斗争所留下的历史遗迹，足以让你流连忘返。

出于青年时代的熟悉与情感，我领朋友先游越秀山麓一域。

越秀山位于广州市越秀区，海拔70余米，是白云山向老城区延伸的余脉，曾称粤秀山、越王山和观音山等。据史记载，西汉初年，赵佗在此地筑建高台，始称越王台。明朝永乐年间，山上曾建观音阁，故又称观音山。在辛亥革命10年后的1921年，孙中山决定将此处辟为市民公园,当时面积不大,现在的面积约为 0.69 平方公里。

从越秀山南麓下起行,先到了中山纪念堂。纪念堂正门向南对着东风路。这条横亘老城区东西向的主干道,是改革开放后最早开辟的快速路。我还记得,1994 年 4 月中旬发生的一桩小事:在该快速路开通首日,因为南北向的路口全封闭了,一个残疾孩子被铁栅栏挡住过不去,急得哭了起来。幸好让交警叔叔看见了,急呼一辆警车将他送至马路对面。这算是题外旧事了。

中山纪念堂是一座八角形宫殿式建筑,庄重大气,尽显华夏风范,是当年广州市民和海外华侨捐建的,于 1929 年 1 月动工,1931 年 11 月建成。纪念堂用地呈正方形,连庭院用地面积约有 62000 平方米,主体建筑面积约 6600 平方米,高 52 米。值得一提的是,堂内采用钢架和钢筋混凝土结构,建筑空间跨度达 71 米而不设一柱,堪称运用建筑力学结构原理的典范。有趣的是,上世纪八十年代落成的广州市人大常委会办公楼,也是传统建筑风格,大门向北正好面对着纪念堂正门,门楣上高悬的漆金大匾,上有孙中山先生手书"天下为公"四个大字,人大恰是"民之公器",一楼一堂两座建筑珠联璧合、互为映照。

在这里,不能不提设计者吕彦直。当年他同时主持南京中山陵、广州中山纪念堂和中山纪念碑的设计,并负责陵墓监理施工,为此殚精竭虑、积劳成疾,在纪念堂动工的那一年不幸离世,年仅 36 岁,中国失去深谙中西建筑精髓的爱国英才,令世人扼腕痛惜。

参观后,我们从纪念堂北门跨过约 10 米宽的应元路,就到了越秀山公园南门。进门就是登山梯,蜿蜒而上的麻石台阶共有 498 级,故称"百步梯",若是早晨,有许多晨练的老人健步登高,风雨不改。沿着登山梯往上走,两旁有许多古迹,如"古之楚庭""佛山"

"孙中山读书治事处"等，引人驻足端详，浮想连连。

当走到距山顶数十级步阶时，抬头便可仰视庄严肃穆的中山纪念碑全貌。中山纪念碑为纪念伟大的民主革命先行者孙中山而建，1929年动工，当年完成。碑身用耐风化的花岗石砌筑，高37米，外呈方形。碑基的上层四面有26个精致石雕，正面巨大的花岗石上，镌刻着国民党元老李济深手书的《总理遗嘱》，全文如下：

"余致力国民革命凡四十年，其目的在求中国之自由平等，积四十年之经验，深知欲达到此目的，必须唤起民众，及联合世界上以平等待我之民族，共同奋斗。现在革命尚未成功，凡我同志，务须依照余所著《建国方略》《建国大纲》《三民主义》及《第一次全国代表大会宣言》，继续努力，以求贯彻。最近主张开国民会议及废除不平等条约，尤须于最短期间，促其实现，是所至嘱！"

有朋友问，为何选此处建碑？这要溯源至1921年。1921年5月，孙中山就任非常大总统，曾驻此地的"越秀楼"，作为处理公务的场所兼居所。1922年6月，孙中山因政见不合与陈炯明决裂，6月16日，粤军炮轰总统府，越秀楼毁于一旦。如今，当游人瞻仰孙中山纪念碑，感念中山先生当年"筚路蓝缕，以启山林"的奋斗历史，崇敬之情油然而生。站在纪念碑下往南眺望，你还会清楚看到，纪念碑与中山纪念堂同处广州城传统老城区的中轴线上，这个设计意境非凡，可谓独具匠心。

游览越秀山后，我们由应元路南行，经沿江路跨过江湾大桥，来到位于珠江南岸的孙中山大元帅府纪念馆。

这里原来是广东水泥厂旧址，水泥厂（时称士敏土厂）为清廷广东督军岑春煊所筹建，于清光绪三十三年（1907年）落成，为当时中国的第二大水泥厂。这里占地面积共8020平方米，为三层式样的意大利风格建筑，由南北两座大楼、东西广场和正门等组成。主体建筑中间有架空廊桥连通，大楼以花岗岩石、烧制红砖、水泥及钢材等构筑，凭靠当年建造者的精湛工艺，主楼历经百年沧桑依然完好无损。

被征用为大元帅府的水泥厂旧址，见证了孙中山在广州非同寻常的经历。孙中山一系列重大方略和决策，如拟定《国民政府建国大纲》、创办黄埔陆军军官学校、推动国共合作等等，都是在这里作出的。我们进入内室参观，立刻被孙中山先生亲笔题名的"求是"二字所吸引。南楼首层是参军处、卫队宿舍、武器库、收发室、金库、医官室、值星副官室、通谒室。二层是总参议室、参谋处、秘书处、大元帅府公报编辑发行室。三层是会议室、孙中山办公室、卧室、盥洗室、餐厅、小客房、无线电报室等。北楼现已设为展厅，主要展出孙中山三次在广州建立革命政权的过程。内容包括北洋军阀的统治、护法舰队、军政府的成立；护法运动的过程与失败；中华民国政府、讨伐桂系军阀；陈炯明叛变、恢复和巩固广东革命根据地、促进国共合作；孙中山北上和逝世、中国共产党人对孙中山历史地位的评价，等等。

从展出的史料中，我们真切感受到当年惊心动魄的一幕：1917年6月，由于黎元洪解散国会，废除《临时约法》，孙中山创立的民主共和命悬一线。关键时刻，孙中山毅然发起"护法运动"，在广州建立大元帅府，就任海陆军大元帅。1918年5月，由于受到盘踞于广州的桂系军阀破坏及干扰，护法运动失败，孙中山辞去海陆军大元帅职务后离开广州。1923年2月，孙中山在多方力量支持下，返回广州，设立陆海军大元帅大本营，再次出任陆海军大元帅。大本营建立后不久，先后平定了两次叛乱，并在中国共产党的真诚帮助下，成功改组了中国国民党。1925年3月孙中山逝世后，国民政府于7月在广州正式成立，大本营完成了它的历史使命。

参观过这几处旧址后，相信我们会对孙中山先生在南粤度过的峥嵘岁月，所建立的丰功伟绩，有更丰富全面的了解，留下更深刻生动的印象。广东是孙中山先生的故乡，辛亥革命给广州留下弥足珍贵的众多遗址和文物，数量为全国城市之最。有道是：望千载羊都，似品老茶醇厚回甘；看百年花城，媲穹天彩绚丽斑斓……

（原载《广府人》杂志，2021年第1期）

守正笃实　久久为功

——《中华人民共和国残疾人保障法》颁布 30 周年有感

这是一整代人的耕耘劳作。

上世纪九十年代初，改革开放春风化雨，催生了她——《中华人民共和国残疾人保障法》，从制定到实施，从修订到完善，不觉间已走过了 30 个年头。

1954 年新中国第一部宪法，是现代意义上以最高的法律权威，保障全体公民包括残疾人合法权益的实现。30 多年后的 1987 年及 2006 年，进行的第一、二次全国残疾人抽样调查，为《中华人民共和国残疾人保障法》的制定、修订及施行，奠定了坚实的国情基础。在又一个 30 年后的今天，人们对残疾、残疾人、残疾人事业，从思想观念到行为规范、社会环境都发生了深刻变化，从广泛意义上说，这个历程是残疾人一次又一次的"新生与解放"，真实、生动地彰显了社会的文明进步，国家对人权保障事业增添了崭新而厚重的一页。

抚今思昔，最感念的是残疾人事业的开拓者。他们当年所具有的宽阔眼光，远见卓识的谋划，历经七载易稿 20 十余次，期间向有关部门和人士逐一拜访、耐心商榷，反复宣传立法的意义和紧迫性，为此殚精竭虑最终完成了这一创举，没有那么一种精神、那么一股韧劲是做不到的。一个新生组织在如此短的时间完成安身立命的"母法"，真可为古人"为者常成，行者常至"的生动诠释。

说到这里，不由想起几位故去的老同志，他们的音容笑貌、拳拳之心，仍不时萦绕在心中。2005年初，我到医院看望病重卧床的王鲁光，他用十分虚弱的声音说，"我无时无刻不牵挂着残疾人的事……"2017年3月初，前往慰问患病住院的刘小成，交谈中我深感到，除了疾病带来的消瘦羸弱，他对自己所钟爱的特殊艺术，依然保持着那份自信、专注。还记得郭建模多次说，负担这么重，像我这身体随时会倒下，但手里的活不做谁做呢？依旧是，日复一日不知疲倦地工作。丁启文，离休后始终不离对事业的思考：残联如何防止脱离群众、脱离实际？要警惕官僚主义、形式主义的无形侵蚀，对待残疾人草根组织的正确方式……执笔字里行间深含忧患意识，留给了后人一份难得的诤言、箴言。时光流逝事过境迁，老一辈残疾人工作者的精神，依然是最弥足珍贵的思想财富。

《中华人民共和国残疾人保障法》是保障残疾人权益和发展残疾人事业的专门立法，它秉持了科学严谨的立法精神，既从中国国情出发又借鉴吸取了国际先进理念；既规定了政府和社会的义务和责任，又突显了弘扬传统美德的倡导性规范；既有长期的又有阶段性的法治目标。前些年，我与港澳朋友交流时，他们十分感慨内地残疾人事业的进步，并以推动按比例就业为例子说："我们呼吁了这么多年也没能够'立例'（立法）啊。"我想这里的原因有许多，但社会制度是带根本性的。实践证明，具有中国特色依法发展残疾人事业的道路，它的公平与正义性、真实与普惠性毋庸置疑。

还有不到30年的时间，我们将迎来第二个"百年目标"。用辩证唯物主义观点看待今后的工作，仍有许多值得重视的问题，这里提出仅供思考的线索。

一是《中华人民共和国残疾人保障法》构成了残疾人事业的"四梁八柱"，比其他更稳定、更深远影响着这个8000多万人的特殊群体。依法发展残疾人事业，在治国方略中目前走到了什么阶段，往下又是什么阶段，要有一个基本判断，所谓"不谋万世不足以谋一时"，预见性、前瞻性对清醒判断自身的工作方位、今后走向至关重要。

二是新时代中国特色残疾人事业的发展，依然基于我国的国情社情：幅员辽阔、地域差异大，经济社会发展不平衡。以往实践证明，《中华人民共和国残疾人保障法》是一个着力支点，借此可以撬动整个板块。1990年《中华人民共和国残疾人保障法》颁布后，各省、市、自治区根据本地情况，先后制定了8000多个"实施办法""条例"和"规定"等，推动了东中西部残疾人事业走在了经济社会发展前列。在30年巨大发展变化的今天，要鼓励、推动地方适时修订、完善地方性法规、规章，将依法发展残疾人事业的思想理论、实践经验上升为具有法律意义的新要旨、新内涵和新规范。

三是《中共中央 国务院关于促进残疾人事业发展的意见》中强调"维护残疾职工、残疾青年、残疾妇女、残疾儿童和残疾老人的合法权益"。因此，要强化各级政府在保障法实施中的主导作用，依法保障残疾人就业、就学、就医、无障碍环境建设以及残疾人组织等方方面面。要重视各级人大、政协等的检查、监督工作，充分发挥主流媒体在上述方面的社会宣传力和动员力。

四是重视《中华人民共和国残疾人保障法》与新制定法律法规的衔接。据不完全统计，迄今为止由全国人大制定颁布的法律中，内容与残疾人直接相关的有80多部，其中不乏是在《中华人民共和国残疾人保障法》颁布后出台的。无论是实体法、程序法还是司法解释，都不可能不受因时间带来的主客观因素的影响。通过完善与诸法律间衔接工作，厘清歧义释疑解惑，以利于准确适用法律和普法宣传，亦是依法治国中法治思维、法治方式的应有之义。

五是提升类别化、个性化法律服务的质量，增强残疾人法律保障的获得感、真实感,"法律援助""司法救助"的落地和到位是关键。保障法施行以来的司法实践,对在这方面拾遗补缺,革除"玻璃门""旋转门",清理法律法规中"似是而非"的条款,提供了重要的法理依据。残疾人的无形"锁链"是什么?主要是隐性歧视。我想起五年前曾为《中国残疾人》杂志撰文,题目是"说法治思维面对的障碍",文中有这么一段:我们还经常看到这样的事,一些管理部门面对残疾人的时候讲爱心、讲文明声音很大,说到残疾人的权利、权益时声音就很小,像生怕残疾人会"得陇望蜀"似的。在研究制订政策措施时,种种貌似"客观"的理由,把刚性条款软化成弹性条款,把规定动作变成自选动作,这样一来"责任"是规避了,但"真金白银"没有了,实招硬招没有了,把解决残疾人困难的实操性规章变成了"观赏性"文件。扭转这些存在了多少年的惯性思维和行为方式,人民团体和社会组织能够发挥自身"接地气"和"善协调"优势,拿出兴利除弊的"方子"来,在建设现代法治社会中起到不可替代的作用。

与任何事物一般,残疾人事业有着自身发展规律,其内在规定性要求除残疾带来的缺陷外,残疾人并无"人的差别",在"同一把尺子"衡量下,他们应与常人享有同样的发展机会和空间,这无疑是最艰巨的远景目标。正因如此,必须以习近平总书记一直倡导的"钉钉子"精神,持之以恒、久久为功,让残疾人事业在法治轨道上持续、健康发展,早日进入广大残疾人祈盼的理想境界。

(2021年1月)

饭盒

一个极普通的金属饭盒,跨越了半个世纪,先后扮演了奖品、日用品、弃用品的角色,现在成了我稀罕的珍藏品,每看见它,就不由勾起 50 年前那斑斑点点的回忆。

饭盒是铝制的,银灰色的盖子上,能依稀看出:"奖给 1972 年度先进生产者"的喷漆小红字。残留的信息说明,它承担"任务"的时间,发生在 1972 年末或 1973 年初,它的"身份"是年终(度)奖品,奖励对象是生产一线劳动者。

如单论这饭盒价值,那年头售价大约 2 元钱,虽然如此,也是普通工人月生活费的 1/4 了。可能有朋友会问,那牙膏肥皂、毛巾脸盆也很实用,为什么非要选择饭盒作奖品呢?民以食为天啊,当年的最低工资,是以解决"一日三餐"为底线,当学徒的三年期间,没有工资只给津贴,每月分别为 8 元、12 元、16 元。广州人颇迷信谐音的寓意,单位给你发个"铁饭碗",自然感觉是添了"好意头",心里高兴得不行。在厂里,从普通员工上至领导,很少见有人端瓷碗、瓷钵上食堂的,真如此会让人觉得去"乞食"(讨饭)似的。再有是瓷具易碎,在家里小孩摔了碗,长辈马上会说:"唔要紧唔要紧,岁岁(碎碎)平安嘛!"可如果在外面摔了饭碗,就是"丢了工作"的意思,那是人们最忌讳的事儿。

饭盒搁在商店出售,买者要的是它的"使用价值",而当它成为"奖品",发给参加工作仅有两年的我,那就是无价的:这饭盒的背后,是对一个刚迈入社会入职新人的肯定,而且这认可不是来自工友而是来自"厂部",这奖励的分量不言自明。要想每年都得到这份"奖励",可不是件容易的事。我在所写的《疾行记》一书中回忆道:

"我所在的生产环境是很艰苦的。南方夏天的热,那叫酷热,室内温度常常超过人的体温,外面是40多度,把沥青都烤化了。车间内几乎没有通风设备,靠几台大功率风扇呼呼地吹,浑浊的空气被它来回搅拌着,弄得人头昏脑涨,温度却一点没有降下来。待到了又冷又潮的冬天,又是别样的难受。车间的墙壁、机器设备和工具材料等,能看到的东西都是冷冰冰的,它们把活人身上那点暖气都吸走了。我们实在熬不住了,就偷偷把废旧棉纱点燃,烤一烤那冻得生痛发硬的手,耳朵、脚趾经常长冻疮,又痛又痒难受极了。"

"我每天都是骑自行车上班,要比别人早近一个小时到车间。那年头,工资低、劳动强度大,每天借看病蒙休假条的人不少。我几乎每天都一样,开工前就得考虑怎么调度好人力,把有某种技术专长的人补充到缺勤的岗位上,保证生产线能正常运转。如果实在找不出人来,就只好把自己给顶上……"

以社会学观点来说,"获得"的阈值因人而异。当年,奖品包含的价值和使用价值,孰轻孰重还说不准,但获得尊重和认可,对一个刚参加工作的年轻人来说,它的重要性是排在第一位的,饭盒体现的不是2元钱的物质激励,而是信任和肯定,这就是奖励的最大阈值。我与亲戚家的年轻人在聊天时曾问过:"一份舒心或窝心的工作,一个好老板或差老板,如果前者收入比后者少千把块钱,你会选哪个?"多数回答是倾向前者,这与马斯洛需求层次理论并不相悖,如果不危及到生存与安全底线,自身价值的认定还是会放在前面的。

社会主义核心价值观包含了一代人共同的精神价值追求,此乃国家与民族立足之本、富民强国之基。在一次全国政协委员赴西沙调研，登岛慰问海疆官兵期间，一位将军问道：如果不崇尚英雄、不崇尚奉献的话，这个国家能有前途吗?！2021年2月19日，中印边界喀喇昆仑高原戍边守疆中伤亡的祁发宝、陈红军、陈祥榕、肖思远、王焯冉五位官兵，分别受到中央军委的最高褒奖，彰显军人生命无价、国家的利益和荣誉无价。烈士墓前的一束束寄托哀思的鲜花，无数表达对英雄缅怀、崇敬心情的真挚留言，那是人民对牺牲英雄的最高褒奖，人们站在烈士墓前深感与有荣焉。

50年光阴即便不用"沧海桑田"来描述，"人间巨变"那是真实无疑的了。对现在的年轻人来说，如果他们难以理解或不可思议，也丝毫不足为怪。如今看人生观、价值观和利益观，现代认识、时代精神，内涵似乎更加丰富、多元，有如迷弟迷妹对"网红""小鲜肉"的疯狂打赏，只有流俗没有时尚，更谈不上什么价值了。

还有的题外话就是，拳拳孝心定有回报。当年的饭盒领取后，先是给父母带来了高兴，他们一直担心我能否适应工作，忐忑的心终于放下了。把饭盒送给父母，给我带来了另一份的满足。这份孝心也让我得到最大的回报，这饭盒父母始终没有舍得丢弃，它得以幸存至今。你说，该如何衡量它的价值呢？

我感念见证这份"荣誉"的两位师傅，班长黄秀珍、副班长冯巨流，担当角色就是车间主任，可以说是我参加工作最初的领路人，在他们身上，老工人那朴实、厚道、真诚的特点十分突出。他们负责一个车间的大小事情，从生产调度、技术指导到排解纠纷、安抚情绪等，都算他们俩的事儿。在"低收入、广就业"的年代，两位师傅都是取普通工级别的工资，比技术工约要低1/3，靠四五十元收入养家糊口，想多挣得靠加班加点，到手的也微不足道。

那一代人的底色就是知足与奉献。

小小饭盒,实在没有更多说的了,可是它的隐喻,时时触碰着我心底最柔软那一处……

(2021 年 3 月)

为有牺牲多壮志　百年砥砺换新天

——访广州起义纪念馆有感

广州起义路，原名维新路，1919年由市政主持建成，取其"变革图新"意涵之路名。1966年后改名为广州起义路。不久前，我怀着敬仰的心情，步入这条路上的广州起义纪念馆，去追寻先烈筚路蓝缕的初心征途。

广州起义发生在上世纪二十年代。1927年4月12日，蒋介石在上海发动了震惊中外的反革命政变，挥起屠刀砍向共产党人、国民党左派和革命群众。广州国民党当政者随即呼应，4月15日凌晨，武力搜查、封闭了中华全国总工会广州办事处、省港罢工委员会、海员工会、铁路工会、广东省农民协会、妇女解放协会等驻穗进步群众团体，解除罢工工人纠察队武装，黄埔军校学生500多人也被强行缴械。

一夜间，广州主要媒体骤然变脸，《广州民国日报》《国民新闻》《申报》等，充当起反共舆论急先锋，连日头版刊登反共口号："打倒背叛总理的中国共产党""打倒反对三民主义的中国共产党""打倒利用土匪工贼压迫工农的中国共产党""打倒破坏北伐的中国共产党""打倒阴谋消灭国民党之中国共产党"……这些平日貌似"客观、公允"的报刊，连篇累牍地抛出反共文章，极尽颠倒黑白、造谣污蔑、蛊惑民众之能事，叫嚣"一切权力归于中国国民党""反对国民党便是反革命""对国民党罢工就是反革命""不受国民党指挥的民众便不是革命的民众"等，赤裸裸地宣示国民党右派从政治、经济、军事全面清党反共。"这里可以做'革命的策源地',也可以做'反革命的策源地'……"鲁迅先生年初抵穗说的这句话,竟一语成谶。孙中山先生创立"联俄、联共、扶助农工"新三大政策的地方,彻底改变了颜色。

在"四一五"反革命政变中,有2100多名共产党人和革命群众被逮捕,被秘密杀害者100余人。90多年过去了,在图书馆查阅资料的我,当看到一帧帧旧报版面的内容:《中国国民党中央监察委员会发布〈处置各地共籍叛乱分子咨文〉》《彻底肃清中国共产党》《总政治部宣布共产党罪恶通告》《总政治部通令扑灭共产党》……依然感受到当年反动派的疯狂和气氛的恐怖。

国民党反动派没有想到的是,中国共产党人并没有被吓倒,"他们从地下爬起来,擦干净身上的血迹,掩埋好同伴的尸首,他们又继续战斗了"(毛泽东语)。仅仅八个月后,中共广东省委根据党中央的指示,在省委书记张太雷以及叶挺、恽代英、叶剑英等领导下,同年12月11日凌晨,组织广州工人、农民和革命士兵,毅然打响了反抗国民党反动派武装起义的枪声。在穗的150多名朝鲜、越南同志和苏联领事馆人员也参加了起义战斗。此时,国民党城内布防力量薄弱,市区内激战后起义取得初步胜利,诞生了全国大城市中首个工农民主政府,后称"广州公社"。此时正值联共(布)第15次代表大会召开之际,共产国际代表会上兴奋地宣布:苏维埃政权在广东的建立,证明这个省出现了大好的革命形势。可惜余音未落,莫斯科就收到起义失利的消息。由于敌我力量悬殊,起义仅3天后就失败了。广州起义是完全由中国共产党发动、领导的武装斗争,是中国共产党和中国人民继南昌起义、秋收起义之后对国民党反动派的又一次英勇反击,是我党在城市建立苏维埃政权的一次宝贵的尝试。

纪念馆内红色记忆昭示，我们今天所走过的道路是无数共产党人、仁人志士，在旷世罕见的艰难条件下摸索出来的。从1840年第一次鸦片战争起，林则徐、邓廷桢、关天培、邓世昌等率众奋力抵抗外辱，康有为、梁启超奔走呼号维新变法，李鸿章、张之洞力推"洋务运动"，都没能拯救病入膏肓的中国。辛亥革命推翻了帝制，孙中山提出驱除鞑虏、建立共和的宏愿，把希望寄托在拥有实力的地方军阀身上。在国民革命多次遭受挫折之后，中山先生终放弃幻想，联合共产党改组国民党，他在国共联合创办的黄埔军校说："我们开办这个学校，要用里面的学生做根本，成立革命军。诸位就是将来革命军的骨干，我们的革命才能成功。"中山先生这番发自肺腑的话，预示旧民主主义革命的终结和新民主主义革命的到来。

来时本没有路，一切都是从荆棘丛中闯出来的。当年的革命者，没有书斋里那般恬淡怡情，在九死一生的险境中，历经无数次的挫折、失败甚至濒临绝境，最终选择并走上了社会主义道路。对中国人民来说，能在中国共产党领导下走至今天，不是什么命运的机缘巧合，而是历史的必然选择，是党和人民艰辛探索的结果。习近平总书记指出："道路决定命运，找到一条正确的道路多么不容易，我们必须坚定不移地走下去。"尊重历史本源，珍惜、坚定自己的道路选择，是走向胜利彼岸颠扑不灭的真理。

纪念馆陈列的革命文物中，当年宣传马列主义、社会主义的文字资料弥足珍贵。在党的创建初期，革命先驱逐步认识了人类社会发展的客观规律，自觉以历史唯物主义、辩证唯物主义指导革命斗争。有关资料显示，早在1921年元旦《广东群报》"特别增刊"，就以头版刊登"列宁学说"并配以头像照片；同月开辟的《马克思研究》专栏，以《马克思的一生及事业》《最近德国工人思想之变迁》

等连载文章,介绍德国、法国、美国等地工人、妇女运动;发表了《共产主义与无政府主义及议会派之比较》等评论,以及《近世资本国破产之危机》《工人生活状况调查》等文,这些战斗檄文拨开了非马克思主义思想流派的迷雾,揭示了科学社会主义必然替代资本主义的客观真理。

艰难困苦环境最能淬炼意志品质。纪念馆内资料详实展示,从南昌起义、秋收起义到广州起义,共产党人虽屡战屡败,却没有在大难临头下"散伙",没有失去初心和信仰,他们依然满腔热血、前赴后继不懈奋斗。他们明知敌我力量悬殊,一旦行动必将付出巨大牺牲,仍毅然决然殊死一搏。当年参加广州起义的欧新老人回忆道:"革命失败后,敌人不分青红皂白,见到街上行人即开枪射杀,珠江为之丹赤,白鹅潭浮尸难数,大街小巷均可见到被杀的所谓'红带友'(起义者)。"当年12月14日至19日,广州很多共产党员和革命群众被捕牺牲,仅仅脱离危险一个月后,共产党员周文雍和陈铁军以假扮夫妻身份,带着重建党组织的任务,冒着生命危险从香港返回广州开展工作。次月,因叛徒出卖不幸被捕。十天后,在刑场上宣告了催人泪下悲壮的"婚礼",双双血洒黄花岗。

党召开七大时初步统计过,在北伐战争、土地革命战争及抗日战争时期牺牲的共产党员有32万人。新中国成立后,民政部门统计,为了新中国奋斗牺牲,先后有2100万革命者捐躯,其中留下姓名的仅370多万人。一个世纪以来的历程证明,中国共产党人传承了中华民族最优秀的品质,大公无私,光明磊落,勇于担当。中国共产党是为中国人民谋幸福的党,是为人类进步事业而奋斗的党。中国共产党对"初心""使命"的赤诚,中国还有哪一个政党或社会组织做到过?这是对中国共产党"何以能"的铿锵答案。

老一辈革命家陈云同志说过,"不唯上、不唯书、只唯实",就是要求共产党人任何时候,都要坚持实事求是,独立思考,这点在纪念馆参观中我感受颇深。当年党处在幼年时期,对国情世情的认识难免不受历史局限,张太雷、彭湃、杨匏安等先驱的思想认识轨迹,都经历了从彷徨疑惑到成熟坚定的过程。当年策动国民党军队教导团、警卫团起义的叶剑英曾回忆:"当时也不是对共产主义完全理解了,只是觉得国民党不行,享乐腐化,必然失败;共产党朝气蓬勃,必然要胜利。"历史证明,我党善于总结经验教训,不断纠正"左"和"右"的错误倾向,从中国革命实际出发,制定正确的政策与策略,并提升到党的生命高度严格执行。党在初建时期,虽然理论准备和斗争经验不足,但不缺党内民主精神和敢于负责的精神,这使我党最终在惊涛骇浪中抵达胜利彼岸。

行程万里,旗帜如初。毛泽东同志曾说:"如果不把党的历史搞清楚,不把党在历史上所走的路搞清楚,便不能把事情办得更好。"参观广州起义纪念馆,我看到,近代中国的两大历史任务就是百年党史发展的主题主线。在革命战争时期,毛泽东同志就根据建党以后的历史经验和教训,深入分析中国革命的具体实际,带领党和人民走上了农村包围城市、武装夺取政权的新民主主义革命道路。在取得全国胜利后,全国人民踏上了社会主义革命和建设探索道路。党的十八大以来,社会主义现代化强国之路又有了新的发展理念、形成了新的发展格局。

百年党史是中国人民从站起来、富起来到强起来的"万里长征"的历史,印证了我们中国特色社会主义道路的科学性和必然性。习近平总书记说过:"每一代人有每一代人的长征路,每一代人要走好自己的长征路。"在全面建设社会主义现代化国家的新时代，我们要不忘初心，牢记使命，沿着革命先辈选择的道路坚定地走下去，迎接中华民族更加光辉灿烂的未来！

（原载《广府人》杂志，2021年第3期）

结婚证的"证言"

在汉语词典里，对结婚证的一般定义是，男子与女子经过合法手续结合成为夫妻，由婚姻登记机关颁发的文字证书。

我的结婚证书，封面为枣红色，由上至下分别印有"结婚证书""囍""广东省民政厅"字样，字为仿宋体，烫金的，简朴庄重。结婚证的内页，除性别、籍贯、年龄及一段告示文字外，页面上还留下了三个鲜红的印戳："1984年3月1日""床架已购商场""柜已购商场"。虽已经过去30多年，鲜红的印泥已褪成了浅粉色，在证书里依然是最显眼的，它与婚姻的神圣凑在一起，显得特别的突兀和俗气。

我领证的时间是2月27日，两天后就赶去解放中路的一家具商店，购买成婚的必备"硬件"——大床和衣柜，这"两大件"物品，属成家立业的基本建设，当年不是有钱就能买到，且为鼓励晚婚者，凭证能得到一次性价格优惠，于是这体现"物质文明"的印记，就这样铭刻在婚姻旅途的起点上了。

我珍惜这小小的证书，它不仅是双方婚姻承诺的契约，因降生于"短缺经济"年代，应运成了如假包换的现代文物。回想当年，五屉衣柜、双人大床、"三转一响"（手表、自行车、电风扇和收音机），它们是男性实力的象征、迎亲娶妻的标配。今天看来，上述东西不到三两万元就能办齐，放在当年可不容易啊，如落在小学徒工身上，那得好几年的积攒，即便是"万元户"，出手也得掂量掂量。

当年广州的境况如此，那其他地方又如何呢？

某日，在中山四路文德六巷旧书店，我淘得一册50多年前出版的小书，在家翻看时，忽然落下一折叠的小纸张，见此草黄色质地粗糙，展开后细细看后，竟让我油然而生一番感慨。

这是一封家信，写于上世纪60年代初，它的年资比我的结婚证要长上一辈，我摘出其中一段：

"……郑州供应和去年相比，差得很远。因为今年河南是重灾区之一，现在每人每月有半斤点心（收粮票3—4两），二两糖，半条（一块）肥皂，香皂只有郑州出品的，香皂倒没有定量。广州供应如何，三哥说和郑州差不多，可能粮食标准比我们低，但送菜方面较好。我们绝大部分是白菜和萝卜，鱼肉很少很少吃到，不过身体还可以过得去……我们现在开始整风，广州各高校大概也不例外，大家就更忙了……"

这应该是生活在北方城市的妹妹，给居住在广州的大哥大嫂的家信，它真实、详细地反映了在特殊年代里，人们的努力、艰辛和期盼。兄妹俩应该都是文化人，信里文字表达准确流畅，可窥见那一代人的文化水平。

1959年至1961年，史称"三年经济困难时期"，当年我已有六七岁了，能依稀记得一些事。那时候我母亲的大姐、二姐、三姐都在境外，听说大姨夫去了美国当劳工，几年后就杳无音讯。大姨妈住香港西洋菜街，以手工扎塑料花维持生计。她老人家惦记着我们，每次回乡都带上面包、白砂糖一类食品。面包是精制面粉做的，掰开后见里雪白雪白的，在当时，我感觉这是最好吃的东西了，家里人多每人分得一小片，顷刻就落到肚子化没了。

有一年的元旦，我跟着父亲到宿舍大院里小卖部，买了些小橘子，记得是用旧报纸包的，它成了新历年唯一的"奢侈品"。为度过那些年的困难，毛主席等中央领导同志带头，各级干部按级别比例减薪，职务越高自然减得越多。家属院的人们也自发行动起来，大楼间的空地都种上地瓜，广州人叫它"番薯"，因有人偷挖引起的纠纷时有发生。

机关食堂还顽强坚持着，早餐供应的"发糕"，在蒸笼里热腾腾、黄灿灿的，品相看上去还不错，可一到嘴里真是粗涩难咽，无奈饥饿难熬硬是囫囵吞下了，"出恭"时的难受劲顾不上了。它是甘蔗榨糖后把秸秆磨成粉，再与少量米粉混合，蒸熟后就成"糕"了。中午时分，食堂只售"双蒸饭"，是用直径10厘米左右扁圆瓷钵，里面放一把陈米，饭煮熟加水再蒸一次，米粒胀至黄豆般大小，看上去满一大碗，实里还比不上一碗稠粥的热量。街道的一些食堂，还弄出类似的"西施粉""禾草包"等，与"甘蔗松糕"如出一辙。晚饭后，家里人坐在一起聊天时，父母常用手指戳我们姐弟几个的小腿，如果压出小坑短时间内不能平复，那就可能患上"水肿"病了。

青菜的品种稀少，多是产量奇高的甜菜，有人叫它"苏联菠菜"，百姓叫它为"猪乸菜"，几乎顿顿如此不见油腥，看见就想吐。兄弟几个相互看着父亲严肃的神情，勉强一口一口往下咽。

每人每月配给半斤糖，是古巴粗糖，百姓叫它"赤砂糖"，黑褐色，虽甜味很低依然稀缺。添衣服不仅要有钱还要凭"布票"，每人每年1丈3尺6寸。住我们楼下的陈阿姨，因患病至内分泌紊乱，有两人般的体胖，给她配发多常人一倍布票，确体现了"计划经济"年代的公平。在我参加工作后，母亲领着我们哥俩，到北京路与万福路交界处的裁缝店，量身定做了一套粗呢料子、中山装样式衣服，做工每套就要了30元（相当学徒工3个月的津贴），这是当年我们最好的一套衣服。

新中国成立后到改革开放前期，港澳亲属回到内地，必须第一时间到当地派出所登记报备。在改革开放初期的某年，我带上户口本陪同三姨妈到派出所登记，完毕后她拉着我的手说："新仔，我同你去街上买嘢食，我见有好多东西卖呀，你阿妈咁孤寒（在粤语中是抠门的意思），昨天买咁细只鸡，家里那么多人，塞牙缝都唔够啦！"姨妈不晓得，并非母亲吝惜，那鸡还是特意托同事在广西梧州买的。

三姨妈更不知道，食品店里的鲜肉、腊肠和腊肉……这些"硬菜"都得凭肉票的啊。当年的消费品的配给标准是：每月猪肉票每人 1 张可购买 1 市斤；鱼票每人 0.25 元，可买半斤池鱼；红糖每人半斤；肥皂每人半条；煤票、柴票，每户 50 公斤煤。还有 20 市斤木柴，是用于点燃煤炉子用，买时要仔细挑没有木疙瘩的，否则，回家根本劈不开，那点柴火又打折扣了。

上述的生活必需品，有钱也买不到，也就没有"黑市"产生的土壤。"计划经济"下的分配制度，最大限度保障了经济困难条件下的民生，它的历史贡献，不是"现代诸葛亮"所能抹煞的。我们五零后的一代人，虽然没有老一辈的苦难辉煌，也在不凡与曲折中走了过来。

弹指一挥间，40 多年过去了，在中国共产党的坚强领导下，波澜壮阔的改革开放，使中华民族迎来了最好的发展时期。当我们满怀信心迎来第二个百年目标之日，中国人民将实现从站起来、富起来到强起来的伟大夙愿。

珍惜当下吧，年轻的朋友们！

（原载《广府人》杂志，2021 年第 5 期）

矢志不移守初心　绘就时代新篇章

首先，我向获"光荣在党50年"纪念章的老同志致以衷心祝贺，借中国共产党百年华诞之际，获此殊荣实乃人生幸事。这里说的"幸"，它内含两重意义：来之不易的幸运与幸福，每每想起那无数英烈，勉励我们更加珍惜今天的荣誉和生活。

我想，对党史学习教育的要求是统一的，但每个同志因成长历程不同其感受、领悟也因人而异。所最相近的，是我们这一代人对党在新中国建立前的历史，基本上是通过前辈或书本获知的。光阴荏苒岁月无情，久而久之，清晰的记忆会逐渐淡忘，浓浓的情感亦会淡漠消弭，忘了曾经走来的路，终迷失未来要走的路。遇百年未有之大变局的今天，国家、民族站在一个新的历史关头，开展党史学习教育正当其时，其意义重大深远。我与同志们一道学习讨论很受启发，下面谈一点体会和感想。

一、学史明理、学史增信、学史励志

2016年12月，我在机关人事部讲党课时说，党员干部在"两学一做"基础上要增加学习党史，只有这样才能更深刻理解"党规党章""系列讲话"的历史渊源及重要性。钱穆先生说过，"不知一国之史则不配做一国之国民"。同样，今天所认识的我党的初建史、成长史，党所历经的紧要关头、重要转折和重大事件，都是不可复制、不可再现的历史，这些对于青年党员、干部，都有着为极为宝贵的思想、精神启示。

回顾上世纪中国共产党的峥嵘历史，在 1927 年到 1949 年的 22 年中，我党最为艰辛、付出的牺牲也是最大的。无数优秀儿女当他们跨入党的门槛后，短短几年甚至是几个月，就为理想献出了年轻的生命。2020 年初，我到广州起义纪念馆参观，在纪念馆里，我凝神注目一张普通士兵照片：游曦，四川巴县人，中央军事政治学校武汉分校女生队队员。上海"四一二"反革命政变后，她毅然加入中国共产党，后随叶剑英领导的教导团南下，在 12 月 13 日广州起义战斗中，她带领女兵班在珠江北岸长堤狙击敌人，她向战友呼喊"只要有一个人活着，就要高举这面红旗"，牺牲时年仅 19 岁。这个在革命低潮入党、党龄不足一年的年轻女战士，处九死一生险境仍临危不惧，表现出如此的英勇，靠的是"革命理想高于天"的坚定信仰。

今年清明节，我回乡探亲期间，专程到山西武乡县八路军总部旧址参观学习。在返回的路上，因坐车久了颇感疲劳时，不禁联想起当年在民族危亡关头，无数中华儿女远征至这片黄土地上，穿行于穷山恶水、枪林弹雨之间，在饥寒交迫、九死一生的困境下，凭着无比坚强的信念，坚持抗战胜利直至新中国建立，是何等的不易！我经常想，党能走到今天靠什么？总结许多，其中极为重要一条，我党造就了一支在严格纪律环境中成长的队伍。

在中共广东区委旧址陈列馆内，见有一组历史旧照：穆青（1898—1930 年），中共广东区委组织部长，省港大罢工期间，组织部有一个干部，携带 3000 元党费潜逃，广东区委在组织追查的同时，对穆青进行了严肃的批评教育，他与广东区委书记陈延年是东方大学的同学，陈延年在处理这件事上没有为此留情面，穆青作了深刻的检讨，并受到党纪处分。1930 年 5 月 8 日，任四川省委常委、组织局主任的穆青，因叛徒出卖被敌人杀害，年仅

32岁。

1925年2月,青年团粤区委组织报告中,记载留团察看的一名团员,他叫陈永年,时为广东公立政法学校学生,在一次外出工作时,学校帮助其搬家,几份通告、团刊遗留在地上,陈永年返校后发现及时拾回,没有发生泄漏。面对严酷的斗争环境,党中央对保密纪律专门发出党内公告,强调指出:"忽视秘密工作,客观上等于告密,因疏忽引起的破获,与因告密引起的破获,组织处理将同样严厉。"此事虽属无心之失,组织依然作了严肃处理给予留团察看处分。面对处分,陈永年无怨无悔,在斗争中经受了考验和锻炼,成为一名成熟的共产党员。1927年广州"四一五"反革命政变后,受组织派遣潜回广州工作,不幸被军警逮捕,同年8月12日牺牲,年仅26岁,他没有给世人留下一张照片。我面对简略的事迹介绍,驻足良久眼眶湿润,想象着这位越挫越坚的年轻人的模样。

党员个人无条件服从组织这一条铁律,是我党革命成功的"真谛"。在党建立之初,中国共产党主要创始人之一张申府,就以德国正月革命的失败、俄国十月革命的成功为例子强调:"有纪律,有共产党;无纪律,无共产党。共产党之所以强在此,共产党之能成功在此。""总而言之,纪律是共产党之魂。失此,共产党是不能活的;不懂得这个的人,不配加入共产党,更不配组织共产党!"已过近百年的声音,如今依然那样振聋发聩。回顾党走过的历程,让我们更深刻认识到,党组织对党员干部的严格要求,不仅是今天如此,而是历来如此,正因为有这样的"铁律",党才有坚强的力量走至今天。

二、学史警醒、学史添智、学史笃行

党史学习教育中,做到学有所思、学有所悟、学有所用,检验学习教育的成效,主要看是否真正推动了我们的工作。因此,运用历史唯物主义观点，回顾总结残疾人事业发展历程和经验，其重要性毋庸置疑。

残疾人事业发展史，与国家改革开放、全面建设小康社会是同一历史进程。我们常说的一句话是"历史不会简单重复"，以近30多年来走过的路子来看，要掌握未来的机遇、应对未来挑战，必须深刻认识残疾人事业发展的内在规律，哪些与国家大局具有直接的相关性、因果性，哪些是囿于历史局限性和偶然性，借此展望在第二个百年奋斗目标第一个阶段内（2020—2035年），残疾人事业发展的中期、终期目标。无论对过去还是未来，都需要敏锐的"历史方位"感和使命感，才能成为一个清醒、自觉、坚定的残疾人工作者。

2017年10月末，在中国残联机关学习贯彻十九大精神会议上，我谈了关于残疾人事业发展若干问题的思考，其中一道问题是："2020年全面实现小康目标后，残疾人仍然是最困难群体吗？"按理说，残疾人与全国人民同步迈入全面小康，建档立卡的700多万贫困残疾人，基本摆脱绝对贫困，已处在"两不愁三保障"兜底线之上，那么，"最困难群体"是否仅成为带历史烙印的词了？经一段时间思考后，我认为残疾人这一特殊人群，依然是最困难的群体，是新的历史发展时期依然最需要关注、关心的群体。因此，在新发展格局中的残疾人工作，有新的历史机遇与新的挑战。

首先，发展机会明显不均、不足，是残疾人参与社会显性或隐性的最大障碍，努力促进机会公平，是"十四五"期间残疾人工作的基本内涵和导向。党的十九大报告指出："中国特色社会主义进入新时代，我国社会主要矛盾已经转化为人民日益增长的美好生活需要和不平衡不充分的发展之间的矛盾。"让残疾人与其他社会成员一道，不断增加美好生活的获得感、幸福感、安全感，既是社会主义生产目的应有之义，也是发展残疾人事业的出发点和落脚点。

据有关统计，在我国 14 亿人口中，有 4 亿多中等收入人口，1.7 亿多受过高等教育或拥有各种专业技能的人才。反观残疾人群体，与上述两项指标性数据的相关性很低。在现代社会中，个人谋生技能的差距、不同层次技能的收入差距，是造成收入不均的主因，残疾人受教育程度的不平等，同样是造成收入不平等的主因。据 2010 年全国人口普查数据和《2010 年度残疾人状况及小康进程监测报告》：全国人口接受大学及以上教育比例为 11.13%，18 岁及以上残疾人口接受大学及以上教育比例仅为 1.5%；全国人口从未上过学比例为 5.61%，18 岁及以上残疾人口从未上过学比例为 40.90%。再从发展机会看，1987 年至 2006 年间，在 1.7 亿农村人口转移到城市的同时，农村残疾人口比例却从 74.54% 上升到 75.04%，我们在地方调研中看到，许多"空心村"里留守的都是老弱病残，可以说，脱贫解决了基本生存的"困"，还没能解决发展的"困"，在我国城镇化进程中，残疾人依然是获益最少、边缘化的群体。

综上所述，残疾人因其社会交往能力弱、代际禀赋的差距，对此最缺乏应对手段，继续社会化"本钱"的短缺，是直接造成"机会缺乏"或"机会不均"的主因。因此，为摆脱这种长期"困境循环"，在国家新发展时期中，应将"两不愁三保障"等生活兜底保障，逐步转向新的"两保障"——基本服务保障，如居家生活照料、社区医疗康复等；发展机会保障，如新业态的技能培训、信息获得无障碍、依法维权与司法援助等。

其次，根据近年来国家经济社会的发展变化，从国情、社情和残情出发，梳理、修订我们工作的业务领域、工作职能、管理条例等，是新时代残疾人事业与国家大局融为一体、同步跨越第二个

"百年目标"的重要举措。习近平总书记强调:"推动党在对社会主义现代化建设的领导,在职能配置上更加科学合理、在体制机制上更加完备完善、在运行管理上更加高效。"若干年前,根据残疾人事业主要工作领域,经过多次梳理修订,对中国残联主要业务工作,共列出16个大项、117个分项(2012年)。各级残联成立迄今,国情、残情发生了巨大变化,依据近十年国家大局和我们事业发展的客观状况,对残疾人工作体系进行科学的调整和完善,是将残疾人事业纳入治理体系和治理能力现代化不可或缺的重要一环。互联网、物联网、人工智能等对残疾人康复、就业、生活照护、出行无障碍等,越来越显现关键作用,亟待对扶残科技的政策导向研究、技术推广普及、部门协调统筹等,作为重要业务领域去抓,落实机构、人员、经费等,还有残疾人养老的问题,涉及社会伦理、医疗康复、心理慰藉、临终关怀等,最困难又最边缘的问题。

再次,残疾人工作者的培育和教育,依然任重道远。培养人道、廉洁、进取的残疾人工作者,要比一般公务员和其他群体工作人员都要困难,就同残疾人抽样调查比人口普查难度要大的道理相似。深植感情才能有真正的了解,要对残疾人、残疾人事业一往情深,不是一蹴而就的事。十多年来,许多同志是通过公务员考试、单位间交流、部队转业等进入我们的队伍,许多同志并没有感同身受的体验,自然多以过去经验、惯性思维来从事工作。而且,残疾人干部了解本类别的残疾人,不同类别的残疾对外界的认知、特殊困难和需求,有着质的区别,解决方式、途径差异性明显。举信息无障碍例子,比如盲人吃药难、聋哑人看病难等,需要从社会、法律以及技术等层面入手破解。

最后,在思想方法和工作方法中,要警惕、防范残疾人工作中隐性形式主义、官僚主义,善于发现并重视地方首创精神和成功范例，使之成为推动事业发展的鲜活动力。习近平总书记一直倡导"问题导向"的思想方法和工作方法，强调及时发现问题、深入研究问题、最终解决问题，在地方更要"实践出真知"。

在"十一五""十二五"期间，为解决残疾人工作的瓶颈问题，在中国残联的鼓励和推动下，地方政府和基层残联涌现了许多首创经验，比如：吉林残疾人危房改造项目、广东0—6岁残疾儿童免费康复、四川量体裁衣的残疾人服务模式、上海和北京残疾人居家服务创新、广州重度残疾人托养机构、天津全面配置基层残疾人委员等。今年初，由华夏出版社编撰的《破解因残致贫的中国方案》一书，收集了东中西部46个典型材料，都是地方的鲜活的案例，相信在新发展阶段解决残疾人返贫致贫问题，依然有其生命力。

目前，据基层同志反映，还存在一些带有普遍性的问题：讲对的道理多，能用的主意少，文章报告好看，实践成效难看。"成本""实效"意识淡薄，开应付式会议、写表面性文章，指尖上的形式主义、官僚主义在一些单位、部门已是习焉不察。有基层同志还说到，出于种种原因，往往下情不能上达，不是不明白，是囿于各种顾虑而噤声不语。要听到基层干部、群众讲真话、心里话，有时候真不是件容易的事。1959年6月，毛主席阔别32年后回到故里韶山，他对乡亲乡里说："我不回来你们想要我回来，回来了你们又不给我讲真话，我是希望能听到真话的。"毛主席当年说的话，当今依然有深刻的警醒意义。如果上级残联与下级残联、基层残疾人相处中，听不到心里话，看不到真情实景，久而久之，就会导致我们"武功全废"。地方同志对他们的难处有切肤之痛，最懂得如何对症下药，但往往受条件所限，他们无"药"可施。有的地方残联缺少担当，缺乏开拓精神，怕担责、怕出错，其原因有很多，比如激励机制、容错机制有待完善等。这些，都值得我们在党史学习教育中认真思考需要我们有针对性地解决。

当中国残疾人事业值"第二个30年"之际，伟大祖国将迎来世人瞩目的"第二个奋斗目标"的实现，让我们与8000多万残疾人一起，同步迈向创造美好生活的新征程。

（为老干部中共党史学习研讨会准备的发言稿，2021年6月）

老书店的回忆

上世纪六七十年代的北京路（原称永汉路），远不如西堤南方大厦一带的繁华热闹，从省财政厅大楼至文明路口，近千米路段店铺栉比鳞次，可除了中山五路百货商店外（现新大新百货公司），最吸引人气的，要数这里几家门类书店，人们说去北京路逛逛，进书店看看便是习惯成自然了。

我们若从北端起步，经过"老字号"太平西餐馆，就到了科技书店。当年，这里是上下两层经营（后扩大至三层），面积有近千平方米。以"发展是硬道理"看，科技书店的贡献独树一帜，无论计划经济时期还是社会主义市场经济时期，它都扮演了"科技信息资源库"的角色，是工程技术人员、企业管理干部的"科技图书馆"，更是理工科专业学子须臾不离的校外课堂。我还记得当工人时，《五金工具手册》《机械工人制图》《技术工等级标准》等书籍，就是在这儿买的。

继续南行跨过中山五路，就是市民熟悉的健民药店，外文书店紧邻南侧。在"闭关自守"的那些年里，书店显得颇为冷清。那时候，中心柜台陈列着马克思、恩格斯、列宁、斯大林的著作等外文书籍和《毛泽东选集》，以后陆续增添了一些国内外译著，顾者也渐渐多了起来。当年高校还没设立外语等级考试，故青年学生虽有一些，但读者还是中老年人为主，从他们阅览时的言谈举止，流露出带有时代印记的"持重"。

再往前走几步，就到了儿童书店（现联合书店）。这是当年最拥挤的书店，它仅有首层和二层前半部分经营场地，店内空间呈狭长状，在左侧摆了一长溜柜台。连环画书是这里的主角，当年孩子们最喜爱的读物，俗称"小人书"，广州人叫"公仔书"。有意思的是，连环画读者群最广，不仅少年儿童，许多中老年人也是忠实"粉丝"。我哥已参加工作多年了，还时不时掀开当宝贝的铁箱子，摆弄里面那四五十本小人书，仍是爱不释手。现在书店里也有儿童读物，而且"升级"至第四层楼，品种颇丰富多彩，动漫、创意作品占据了Ｃ位。首层、二层留给了上世纪六零、七零后的"老顽童"，多是些谈古论今、美馔饮宴等"大人"趣味的书了。偶尔与店员言语交流，也是一问一答，感觉不到当年那份温馨了。想想也是，今时不同往日啊。据老店员吴师傅说，新的儿童书店准备从临时安置地，回迁至新华书店（278号）北侧位置，如此看来，孩子们又可以回到久违的"童书花园"了。

市邮局属下的报刊门市部，论面积是最小的，但光顾的人络绎不绝。当年《诗刊》杂志面世，一时炙手可热，不少人为没买着而懊悔不已。像《收获》《十月》《广州文艺》等大型文学刊物，早期高等自考如中文、法律和会计等专业辅导期刊，也只在这里有售。门市部还承担了特殊政治任务，每逢有重大新闻预告，各单位都来此预定报纸、号外，以供干部职工及时学习。不久前我在此经过，店里摆满铮亮晃眼的金银制品，再瞅瞅"广州市邮局报刊门市部"那斑驳模糊的大字，与眼下所见显得有点突兀，却真实感受到"资本的力量"。老吴师傅回忆说："为了显露还原那几个字，是装修后又重新扒开嘎！"我点头回应道："北京路旧招牌可能就剩这几个字了，无价之宝啊！"

在一间书店门前，我环顾左右打量着，试图追忆半个世纪前残留的印象，却良久不敢确定。也碰巧，有位穿着店员制服且上了年纪的人走来，我试探问："师傅你好，这里是不是以前的旧书店啊？"梁姓师傅果真是老职工："是！原本叫'古旧书店'，后来又改为'工具书店'。"就是嘛，上世纪七十年代，这里每天开门前最显热闹，一早就有十来个人候着，店门板一卸人蜂拥而入，我几次差点被挤倒。人们对这儿趋之若鹜，进店后眼睛要"毒"、动作要快，才有可能抢先"捡漏"，稍有所获便喜不自禁，这表情似乎谁也没有例外。后来，书店进入"水至清则无鱼"的境地，人们当索然无味。更名"工具书店"后，《新华字典》等辞典类书成为主角，工具类书属文化耐用品，营业额亦就可想而知。2004年前后，随着文化艺术创作的繁荣，群众文娱生活日益活跃，书店顺应潮流专营起"影像视听"制品，又迎来顾客盈门的景象。

改革开放后，古籍书业迎来了春天，"古籍"与"古旧"一字之差，却使旧书业"旧梦难圆"。我曾赴港澳公差，也找不到纯粹的旧书店，想必与内地一样，它无利可图被市场无情淘汰了，着实令人唏嘘不已。如今"古旧书店"变身再造为古籍书店，迁至科技书店（336号）北侧营业。

最后说到北京路新华书店（278号），它的经营历史、业务规模都是最突出的。在上面所说的年代，记得店内大体是"两分天下"，左边柜台摆满了文学作品，以长篇小说和短篇小说为主，《红岩》《烈火金刚》《欧阳海之歌》等卖得最热，《林海雪原》《苦菜花》《三家巷》一类的长篇小说，长期都是畅销书。右边柜台以政治、历史书籍为主，许多重要经典著作，这里是最齐全的。

说到这里也许读者会问，为何这里书店会如此聚集呢？这确有段历史渊源。在清末民初，现北京路中段（中山五路至西湖路），留存有宋代改建的"双阙"楼等显要建筑，因楼下并列两个大门的特征，坊间所称"双门底"就流行开了。最初这一带的书肆，仅做民间书籍买卖交易，后来又称书坊，不仅买卖书籍，还兼雕版、刻印等"一条龙"生意，俨然现代"出版社"之雏形，光明书局、商务印书馆和中华书局等大牌书商，先后在此设立分馆或分局。在浓厚的行业氛围下，各路书商争相在此开店，哪怕门脸窄小亦被抢要，一时盛况空前，遂成羊城书市"一条街"。

1949年10月广州解放，在硝烟未散、百废待兴之际，同年11月，新生人民政权就创立了广州市新华书店。我党历来重视文化教育事业，早在苏维埃根据地、解放区时期，为打破千百年来封建愚昧的桎梏，为劳苦大众求得思想文化上的彻底解放，开展了卓有成效的识字、扫盲运动。新中国成立后，文化教育事业在取得显著成就同时，虽曾经历过一些曲折，依然无损我们的文化自信和自强，历经百年历史证明，中国共产党作为中华民族先进文化代表当之无愧。

"我16岁参加工作就在这里，明年就要退休了！"望着鬓角斑白的梁、吴两位老师傅，自己暗暗感到幸运："还是赶上了，如果明年才来……"我心底里感恩"新华书店人"，半个多世纪两代人的艰辛，手中淌过多少精神食粮啊，播撒了华夏大地的"千钟粟"，成就了新中国的"读书人"。有道是：七十芳华尽书香，孺生莘莘壅栋梁。今朝又迎书田日，万千读子梦华强！

（原载《广府人》杂志，2022年第1期）

壮哉，陈子壮

闲暇之余，重读蒲松龄所著《聊斋志异》，书中一段惊悚骇人情节，令我记忆尤深：话说沂水东安城儒生"席方平"，替父伸冤四处告状，遭地狱判官施以酷刑。阎王问："尚敢讼否？"席应："必讼！"鬼乃以二板夹席，缚木上。锯方下，觉顶脑渐辟，痛不可禁，顾亦忍而不号。闻鬼曰："壮哉此汉！"殊不知，在明末清初珠江河畔，亦上演过真人版"席方平"一幕，可谓惊天地泣鬼神，故事"整齐其世传，非所谓作也"。也就此，引发了油然而生的冲动，想前往瞻仰陈子壮纪念馆。

壬寅年新春伊始，羊城迎来了年中最湿冷的气候。走至白云区金沙洲中元里大街内头，便可见到灰墙绿瓦的宋明贤陈大夫宗祠，陈子壮纪念馆就坐落于此。宗祠占地约八百平方米，借坐北朝南的缘故，进入宗祠大堂中院后，见庭中簇拥数棵壮硕的"九里香"，枝繁叶茂翠绿欲滴，盆景中的细叶榕，疏影横斜春意盎然。古老大宅院冬暖夏凉，衣裹里嗖嗖寒意随即消却，令人感受到了融融暖意。

陈子壮纪念馆原为陈大夫宗祠，俗称世德堂，始建于明嘉靖年间（1535年），距今已有470多年的历史，是为纪念南宋有名的贤德进士、朝散大夫陈康延等先祖而建的祠堂。清道光二十七年（1847年）重建，1927年再次修缮。为了纪念明末抗清英雄陈子壮，1987年，此处被设为陈子壮纪念馆，1993年公布为市级文物保护单位，入册市级名祠行列。

陈子壮（1596—1647），字集生，号秋涛，原广东南海沙贝村人（今属广州白云区金沙街沙贝社区），明末探花，明崇祯朝官至礼部侍郎。南明时期，为弘光朝礼部尚书，隆武朝为东阁大学士，永历朝任文渊阁大学士、兵礼两部尚书，集著名政治家、学者、诗人、书法家、抗清义士于一身，与顺德陈邦彦、东莞张家玉被誉为"岭南三忠"。

史载，子壮自幼聪慧，万历三十年（1602年）中秋夜晚，其祖父与沙贝乡里团聚赏月，岂料当晚乌云当空，月不露脸。有宾客无奈何道："天公今夜意如何，不放银蟾照碧波。"未等接续下句，此时传出："待我明年游上苑，探花因便问嫦娥。"众人惊奇寻声望去，为七岁幼童陈子壮所吟。陈子壮入仕后曾警戒子侄族人，要其"书可读，不可仕，田可耕，不可置"，乡中子弟均以为戒。自嘉靖年间受命入粤以来，陈氏族人以"忠、孝、廉、节"四字为家训，造就了"一门七进士、四代五乡贤"之传奇。

万历四十七年（1619年），陈子壮殿试探花及第，自始踏上仕途。先后获翰林院修编，供职史馆；天启元年（1621年），以宋熹宗派遣的钦差大臣，前往广州祭祀南海神；天启四年（1624年），出任浙江乡试主考官；崇祯元年（1628年），任詹事府左春坊右谕德（从五品），兼翰林院侍讲学士。由此可见陈子壮的人生轨迹，在举兵反清复明之前，为典型的学者、文人，但其刚正不阿禀性，致屡屡遭祸。

天启五年（1625年），阉臣魏忠贤为拉拢青年才俊为己党羽，又仰慕其书法的极高造诣，特遣人请陈子壮题写"元勋"二字，用于新建一处园林的大堂匾额。子壮闻之大怒，不由分说将来人赶了出去。魏作为宋熹宗宠臣权倾朝野，当朝炙手可热的人物，上下多少人唯恐巴结不上。陈反"潮流"的结果，终被一干阉党栽赃陷害、捏造罪名，褫夺陈子壮父子官位，贬黜为庶民。

祸兮福所倚，返穗赋闲两年间，迎来了陈子壮创作的巅峰，诗文字里行间，尽显一代文豪的杰出造诣与傲骨气节。无独有偶，子壮与辞官留粤的袁崇焕，既是同乡又同榜登科，志趣相近交情甚笃。崇祯元年（1628年）四月，袁崇焕被任命为兵部尚书兼右副都御史，督师京津拱卫军务。陈子壮为其隆重践行，在众好友题诗赠画的"远行图"上，挥笔留下"肤公雅奏"四个大字，并题诗《送袁自如少司马还朝》一首，祝袁崇焕出师北上凯旋班朝。

崇祯八年（1635年）朝廷颁布诏书，凡宗室嫡系，具备一定文武才识，只要报经朝廷考核，即可授予一官半职。此显然与明太祖朱元璋立下的祖制相悖，给诸藩王干预国家政治留下了隐患。于崇祯四年复职的礼部侍郎陈子壮，认为此举改变了藩王只分封不授官的祖制，且宗室子孙避开科举攫取官位，必然会让宗藩势力借机坐大，直接干预朝廷官员对国事有效管治。子壮思虑再三，在征得同僚、挚友意见后，不惜犯颜直谏将奏章呈上。崇祯见书后果大怒，不日下旨："陈子壮敢于非祖间亲，欺罔恣肆，着革了职，刑部问拟，具奏。"陈子壮入朝为官16年后，再次被革去官职并落大狱。幸好，多位大臣秉公上书为陈申诉，渐得转圜。崇祯九年（1636年）四月，在皇上回心授意下，陈子壮获刑部从轻发落，出狱遣回原籍。

崇祯十七年（1644年），大明王朝在农民义军面前土崩瓦解。翌年，大顺军被清军剿灭。1646年，陈子壮与东莞张家玉、顺德陈邦彦领导义军抗清，转战广东、广西多地，越挫越勇。反清失败被俘后，清粤总督佟养甲百般诱降，陈子壮宁死不屈。1647年11月，在广州城郊大东门东较场上，当局对陈施以锯刑（磔死），此刑比"腰斩"更为残酷。陈子壮上额血流如注，仍大义凛然怒斥刽子手：

"界（粤语，意为锯）人需用板呀，蠢奴！"清兵刽子手赫然，即用木板绑夹，陈被锯为两半，时年52岁。忠贞刚烈、成仁取义，陈子壮、陈邦彦、张家玉等，为明末清初南粤大地最为悲壮之人！文人铮铮气节之绝唱，忠贞不贰的浩然正气感动无数后人。陈子壮逝世后，被南明永历帝追赠"文忠"谥号，乾隆帝念陈"丹心堪悯"，下旨追赠陈"忠简"谥号，当朝统治者如此推崇自己的对手，在中国历史上极为罕见。

古往今来，仁人志士崇尚"人生自古谁无死，留取丹心照汗青""生当作人杰，死亦为鬼雄"的忠贞大义、凛然气节，铸就了我中华民族国之忠魂、民之血性。习近平总书记说过，一个有希望的民族不能没有英雄，中华民族是崇尚英雄、成就英雄、英雄辈出的民族。和平年代同样需要英雄情怀，每一个历史时代的精神内涵不尽相同，但坚持民族大义，在外敌或压力面前不屈不挠的精神硬核，早已成生生不灭的民族魂，深植于华夏大地芸芸众生之中！

（原载《广府人》杂志，2022年第2期）

潮起珠江忆故园

不久前，穗规划部门将《广州市文德南路历史文化街区保护利用规划修编（2021—2035年）》进行批前公示，"规划"覆盖区域东至德政南路、西至北京南路、北至文明路及南至珠江前街、珠江园的范围。于是，新版《广州市交通图》也找不到的"珠江园"，名不见经传之江隅，又重新进入人们的视野。

新中国成立后，凋敝衰落的广东水运业如久旱逢甘露，重新获得了生机。"一五""二五"计划（1953—1962年）期间，广东水运经济得到显著的恢复和提升，随着省域江河管理体系逐步完善，国有航运队伍迅速扩大，随之解决职工住房问题成燃眉之急，"珠江园"此时应运而生。

园区始建于上世纪50年代末，小区范围呈四方形状，东倚荣利新街、侨商街区，西至文德南路，南临沿江东路，北紧邻文德南路小学，占地面积约3500平方米，建有10余栋三至六层的住宅楼，据说，施工建设还参照了苏联住宅的图纸。在当年，珠江园可称得为老城区里最早、颇有规模且封闭式管理的职工家属院。

我是这里的第一代居民，想起那些年的依稀往事，仍令人意惹情牵、感喟良多……

在60年代初，临江的航运大楼高耸着天线，"滴滴""哒哒"的收发报声，在寂静夜里格外清脆，它时刻保持着与远方船舶的无线电联系。晚上，探照灯射向夜空作扇形搜索，目的防止敌机夜袭，保证电台通讯的安全。新中国已经走过了十个年头，百姓过上了梦寐以求的和平生活，但人们依然保持着防敌破坏的高度警惕。

"三年自然灾害"时期，为缓解食品供应匮乏带来的困难，居民在宿舍楼之间的空地上，种上了红薯、大芥菜和甜菜（也称苏联菜）等。后来，又因备战情势所需，放弃了汗水培育的菜地，在原处下挖约2米深、由西向东呈条状的"防空洞"。受物资、技术条件所限，这些简陋型的掩体，实际上连手榴弹都防不住，依然阻挡不了建设者的热情。

街道居委会，是靠着我们最近的"政府"，它设在小区出口北侧的一栋旧洋楼内，有专区民警驻内。我家与派出所发生的"密切关系"，缘起"港澳关系"这个麻烦。当年有规定，凡家里有港澳亲友来访，需第一时间携带"户口本"前去报备。六七十年代，我国陆路交通环境落后、现代运输工具匮乏，在珠江三角洲同样突出。航运在各种交通工具中成本最低，城乡百姓要远行探亲访友，乘船几乎是首选，逢节假日更是"一票难求"。那些年居港的大姨妈、三姨妈常要经穗返四邑，有时等候船期需在家暂住一两天，因此在户口本附页上，盖满了红、蓝色的章子印。只可惜它们没能被保存下来，否则放在如今真是难得的"现代文物"。

1966—1976年，为了解决业务骨干无房户的困难，军管会动员凡住"三房一厅"以上的干部，都要腾出一间"解困房"交给组织统一安排。与我们同一楼层隔壁单元腾出的房子，分配给了抗美援越中遭美机轰炸落海的一位船员及其家属，我家入住的是一对新婚夫妻，丈夫是航运厅电台的技术骨干。

此期间，街道的日常管理也基本瘫痪了，园内秩序乱象频出。为了减少因自行车骑行引起的事故，小区居民自发约定不允许骑车进入园内，为让大家"自觉遵守"，祭出了"群众斗群众"一奇招，凡骑车入内者，一旦被轮流岗哨逮住，必须自行抓上几个"同犯"

方可脱身，以此"惩戒"。"落网"的自然多是脸熟或认识的，但此时谁也顾不上这些了："真不好意思，不抓你我走不了，你也赶紧抓人吧！"听说，有人还因此收获了"啼笑姻缘"。

院子里的许多老前辈是沧桑历史的经历者、见证者。回眸广东近代水运史，是一部活脱脱的任由外国列强掠夺、挤压的民族经济屈辱史。1840年，第一次鸦片战争后，中国逐步沦为半殖民地半封建社会，在一系列不平等条约逼迫下，广东流域航权被外国资本吞噬，民营航运企业被逐步边缘化，由此痛失工业文明给予现代航运业的发展机遇。回眸1921年，广东注册的民营轮船仅有640条，共36422吨。其中以小型轮船为主，百吨以上船舶仅占1/3。当年如此羸弱的航运生计，直录下了近代民族经济的实景。

广东是中国海岸线最长的省区，粤境内河网纵横交错，从粤境内第一大河西江算起，合北江、东江和韩江等，珠江流域大小河流2000多条，总长36000多公里，水运资源之丰富为全国之冠。因此，水运事业在广东经济大动脉中占有重要位置，广东历届党委政府均十分重视发展水运事业，努力发挥珠江水域天然禀赋优势，对新中国各地的建设和发展，提高人民生活水平，巩固边海防维护国家安全，支援抗美援越斗争，作出了历史性的贡献。通过保持对港澳客货运输，逐步拓展海外贸易运输、援助友好邦交国家、为国家争取宝贵的战略资源等，在新中国发展历史上，广东水运业落下浓墨重彩的一笔。

与此同时，在新中国成立后的40年间，水运管理体制频繁变更，河运、海运、港口、航道等主要管理机构历经反复撤并，分分合合、折腾不断，折射了广东水运业发展的特殊历程：1950年至1960年期间，广东省航政局成立（隶属广东省人民政府交通厅）；广州区航务局成立，隶属中央人民政府交通部航务总局；广东省交通厅内河运输管理局成立，接管广州区港务局内河运输业务；中国人民总公司华南区分公司改组为华南区海运管理局；珠江航运管理局成立，统一管理广东、广西珠江水系及广东内河运输，隶属交通部领导；广东省交通厅航运局成立（领导非珠江水系及沿海的管理机构）；珠江航运管理局（广东部分）与广东省交通厅航运局合并，成立广东省航运厅；省航运厅撤销，与省交通厅合并，原航运管理机构改组为省交通厅航运局；广州区海运局（交通部直属）与省交通厅航运局合并，再度成立广东省航运厅。1961年至1970年，中国远洋运输广州分公司成立。交通部重建广州海运局；广东省航运厅航道管理局成立；成立华南水运公司，统管远洋、海运、内河、港口的运输生产、基本建设等管理工作；华南水运公司解体，先后恢复省航运局和远洋、海运建制。1971年至1990年期间，广东省航政管理局成立，属省航运厅建制；广东省航运总公司成立，为省交通厅直属企业单位；广东航运系统企业全面推行企业经理任期目标责任制和经济承包责任制；原属交通部管理的黄埔港务局与原属省、市管理的广州港务局合并，组成新的广州港务局，为交通部与广州中心城市双重领导，以市为主；广东省船舶工业联合（集团公司）成立；省航运总公司和省航政局合并成立广东省航务管理局。

  由此可见，仅从广东水运管理机构的历史沿革，就让我们深深地感到，对中国特色社会主义道路的探索、对客观经济规律的驾驭是何等的艰辛和不易！

  200多年前，《国富论》著者亚当·斯密说过这样一段话："中国幅员是那么广大，居民是那么多……各省间的水运交通，大部分又是极其便利，所以单单是这个广大国内市场，就够支持很大制造业"。从上世纪八十年代开始，改革开放逐步冲破了僵化体制的羁绊，抓住了历史发展机遇，广东水运业焕发出了勃勃生机。新世纪以来，随着对经济规律认识的深化，对国内外市场运作的日臻成熟，全国水运行业迎来最稳定、有质量的发展时期。目前，全省航道总里程 13500 多公里，通航里程 12000 多公里，拥有生产性泊位近 2700 个。全省沿海港口货物吞吐量、集装箱吞吐量稳居全国首位，广东借此成为经济、外贸强省和水运大省。

光阴荏苒，两代人的年轮似白驹过隙，当年风华正茂的水运干部职工，大多早已远去，曾经的荣光尘归档案，默默见证着那迎风破浪的过去。今天的珠江园小区，早已物是人非，上世纪 80 年代，福利房改革普遍推行后，它融入了普通商品房的行列，现有常住居民 400 多户。当你走近小区就会看到，大门侧壁仍镶嵌着明晃晃的船锚标识，上方高悬着"珠江园"三个金色大字，它那不寻常的简朴与经典，俨然成了城市老地标的指引，让后人在悠长远去的船笛声伴随下，去寻觅那流淌了大半个世纪的江河往事……

（原载《广府人》杂志，2022 年第 3 期）

父亲的家乡

2020年初,突然而来的新冠疫情,使每年清明家人聚合至银河公墓的祭拜活动戛然中断了。转眼又是一年,"雨纷纷"时节又将来至,我与老伴偕同新婚的儿子儿媳,步上往父亲老家沁州的寻根之旅。

下午近5时,从北京西客站上了高铁,4个半小时后就抵达旅途目的地。新落成的长治高铁站,宽敞大气、明亮整洁,它是晋东南枢纽型大站。从旅客间的热切交谈中,得知许多人与我们一样,是首次在此站搭乘,它带来的快捷与便利,无形中为旅客增添了一份好心情。

第二天一早,由小外甥开车领路,径往武乡八路军总部旧址。武乡县隶属长治市,位处于市区域的最北端。这天恰碰上浓雾,高速公路临时封闭,绕了好一段乡村旧路才到达纪念馆。

参观过程虽用时不长,面对一件件陈列品,睹物思人,感触良多。其中,给我留下最深刻印象的,不是当年的武器装备、缴获物件,而是三本粗糙纸质印制的小册子:《关于增强党性的决定》(中共二十周年纪念日,中央政治局通过),该书封面没有署名;《整顿学风通俗读本(通俗思想方法论)》,华北新华书店出版;《整顿三风二十二种文件》,落在封面的小印章方框内,写有"太行行署图书"字样。它们,在烽火连天年代被保存了下来,实在弥足珍贵。看到这些,印证了我党从土地革命战争到抗日战争,即使在如此艰苦卓绝的环境下,始终将党的思想、作风建设放在极重要的位置上。当年太行儿女的热血，浸润三晋大地的一草一木。老根据地对中国革命的贡献，永载中华民族的兴衰史、奋斗史和振兴史。要问中国共产党为什么能？这里提供了无可置疑的佐证。

离开纪念馆后转往南向，在沁县册村外的公路边上，姐姐、姐夫及邻近的亲属已经在等候。我们在老爷爷、老奶奶等祖辈坟前肃立鞠躬、上香祭拜后，一起进村往咱家那老房子去了。它是当地最常见的土夯民宅，坐北朝南，逛有百年之寿了。门窗还是当年的老木料，未见明显的脱落变形，老宅子正面看基本保留了原貌，两侧厢房已年久失修倒塌了。可想象它在当年，也算得上村里的好房子。这里是父亲出生的地方，爷爷去世得早，奶奶含辛茹苦独自维持家庭生计，她是旧中国农村妇女的缩影。

长治地区古称"上党"，这里林茂水足、良田沃土，且冬暖夏凉、气候宜人。《沁州志》曰："从光绪三年大灾荒之后，至一九三〇年前后，约有五十来年相对的地方和平环境。村中虽在封建制度下，难免阶级分化，贫富悬殊，但同邻村比较，按当时水平来说，可算得上一个富裕的村庄。""虽财富集中在几户地主富农之手，但完全不得温饱之户甚少。所以，在一向耕读传家、勤俭持家的传统影响下，文化教育和邻村相比，较为发达，完全失学和不识字的人比例甚少。"据说，因村内私塾和初小、高小学堂齐全，外村人煞是羡慕，戏言册村的狗都会吠《三字经》，窃见当地崇尚"识文断字"之乡风厚重。

自古人杰地灵、英才荟萃的沁县，凭解放战争时期与南下干部的渊源，在地方史志上又增添了浓墨重彩的一章。

1947年下半年，党中央、毛主席根据解放战争的发展态势，首先提出从华北、西北解放区选调南方籍干部，随同大军过长江；同年12月，党中央决定从晋察冀、晋绥解放区抽调2800名干部前往中原新解放区；1948年10月底，中央决定从全国解放区抽调5万多名干部到西北、华东、华中等已解放的县、市开展工作。"南下干部"的产生与部署，充分彰显了我党非凡的战略远见和领导艺术。

据老同志回忆，当年山西太行、太岳区党委给华北局报告中反映，南下同志的家庭面临许多困难，如缺少劳动力、父母年迈及妻儿无人照顾、家中缺口粮等。因大部分是农民干部，以当时的战争环境，国民党残余势力仍在负隅顽抗，南下过程中，危险如影随形。有的地方刚从国统区变为解放区，清匪反霸、土地改革任务艰巨。面对上述困难，不少人留恋故土乡情、解放区的安定生活，长治地区组织首批南下干部报名有120多人，集中出发时仅有60多人。

沁县情况则完全两样。这个具有光荣传统的抗日老根据地，在最残酷的岁月里，老百姓吃糠咽菜、缺衣少穿，将救命粮送给八路军、游击队，用仅有的布料做成抗日战士的军服。1947年沁县"二月二"大参军热潮中，为了全国人民的解放，母送子、妻送夫、兄弟俩争着参军的感人场面，许多老人至今记忆犹新。沁县先后向全国输送了5千多名干部和1万多名战士，还有不计其数的支前民工、粮食及各种物资。据《沁县志》记载，在革命战争年代和社会主义建设时期，沁县牺牲的烈士共有1820人。一个当年仅10万人口的县，为国家独立、民族解放作出了巨大牺牲和贡献！

父亲在抗日战争最艰苦时期1940年初参加工作，翌年加入中国共产党，曾任区委委员兼民政助理、公安干事等。沁县解放后，先后抽调四批干部南下，晋东南地区的干部，大部分赴河南、云南、福建等地。1947年，父亲离开山西后，先后在河南渑池县、陕县和卢氏县工作，1952年随队南下广东，前期在中共台山县委任职。自

1954年起，父亲调省委交通部、省人委交通办公室工作后，从此没有离开过交通航运系统。

父亲到广东后，由吃小米变成了吃大米，说山西话变成了听四邑话，岭南地区大半年里酷热难耐、蚊虫肆虐，就靠一把葵叶扇、一床竹席子度夏，虽说水土难服，但还是坚持了下来。父母间最大的包容，就是彼此的饮食习惯。一南一北差异实在是大，好在能相互迁就，今天吃米饭、明天就得吃面食，闻到的不是花椒味就是咸鱼味。我记得，在经济困难时期，饭里有一半是红薯，开始是拨碗里的红薯吃，那是带点甜味的，很快就腻了，又挑出饭粒吃。面粉比现在的粗糙，我们虽不爱吃，但米、面都沾不上油水，也没什么可挑剔了。在父亲严厉的眼光下，我们低着头咧着嘴一口一口往下咽。

生活中许多小事情的处理，父母都挺默契的。有一年，好不容易分得一张自行车"购物票"，大哥在员村化工厂上班，母亲对我说："你哥上班远骑新车吧，你单位近还是用旧的，以后再想办法。"那28寸的"生产牌"，连三角架都锈透了，我还骑了多年。当年物质供应匮乏，自行车被偷是案发率最高的，晚上都得将它归家，在厂里干重体力活的我，有一身的力气，对此自然不在话下。当小弟弟念中学时已是小伙子了，每天替我将笨重的它扛上楼去。

2005年12月末，弟弟在部队执行任务中因公牺牲，年仅25岁。在机场候机室的座位上，我第一次看见父亲默默流泪，到最后更是泣不成声。母亲知道我与小弟感情殊深，坚持不让我陪同前往部队驻地处理后事。为排解心中的巨大悲痛，母亲默默坚持学习自修，完成了高等自学考试中文专业全部课程。

父亲离休五六年后，因弟弟的离去和膝盖、脚腕骨刺的折磨，在后来的十多年里，他的精神、身体都有难以言表的伤痛。拐杖、轮椅和助行器等残疾人常用辅具都使上了，依然支撑不起父亲那沉重、虚弱的身体。由于不便外出，父亲的主要消遣就是看电视、看书。2000年6月，我到北京工作后回穗办事，老父亲高兴之余对母亲说："把我那件大衣给小新穿，北京冷啊！"母亲不假思索地回了一句："他穿就太重了啦。"父亲脸色立刻沉了下来。我见状马上说："不重，冬天穿合适！"父亲听后点头笑了。

南下干部队伍被称为新中国第一批"坐江山"的人，也是新中国"拓荒者"中最年轻、最辛劳的一代人。这一辈人，对新旧社会的交替产生的变化有着刻骨铭心的感受，对党和人民竭尽忠诚，懂得珍惜鲜血换来的胜利成果。

2005年5月初，父亲逝世。母亲曾伤感地说："如果再晚几个月，就可以领到抗日战争胜利60周年纪念章了。我安慰道："比起当年牺牲的同志，能看到今天已经很好了。"母亲听后沉默下来，再没有说话。父母对儿女教育尤为严格，兄弟姐妹中没有一个人辜负他们的。借用经济学名词，这是父母的"收益最大化"，给予儿女物质的东西不多，可无形的精神财富，让我们受用终身。

每当有人问，你那北方家乡沁县，是哪个"qìn"啊？我最喜欢说是毛主席著名诗篇《沁园春·雪》的"沁"，或者说是小米"沁州黄"的"沁"，这些人们早已耳熟能详啦。家乡，辞典注释为"出生或久居的地方"。多少像父亲这样的老同志，祖祖辈辈吃五谷杂粮的北方人，桑梓一别，在南方生活了大半辈子，虽粤语讲得"唔咸唔淡"，却无论哪个角度看，已是现代意义的广府人了。也因此，颇具地域特色的专有名词"广府人"，被赋予了新时代的内涵与释义。

谨以此文，希冀寄托对老父和小弟的无尽思念！

（2022年6月于北京）

从朱寿昌"弃官寻母"说起

三月的羊城,枝繁叶茂,春意盎然。被疫情困顿已两个多月了,我终拗不过踏青撷绿的冲动,独自往最近处的公园去了。

当在绿荫小道中穿行,感觉是一种久违的惬意。

行至一处敞亮开阔地时,见有游人在驻足凝视,我特意往前走去。这里矗立了一座双人雕塑,真人般大小,上着青铜色显得古朴凝重——男子黝瘦身着便服,双膝跪地,地上小包袱露出那把破伞,仿佛在诉说主人一路的颠沛流离。他仰起清癯脸颊,欲言又止悲不自胜。老妇人悲喜异常,伸出干枯的双手欲扶起膝下男儿,神情更是哀伤。再往前看,一块半截掩土的黄褐色石上,落有几行隶体小字:"宋朱寿昌,年7岁,生母刘氏,为嫡母所妒,出嫁母子不相见者五十年。神宗朝,弃官入秦,与家人决,誓不见母不复还。后行次同州,得之。时母七十余矣。"朱寿昌,字康叔,宋扬州天长人,荫袭父功名,先后任陕州、荆南通判,岳州知府、阆州知府。史载,北宋吏制臻熟完备,布衣走上仕途可谓百般不易。朱寿昌走的捷径,官至从四五品,虽大体于今日地市级干部,但以古代官员与百姓之比例确是霄壤之别。如此,康叔毅然弃官寻母,被后人尊为孝之楷模,推崇至"二十四孝"之一。悠悠九百载,迄今仍得人们感念称颂,何故?

"现在哪还有这样的事,也不会有人这么做,这有啥可看的?"听有路人如此说。以三从四德的旧观念看,朱寿昌的"忠孝"是愚钝还是迂腐?我看,今人未可非康叔。谁都明白,在资讯如此发达的今天，早不存在"寻母"的命题，也不再苛求"忠""孝"必选其一。但，即便以北宋算起，虽经历朝代演绎，从现代意义的生物学、政治学及社会学等看来，"官"与"母"之核心内涵依旧。君不见，从科级至省部级，多少年的奋斗、历练，每个人身份、待遇和成就有万千差别，唯一相同的是，皆有亲生母亲！

如今，难就难在保持那份没有污染的亲情。异地任职、子女异地打工、儿孙在外留学等种种原因，家庭越来越小、关系越来越疏、代沟越来越深。学子殚精竭虑为"国考"，竭尽一生为仕途，"安逸、稳当、待遇好"的推波助澜，"官念"比过去二三十年更加固化、"精致化"。人民委任的官，内核是人民的公仆，如今的含义与"巴黎公社"初衷早已相去甚远。在一些人眼里，问世间"官"为何物？名、利等价物也。对这些人来说，父母的重要性排列还有意义吗？

过去，广东民间有句口头禅："官字两个口，你口大我口细"，意思是啥事都当权者说了算，横说竖说都是你占理，百姓奈何？如今，人们借朱寿昌为精神寄托，抒发心中对一些"官"人为仕途于亲情不顾的愤懑，对"母"等弱者的同情怜悯。世风世俗、人性人心所然，盼去"薄情"、去"官化"。

古人云：满庭看玉树，更有一枝连。其实，共产党人的公私之情，儿女之情，早有楷模。毛泽东对亲家杨开慧母亲的关怀之情，感人至深，早已成为口口相传的佳话。当年，朱德夫人康克清回忆说：朱德"得到母亲去世的消息后，他给我看了家乡的信，好半天没有说一句话。此后，为悼念母亲，他一个月没有刮胡子。"由此看来，非忠孝不可两全也，舍小家为大家，并不需"弃官"而为，孝敬父母、厚待长辈，守官德弃"薄情"。从"官德"看，更有它的鲜活意义。

有外国学者言,中国不仅是一个国家,而且代表一种文明。从倡导"老吾老及人之老,幼吾幼及人之幼"的孟子,"弃官寻母"的朱寿昌,到如今经久传唱的《常回家看看》,乃"百善孝为先"传统精神一脉相承,实为我泱泱华夏生生不息之源泉。

言潭篇

梅花香自苦寒来

残疾朋友当中，不少人出于身体条件的考虑选择了自学的道路，但残疾的身体又使这条不平坦的路途倍添艰辛，个中险阻恰如东岳泰山的"十八盘"。有的人攀登到山麓，摇头喘气，打算知难而退了。也有的人挣扎着越过山坳，向前进发，他，就是其中一个。

他叫梁左宜，出生6个月就得了小儿麻痹症，左上肢残疾了，他小时候爱好的东西还挺多，读小学时就尝试过装配小电动机，后来意识到肢体残疾会妨碍操作能力的发展，才放弃了，至今他的书柜里还保留着《少年电工》作为这一段回忆的见证。他还喜爱绘画，1978年首次恢复高考时他还准备报考美术院校，但当时招生都注明必须"身体健康"，他在失望之余把绘画这一爱好抛开了。

笔者不知道他是否惶惑过、徘徊过，但他在高中毕业后的两年待业期间，的确怀疑过自己能否成为一个有用的人。他后来把这段经历写进他的第一篇小说《假如你的儿子》。书中主人公在苦闷与绝望的煎熬下朝公路上的汽车撞去，也许可以作为作者苦恼心情的一种折射。这篇小说当然不曾在任何刊物发表过，因为充溢着少年的偏激和乏味的学生腔。看过这篇文章的朋友评论说："不知道作者想说什么。"

但梁左宜毕竟是这样开始了自学写作的路。这时他才体会到能看书和能写书不是一回事。他挺能看书，八九岁时就能看《欧阳海之歌》《红岩》之类，四五天"啃"完一本，挺快。当然也有看得慢的时候，1976年前一位残友悄悄借给他一本《58年全国优秀短篇小说选》、其中的王蒙的《组织部新来的年轻人》，他就看了一晚上，看到陆文夫的《爱情》时还陪着主人公流下伤感的泪。那时他以为只要写成"书上那个样子"就可以当作家，这也是那个年头许多青年爱做的一个梦。当他第一次向报社投稿时，以为以后就能像鲁迅那样靠稿费生活，以为国家也就少了一个待业青年了。

在一次文学讲座上，一位作家用手比划出四五尺高的厚度说："我之所以有今天，是因为写了这么多废稿。"他听了以后，便用心地写、用心地积存废稿，看到了四五尺高度时自己写的东西会不会变成铅字，因为随着他第一次投稿而来的是一张铅印退稿信，那是一篇模仿鲁迅笔法的"大批判杂文"。此后，他还模仿沈从文、钱锺书……然而得到的仍是退稿信，顶多不过是手写的退稿信。

1980年，梁左宜在广州市民政工业公司工作。当时民政局举办了中文学习班。中山大学的吴国钦副教授讲授中国古典文学并指导学员作文，他作为学员的文章得到了吴教授在课堂上宣读的荣誉。那时曾有学员对他洋洋万言的作文是否写得太滥而提出异议，吴教授说："初学者应鼓励他写，多写点不要紧，到一定阶段他就懂得应该短一些、精炼一些了。"这话传到梁左宜的耳里，使他意识到自己的缺点所在。

周恩来总理曾对文艺工作者说过，文艺创作需要"长期积累，偶然得之"。1986年，梁左宜被借调协助清理人事档案内"文革"的痕迹。在这里，他看到有的人因为一点小事被三番四次"精心"调查，档案里塞满了调查材料，重达10多斤，还有许许多多那个年代令人啼笑皆非的事情。他觉得笔下充实了，他觉得不吐不快，于是，大半晚失眠之后，便写出了短篇荒诞小说《外星人的疑惑》，写完后径直寄给他从未投过稿的《羊城晚报》"花地"专栏，当年

10月发表并获该报 1986 年度佳作奖,同年获奖的还有孙犁、吴有恒、邵燕祥等人。

因为梁左宜多年自学写作,积累了较多的中文专业知识,当他参加 1986 年省高等自学考试时便有"如鱼得水"之感,获得毕业证书也就水到渠成了。记得他有一次笑着说:"我交给中山大学中文刊授中心的学费总共是 80 元,但先后所得的该中心的二等、三等奖金各一次,可以算是免费读了大学。"我知道他还获得了中国残疾人福利基金会的"残疾人自学成才奖"。

"夫苟其挫而不退矣,则小逆之后,必有小顺;大逆之后,必有大顺。盘根错节之既经,而随有迎刃而解之一日。"(梁启超语)我想,梁左宜自学道路的经历对于现仍处于各种逆境之中拼搏的残疾朋友,或许多少有会于心吧。

(原载《穗声》杂志,1989 年第 6 期)

"不能用"与"不会用"

2016年春节前夕,我前往南方某省调研与慰问。

工作期间,我会与一些地方同志座谈,他们反映下面的同志有时候真挺难的,比如,在经费具体项目上犯愁,就是说"老办法不能用,新办法不会用"。当下,要求单位作年度预算,全年下来事无巨细,都得一一列上,一旦漏项则"无米下锅",与过去年度项目"报多不报少",现在要求上变化很大。这里的"难"在于:工作有需要,开支难预料,勉强办的话,财务"呱呱叫"。有人举实例说,每年教师节里看望特教老师的"慰问金",现在就没了出处。具体办事同志在合情与合规之间、情理与法理之间、老做法与新规矩之间,困惑中欲行又止,且又恐挂上"怠慢""不作为"之名,所说的难处就能理解了。

说来也巧,前不久我经过北京某公园,这里正准备进行门球场地改造,公示栏显示工程概算,精细到了以角、分为单位:"公园门球场地翻建维修项目,是为响应国家全民健身活动,由体育彩票基金会投资90.315751万元进行升级改造,建设面积2960.50平方米","施工日期自2017年7月20日至2017年9月5日共计48天。建设成为符合国家门球竞赛规则,具备举办国家级门球赛事的硬件设施的门球基地"。

应该说,过去单位预算的管理理念、方式和方法,的确需要改革。以往各部门都习惯性将预算做大,以防备拨款被"砍一刀"后,照样可以维持运转。现在的"刚性预算",最大优势是项目的保障性，加上对社会发展、民生事业的倾斜，合理预算支出一般都能如数拨付，不需要执行者再"跑部（门）前进"，从制度上封堵了"灰色地带"，这就是新常态。从历史经验看，从改革到调整，再改革再调整，如此往复渐进，改革的初衷、目标就越趋接近。

对社会变化的适应，是粤人近现代以来的心智优势。清道光年间，在内外交困之下，百年商埠广州"十三行"最终走向衰亡，于是"广东佬"毅然移师黄浦滩，打造了享誉中外的上海都会"商业大王"，历史证明，我们的前辈并不缺少应变能力。

农历新年期间，访友途经老街文明路，我无意看到一间小餐厅，连同后厨面积大概40多平方米，充其量算个小两居的空间，左邻右舍也都是一般大的店铺，显示不出有何突出之处。该店主营咖啡、冷饮一类，留意观察后，店面落地大玻璃上的字吸引了我："本餐厅可以约会、可以请客、可以喝酒、可以蹭网、可以休息、可以打包、可以充电、可以艳遇、可以聊天"，这让路人看来，这儿除了违法的事以外，做什么都是受欢迎的……

文明路东段有一溜的糖水铺，每个店铺竟能供应50多种糖水、炖品，让人眼花缭乱、垂涎三尺。这些店铺没有保底收入，房租水电、物耗人工、税费保险等，都是固定成本，而小生意依然兴旺，可见隐藏于民的顽强活力。当然也是出于求生本能，既不违法，又有生计，有何不可？这如同开发区、自贸区的负面清单是越短越好，国家现在不正是这样做的吗？

回想改革开放初期，国家建设百废待兴、知识青年涌流回城、企业任务不足工人时常待工、内外贸易停滞不前……在如此困难境况下，许多"广州仔"不畏日晒雨淋，就地摆摊叫卖谋生。到了后来，珠三角以"靓女先嫁""腾笼换鸟"等法子搞活企业，就是这样的"摸着石头过河"，终使社会主义市场经济恢复了生机和活力，国家得以涅槃重生，南粤百姓走上了小康富足之路。

　　按照辩证法则，任何规章制度都有正反两面。刚性过强，难以适应"变化中的情况"，同样，失范与"框死"在本质上产生的危害是同样的，故需执允其中，也就是"实事求是"。毋庸置疑，严格预算绩效管理，是规范政府行为、提高政府管理水平的重要措施，是治理体系和治理能力现代化的重要部分。深化改革必然引起利益格局的深刻变化，本质是以社会生产方式的变革，促使生产关系更利于生产要素的充分发挥、生产力的充分发展。一言以蔽之，我们现在所做的，正是为了实现建党立国之初衷。

通则长久

20世纪80年代，残联组织在改革开放的大潮中诞生，一个新生的人民团体，转眼走过了30年历程。那么，残联由小到大、由弱到强，我们的事业发生了哪些重要变化呢？

随着我国人口的增加，残疾人从5000多万增加到8500万；残疾人生活状况明显改善，由整体最困难逐步过渡到有"相当部分最困难"；残疾人政治、社会地位不断提高，如各级人大代表、政协委员已有4000多名；残疾人事业成为国家现代化治理体系的重要组成部分，残疾预防与康复、就业与扶贫解困、特殊教育等领域通过国家规划全面实施；各类别残疾人协会担负了重要角色，在教育引导、社会协商和权益维护等方面发挥着越来越重要的作用……

在新时代大背景下深化残联群团组织改革，就要通过对残疾人事业的实践、认识，再实践、再认识的回顾，在真正了解其自身"内在联系"上扎实推进。目前，人民团体一般是采取科层制管理，这里就要趋利避害。比如，残联所属事业单位在管理模式上如何更有利于激发活力、创新工作内涵、提高按需服务能力等，都亟待我们去破题。

客观地说，群团改革目标既有阶段性又有长期性。我们要坚定不移走有中国特色残疾人事业发展道路，按照以习近平同志为核心的党中央关于深化群团组织改革一系列要求，在落实政治性、先进性、群众性的根本前提下，紧扣自身的特点：一是保障性，残疾人社会保障和服务体系的健全，残疾人基本民生得到制度性的根本保障；二是专业性，建设涵盖残疾人工作领域的高水平专业化队伍；三是国际性，全面履行联合国《残疾人权利公约》，充分借鉴国际残疾人事务先进理念，实现新时代残疾人事业发展的战略目标。

看残联组织改革是否达到预期，有几个可供选择的观察点。

一是看县级残联是否得到进一步加强。据统计，至2016年底，全国共有3000多个县级残联组织，工作人员约2.7万人，虽平均算下来每个县（区）有8名左右工作人员，实际上有些县残联能落实在岗的也就三几个人。县里的同志服务半径最大，残疾人特惠性政策落实要到户到人，基本靠县残联的服务平台，要走完最后"一公里"也要看县里工作的落实；二是看各级残联代表大会代表的作用是否切实发挥。我们常说密切联系残疾人，如果连自己选出来的代表都联系不上，又谈何联系广大残疾人呢？目前各级残联约有36万名代表，他们在届内是要履职的，如何切实发挥代表的作用，要通过制度层面来解决；三是看我们与相关社会组织是否形成持续、稳定的合力关系。目前，全国社会组织登记的有76万家，其中慈善组织有2695家。要按照党的十九大精神要求，处理好与社会组织的协商、引领、团结的关系，正确理解社会组织在资源共享、机会共享和参与社会治理话语权的合理诉求，形成围绕党和国家中心任务相向而行的趋势；四是群团改革的影响是深远的，从长期效应看残疾人事业发展是否趋向平衡与充分。残疾人问题归根到底要靠发展来解决，或说得更具体些，中西部地区要推动"快"的发展，这个"快"首先是先解决"有"的问题，东部地区则是要解决"好"的问题，也是发展的质量问题。

在群团组织改革中"做实"的最大效果，是让残联上下、内外"通"起来，也就是我们常说的"接地气"。通过改革对官僚主义、形式主义下刀，突破利益固化的藩篱，从"习惯成自然"的脱离，回到芸芸众生之中，让残疾人心目中"你们残联"回归到"我们的残联"。

古人云："穷则变，变则通，通则长久。"为事业长远计，在"通"字下工夫，实在是太重要了。

直率

2017年,我在写一篇介绍广州"沙面"景区的散文,要到邻近的六二三路拍几张实景,供文章选用。

当天,我身穿浅色T恤、休闲裤,脚踏运动鞋,肩上挎了个比巴掌大点的小包,里面装有零钱、钥匙和乘车卡等。我精神抖擞地出门了,此时,我下意识觉得自己很像街头阿伯了,内心也是这般要求的。

盘福路由东北方向来的公交车,都是从解放北路左转而来,且车速都很快。上车后我先是刷卡,没急着往空位子去,因为对乘车的路向选择还不很踏实,毕竟近20年没来这儿,周边环境变化太大了。我紧靠驾驶座的护栏,颇恭敬地问了一句:"阿师傅,这车到文化公园吗?"

我说的公园建于1958年,毛主席曾去参观过,可谓妇孺皆知,它离我去的地方是最近的。司机50岁左右,皮肤黝黑、典型的南方人模样。接下来的情景是戏剧性的。

他瞄了我一眼,面带愠色反问了一句:"你们当干部的都不会坐车了吗?!"我顿时一愣,语塞。本以为师傅回答是"去"或"不去",这样的回答令我颇为惊讶。更是令人困惑的是,他根据什么来断定眼前的这人是"干部"呢?而我又确是这个身份,还不好否认,诚信观念起着作用呢。还没等我反应过来,"你在哪里上的车?"他又冷冷地问了一句。"在盘福路啊。"我答。"那儿有其他车去,你干吗上我这辆车!"他调门又调高了。"师傅,我仔细看过站牌了，找不到去那儿的车啊。"我依然谦卑地解释道。"竖站牌的是你们，搞乱的也是你们！"他眼直瞪着前方，略微沙哑的声音更大了。我沉默了。这会儿实在找不出恰当的话来回应，被怼的我，刹那间失去了继续对话的热情。

不一会儿，车经停吉祥路站后马上就要转入中山五路，车拐弯时，我紧紧抓住司机座位旁的金属横栏。这时，他瞥了我一眼说："你在这个站下车往东走，在马路对面应该有站，不过不敢保证，错了别怨我！""×××，现在我最想的是找个地方睡觉！"他甩了一句粤方言中的"国骂"。我确料想不到，末了司机还是给了个"正能量"，他守住了职业底线——为乘客着想。

自40年前，我脱产走上干部岗位后，很少被人这么训斥了。看来司机师傅的一肚子火，大清早被我无意给引燃了。这火估计已经憋了一个晚上，是谁让他感到委屈、愤恨呢？我在猜，至少是与其关系密切的人。是他的家人吗？我想可能性不大，会不会是对他有管理职权的人？要不怎会动辄对"干部"发飙呢？当然，这毕竟也还是猜想。

我知道即便是现在，一般人是分不清干部、职员或白领的，只是习惯对"劳心者"，粤语叫"靠把口吃饭的人"，都叫"干部"。回想我当工人那时候，被人当作出气筒，这些所谓的"干部"，凡群众不满的事儿都由他们买单。今日碰上司机师傅的"直率"，话是糙了些，可也就撒撒气罢了，没藏啥心眼，说完就完了，想到这儿我也释然了。

不过这次的偶遇，也引发了我的一些思考。

现在的干群关系，从内涵到外延都发生了很多变化，如果做选答题的话，不会是"单选"，而应是"多选"。有种现象是普遍的：在单位里，当面骂娘甚至动粗的现象不多见了，这是好的。但直率、开门见山的或直截了当的批评少了,"知无不言、言无不尽"的批评,更是难寻芳踪。机关里的人们,相互间说话都很委婉,比如,民主生活会上提领导的缺点或不足,常常会提"工作有急躁情绪""调查研究不够""不太注意方法""学习还不够深入"等,旁听者云里雾里。这叫"批评而不招人怨",听者脸不红汗不出,貌似批评实为表扬,习近平总书记曾批评过的"好人哲学""自由主义"等表现,可谓十分具象,君不见,室内和室外的"温差"太大了。

领导者的责任,当然包括了让群众敢说真话、心里话,只有这样才可能真正做到"察民意、查实情"。至于群众态度就不能太计较了,他们多处在"被教育"的位置,看事情直观、感受深、顾虑少,让他们多少有点出气的机会,也在情理之中啊。听到尖锐的话,可能心中不悦,感觉不舒服,这也是人之常情,但对干部的思想认识来说,要求当然是远高于"常情",这是党性、人民性的觉悟要求。

回顾以往,我是想说不要因为"民粹"的干扰、利益诉求的多元、社会阶层觉悟的参差等因素,就动摇对党一贯倡导的"相信群众、依靠群众"思想路线的坚定。在新时代如何坚持正确的群众路线,无论是理论还是实践,我们依然在路上。

说话的精品意识

2019年12月的一天，老同志丁启文去世了，获悉后心情十分难过，不禁回忆起印象深刻的一件事。

2000年6月下旬，我刚到北京工作不久，住在丰台区康复中心宿舍大院四号楼。某天晚上老丁前来探访，也许是熟悉的原因，一番畅快交谈后他起身告辞，并着意叮嘱了一句："作为一个领导，讲话艺术很重要，特别要注意有精品意识。"回顾十多年来工作实践，深感到当年老丁的提示，使我受益匪浅。

老丁这句话的核心是"精"，俗话叫言简意赅。作为单位或部门的领导干部，在履行职责过程中工作类的讲话是少不了的，且在工作忙时间紧的情况下，要求每次讲话都要精炼，也的确不容易。正因如此，语言的时间观念就显得尤为要紧，它不仅指思想水平和语言艺术，更是群众观、集体观和大局观的重要体现。

改革开放初期，深圳提出"时间就是金钱、效率就是生命"的理念，得到邓小平的充分肯定。起初，许多人并没有领悟这句话的深刻，是在实践过程认识到，时间对谁都是公平的，可时间背后付出的成本往往是最高的，它不是经济学理论的边际概念。

可能有人问，为什么除了特定场合以外，有的同志始终把握不住"不一定讲""不讲那么长"呢？据观察，有以下几个原因：一是怕讲不全，穿鞋戴帽面面俱到，各方照应处处说到；二是准备不足，试图"广种薄收"；三是自我表现，生怕别人不晓得自己肚子里那一点墨水。结果是拖泥带水的车轱辘话，费了劲还是讲不清、讲不透,这些情形在机关单位里常有所见。对上级精神的贯彻部署,最忌讳是复印式的照抄照搬,这能叫贯彻意见吗?实际上是图省事、做无用功。特别是强调若干问题时,必须是最重要或与本单位、部门相关性最强的,讲话、写文章更要言简意赅、一语中的。如果这也强调那也强调,那就都成了"弱调",这与"多中心即无中心"的道理一样。

国学大师陈寅恪(1890—1969年)讲课有"四不讲"原则:"前人讲过的,我不讲;近人讲过的,我不讲;外国人讲过的,我不讲;我自己过去讲过的,也不讲。"这位"教授中的教授"做学问的精神,对提高我们讲话修养大有裨益。我曾与机关青年同志谈体会,也涉及上述话题。我如是说,虽然有些会议内容与自己关系不大,但也不要分神,既然听不听都得坐那,倒不如用"归纳法":把会议上的讲话内容自己再概括一下,比如将五六点归纳为三四点甚至更少,这对提高逻辑思维极有帮助,时间也没有浪费,可谓一举两得。心理学研究结果显示,打电话当第三声铃响没人接应,人就会开始不耐烦。高楼乘电梯的感受也是这样,如果停层少人会有几分爽意,停三次以上心理就会发生变化。同样,但会议时间越长,与会者记住的内容就越少,这就是心理前摄抑制与后摄抑制的机理反应。

从华夏语言文字传承看,古汉文亦文言文,其特征遣词造句极为简练,且多无主句、省略句。汉字初源,刻载于甲骨、竹简等,量大笨重并难以携带、保存。后有蔡伦造纸,仍劳作繁重价格不菲,由此,文牍力求精炼以利节省成本。尔后,唐诗宋词元曲等传世经典,无不"事随意转,理逐言深"(南朝·梁·萧绎)、"意则求其多,字唯求少"(清·李渔)。古人惜墨如金,如座右铭、警句、格言等更是凝练极简,影响至今。譬如校训,中山大学的"博

学 审问 慎思 明辨 笃行"、厦门大学的"自强不息 止于至善"、中国政法大学的"厚德 明法 格物 致公"等,无不朗朗上口、意涵深邃。

早在80年前,毛主席在《反对党八股》一文中,就严肃批评空话连篇的文章是"又长又臭",号召全党树立马克思主义的良好学风。1949年3月在党的七届二中全会上,毛主席把"讲话、演说、写文章和写决议案,都应当简明扼要,会议也不要开得太长"的要求,作为党委会重要工作方法之一。今天重温这两篇著名文章,依然醍醐灌顶。"不忘初心、牢记使命",它不是抽象的、笼统的,是要通过一个个单位、一件件任务来体现的。因此,只有对党的优良作风、良好学风一以贯之,我们才能保持清醒、聪慧的头脑,处百年未有之大变局中应对自如,在新时代成就不负国家和人民的历史伟业。

从"骑墙"到"扶墙"

孩提那会儿,我家在沙面一栋两层的西式老楼里。记得有一次,阿婆背着我过沙面西桥,边走边哄着我:"新仔,阿婆没钱买米怎么办啊?"也怪,我竟能听懂些意思,不哭不闹了。从六二三路返回时,汗水湿透了阿婆干瘪的背脊,手里是旧报纸包着一小袋米,我高兴地晃着小手,谁说"少年不识愁滋味"呢。

十几年后,我走进了中学校园。当课间铃声一响,不同班级的同学一起涌向厕所,校里就这儿没老师看管,自然成了"法外之地"。每个班级都少不了"坏小子",其中的他在两头张望,见弱小同学胯下"细水潺潺",高声怪笑:"来看啊!他屙尿都无力啦。"被嘲笑的同学立马脸红至脖子,像做错了什么事似的。粗俗源自民间的陋习,当老人如厕怕站不稳身旁又没抓手,只好把手掌撑着墙借点力,也被人讥笑"屙尿都要扶墙",它被视作老者"专用形容词"。不说别人,当年我看到老人"扶墙"时,心中就有种莫名的"自豪"。

"扶墙"又何罪之有呢?我年逾花甲又过五载,成了名副其实的"扶墙派"。有一次专题学习讨论会,会上都是退下来的老同志,当讨论到社会文明的话题,有人引用"向前一小步,文明一大步"的男厕"警句",一位老同志马上驳反:"这不是一小步问题,是前列腺的问题!"话音一落大家都笑了。

老,随后就是弱、病、残,而且说来就来。母亲近80岁,在我姐陪伴下能走上长城,现在85岁高龄了,依然能自己从寺贝通津散步到长城宾馆喝茶。我怕老人家不安全送了部轮椅，结果老人家不高兴了："我不需要它！"她对轮椅那抗拒的态度，我所料未及。更想不到的是，三年后老人竟然离不开助行器、轮椅了……

人老腿先老，看着母亲的步履蹒跚、战战兢兢，我一阵心酸。以往快到农历新年，母亲总提前到酒楼订年夜饭，怕我们时间赶不上，放在七时半后的第二轮，又用电话反复嘱咐。年夜饭儿孙们吃得高兴了，母亲由略显紧张变得满足。末了，兄弟中有人要起来结账，老人家摆摆手："坐下吧，预定早就给钱啦！"当然用的是她自己的退休金。父亲在2005年去世，这十几年母亲过得挺孤独的，因为，谁也替代不了老伴啊！

其实，"扶墙"老人还是幸福的，起码对"坐轮椅"而言；"坐轮椅"也是幸福的，至少对"卧床不起"而言；后面还能比什么呢？那就不言而喻了。

庚子农历新年前夕，母亲在医院急症室，旁边病床坐着一老妇，棉被右下角露出一只脚，皮肤暗红肿胀。我见一披绿色毛衣下穿紧身裤的中年妇女，她在来回走动，情绪显烦躁不已。我好奇问了一句："是你母亲吗？""家婆！"她答道。"什么情况啊？"我又问。"昨晚上用热水泡脚，站不稳一下子插到盆里。烫伤了又不吭声，自己拿红花油抹一下了事。结果就现在这样，累人累己！"老人看看我又看看自己的脚，默不作声。

这就是老人的悲哀和无奈。试问，耄耋老人还能左右自己吗？能帮上忙的时候"老人是个宝"，如今年老体衰，"使用价值"消耗殆尽，耳闻家人的啧有烦言，心中难受比伤痛更甚！说起这些陈年往事，不是为了插科打诨，更不是无病呻吟。人的寿命越长，经历的事情越多，或快乐或痛苦，心里要有个清醒的预期，也只能靠自己才能"预则立"。

如果"骑墙"是思想的主观,那"扶墙"是身体的客观,这前后的两堵"墙",都是隐喻,这本没有内在关联的现象,放在一起议论显得突兀,其实是映衬自己的一点念想:始幼而立、盛极而衰,乃人生不更之轨,无论"伟人"还是"凡人",概莫能外焉!试想,当你正值年富力强之时,面对这句墓志铭:"我曾经和你们一样,你们最终和我一样!"是否细思极恐、不寒而栗?或是醍醐灌顶、如梦初醒呢?无论是雄才大略的伟人,还是普通平凡的群众,最终都殊途同归,从敏感的政治态度到衰老的生理动作,皆为客观规律使然。

茶趣留闲

我爱饮茶，似乎成了每日的"规定动作"，遗憾的是并不懂茶。

上世纪六七十年代，父母养着我们六个孩子，每月薪水几乎全用在柴米油盐上，喝白开水自然成了习惯，从老奶奶到孙子辈们，那阵子与茶算是绝缘了。

步入新世纪的头几年，我列入了年过半百的队伍。在一次体检中，我的检验结果为血压、血脂、血糖趋高，同事介绍普洱茶、红茶一类，都有降压、降糖和去脂的功效，我急于甩脱"三高"的帽子，开始不分种类、季节，日日视茶为药，懵懂中回归至茶的本源。

走上"茶路"之后，为弥补此类的无知，开始留意杂志上介绍的相关知识。有一次，在首都机场等候来京朋友时，特意在书店买了一本养生类书籍，它以大陆与台湾的茶为题，寻根溯源、图文并茂，且通俗易懂，著者是位研究中国茶20余年的台胞。后来，与一些外地朋友相会，常聊起京穗两地喝茶的习惯与感受，为显地主之谊，我也乐将略知点滴与友分享。

近年来，南北"饮茶"架势虽有趋同，但"味道"与感受还是大不一样。北京的茶馆，大体仍是纯粹地喝茶，恬淡、清雅的环境，古朴的博物架上，摆放着红、黄、白、绿、黑等名茗，自选其中某种，消费个几百甚至上千元是常有的。某日，我在北四环唐宫请老同事饮茶，通知的时间、地点无误，却忘了多交待一句：广东式的茶聚是有吃食的啊。果不料，一位照常用过早饭后来至，他以为此处如当地茶馆一般，仅清茶一杯伺候。事后，我为自己"想当然"而心生歉意。近年来，总感觉这类茶馆冷清了些，也没听过谁开茶馆发达了的。

说来，广州人对成语"饮食男女""饮食起居"，是传承得最好的。粤人口语至今少用"喝""吃"两个动词，仍习惯说"饮水""饮汤"和"食饭""食餸"（吃菜）等。在路上与熟人相遇："喂！去边度啊（哪儿）？"答曰："去饮茶！""去食饭啊！"这里"饮""食"就特指在茶楼、"茶餐厅"等食肆。据记载，饮茶民俗始端于清康熙年间，而茶市至雍正、乾隆日益兴旺。清末民初，饮茶聚脚的地方多称"茶寮""茶居""茶楼"等，极简陋古朴。随着广州近代商贸繁盛，酒楼、茶馆亦扩档升级，上"茶楼"遂成了百姓消费习俗，从清代竹枝词赋："茶楼处处管弦声""宾朋从此乐壶殇"，可见茶市的兴隆景况。

上世纪八十年代起，改革开放春江水暖，"看不见的手"借势发力，在攫取"第一桶金"的冲动下，食肆酒楼每天开足"马力"：早晨7时半至9时为首轮，次轮在11时前结束，第三轮是中午饭市（依然供应茶点），晌午2时后下午茶开市，至6时开晚饭市就是第五轮了。尔后，加晚上8时后的夜茶、10时后的宵夜……你看看一天下来，同一张饭桌竟做了六七轮生意。难怪有人开玩笑说：那年头饮食业统统可以评为"劳动模范"。一滴水可以见太阳，羊城人民的吃苦耐劳、善于营商的先天禀赋可见一斑，为"全国税利大户"自然名至实归。

社会主义市场经济的勃勃生机，人们思想亦日益活跃，"饮茶"在嬗变中被赋予了新的内涵：百姓将此视为不落俗套的"交往方式"，它亦公亦私、可亲可疏，款待与聚会相叠，在"正式"与"非正式"之间，比请客吃饭多了几分宽松与随意，如果在老牌酒楼、知名宾馆请饮茶，就更显东道主的尊重与诚意了。

清早第一轮茶，几乎是长者的"专场"，也是观察老年社会的一扇窗口。老人睡眠时间大多都短，凌晨五六点就起来了，户外运动个把小时后，酒楼就开张了。每天的茶聚是老人情感的依托，大厅落座的茶客都是熟悉的，他们虽不知"心理咨询师"为何物，但每天都相互充当着开导、抚慰的角色：今儿阿叔数落儿子没出息，明儿阿婆又埋怨媳妇不孝顺……都是家事琐事烦心事。最易引起众人共鸣的，是市场肉菜又涨价啦，看病医保又有新规定啦，单位对老人关心不够啦……报喜的抱怨的，开朗的隐忍的，这聊天能解决啥问题呢？没别的，就是直抒胸臆、一解烦闷而已。末了，拍拍大腿嘻哈而散。看此间，故人依依、媒人诺诺、恋人卿卿……虽千回百转已物是人非，古朴的茶楼依然是那般鲜活、灵动。

近些年来，我留意到饮茶的孤独老人多了，在大庭广众中他们独坐一隅，且不愿别人搭台（拼桌），显露与生活离群索居的状态。看着这些"孤舟蓑笠翁"，我独自猜想，是"另一半"腿脚不便出不来？还是老伴已不在了？这不，无厘头也可以锻炼想象力哦。

关心时事还是老人的传统，"一盅两件"再加份报纸。上世纪二十年代末，《广州民国日报》刊文《男女婚嫁的禁条》，其中明示：女子婚嫁"不可嫁不读报纸的青年，因为他们除了自己外，几乎没有对于其他事物的兴趣"。百年沧桑之今，眼下手中持报的几乎没年轻人，他们早被手机里的"乾坤"征服。

如今，亲朋好友之间茶聚，当属日常最轻松的事儿，自然是越熟悉越随意了。落座后礼让点（选）茶为惯例，侍应生将茶壶放在谁的面前，谁就主动给各位沏上。据闻，英式茶的礼数与咱们有所不同，比如在家庭茶聚上，客人对茶点可以随意自取，可茶壶是牢牢掌握在女主人手里，她还会征求意见，你是否要加糖和奶？细微之处足以体现对客人的尊重。

有一类茶聚，可谓食之无味，却之不恭，乃借饮茶之名行利益之交，要一个不太拘束的环境，来淡化讨价还价的尴尬氛围。宾客落座后寒暄几句就直奔主题，高开低走，见招拆招，来者对美食几乎没有太大兴趣，只可惜了厨师的一番辛劳。依我见，应把此类摒出饮茶语境之外，以利正本清源。

广州人在外饮茶，以铁观音、普洱茶（熟饼）为多，南方四季差异并不显著，选青茶、红茶一类，可谓老少咸宜。好茶之人家里常备有普洱（生饼）、正山小种、肉桂（玉桂）、凤凰单枞等，大红袍、金骏眉等对条件好点的人家自然是"常备军"。岭南全年有八九个月是炎热天，绿茶如龙井、碧螺春、毛尖等不易保鲜，春茶下来品品鲜就作罢了。创新品种在这儿站住脚着实不易，如小青柑风靡了约两年光景，也就偃旗息鼓了。唯有如肉桂、正山小种一类，以它独有的成熟果香韵味，恰契合了岭南果乡百姓的口感，加上色泽汤香较易辩察，自然是众生所爱了。

闻诗云："人行草木间，见株青红绿。举盏啜茗时，感悟曾几许？"

茶韵逢缘

老祖宗留下的茶文化，对于老年人来说不仅仅是消遣，还是晚年须臾不离的精神寄托，不曾想到，那些偶遇小事，竟续上了茗香溢出的不解之缘。

2013年至2017年，我作为全国政协委员，随同卢展工副主席进行多次专题调研。每次调研一般安排4至5天，白天行程安排得很紧凑，大家都格外投入，体现出委员们的负责精神。在很短的时间里，眼见耳闻兼思考，建言力戒大话、套话，要"言之有物"的独到见解，这对每个委员来说，形同"临场限时测验"。

卢展工同志格外注重发扬民主，在调动大家积极性上体现出独特的领导艺术。在我所见的几次调研中，每到一处学校、企业或社区等，先让介绍情况的同志直奔主题（重点问题或难题），再请各委员畅所欲言。他一再嘱咐大家"我们政协自身要认真履职，地方同志才会看重你的努力"。调研自然是"一分耕耘一分收获"，显现的成效就不在此赘述了。

调研期间，每天晚上会有一个很好的交流时段，是展工亲自主持的委员"晚间茶叙"，记得在一次全国政协常委会上，俞正声主席对此给予了充分肯定。晚间茶叙的气氛是轻松愉快的，大家接续白天调研内容继续讨论，有时则延伸到相关的议政话题，甚至对社情民意热点、焦点争辩一番。有了这么一个安排，弥补了大家日间言犹未尽的缺憾。茶叙，当然离不开"茶"这个主角，众委员自带的多为青、黑茶一类，都是他们的心仪之物，在冲泡前博得大家一番佳评,更增添了饮茶畅谈间的乐趣。

记得在一次晚上,为回应一些同志的话题,展工介绍了河南新茗"信阳红"的由来和特点。随后,一位委员取出半饼普洱茶,印有商标外包装纸还是原样的,他信心满满地说:"我带的这茶好!"展工看了一眼笑着说,你们猜猜这茶怎么样?我取过来闻了闻,嗅觉香浓醇厚,不由脱口而出:"是好茶哦!"用烧沸的矿泉水冲泡后,展工举起"公道杯"观察了一下,又笑说:"这茶还是一般啊,你们看茶汤里的杂质。"接着,他又解释如何判断"后发酵"茶的质量,其中包括看汤色清澈度等,如有明显的杂质沉浮,要么是制茶原料不良,要么是保管不善。大家都知晓,展工是真懂茶之人,先后在福建、河南任主官,恰两地都是闻名遐迩的产茶地,他在任内重视并推动茶业的创新发展,当地流传着许多脍炙人口的故事。

因每次调研题目不一样,参与委员的专业背景不同且来自四面八方,如有国家部委、企业与高校、地方的同志等。唯有相似的语境是,总有参加过茶叙的同志说,这是平生享受"最高级别"的饮茶服务啊!可不是吗,这把茶言欢的整个晚上,从沏的第一壶茶开始,从选茶、评茶到沏茶都是展工独自操持。在融洽欢快气氛中,对作画习字颇有心得的同志,兴致盎然挥毫泼墨,引来阵阵喝彩,稍不留神,那些即兴作品便无影无踪了。

又一次茶叙间,有人问茶该沏几遍为宜?展工答曰:"喝出'水'的味道就要换了。"一个"换"字悟出禅意,我想对自己说:在任上,定要心无旁骛,弄懂学会自己所劳作的"五谷杂粮",拿出真知灼见为百姓谋福谋利。卸任了,当珍惜人民给予的眷顾,尽情沐浴金色夕阳,安享有生之年的"无限好"……

故纸丛中觅新知

己亥年末,京城寒风凛凛。宅家闲来无事,忽心血来潮耗了整月时光,将墙角摞有两人多高的旧报纸,粗粗浏览了一遍,算是回馈了当初不愿舍弃的心结。有人说过,新闻记者是"喜新厌旧",考古工作者则"喜旧厌新"。我两者都不是,故旧新欢"一视同仁"。

据不完全统计,国内各类报刊大概有2000余种,属全国性的约占1/10,虽林林总总蔚为大观,却还是离不开纸质媒体队伍。君不见,不少报刊虽处在无订户、无"内核"、无市场的困境,却还是我行我素天天烧钱,真是"崽卖爷田不心疼"。我心里嘀咕,如果把练"无用功"报纸烧的钱,转用于贫困地区孩子学习开销,如翻新破旧校舍、高薪聘请好老师、提高对穷学生的补贴等,那么"就近上学难""上好学校难""上大学难"等问题,不就有更充足的资源来解决了吗?当然,说的这些算是幼稚的牢骚话而已。

说归说,还是回到本文主题上来。

在订阅或赠阅的报纸中,我认为有价值且来不及阅读的,就将其分类留置,这里面各分页与专栏其内容庞杂,完全依自己兴趣选择,如:《人民日报》的"文化遗产",《人民政协报》的"春秋",《检察日报》的"特别报道",《参考消息》的"名家专论",《北京日报》周刊"新论",《中国社会科学报》的"历史学""哲学",《光明日报》的"理论周刊""光明讲坛""光明文化周末",《作家文摘》的"头条文章",《文摘报》的"学林漫步",《中国青年报》

的"公益创业",《中国社会报》的"文荟",《中国电视报》的"史海钩沉""闲情偶记""阅读空间",《华夏时报》的"文化""产业·公司",《南方周末》的"副刊""科学",《健康时报》的"悦读",《生命时报》的"生命智慧",《北京青年报》的"人间事",《羊城晚报》的"爱购周刊",《广州日报》的"博议学术""身边纸",《文汇读书周报》的"书人茶话",等等。

回顾起几十年的过往,每每看一看翻一翻、顿一顿想一想,恍如驻足人生驿站,温故知新、常读常思,颇有"补钙""补气"之裨益,不啻为生命旅途添柴加薪之快事。

中国共产党自诞生之日起,历百年曲折艰辛,筚路蓝缕浴血奋斗,李大钊、杨靖宇、赵一曼、方志敏、江姐……为国家独立民族解放,无数仁人志士前赴后继、百折不挠,其悲壮惊天地泣鬼神,读时常常潸然泪下,心潮起伏难以平息。

坊间曾有一说,"革命多从南方起,革命多自北方成"。在土地革命战争中,有哪些我党我军早期领导人,曾在广东留下了足迹呢?我怀着崇敬的心情,留意每期《人民日报》的"英烈谱":

红军名将胡少海、红十三军中的"赤脚大仙"陈文杰,两位先烈1927年、1928年间都在粤北留下短暂的战斗经历;我党早期优秀政治军事干部廖乾五、俞作豫;工人运动优秀领导人和杰出组织者林育南;豪情满怀坚贞不屈的恽代英;不畏牺牲铁骨铮铮的谭绍林;华南地区马列主义第一人杨鲍安;铁血丹心为革命的邓演达;功勋卓著的红军将领许继慎……

战争年代的先辈们严于律己、克己奉公的无私品格,无不令人深深折服,依然为当今时代的鲜活楷模。毛泽东、朱德等大多出身农民,却与李自成、黄巢、洪秀全等有着天壤之别。新型的革命政党,没有集团与个人的私利。据记载,毛主席穿着带补丁的衣裤,在天安门城楼宣布新中国成立。老人家一生践行亲情三原则：恋亲不为亲徇私，念旧不为旧谋利，济亲不为亲撑腰；为严格要求自己的亲属，周恩来总理亲自订立"十条家规"；刘少奇同志保健医生许佩珉回忆：少奇同志规定家人一律不许乘公车，王光美同志去医院看病都骑自行车，孩子上下学照样骑自行车，连他自己去理发等都算私用车，让警卫员一一记账，再从他工资里扣；战功卓著的尤太忠将军，当年接周总理通知进京谈工作，事后食堂用餐喝了点酒，回住地不久就接到中央办公厅通知，要他补交酒钱。共产党人的光辉典范，为无数旧社会过来人深深敬仰。

2018年5月5日，是革命导师马克思诞辰200周年。当年，我留下了4月、5月间《人民日报》《参考消息》若干纪念文章，中有《人民日报》短评《一门为绝大多数人谋幸福的学问》《他的英名和事业永世长存——写在马克思200周年诞辰之际》，《参考消息》连载多篇文章，从青年马克思、《共产党宣言》诞生、英国工人的惨境、马克思主义中国化等角度，深刻论述了马克思主义的革命性、科学性和当代性。这些，填补了马克思主义产生的历史背景、人生轨迹及最新研究成果，更正了过去一些粗浅、苍白的认识，每每此时，崇敬与感慨、激动与信心油然而生。

一份旧报上转载了英《每日邮报》文章："让卡梅伦变得有人情味的悲剧男孩"，《参考消息》转载翻译为"残疾儿子让卡梅伦变成更好的人"，把主角和配角掉了个，道出政治人物在悲情面前的真情实感，背面释出的是"关于残疾"的哲学真谛。上个世纪，国史泰斗曾提出治学要"明史""辩史"，"明"为"辩"的基础，以我对南粤人文认识的苍白，是没有能力做到的。但多读一些文史类的通俗作品，哪怕它们多属"演义""戏说"也无妨。如，报章旧文介绍香山（今中山）人郑观应，51岁完成《盛世危言》，甲午战争之国殇，令该书成为畅销书，从光绪皇帝到洋务运动重臣盛宣怀，从康有为、孙中山到毛泽东，无不受其深刻影响。"郑观应并非纯粹学者出身，他经由丰富的实践历练，成就了超越时代的思想深度"。也正因此，他还同时创造了两个第一：是中国主张办世博会第一人，第一个提出大力开发海南岛的人。

报纸的优势在于时效，版面新闻"日日鲜"。期刊则像是慢火熬制的中药汤，"药引"以年岁为算，又似后发酵的老树茶，甘醇迭香历久弥新。多数期刊年末期附有总目录，全年文章及主题一目了然。旧报的局限性，在于没有索引，靠年、月份查起，颇费时费力，由此影响了再利用的价值。如果自做目录又成了额外负担，即使收藏旧报的人，也多不愿为此费神。我想还有另一原因，报载的重要文章常由出版社发行单行本或专刊，一般文章如非自核心刊物，觉"含金量"不高也就舍弃了，一旦因故想再留存，已不知从何方寻觅了。后来自己弄了个简单办法，一是电脑留索引；二是剪报；三是手机拍照。留存旧报与收存书籍相比，有它独特的优势——省钱、省地方。

一本非经典书籍，"有用"之处往往仅是某章、某节，甚至就几句话，怕找不到出处顺手就买了。多数书籍摆在书架上、摞在墙角里，真可谓"食之无味弃之可惜"。而报纸不占太多地方，一份报相当一本书的几十分之一的价格，裁裁剪剪也不会心疼。当然，报纸整份留存与剪报各有利弊，前者完整但日后不易查找，时间长了，记忆模糊了，往往要全部浏览一遍才找到所需篇章，而剪报则要当即注上报刊名称、发表时间与所在版面等，否则随手一放就可能淹没于纸堆中，再也难以寻觅，也等于废纸了。报纸时效性极强，一旦模糊了时间出处，参考、引用的价值几乎为零。旧报还有它独特的经济性，比如，报栏中的新书推介，载有主要内容、章节梗概等，等于留下了该新书的线索，可供不时之需，免去囤积之苦。

末了顺带说说，2019年末至2020年初，正值新型冠状病毒肆虐期间，大多报摊都关张了，自己也不敢到街上买报。幸亏家里留存的一叠旧报，其中有《人民日报》《光明日报》《人民政协报》《广州日报》《华夏时报》《中国电视报》《作家文摘》等，它们特色专栏里的典故、旧闻、往事……每每起到"温故而知新"的奇效，靠这些"无言朋友"的帮助，我度过了那段难熬的日子。

汲古今精华，持初衷丹心。承文天祥诗曰："哲人日已远，典型在夙昔。风檐展书读，古道照颜色。"

河畔棋趣

在珠水白沙河畔，白云儿童公园与轮渡码头之间，留出了约2000平方米的开阔地，人称之为休闲小广场，矗立的"横沙村"牌坊，仿佛想向路人昭示它的前世今生。

这里，给人们带来了都市喧闹中难觅的静谧。

望江岸天水一色，踏足在古朴的青石板，草木清香沁人肺腑，令人有种别样舒展的感觉。在十多棵枝繁叶茂大榕树上，一串串小红灯笼与长长的树须相伴，在江风轻拂下曼妙摇曳，如同身披红罗纱的窈窕小姑娘，在绿野半空翩翩起舞，每当过往轮船汽笛马达声起，如欢快绵长的伴奏曲，感觉就是浑然天成的"印象金沙洲"。

这小天地最具特色的，是它扮演的角色——百姓"智力竞赛高地"。在浓密树荫底下，竖着一个不锈钢做的锃亮牌子：

金沙街滨江公园全民健身活动点

活动项目：象棋

社会体育指导员姓名：××

指导时间：星期六、日9时30分～10时45分

联系电话：××××××

看了"官方告示"后，才让人留意到小广场的"硬件"：按沿江南北走向，设了11张小方桌，长宽约60厘米，桌面是镶有黄铜线条的浅绿色棋盘，四周边缘以角铁包圆，棋桌下方焊接固定了4张圆状小铁凳，面涂奶黄色，真可谓美观耐用，任凭风吹雨打也无所惧。

晨起，路灯还亮着，来最早是打太极拳、跳广场舞的。老人锻炼的恒心，让年轻人自愧不如，想必要生活规律、早睡早起，才能有这般的坚持。还不时看到黑、白肤色的老外，他们似乎只选择跑步，多冷的天也只穿一条短裤衩，让最怕冻的广东人啧啧称奇。

从旭日东升到艳阳高照，那便是游人观江取景、孩儿们嬉闹玩耍的快乐时光。尽管公园出口那LED显示分贝忽高忽低，丝毫影响不了"专业人士"的专注，他们是从街坊里涌现的扑克、象棋高手，路人中不乏"攻擂者"，按捺不住撸起袖子上，几盘下来又多有不服的悻悻离去。也有"虚心"的旁观者，坚持"君子动口不动手"，但责任心丝毫不亚于执棋者，只不过他们的付出往往得不到肯定，话没落音，就被旁人冷言噎住，不服气再辩，又被另一"高参"斥责，常为一步落子，下棋者与观棋者间"互怼"，实为"良性互动"，亢奋时夹带几句"省骂"（粤语粗言），显出土著的"生猛"。也有斯文先生，多是外地移居的老者或看热闹的游人，附近工地民工更是常客，他们虽不熟悉广东话，但那些常用"问候语"意思还能明白，只不想以"国骂"回应，毕竟"强龙不压地头蛇"啊，何况语境里都是泛指而没有恶意，也无所谓啦。

"观棋不语"的规矩早已弃之，越多人围观越说明对弈的精彩。我有一次留意数数，小小棋桌竟有十三个人围着，满一个战斗班的编制啊。东西南北来者不拒，人人发声直陈己见，一幅鲜活的百姓"民主讲评会"实景图啊！从中亦可一窥广州人的平实、包容与厚道的传承。

一天傍晚，一盘残局。红方为外地老者，执马炮兵相各一且双士全，绿方为当地中年男子，持马炮卒象独一，该盘已下了近一小时，当7时半已过，冬日短天早黑了，两人遂起"和棋"之意。无奈围观者以"主战派"为多，"和啥和啊？再走几步就能将死！"红方又被鼓动起来,"好战者"主动以手机照明,竟又纠缠了半个小时,无奈还是握手言和,众人也尽兴散去。

夜幕下,我搭讪最后离开的老棋手,"以前几乎天天见两个棋伴,一人左手落残另一右手缺肢,为何不见了?"老者驾着一副深度眼镜,衣着随便。他将棋子收入小布袋后答道:"真是的啊,人可能都不在了!"我又问:"阿叔,你日日来吗?"他答道:"早上8时多来,捉棋至10时左右,再跳个把钟街舞,然后返家吃饭,下午3时又再来。"他扬扬手又补了一句:"日子就系咁过啦。"看得出,老人挺满足的。

金沙洲的绿道仍在伸延、公园面积还在拓展,上了年纪的在这里找到了"夕阳无限好"的感觉,也许还延缓了老年病的到来。对施政者而言,付出的成本并不算高,除去每天清扫、安保工作外,定期做一些林草、场地的维护,至少省去办公室里空调、笔墨纸张等一大笔开销,此环保之举可谓善莫大焉,为黎民百姓多谋些实在的"获得感",不也是举手之劳吗?

缺口

庚子年3月的一天,我在珠江沙贝河畔缓缓走着。

时值春暖花开季节,白云儿童公园外小广场,草长莺飞、童声如铃。凭栏极目远眺,蓝天皎洁,河水荡漾,带给人别样的惬意。不经意间,我眼光落在不远处河提护栏的下方,原相隔10厘米间距的两根铁枝不翼而飞,留下高55厘米、宽45厘米的缺口,俯身往外看去,护栏外沿仅余约15厘米,往下就是川流不息的江水。

我没有片刻的犹豫,立即找到在公园周边巡逻的保安员,告知护栏缺口的所在位置。中年模样的保安员犹豫了一下,手指往上推了推帽檐:"这不归我们公园管,岸堤是水务部门的事。"神态理直气壮。我没有计较他的态度,继续说道:"你说的不是没有道理,但是你想一想,这里是公园的出入口,在这儿玩耍的大都是小孩,如果不关你们的事儿,那你在四周巡逻干吗呢?明知有安全漏洞不及时补救,出了事你们责任可大了!"他似乎听明白了,点点头说:"好,我给上面头儿反映。"事情到此,我以为问题算有着落了。

一个月后,我再次经过这里,想看看护栏修补后的样子。看后心凉了半截,此处没有丝毫变化,护栏下方仍张着狰狞大口,仿佛在等待它的"猎物"。此时的我,气打不一处来,径直走向公园值班室。门卫约莫60多岁,着深蓝色制服。我指往护栏缺口方向,问他知不知道上个月我说过的事。"我是听说有人反映了。"公园外围的宣传栏，能量满满的标语煞是醒目，这更激起我的愤懑：如此正当要紧的事，投诉一个多月竟毫无反应？！不过，此时我心里也明白，对老头发火也不太厚道，他的责任区仅限公园那几尺大门。于是，我耐心重复了一遍上次的说辞，并加重语气说："在你们眼巴前出的事，谁的责任都小不了！"

我沿江岸走了一段后，碰上骑电动车的巡逻安保员，但不是上次的那位。我直接领他到了缺口处："看看，这口子足够七八岁的孩子钻出去，你说危不危险？！""我给管理处说说。"他态度认真地回应道。我心念叨："不知道这'管理处'何方神圣，真要管起来才算数啊！"

半年后公干返穗，已是十月末了，我又专程到念兹在兹的地方看看。眼前的缺口已用两根方型铁管补上了，上下两端焊接得很牢固，恢复了护栏原横向10厘米间距，再顽皮孩童也钻不出去的，缺口危险终于解除了。

我心虽是放下来了，但"缺口"引申开来的话题，仍不时萦绕在脑海里。问题的实质，是大城市常规管理体系的有效性。君不见，"千里之堤毁于蚁穴"，每每危情突发，多衍生于"三不管"灰色地带，人们不注意或认为不会出问题的地方。依照马斯洛需求层次理论，安全需求仅次于生理需求，其重要性不言而喻。无论"缺口"大小，只要发生重大安全事故，受害人原有幸福感顷刻荡然无存，政府管理效能亦会受根本质疑。这就回答了为何对一、二线城市的要求，需要"绣花针"般的管理。上述城市从人口规模、经济发展、资源配置和管理水平等均属全国前列，其引领示范作用对国家经济社会稳定与发展至为重要。同样，这些城市一旦出现重大安全事故，其负面影响之巨，其他地方难以比肩，从中央严肃处理多地官员"防疫不力"的案例，乃至"广州砍树事件"的处理，可见所言问题的紧迫。

"绣花针"般的管理,绝不是文学语言的形容,更不是百姓茶余饭后"天天头条"的谈资,俨然是管理体系、管理能力现代化的大课题。

马路"孽障"

公园里、马路上或小区内,都有人曾被此类"孽障"害得叫苦不迭。

这"孽障"究竟是啥呢?城市里的人行道、活动通道等,通常设置护栏、立柱、广告牌和宣传墙等物,因其外廓体大醒目,通常行人会留意避免碰撞。但是,当上述物体移动或拆除后,地面的原金属固定物,譬如螺丝栓头、角铁和铁管(片)等,干活的人为图省事,用锤子随意砸它两下子,残留突出部分依旧竖在地面。这些失去原形的"残渣余孽",即刻变身成路人脚下的"地雷"。一些老人、小孩和残疾人,本来行走就不利索,平坦路上还时会摔跤,何况遇如此隐蔽、凶险的障碍,轻则绊跌在地,重则头破血流,这些对老弱病残孕者的无妄之灾,百姓是深痛恶绝!

常见有路基土质疏松等原因,本来平整的路面变得凹凸,当然需要及时维护修整,但往往城市建设发展快、人行道覆盖面积太广,市政部门发现不了或顾不过来,这些百姓还能理解,毕竟施工后的路面是"找平"的,那为何会有如此多的"孽障"?人为的!

我当过工人,知道这缺的不是技术或手艺,以上的活完事后用錾子将突出部分削平,就这么简单!小小动作,却反映了施工者的职业素养、安全意识和人道精神。我曾气愤难平"恶毒"诅咒:谁留下的"遗产",该由他家人来"享受"一下。后又打消了这念头,其家人何罪之有啊。说公平一点,始作俑者本没害人之心,不是"大恶之人",算是无心之失。看来,以人性善或恶的"德治",解决不了本质问题，还是靠法治吧，比如，依法加大对"酒驾""醉驾"惩罚后，由此引起的交通事故就明显减少了。

毋庸讳言，"害死人"的事儿多是"人害死"的。俗话"一滴水能见太阳"，从"孽障"这小小"窗口"，能客观反映出一个地方或部门治理能力的真实水平，其法治规范缺位是渊源，管理责任缺失是表象。灯下黑，是道路施工规范的法律盲区，如将此类"人为障碍"纳入城市人行通道、环境无障碍管理等范畴，制定明确的禁止性条例和罚则，施工后若给别人"埋雷"，等于给自己"埋罪"，相信假以时日，城市眼下此类"雀斑""暗疮"定能消除殆尽。也许还有人说，广州行政区域近千平方千米，城市道路、公共活动场所不计其数，管得过来吗？那么请问，无数活动目标——南来北往车辆，为何管得住？非不能也实不为也。

"勿以恶小而为之，勿以善小而不为"，乐见承载两千年华夏文明的五羊城下，人人步履善行，处处坦途荡荡！

举手之劳

这是两件不足挂齿的小事。

某日,前往东山看望老母亲后,返回经曙前路,见一位白发苍苍的老者,一手捏着自行车把,另一只手扶着车尾架上满一摞的鸡蛋,准备进入自家住的小院。可公用防盗门偏窄且具反弹力,老人一时手忙脚乱,自行车已呈倾倒状。见此,我赶前了两步,用力将门顶开,帮助他连人带车顺利进去了。对我这个不期而遇的路人,他停下了步子,回头连声道谢:"唔该!唔该!"

一天,我在小区的慢车道骑行,不经意间,见浓密榕荫下有一老人,看得出他处于偏瘫状态,估计是想晒晒太阳,但两手动弹不了,仅靠有点力气的单腿往地上蹬,轮椅在原地打转。我从自行车上下来,上前帮他摆正轮椅方向,推至最近处的阳光底下。老人不停向我点头,嘴唇微微蠕动着,我明白老人的意思,向他摆摆手并做了个再见动作。骑上车后,我不禁长叹了一口气,自言自语道:"一步之遥如隔天边,老人的难处!"

"勿以恶小而为之,勿以善小而不为",想不到三国刘备留下的古训,2000多年后的今天,被赋予了新的时代内涵和人生智慧,活脱脱的一个"善"字,演绎了多少世间百态,人情冷暖。

1992年,香港越秀企业有限公司与广州书画研究会联袂,在港筹办"羊城书画名家作品展",为兴建广州康复中心大楼筹款。期间,我与同事专程看望著名书画家赵少昂,老人慷慨提笔赠字,"为善最乐"四字浑然天成,苍劲有力。人生之乐何其多,老人以善谓之最，不啻为"三观"之本。毛主席说过："一个人做点好事并不难，难的是一辈子做好事，不做坏事。"相反，"恶小"为之"善小"不为，此人生短板，必累其终身。善为快乐之源，以善为本知行合一，则生命始终鲜活，永不褪色。

自勉，谨记。

我们一代人的幸运
——从当年北邻考察见闻说起

2018年6月12日，朝鲜领导人金正恩与美国总统特朗普在新加坡举行正式会谈，这世人注目的一天，勾起我十多年前访朝的点点回忆，依然感触良多。

朝鲜，是我迄今唯一访问过的社会主义国家。

2007年8月30日下午5时30分，我们一行进入北京站月台后，径直往那外观簇新的列车走去，结果犯了"主观主义"的错误，站台工作人员指了指说："那辆旧的列车，就是北京—平壤（T27次）。"果不其然，上车后即目睹了"旧"：据说这车厢是1995年德国造的，车上没有空调设备；木制的窗框多处开裂，用铁钉钉上又刷了道大红漆；下铺的小桌上没见有开水瓶，洗手间的清洁也是一般。本着随遇而安的心态，我与同事们没有顾及其他，很快各就各位了。

列车开始往丹东开，车厢过道挤满了旅客。餐车来到我们面前，我们被告知没有盒饭了，但可以按菜单另点。当列车经秦皇岛站时，已是晚上11时许，我们已经带着疲惫的身子入睡了。翌日晨7时许，列车缓缓抵达中朝边境城市丹东。

市残联理事长起了个大早，此时已在站台迎候，他身旁摆放着两个大鲜花篮，应该是提前购买的。在3个多小时等候边检期间，国际部主任老陈与边检人员发生了点争执，缘起边检人员在车厢来回穿行时，不慎将篮子里鲜花蹭折了，这可是最重要的随行物品。

当争执越发升温时，我赶紧把双方劝开了。这不，"铁路警察各管一段"，这是人家的管辖地啊，为了出访顺利，尽可能避免节外生枝就是了。

上午10时许，列车越过中朝边境，在新义州站缓缓停下来，列车员告知乘客可以下车作短暂休息。此时，能明显感受到"先军政治"的氛围，激越亢奋的歌曲从车站高音喇叭传出，穿各种制服特别是军装的人特别多，着装有草黄、浅灰、黑褐、深蓝等颜色，上衣的领和肩配有明显的级别标志，见铁道上巡路工也是如此。看上去人们多显得清瘦，精神头蛮好，衣着也朴素、整洁。我注意到，那些穿梭奔忙的旅客，大多拎着大小不一的纸箱，这可是替代旅行箱的简便法子了。

想多了解当地的生活，我走进了车站综合商店。环顾四周，店内洁净明亮，售货员笑容可掬。我见售卖主要有几类商品，在最显眼的橱窗里，摆放着介绍金日成、金正淑和金正日等革命斗争经历的书籍，其次是颇具特色的手工艺品，还有不同牌子的国产护肤品和饮料等。

过境手续办妥后，见到了前来迎接的朝鲜残疾人联合会国际部金主任、新义州残联秘书长和翻译小罗姑娘，朝鲜同行十分热情，我们瞬间感到宾至如归。

傍晚7时30分，我们抵达朝鲜首都平壤。我们与迎候的朝鲜残联金副委员长、国际助残组织官员等握手寒暄后，随即前往万寿台，在庄严肃穆的大纪念碑广场，我们向金日成主席雕像敬献了花篮。

车驶入平壤市中心后，最先映入眼帘的是一座体量巨大的高建筑物，酷似金字塔的外形，据说它是已经停建多年的高级宾馆。我们下榻"朝鲜宾馆"，是当时平壤最好的外宾接待宾馆。住下来的几天里，每日见到住客并不太多。早餐有牛奶、面包、鸡蛋、咸菜等，每人的分量都很足。我们考虑到当地的经济状况，便主动向餐厅服务员提出，早餐可以减少一半的量，比如鸡蛋每人一个就足够了。

我们首先前往中国驻朝大使馆，刘晓明大使热情地接见了代表团一行，大使及有关同志向我们介绍了相关情况和要注意的事项。时近中午，因大使随后有重要活动，使馆另一位负责同志引领我们到附近饭馆就餐。当走进一条宽敞洁净的胡同，在一处民房外停下，从门脸上看没有什么特别的，就像平常人家的小门，因此我迈步前还犹豫了一下。使馆同志招呼我们进去后，里边真别有洞天，装修得很时尚，有一支管弦小乐队正在演奏，不一会儿，就听到了耳熟能详的中国歌曲。在这里，我是第一次吃上了正宗的朝鲜冷面，面条很筋道，上面铺盖着牛肉、鸡蛋等，荤素搭配适当，加上冰镇的特色汤料，味道真的很不错。

第三天，我们参观了市特殊教育学校。给我们作讲解的是一位50多岁的女教师，她中等身材，穿一套素白色的民族服装。在经过一间课堂讲台时，我好奇地翻开摆放在那的课本，就在这时，老师伸出那黝黑瘦削的手，紧紧按住了课本。刹那间，感觉有股强烈的民族自尊心在冲击着我。随后老师指向摆放的一排电脑，这是近年来我们捐赠的，老师微微弯腰表达了谢意。

在参观康复医院过程中，一个项目让我们特别感兴趣。这是对运动功能障碍的一种特别疗法：患者赤身平躺在约成人体积大小的水泥池子中，然后用淤积久远的河床泥将池子填满，每天1—2次，半个月为一个疗程，据说效果不凡。我听同行的康复专家说，估计是河泥含有多种微量元素，被人体吸收后会产生一定疗效。此时外行的我，不由得联想到类风湿等慢性病的治疗，这与泡温泉能改善体况是相似的道理吧。

我们一行怀着崇敬的心情，瞻仰了雄伟肃穆的中朝友谊塔，在留言簿上，我写下了"中朝人民友谊万古长青！"几个大字。在参观金日成同志故居后，我接受了《朝鲜劳动新闻》记者的采访，代表团访朝活动的新闻，刊登在多家朝鲜主要媒体上。

几天下来，通过彼此的了解接触，我感觉朝鲜同志间有许多相似的特点，比如待人诚恳、反应机敏、举止礼貌且言行克制。当公务考察任务结束后，我们应邀到郊外一小河边烧烤野炊，当日丽日蓝天风景宜人，清澈的山水顺流而下，冲击着鹅卵石哗哗作响，河中不见一丝杂质，真是难得一见的大自然美景，一洗去多日奔波的疲惫。大家都沉浸在欢声笑语中，此时的我深深感受到，异国同行的感情是那么真挚、朴实。

因回北京列车的车次原因，我们回程选择了从平壤乘汽车到新义州，然后出境回国。9月4日，我们一大早出发，在黄泥路上颠簸了一整天，到新义州已夜幕降临。我们在朝鲜同志的引导下，摸黑寻找预定的旅店，这是一条约10米宽的马路，因缺电原因路灯都没打开，看不清两旁建筑物的模样。走了大概500米，经过一栋多层楼房时，大门前的白炽灯突然亮了，止步定神一看，这就是我们要留宿的旅店。进入大厅后，脚下是原色水泥地板，墙壁涂抹了约一米高的绿漆。一直在等候的新义州州长是一位中年女同志，她十分热情好客。在用餐时，她对我说："我知道王理事长是1954年11月出生的，我也是这年这月出生的啊！"哎呀，在异国他乡遇到了同年同月生辰的同志！大家觉得这小插曲太助兴了，气氛一下子上来了，我们互相敬酒致意，共同祝愿中朝友谊长存，这一晚，是在兴奋与不舍中度过的。

2007年10月上海特奥会和2008年9月北京残奥会，我们邀请了朝鲜残联同志现场观摩，朋友受到热情款待之余，团长声音略显低沉地说，希望自己国家将来也能有中国的今天。此时，我又想起一位随行朝鲜女孩子的话："听我父母说，1945年民主朝鲜建国后，百姓生活一直在提高，国内食品供应很丰富，而现在见到的很多是中国产品了。"

　　孟子曰："欲贵者，人之同心也。"青年朋友啊，当了解与咱们一衣带水的邻国所走过曲折的、不平凡的道路时，你就会更加珍惜今天的生活，更加努力地去创造美好的新时代！

买书与借书

买书或是借书,如今来说"举手之劳"也。回想起半个世纪前,发生在自己身上的两则故事,感觉恍如隔世。

1970年夏,正值学校暑期间,为了买到一本刚出版的《十万个为什么》分册,我与初中同班冯姓同学一起奔向书店。前阵子,他不慎扎伤了脚还未痊愈,我们俩人都耐不住性子,你一瘸我一拐的,从北京路步行到人民南路,无果。又走过人民桥到了洪德路,当年最有规模的新华书店就分布在这几处,几乎绕了半个老城区,真不知道哪来的劲头。毋庸置疑,当年"想看书""想买书"的动机,可不是一般的强烈。

记得有一天,我哥从厂里放工回家后,从书包里拿出两本书,约好第二天就得物归原主,我哥从傍晚开始,躺床上蒙着被子看,凌晨2时多递了给我,于是接力"苦读"至早晨天色微亮,我眯了一会儿,蹬着那"生产牌"二八式自行车上班去了,竟然还不觉得困。现在想起来觉得不可思议,那真叫如饥似渴啊。差点忘说了,这两本书分别是《牛虻》和《基督山伯爵》。

清著名诗人袁枚有"塾远愁过市,家贫梦买书"之说。此情景落在上世纪中叶,也是寻常百姓家的真实写照。如今,即使经济收入很一般的家庭,每月买两三本不是大部头的书,对生活影响也不会大,这或许是眼下一些年轻人,不那么珍惜"书缘"的因由吧。

华南师大是我的母校,中文系老教授李育中在《买书杂话》中写道:"你说图书馆没有这本书吗?事实也不尽然,只是想占有它,把它请到自己书架才安乐。"可谓一语中的，自己也是如此。我买书那一刻就没有打算啥时候看，似乎看与不看都达到目的了，拥有就是动机。

买书带来了快乐，有时也会得来不悦或不甘。当年没有现在的便利，用手机可随意将书中章节、段落或插图拍下，想留下需参考的内容时，抄下来可得费老劲，为图省事只好把书买下，就那么"有用"的几页，内心陡生"食之无味弃之可惜"的感觉。

家中并非无书可阅，为何又外出借书呢？家里书架上的"储备"足够二三十年阅读量了，多半买来后就束之高阁，它们备受冷落。总是感觉有的是时间，不急着看，实际上与自己怠惰脱不了干系。每每眼光落在架子上整齐摆放的书籍，手就懒懒地动不起来，还给自己理由："非要今天看吗？日子长着呢，着啥急啊！"满满的负能量。正如俗话所说"书非借不能读也"，我看真有它的道理。《法言·吾子》中说："好书，而不要诸仲尼，书肆也。"为了战胜自己，寻求一种驱动力，于是重走借书之路。

当我进入图书馆后，见馆内座无虚席，读者不分老少，对知识孜孜以求的氛围，自愧不如的感觉油然而生。这里，有种无形的紧迫感，来此虽不颇费周章，但往返也几乎耗时半天，如果时间不抓紧，摆在眼前的"猎物"就会溜走，此时不甘心的一刻，激发了要"抓住"的动力。

同样，当书借回家摆在眼前时，我盯着还书期限，内心又一次重复教育自己："不看白不看，要不费那劲跑去借呢？"借来的书，哪怕草草翻阅一遍，留点印象也不算费劲。来不及细读时，就将书名、出版社以及书中注释和参考书目等记下来，也是甚宝贵的收获，特别一些年代久远、留存见少的书籍资料，对日后检索、引用极有用处，有"无心插柳柳成荫"之妙。反之，只会留下"失之交臂"的遗憾。

我有时也笑话自己，何必拘泥于买还是借呢？买来的书拥有在手，物权当然归自己，但只算形式上的"通物"，如果书中知识你滴水未沾，这书架上的"有"和头脑中的"无"，借用一句小品台词：是有还是没有啊?!

古人对"崇有"和"贵无"关系，对"有名之物"与"无行无名之物"的区别，以及相互间的联系有过精妙论述，表达了先贤朴素的辩证思想。同样，买书和借书近似一种哲学关系，它们的共同指向都是书，出发点却不尽相同，归宿更可能是南辕北辙。辩证法之形式与内容的统一、动机与效果的统一，是买与借的实质所在，在于头脑是否真正拥有书中有价值的东西。

现代意义上的书，早已不囿于纸质一类，线上的网上书城、虚拟的图书馆、借书亭等，"刷屏阅读"成了青年人的癖好。我仍钟爱于主流媒体在电视、广播里的阅读节目，比如，每晚收听夜读节目《朝花夕拾》等，听播音员的娓娓道来，用耳朵"看"书，对我这样年纪的人是另一种愉悦，享受着读书、娱疗、养生……那真叫"物美价廉"啊。

开卷有益。芬芳的墨香，字节的跳动，缕缕温馨随页面翻动而沁人肺腑，它是智慧的灯塔，助人积攒勇气与力量；它是人生的驿站，歇脚留下淡泊与宁静；它更是新的起点，"读万卷书"不是为博取嘴上功夫，而求"行万里路"不畏途不迷航。

一位老朋友说过："书读进去了，人就走出来了。"走向哪里，自是来处更是远方……

书店的纯粹

当下的书店,谁都难以做到纯粹,自然亦就不易见到纯粹的书店了。我这儿说的是实体书店,也只有它,才体现出那般的纯粹。

我记得,七八十年代的广州北京路,远没有现在的喧闹繁华,街道两旁多是小食店、小裁缝店和理发店什么的,最具特色要数书店了,从文明路西端起至北京路北的一段,集聚了新华书店总店、科技书店、古旧书店、外文书店等,中间还夹带了个邮政期刊店,当年炙手可热的《诗刊》《收获》《十月》等文学刊物,也只有到此处才有把握买到手。

上述说的都属市级的大书店,书的种类最全也最具规模。但即便如此,里面除了书还是书,绝无异物。最大一间是新华书店总店,两侧书架、柜台整齐敞亮,马克思、恩格斯、列宁、斯大林和毛主席的著作等理论书籍放在最显眼的地方,文艺书如小说等放在北侧书架(入门左侧),有《红岩》《欧阳海之歌》《烈火金刚》《林海雪原》等,广东作家的《香飘四季》《三家巷》《苦斗》都是畅销书。

那时候,书店的一切就是书。

现在呢,倘若不注意,你以为踏入了哪间时尚文具店、精品店或品牌旗舰店,冲击眼球的电脑游戏机、金币银币、生日贺卡、芭比娃娃……琳琅满目,炫酷的声响光电让你眼花心跳,它们"统治"了人流量最大、最能吸引眼球的柜台,书店早已是"反客为主"了。

残存的纯粹也还是有。我见过那么一处，该店并没有招牌，只卖滞销书，一律论斤称，一本重约一斤原定价五六十元的书，20元左右就可取走。店内没有服务员，就留一人看着，只管过磅收款。我经常光顾，这里只有书，没有其他东西能分散我的注意力。文德小巷还有一家卖旧书的，我去过两次，待了大半个时辰，也没见有人光顾，店主倒是悠然自得在喝功夫茶。这类铺子是否还能称"书店"，我实在是拿不准了。

少了纯粹，倒也不需要悲观。

2019年4月，日本《朝日新闻》报道：随着互联网普及，世界各地的实体书店都为经营苦苦挣扎，但在有"文明"古国之称的中国却出现书店遍地开花的现象。日报说的，是时下流行的图书新业态：实体店＝图书＋咖啡＋文创＋互联网，在一些新开张的大型购物中心，选一块不起眼的地方，辟出百来平方米地方，装修得恬淡文雅，颜值比老店高多了。将最新出版的书籍搁在入口处，竖立在错落有致的小书架上，柔和的筒灯直照着，反射的五彩光泽让封面瞬间有了吸引眼球的灵光。这里似比机场书店要安静，站在排排奶白、淡黄色的书架中，我似乎从尘世中屏蔽了，感觉自己也纯粹了起来。

我在网上查阅了一些数据，也许能帮助说明一些问题：按2018年公布的《城市书店排行榜》，前三位是北京（6719家）、成都（3463家）、重庆（2473家），广州、上海紧随其后，分别为2441家和2379家。广州、书店人均占有量排全国第四。南通在全国150个地级市中排第一，广州20个地级市无一上榜。

世界读书日有媒体披露：人均读书量排名第一的是以色列，人均读书64本，拥有图书馆、出版社的数量世界第一，是世界上唯一没有文盲的国家；排第二位的是日本，人均42本；法国第三，人均

20本；韩国第四，人均11本。据全国第13次阅读调查，中国人均纸质图书阅读量为4.67本，刚好为以色列的1/14。

如果用冰岛做例子，也许为广州增加一点理由：冰岛处在北极，作家最多，全因寒冷所迫。而广州四季如春、商海茫茫，人们兴致多在"行街""吃嘢买嘢"，看书学习倒是最"弱势"一族，就是正在上学哥妹的事，学生的"天职"就是考试，教科书是不看不行的。

大型购物中心设书店，我是赞成派。我是做企业出身，当然明白，没有盈利项目的支撑，谁舍得留出一方天地干这事？背后是白花花的银子啊！所以，纯粹书店曲高和寡，离我们渐行渐远了。不知何解，国外大城市倒是还有纯粹书店，除了书还是书，平日购书的人也不见多，不知为何能生存下去，想不明白。是有政府补贴还是房租优惠，还是老东家自己的传统生意，这些都不得而知。反正只要给读者优秀精神食粮，多种经营文化产品，作为以"副业"补"主业"，也算是社会主义市场经济的社会责任吧。

在我看来，过去的书店的纯粹是它的简单，仅人与书（也叫物）的关系，现在是通过"互联网＋"的无限的包容性，通过吸引、打造读者群，构筑与"店"的关系，实际上盘活人与人的关系，通过社交、生活方式的大数据进行市场细分，来拓展不同维度的营商空间。

互联网对传统书店的冲击是巨大的。据第43次《中国互联网发展状况统计报告》，截至2018年12月，超视频用户规模达6.48亿，网民使用比例为78.2%。《人民日报》的一篇文章中写道："网络作家认为：网络小说的阅读场景，已经根据手机阅读者的最佳体验，确定每章2000字左右为最佳篇幅。"从某个方面来说，大数据的运用，已经可以根据读者对"特色作品"的青睐，来选择把它放在传统书店还是放在手机划屏上了。

博物馆的扶手

岁末，还有一周就要迎来新年了。出门的日子虽是个阴天，但没有影响我的心情。

8时许，从珠江新城地铁站出来，因走得慢，半小时后才到达省博物馆保安亭。安保员见状，主动拉开迂回两重的围栏，让我几乎走了直道，值班服务员热情地替我取了门票。

这次参观实际带有"阳谋"，为察看主通道的台阶上方有没有安装扶手，这是去年向该馆反映的事情。我走到台阶前定睛一看，没有丝毫变化，心情着实如南方初春的天气一般，阴冷不爽。

我返回总服务台前，一位20岁左右、穿着制服的小姑娘迎上前："你好，有事吗？""馆领导在吗？"我问道。她反应很快："你有什么建议可以写下来的。"递给我一叠巴掌大小的白纸。我对小姑娘说："写了也没什么用，你找个能负责的人出来吧。"约莫10分钟后，一位年龄稍大点的女同志出来了，她戴着口罩问："你好，要反映什么问题呢？"我反问："请问贵姓？""我姓郭。""是郭沫若的郭吗？"她点点头。

我开始了与一年前几乎同样的陈述："这座博物馆是省级大馆，以弘扬华夏文明为宗旨，更应该模范遵守现代文明规范。这里是内外游客打卡之地，参观者中不乏老年人、残疾人及行动有困难的人。如果因没安装扶手，导致非常明确出现伤亡事故，博物馆是要负主责的，这后果你们想过没有？"

我接着说："公共场所无障碍建设要求，国务院多年前已颁布

《无障碍建设条例》，而国家、各省的设计建设标准，早在上世纪九十年代已经公布，此处迟迟不作改进，算不算有法不依呢？不再多说了，我一个月后再来，如果还是没有改进，我将向你们上级投诉！"她连连点头："我一定会反映汇报，您放心。"为了避免以为来人是"好事者"找茬的，我主动留下姓名及联系电话。"往下参观需要提供帮助吗？"她问。"谢谢你，我自己可以的。"随后，我在三四层展馆略略浏览一下，就离开返家了。

客观地说，除博物馆首层主通道外，另设有方便轮椅上下的电梯，二层以上步行道两侧添加了扶手，坡度也符合标准；馆内工作人员服务态度认真，这些都是肯定的。但不足之处要积极对待，为困难的一方设身处地着想。为此，我还专门向接待的同志建议：如果担心增加扶手后，影响台阶通道的特殊审美性，可以请设计师对扶手外观和颜色等进行设计，以达到场景一致的效果。

毋庸讳言，过去人们的思想认识、行为习惯，都是以健全人的需要为出发点的。随着社会文明进步，才领悟到"以人为本"的"人"，是有健全和残疾之分，这就客观要求社会环境的营造与建设，必须顾全困难群体的特殊需求。博物馆的台阶对健全人来说，必不可少，而扶手则可有可无。由此可见，消除观念上的无形之障，比消除有形之障更为艰难。

我不是一个矫情的人。以残疾之躯已走过大半生，坎坎坷坷，有苦有乐，时刻不忘感恩党、人民及父母。今日扶手之纠结，无非从细微之处入手，维护困难群体向往更美好生活的尊严与权利。我们相信，经济强省的博物馆，想必不缺专业人才，广东在全国最早设立盲文图书馆，得文明进步风气之先。同时也引起我的思考，现实告诉人们，就社会进步而言，毕其功于一役的想法是幼稚的。有位老同事告诉我，在全国人大会议上，他提出了"加强社会无障碍环境建设"议案,过百位常委积极响应,此法规有望通过,我们的无障碍事业会更上一层楼。

虎年伊始,我因新冠疫情暂住外地,故托老同事再次前往博物馆,此行只有一个目的,期盼看到"扶手一小处,文明一大步"。

近悉,在热心公益的众位朋友推动下,"扶手"已获馆方重视并准备实施改进措施。值此,我想起老前辈过去常说的一句话:"革命不分先后",看来,在羊城那姹紫嫣红百花丛中,又获得一枚鲜嫩甘甜的"文明之果"了!

说让座

"上车请往里让一让,请扶稳站好,请给老人、残疾人和有困难的人让座……"售票员的声声"请",虽是机械重复可又实实在在,随着公交车无人售票的普及,怕是越往后就越难听到这暖心的声音了。车厢里"无人劝导"的时代来临了。

这"请",源自人的异同。人们上公交车约定俗成称"坐车",对中青年人来说,其实就是"乘"车,人站着没关系,不堵车、能快点到站就满意了。对老人、残疾人,还有病人、孕妇等不方便的人来说,"乘车"则真的要"坐"车,真需要有个座位,这不是他们矫情,是有着别人体会不到的难处。朋友你知道吗,当他们从迈出家门那一刻起,穿街过巷、爬梯过桥,这来来去去的"阔气"路,已经让他们气喘吁吁了。好不容易上了车,不听使唤的腿还在发颤,想站稳都吃力,紧紧拽着扶手,生怕让上下车的人流挤倒、让急刹车给晃倒,如果手里还拿着点东西的话,更显得手足无措。这比在家里干活紧张多了,老人、残疾人在室外遭二次损伤是常有的事,给自己和亲属带来的痛苦更是一言难尽。

显而易见,车厢里的有限时空,别小看这一个座位带来的帮助。据笔者的观察,就拿省会城市之间比较,相互间差距还是很大的,能让人感觉到,不少地方并没有随着现代化交通环境的改善,提升现代社会的文明观,礼让,远没有成为广泛的自觉。

在车上常见到这样的情景:当你站在座位旁,坐着的多是中青年,眼睛虽直瞪瞪看着你,可表情麻木,脑子里似没有任何让座的意识；有的则泰然自若，我坐着就图个舒服，不需要啥高尚，反正我付车钱了，哪个座位不能坐?！现在还多了遮掩式的便利，我在看手机呢，当你是"隐形人"。正因如此，对主动让座的热心人，我内心也不坦然，至少要道两声："谢谢！""谢谢啊！"而且一旦见有空位了，赶紧提醒站在身旁让了座的乘客，否则心里更过意不去。

随着城市地域的扩张，无论哪个年龄段、哪个残疾等级，对多数老人、残疾人来说，最实惠最方便的，无外是乘公交车、地铁了，越来越便利的公交出行，给生活带来了质的变化，更给老人、残疾人添了一份欣喜和盼头。

也是经年累月，"关心、理解、帮助残疾人"这句话场面上常常被引用，人们已耳熟能详，它对消除歧视、漠视或者轻视等认识上的进步已经是不容易了。但对那些"最不容易"的人来说，遗憾的是，许多看似"最容易"做的，却成了有些人、特别是年轻人日常行为的"奢侈品"。也是啊，意识形态的相对独立性，并不会与物质条件的变化同步，因思维惯性与人的惰性等，表现出思想观念的滞后性和顽固性。

当今，要评价道德层面的思想行为、价值取向等，有时会变得很困难，为什么我也说不清。但就"让座"而言，它体现出来的人情温暖或人文关怀，实际感受比看电视、读报纸来得更真切。一个城市的"让座率"，折射出了质朴真实、没有矫揉造作的市民自觉。"无人售票"与"无人劝导"的行为规范都靠自觉，却又有着不完全一样的社会意义，前者是带有法律意义的乘客契约关系，而后者更接近人类精神的感悟、升华……

据最近央媒消息，玉环、平泉等一批县要改称市，这意味着在国家区域版图上，又增添若干个列入建制的新城市。城市，是人类文明演进的杰作,代表了更美好生活的向往,而城市公共交通显然又是它最具代表性的名片。借此,我想对朋友们说,您是否愿意以自己的行动来提高城市里的"让座率",为这张名片增添一抹暖色呢?

(原载《中国残疾人》杂志,2017 年第 6 期)

再说让座

两年前,我以"半个广州人"的视角,写了一篇短文《说让座》登在某全国性刊物上。短文谈的虽是大面上的事,但若干感受源自广州所见,内中有批评更有期待。此后,我仍在观察,生怕年过六旬的自己变得武断或偏激,那些"不让座"的会不会正巧自己碰上了?总想再验证一下。

去年某日,我乘电车行至人民路东升医院站,一下子挤上来七八个人,前门刷卡机接连发出:"老人免费卡!""免费卡!"的声音,这些人相互没有言语交流,看来不是结伴出行的"老人团",这拨人随机碰在一起了。我似乎触碰到"不让座"的又一原因:广州老人比过去多多了,据有关部门统计,截至2015年底,广州户籍的老人已经近150万,占人口17.27%。碰到今天的情景,这"座"又谁让给谁呢?原因之二,二胎放开后,无论住宅小区、大街小巷、公园商场里当然还有乘车,见到的孕妇、婴儿和儿童的确多了,这又占去"座"的相当比例。原因之三,外国、外地来穗务工、做生意或旅游的,其中的一些人把原生活地的习惯带来了,他们还没完全融入这城市的文明养成中。现在常住的"黑白老外",据说愈10万之众,看他们上车后神情悠然,该是对搭乘城市公共交通很熟悉了。显然,这些都可能影响了"让座率",看来原因也不能光从"土著"广州人身上找了。

客观的评价,来自平和的观察与判断。我在这里要说,改革开放40年来,外地人对广州的发展贡献是巨大的,既"同在蓝天下",

理应有一席之"座"。提高"让座率",关键还要看广州市民的努力。自2011年以来,广州连续三届评为全国精神文明城市,如何在新时代将"爱心满花城""岭南新风貌"及"富而思进"的精神发扬光大,将社会主义核心价值观润物无声地成为广州人的自觉,还需假以时日。

老人、残疾人等有需要的人,他们颇顾及旁人的感受,因为遇到过无数次异样眼光,甚至是责骂羞辱,有出自本能的自我保护意识,因此对弱势群体要有"强势"的同情心。我认为,只是让座,解决不了残疾人乘车难的问题。1994年,广州首创开通"康复巴士",残疾人出行无障碍的探索为全国先行。2010年,广州承办首届亚洲残疾人运动会,原有无障碍公交车40辆,后扩增至236辆,外观"绅士"的无障碍出租车达100辆。现有的13253辆公交车中,已有700辆安装盲人语音报站系统。

文明时代离不开"技术文明"。过去广州的无障碍公交车,要靠司机从驾驶座位下来操作,费时费工。现广州、深圳和佛山等市在全力打造研发智能科技方面走在前列,我希望新科技的阳光能尽早普照到残疾人、老人的"智慧出行"上,让他们也能体验一把说走就走的人生快乐。这是脱离实际的奢想吗?不一定啊,你看看从"智慧城市"到"数字化家庭",从移动通讯的2G、3G到4G、5G,看看机器人的深度学习能力,特斯拉、百度的无人汽车已经在路上了——"智能浪潮正以前所未有的速度颠覆人类运行逻辑"。我想若干年后,常用成语"痴人说梦""异想天开",也许就会打入"冷僻"词汇的行列。

2019年1月,《中国老年》杂志在一篇关于让座的文章中写道:"在日本的电车上,近年主动站起来为长者让座的年轻人越来越少。"原来,许多日本年轻人都经历过"好心让座,却被拒绝"的尴尬故事。经调查显示，部分日本老年人到一定岁数，如果只有一两站路，并不愿意接受让座；还有部分老人有年轻的心态、健康的体格，如果给他们让座反而会惹他们不高兴。年轻人给长者让座，是道德素养范畴，并不是公民的义务。我注意到不时有这样的报道，一些老人因年轻人不让座而恶言相向甚至引发肢体冲突，老人也不要进入"权利与义务"的盲区。我年逾花甲，对上述情形毫无怨言，且据观察，不让座的年轻人往往是乘车距离远，想节省点体力好干活，这亦是能理解的，如此想就释然了。其他发达国家与日本情况大致相同，当我们社会发展水平到一定阶段，谁都愿意看到更加和谐、温情的一幕，毕竟谁都会老的啊！

不仅是国外，国内省会城市有许多地方也值得广州学习，我们有些地方已经落后于别人，对弱势群体的言语关怀就有差距。比如有些司乘人员缺乏热情，回答询问不耐烦甚至语言粗鲁等，不知是否因工作压力、收入差距、家庭矛盾……不如意时人人有，但也不应该转移到乘客身上，人家也有自己的难处，能对你发泄吗？我看过一些文章，赞扬广州的最大优点是包容，如果上述情况下也能体现包容，那该多好。

我热爱广州，说自己半个广州人，是因为近20年都在外地工作，看到其他城市的日新月异，也为广州存在的不足而着急，总希望家乡各方面都是最好的。我们再踏踏实实努一把力，广州在新时代社会文明进步的排行榜上，能走入更靠前的"座位"，让羊城百姓乃至四方宾客，处处都感受到南国明媚阳光下的人文温暖。

三议让座

还有半个月,就迎来农历新年(庚子鼠年)了,羊城处在新一轮亢奋之中。

早上8时许,地铁站依然与往常一样,是全日通勤的高峰的阶段。人流涌向10多米长扶手电梯,行程就1分多钟,却不断有人从我身旁空隙穿行。起初我有点反感,"真的就差这几步吗!"当列车到达后,我瞬间肾上腺激增,车厢外的人怕乘不上,里面的人怕挤不出,差点就是脸碰脸脚踩脚,刚才比我快两步的人果真先挤了进去。

我以第三拨"轮候者"的身份挤进车厢,目的地是省博物馆,吸引我的是媒体的一则消息:本月11日600年来欧洲油画展开幕。6号线东行向萝岗香雪方向,一眼望去,车上净是疲惫一族,有的木然地看着手机,恐怕漏掉利益攸关的信息,譬如上级的指令、老板的催促、合作方给的麻烦……有的倚靠着铮亮的立柱闭目养神,一些上了岁数的被前顶后压着,惶恐地紧紧抓住面前的扶手。此时,期盼的心情是相同的,尽早离开这"紧密联系"的环境,当然,这会儿有个座位那绝对是幸福时刻,至少是愉快一天的开始。

无奈,"稀缺性"是就欲望的无限性与经济物品及生产资源的有限性而言。我也不例外,此行要捱上十多站,找个座位的想法是很自然的。每将停站我就快速扫描车厢两侧,如有人起立就毫不犹豫往前挤去,可往往步履蹒跚让人捷足先"坐"。三个站点过后,感觉腿开始发软,此时观察两侧坐着的人:衣着时髦穿"热裤"的女郎，外披短大衣大腹便便的生意人（凭听其打电话判断），西装革履抱着皮包、似干部模样在正襟危坐，不看手机闭目补困一般都是长线乘客，他们的共同点是没有一个人与我对视，也许这样就能避免内心不安，我自作多情地想，也做好了长时间"立正"的思想准备。想不到就这会儿，靠车门最近的一人站了起来，轻拍我肩旁，回头一看像个老小伙子，约莫三十出头，穿着一身皱巴巴的深蓝衣服，脸颊黝黑胡子拉碴，手指勾着沾满白灰的粉红塑料袋，里面放着一只手工打胶器和两瓶透明胶，看着像是搞装修的。

我以为他是快下车了，顺带让个座算是做件不费劲的善事。可当两站过去了他依然站在那，我看他两腿岔开把工具袋子放中间，左手拿着手机右手插在裤兜里，一路竟站得稳稳的。两侧坐了十五六个人，衣着整齐神情木然无一人有动静，反倒是这位外表最不中看的，让了座站了八九站后，奔向一天辛苦劳作的地方。大多打工仔留宿的地方，条件都是极简陋的，有的连洗漱、如厕的条件都没有，他们"劳动力再生产"的条件是最不济的，这座位或许要比我及他身旁的人更需要。

我一直无意识地抬头看着，当列车过杨箕站后，他消失了。

一刹那，我耳根似乎有点发热，继而感觉怅然若失。往博物馆的路上，我想起初中课文《一件小事》，百年后的今天，早已什么都变了，唯独无数与文中"车夫"一般的人，依旧与鲁迅先生笔下无样：远远看去，"觉得他满身灰尘的后影，霎时高大了，而且愈走愈大，需仰视才见"……

四论让座

据某老年杂志载：2018年秋天的上海，一位年逾八旬的老人在公交车上婉言谢绝了别人让座，同时感谢了年轻的让座者。一件区区小事却引起了社会关注，因为有人认出了长者，她是上海市原副市长谢丽娟女士。人们之所以感兴趣，也许是老市长体现了"平民化"，能与百姓一起搭乘公交车，这不能说绝无仅有却毕竟还是少见啊。其实，随着公务车制度改革，日后会成为常态。而我所在意或者说引起思索的，是"让而不坐"的现象。

座位的让与不让是你情我愿，说肤浅些是人之常情，拔高些可提到社会风气、公民品德的范畴，"让而不坐"，似乎反映了老年社会更为深刻的人文内涵。

据我观察，平日的广州公交车上，出行老人多在60岁至80岁之间，乘公交车半免或全免票，外出多为照顾儿孙、喝茶游玩、访友聚会等，随着医疗水平明显提高、医保制度日趋完善，老人生活质量随之节节提升，与过去五六十岁就沦为"年迈体弱"不可同日而语，他们是银发群体中的年轻一族，如果不是出行太累，宁愿立两三站地权当锻炼就是了。正因如此，老人常常"让而不坐"，还礼貌地说："多谢啦，你坐吧，我一阵子就下车了。"每见此景，我心里都有种别样的舒坦。

在车上也能见到，有耄耋老人为防被人挤得站不稳，紧紧拽着扶手，看着座位上毫无动静的年轻人，一站又一站地等待着，依然不愠不火。或许，老人明白"一样米养百种人"的道理，凡事不可强求，且从公民权利与义务来说，还远没到"必须的"刚性规范。作为国际化大都市，对八方来者，包容是和谐共处的最大公约数。广州老人的自强进取、豁达礼让，确为羊城文明添彩增色。

两年多以前，我在广州接待香港老朋友，路途中有人行走不便摔倒了，旁人赶紧前去搀扶。事后，朋友对我说，他们如果遇到这种情况，是等待他自己站起来，除非本人要求提供帮助，这也是对人的一种尊重，不愿意被视作弱者或倚靠别人帮助，这也是文明进步的新表现。

笔者关于让座的几篇拙文，读者想必见仁见智。无论如何，作为这片热土生活了近半个世纪的广州人，热切希望街坊们跳出"北上广深"的心理满足，在我们有生之年，见证有两千多年璀璨历史的羊城，真正跻身世界一流城市文明的行列。

就医散记

我在外地工作近20年了,年初因送母亲住院,才留意到市里一些医院内的运转环节。

某大医院急症室内,置放了三张病床,最左侧是空的,右侧床躺着一位与母亲年纪相近的老妇人。我问靠墙站着的男子:"老人家是你母亲吗?""哪里不舒服?"连问了两句。"嗨!她昨晚洗脚就烫伤了,又忍着不说,直到今天下午,才发现脚面已经肿得不行。"闻之,我也叹了一口气,点点头说:"她是怕给家人添麻烦啊。"

约一个半小时后,女医生推来一台医用设备,很快就给母亲做完了胸透检查作业。大约等候了两个小时,估摸该有结果了,我起身走到接诊服务台,毕恭毕敬地问:"病人下一步怎么安排呢?"护士埋着头回答道:"这个问题,你要问值班医生啊!"

值班医生诊室在急症室左侧走道的末端。我站在诊室门外轻声问道:"医生,我想问急症室姓周的病人如何安排呢?"医生正伏案写病历,他抬头扫了我一眼,把搁在一旁的病历翻开看了一下,轻声说:"片子还没出来呢,等等吧。""好!"我应声道。回去将医生说的告诉了值班护士,她随即说:"放心吧,护士会将片子送过来的。"

大概又过了半小时,我心想:"不要等了,自己直接去看看吧。"我出急诊大楼后,沿着院内小道往影像科的方向走去,在连问了两位过往的医护人员后,终于在一暗道的尽头止步了。科值班室已熄灯空无一人,毕竟此时是晚上10时多了。我大声问了一句:

"有人吗？"影像室内传出了脚步声音，出来一位医务人员，问："取片子吗，叫什么名字？"我赶紧作了回答。"有了。"

我拿着影片袋子，又回到值班医生处。他看过片子后说："填表格吧。"将一张白色表格递给我。表格内容有病人和亲属的名字、年龄、住址及医保方式等。我填好后交给医生问："大夫您看行吗？""好，去办手续吧。"又给了一张浅黄色的小单子。

交预收款后，值班护士和穿绿色制服的护工，将母亲推至另外一栋大楼的病房。我帮助护工将母亲转放到病床上，已经是一身汗了。此时病房值班医生来了，她问："你是家属吗？""对！""她的病历、片子呢？"我愣住了，心想："这不是该由护士带上的吗？"我怕造成医生不悦，这话忍着没说出口。"好，我回去取！"这等于自己把"病历随同病人走"的责任承担下来了。

再一次回到值班医生那儿，病历、胸透片子还在桌面上。当我急匆匆把它们交到病房医生手里时，后背已经湿透了。

2019年10月下旬，召开了中央十九届四中全会，专题研究坚持和完善中国特色社会主义制度、推进国家治理体系和治理能力现代化，该主题在十七届全会期间曾讨论过，经年累月认识更加深化了。

就当是大题小做，回到上述话题：一间三甲医院的住院简易流程，天天循环往复，让病人家属如此折腾，这与上述提到的"体系"与"能力"，谁的相关性更直接一些呢。那段时间，急诊值班室并非忙得不可开交，却要病人家属往返折腾，现在多数医院的病房护士，也只管扎针、输液……小小环节却叩问大大的问题。我联想到当年广东麻风病人的悲苦、四会"纸船明烛照天烧"，到上世纪五十年代灰质脊髓炎爆发，到通过"糖丸"等疫苗将该病消灭……如今，巨大的进步依然伴随着巨大的差距。

从党的十五大到十八大、十九大，先后对国家制度建设提出了明确的阶段性要求，国家治理体系现代化和治理能力现代化，我们还有很长的路要走，出发点和归宿都在"民生"的落脚点上，而只有把这一步走好了，真正实现"国泰民安"，管理者才是真正意义上领取到"管理"的"合格证"。

我祈望有一日到医院，少了先前的烦恼，只留些心思探究冰心写的《探病》……

老年孤独

退休前在颇长的一段时间里，也就是从上世纪九十年代到前些年，我先后到过老人院、敬老院、托养所、社区"中途岛"及麻风村等调研、慰问，且每年选择的省市和机构都不同，常年积累下来，对老年人生活有了一些直观的感受，也正是由此，引起我深深的内疚：父母是在上世纪八十年代离休的，当年，我压根儿没有留意过老一辈人的感受，这真不能轻轻说句"我忽略了"就完事了，列入"不孝"也不为过。每念于此，心里就难以释怀。

"家家有本难念的经"，这句俗话中的"经"，我是后来才逐步体会到的。闹市中有一间茶楼离家很近，茶客里有一对我早就熟悉的老夫妻，每次看见他们都是有说有笑的，一壶热茶三两样早点，就陪伴两老人到晌午了。十余年光景后，当我坐在旁桌看见他时，仅独自一人了。他从落座沏上第一杯茶开始，勾画菜单点来小吃，不曾与旁人对视，至买单前没听见他说过一句话。我望着老人离去的身影，别有一番惆怅。那些亲朋好友聚会的桌宴，欢声笑语那般的闹腾，与刚离开的背影，显得那么格格不入。

2019年7月初，母亲不慎滑倒致髋关节骨折，术后由骨科又转至呼吸科病床，继续治疗其他慢性病。我每日早晨买了早点后就前往医院，看着保姆帮助母亲洗漱。约一个时辰后，医生就开始查房，待注意事项交待完后，余下的活就是护士的了。病房里还有另一位老妇人，两周里我没见过有亲属来探视，她请了一个负责多个病人的护工，偶尔进来看看做点杂活。见老人情绪颇低落，我每日进入病房都先向她问好，老人出于礼貌会露出勉强的笑容。我不是好事之人，老人家里啥情况不忍多问，怕引起她更多的难过……

老人如果部分或全部失能，于自身是生理功能障碍，对外界则是物理阻隔了：人际交流不畅，面面相觑索然无味，晚辈觉话不投机敬而远之，再亲的人日久了情感也会淡薄。无助之下的老人，百般无奈也不会轻易开口，对人诉说那难言的苦楚，只想为自己留下一点尊严。据有关方面调查结果，在我国中部某特大城市对部分老人群体调研：79%的老人有明显孤独感；遇到不顺心的事情，49%以上的老人是把话憋在心里。在医院、老人院与外界的隔膜，儿女们漂泊外地的思念，亲朋好友离去的难舍，他们或是鳏寡孤独，或是晚辈不孝，或是失智失能，这些孤独之源，是否成老年人的宿命？

要过得舒坦一些，老人的"经济基础"就很关键。如果眼光势利的亲属，见老人手头拮据，或是还要给补贴一点，老人似乎没有可使用或"利用"价值了。相反的，酒香不怕巷子深，不乏趋之若鹜者，殷勤伺候的背后，当然也还是为了图个"好处"。如果没有退休金或晚年积蓄的保障，依赖家人或亲友的怜悯，悲哀与无助如影随形，那远不止是精神上的孤独。

年老之人的最大欢乐，是行动自如，言语畅顺，说话有人倾听，喜怒哀乐有人呼应。总之，放松而舒心的笑声，是躲开了孤独的真实表露。

失落感，是孤独最直接的感受。失能老人把自己托付给非亲非故的人，保姆成了距离最近、交流最多甚至是陪伴终身的人，这也许成了人生最大的悲哀。正如沈从文说过："该笑的时候没有快乐，该哭泣的时候没有眼泪，该相信的时候没有诺言。"排解孤独的愿望成了奢望，在与日俱增中日渐泯灭，一团旺火成了散落的火星，残留的灰烬随风散尽,从此无人知晓。"不曾孤独",是老人最高的精神寄托和享受,也成为无数老人的奢望。

可喜的是,"常回家看看"如今已成为国家法律调整的行为规范,尊老敬老的传统文化得到赓续弘扬,老人院、居家养老、社区托养等普遍建立和完善,重新燃起老人对新时代幸福生活的向往。值此,那些看得见摸得着、做一件成一件且久久为功的"利好",正是政府、社会和家庭亟待努力的。

理解老人"渐老"

拥有对老人的那份理解，不是一件容易的事情。

按传统中医的经验，长久以来就有"人老腿先老"的说法，从现代临床医学来看，是有根据或者说是靠谱的。其实，到了一定岁数后衰老现象遍及全身，特别是心脑血管疾病、呼吸系统病和神经系统等慢性毛病最多，腿脚不灵便只是最具表象，如走路踉踉跄跄、动作颤颤巍巍、神态懵懵懂懂，也是高龄老人的普遍表征。当然，离这年龄还远着的时候，自然说不出什么"感同身受"，一旦深入接触老人日常生活后，就会触动到人心底里最柔软处。

我有时候就颇犹豫，那是想多看望没住一起的母亲。从2017年开始，当母亲跨过90岁的门槛，明显感觉与上两年相比，其自理能力、精神状态等变化挺大的。以往，母亲会隔三差五给我打个电话，座机、手机她都能用，单位一些老同事电话号码，也记得清楚，念出11位数字不是难事，还常吩咐我代她向谁谁问好，等等。

近两年，母亲身体的衰退比前些年更为明显，表象是极易疲劳、爱躺嗜睡，站立不稳挪步吃力，进食咀嚼缓慢等症状都出来了。偶尔外出喝茶、吃饭，时间约莫半个时辰，母亲就觉得辛苦坐不住了，不时挪动着身子，想要回家。显然，老人的精力难以支撑时间稍长的外出了。

同时，感觉与母亲的言语交流，是越简短越好。随着老人记忆力的衰退，表达意思不连贯、说车轱辘话，对交谈提不起兴趣，很少表露出喜怒哀乐。每当亲朋好友看望母亲，因精力不济又不想让后辈见其疲态，三言两语后就劝大家离去，这多少会让来人感到不悦，老人身体已经顾全不了这些了。或许因此，前来看望的人也日渐少了，当儿子的我很明白，母亲已没有精力去应酬大家，减少消耗是本能的自我保护，更是生命智慧的表现。

与自己日常生活相关的话语权，对老人来说在走向"过去式"：吃喝拉撒全靠保姆，吃食似幼儿般要一口一口喂，如同真人版的"返老还童"。我有时在旁边看着担心，现在疫情还未消停，保姆有没有勤洗手呢？但马上又自我否定了，真的没洗又如何呢，你能老盯着吗？老人吃药、看病乃至住院，都靠别人安排，自己的收入也无法支配，见我就讨要零钱花，这些令人哭笑不得的心酸，多说无谓，只能看身边人的孝心、良心了。

老人的执念和意志力，也超出了我的想象。2020年前后那段时间，母亲无论白天晚上，或清醒或迷糊，都没有忘却对孙儿婚事的牵挂与期盼。6月27日适逢端午节，母亲迎来翘首以盼的大喜日子。行动不便加上住地没有电梯，从家里出门到酒店，辗转腾挪前后要一个多小时，婚礼仪式加喜宴又是两个来小时，回家路上又近一小时，老人前后坚持了整整四个多小时。此间我时刻观察着，母亲一直目视着宾客，不时举酒杯应答，竭力表现出最好状态，我想，应该是爱的力量在支撑着母亲。

生活在日新月异的时代，网络化、数字化使许多老人与社会无形阻断，他们的社会化进程滞后了。我曾在银行看到这么一幕：一位老人在柜台前咨询理财经理，耗时近半小时，在后的时髦女性颇为着急，几次走到柜台前催促："我有急事，快来不及了！"年轻的经理没有抬头理会，依然耐心跟老人解答问题。我想，她是基于职业操守和对老人的理解，我也因等待不及先离开了，事虽然没有办成，却认可那年轻柜员对老者的态度。

末了，说句算是题内或题外的话，当下保姆的话语权又见长了，站在劳工者角度来说，是具社会进步意义的。举我邻居一例子，老人与保姆挺合得来，于是萌生了以下的故事：保姆因儿子要买房结婚，向雇方提出要预支两年工钱，随后又提出要借一笔六位数的"债"。邻居夫妻俩犯难了好几天，最后考虑再三，还是顺了保姆的意。他们说这也是出于无奈，前面几个保姆与老人都合不来，干不长走了，眼下只有让步才能将人留下。

老与"不服老"

这已经是五年前的事了,光阴荏苒于不觉之间,母亲迈过了米寿门槛,是名副其实的耄耋老人了。

我趁着由京返穗休假期的空闲,特意给老人送去了一部轻便型的轮椅,满心期待着她高兴的笑容。殊不料,母亲没有领情,颇不耐烦地对我说:"还用不上,放我这儿占地方哪!"她对轮椅的排斥溢于言表。此情之下我不由忖度:"该物是否成了老人某种心理暗示,故此?"于是耐着性子又补了一句:"妈妈,知道你能自己行走去喝茶,但坐上轮椅更安全一些的!"说归说,在好几年里,轮椅一直闲置在屋外的角落。老母亲依然我行我素,她步履甚至比同龄人更利索些,隔三差五到老干部中心活动,或歌或舞,至晚饭时分才尽兴而归。

不得不说,从送去轮椅那会儿开始,我与母亲已不觉间扮演了"老"与"不服老"的角色。我没有专心研究过老年人问题,凭借一般常识,试图理解"老与不服老"这一命题,就涉及老年医学、老年心理学、老年社会学等许多范畴,借用"临床哲学"的角度,作一点思考。

人盛年后渐变老是规律,即便"初老",一般指60岁左右,也是进入了"老"的范围。有关资料显示,世界卫生组织的划分标准是:60岁到74岁的人群,称为年轻老人,75岁以上才称为老年人。西方国家一般将65—89岁称为老年期。我国现阶段,以60岁以上为划分老年人的通用标准,又把60—79岁为老年期,80岁以上称长寿期。据 2021 年 5 月公布的第七次全国人口普查数据，我国 60 岁及以上人口超过 2.6 亿，占总人口数的 18.70%；65 岁及以上人口比重达 13.50%，我国已接近深度老龄化社会。

老骥伏枥壮心不已，老当益壮又待何时？"不服老"，是一种良性的心理状态，一种不懈的奋斗精神，一种励志的目标追求。君不见，许许多多年逾八九十岁的老人，依然放不下对国家、民族未来的忧思，他们在续写新篇《盛世危言》：两弹元勋钱学森，病榻上提出令人振聋发聩的"钱学森之问"；目睹当下一些年轻人"三观"错位，李兰娟院士的忧虑、愤懑溢于言表；杨绛先生笔耕不辍，92 岁始著书《我们仨》；钟南山院士虽过耄耋之年，仍如年轻人般冲在抗击疫情第一线；"杂交水稻之父"袁隆平，在 90 高龄之际，带着团队在青海柴达木盆地试种海水稻并获得成功；吴孟超，被誉为"中国肝胆外科之父"，94 岁依然与青年医生一道奋战在手术台上，一生做了 14000 多例手术；中国人民的老朋友基辛格博士，以 98 岁高龄，依然关心中美关系的健康发展，强调"全球化时代，要求中美作出比以往更大的努力进行合作……"同样有身边的例子，就是老母亲年逾八十后，自发形成了一个习惯，坚持默写背诵家人、亲友的电话号码，我们问及某某，她竟能脱口而出。我们劝老人家不要费这神，她笑着说："没什么，我是练记忆力呢！"不服老，是要以体力、精力为代价的，是一种追求也是一种抗争，如同老人学炒股、学字画、学摄影……如此，这些老人社会化并没有中断，依然在全面发展进程中，不仅生理意义而是社会意义上"健全的人"。

当如此多的鲜活例子在眼前呈现，仿佛让人有感觉：只要你不服老，就不会老！"老"的实质，是生命"向衰""向终"的渐进的过程，即便人与人之间的明显差异，依然是殊途同归。躯体的羸弱与精神的顽强，又是一种什么样的哲学关系呢？年龄与老，精神与老,心态与老,一般共性是正相关,彰显的个性又是负相关。"不服老"是主观意志与客观现实的融合体,是否秉持良性的"不服老"心态,往往左右着"夕阳无限好"的前景。

我的许多朋友,退休时他们是老人中的"年轻人",从体力、精力来说,完全胜任继续工作,有些还有很强的工作意愿。据闻,日本有些企业将自愿退休年龄延至80岁。现实是目前我国退休制度,以满60岁为一般标准。我以为,庞大的老年群体,是集知识、技能、社会历练中"品位"最高的一部分,应该视作"人口红利"的成分。年轻人虽不缺真知灼见,却多是为谋生而缺"舍得一身剐"的骨气,借用"人之将死其言也善"一句,自然是老人的后发优势了。

努力将更多"正常老化"推进到"成功老化",积极延缓一般"认知衰退"的到来,成为现代社会广泛关注的课题。"成功老化",被学界认为是老年人的最好状态,这个群体一般具有以下特征:没有患大病或高危隐患;保持良好的运动功能和认知能力;拥有正常的社会交往能力。当然,要辩证地认知"不服老",钟南山院士谈到养生之道,他建议"人要服老",就是看问题的辩证角度。

在广袤无垠的中华大地上,遍布着世界上学员最多、最具特色的老年大学,它仿如夕阳下长跑的加油站、颐养天年的夏令营、守望相助的栖息地,每天上演着别样的精彩。见南粤竹枝词《老年大学》吟诵:"老来唔讲你唔知,精彩人生胜旧时。满座高朋皆雪鬓,平平仄仄学敲诗。"(黎浩均)不看年龄看商情,老来追求的精神境界为周恩来同志说过的"活到老,学到老"。让我们谨记这"六字箴言",并以此为不懈动力,健步迈向那充满希望的金色明天!

老人的"忘"

母亲进入 90 后,对她的"健忘",近两年我感觉是越发明显。

接到母亲电话的次数越来越少,后来就屈指可数了,一个月也难得有一次,她对我直言道:"没精神打电话了。"与家人聊天也打不起兴趣,问过去的事情,多是摇摇头或就回那么一句:"唔记咁多啦。"父母从来不过生日,偶尔有人问起老人的出生年月,我竟要迟滞一下才能作答。逢年过节亲朋好友见面,多会恭敬地问上一句:"婆婆今年高寿啊?"换作别人,一般会颇为自豪地应答,母亲还是淡淡地回一句:"我唔记得了。"连我也纳闷,她真的是忘了吗?寻思后我给了自己答案:不记得岁数又何妨?母亲真有意"忘"之,恰如曾国藩所言,"未来不迎,当时不杂,过往不恋",可谓"智"莫大焉矣。

老年人经历了多半个世纪,目睹人生百态、世态炎凉,历经成败得失、兴衰荣辱,如古人所云"见素抱朴,少私寡欲","忘"的背后是"放下""放手""放弃",放下恩怨、得失、不舍,才能轻装步入晚年,获得有新的开始、新的生活态度、新的人生动力、新的学习目标……摆脱了抑郁、烦恼、怨恨,换来的是精神的愉悦,带来的是身体的康健,得来的是夕阳下的身心放飞。

春秋战国的老子、庄子,被后人尊为深谙生命哲学之先贤。老子提出"放空"心灵,从不惧孤独到享受孤独,完成从物"空"到心"空"的跨越。庄子推崇"忘我",从"心斋坐忘"升至"丧我",将迷茫、恩怨、痛苦一概抛去,遁入"忘我"的境界,归于物我之"齐一",与后来佛家"出世"释说的"悟",可谓异曲同工。"忘老",闪烁着从古到今一脉相承生命哲学的光芒,其思想精髓为独具魅力所在。

当然,辩证地去看"忘",也是相对而言的。

我写的回忆短文《小学往事》,母亲看了多遍后说:"阿新系很不容易啊!"显然,如烟往事勾起了她心中的回忆,半个多世纪的过去没有真的忘却。老人还有不忘的,是对儿女经常性的告诫,也成了老人的心中常态。今年6月端午,在她的大孙子婚宴散席后,母亲被大家簇拥在中央照相,此时,仍不忘对站在她身后的我说:"阿新啊,做人唔好怕吃亏,做好自己最紧要。"老人虽是泛泛一说,但如此清醒的言语,能说她真"忘"了吗,不是啊,老人一刻没有忘记对后辈的责任,她知道,往日的提醒,儿孙们不一定都能记住。

说年龄忘了,母亲实际上是故意的,与不愿意过生日一样,刻意回避,忘龄对她来说,是保持心态年轻的妙招。我这么说的依据,是她对参加工作、入党等时间,从来都记得清清楚楚。理性的"忘",是改变自己心态的极有效方式。

老人最难忘却的,是既往的"尊严"与"尊重",将其看作是一生价值留存的记号。当"被重视""被重用"的感受有了明显落差,"抛弃感""无用感"如影随形,这感觉的"有效期"至少十年八载。这其中,不乏"位尊而无功,奉厚而无劳"之人,他们是气不忿儿,还要争一口气。这样的不服老,实质与自己过不去。在职的种种"实在",往往虚实难分,自己都不一定明白。退下来后,要舍弃、忘却那些曾经的"物",静下心来触摸原本没有感觉过的"真"。

当然,更多人是心因性的"惧老"。主观则有情绪低落、失意等情感存在,比如股票被套牢、体检发现新的疾病、康复中的二次受伤等,这些在越短时间忘却,无疑会越快恢复健康的精神和行动的自由。

老人言语的"违和"

老人在部分失能、失智状况下，语言沟通能力受损最为显见。残留的语言能力，在功能代偿作用下，其语言、心理活动及思维表达，比常人要隐晦得多：他们与人交流中的明示或暗示；违心的无视或回避；有悖常态的矫情；懒惰地回应乃至沉默不语。隐忍的委婉、愤懑的生硬，唠叨不断的车轱辘话，令人费解、烦闷甚至心生厌恶，诸如此类，许多朋友深有体会。

我因长期在外地工作，母亲是南方人不善做面食，我常叮嘱她，多给父亲买些合口味的面食，比如东山"老班长"面馆，那鲜肉包子就挺不错的。母亲每次都这样，虽不满我的说辞，但仍笑着说，"你爸爸就这样，明明好吃的东西，他偏说不好吃！"我倒是这么去理解，老父亲并非分辨不出味道好歹，只是不想把话说满了，他期待下次有更好吃的啊。当然，也不排除还有一种可能，老人随着年岁的侵蚀，猜疑、易怒及固执的情绪，要借些由头发泄出来。

当儿女的长期不在身边，有的高龄老人已没有打电话、发短信的能力了，但特别希望经常听到儿女的信息，却很少主动表示出来，为何呢？一是怕被怼回来，二是怕石沉大海没有回应。要体谅老人的"口是心非"，谁会乐意招人怨呢？他们是想用"反话"的方式，表达他们深藏内心的意愿。这种方式不是老人真实所愿，实在是岁月的无情，磨蚀了老人几乎一切的心力，不允许以正常的方式沟通了。靠身体透露的无声语言，刻意回避亲人的眼光或话题，但身体语言表现了他们"在意"的信息。

思想的活跃与躯干的不济，似乎人世间有另一类"围城"：晚辈想进入老人的内心深处，老人想挣脱年轮的"桎梏"，往外走、往外走……老派的广东人总爱对年轻人说"不听老人言吃亏在眼前"，我很想接上这一句新词："理解老人言，孝心走在前。"扶弱助困的立场、公平正义的观点、换位思考的方法，此立场、观点和方法，不是什么深奥的理论，却是正确认识老年问题的开始。

说到这个方面，青年人要有更多的担当，因为你们拥有知识和时间，足以破解"老人社会"的难题。尊老敬老重在理解，从老人的实际困难、实际需要去想问题，理解了才有包容，理解了才有行动，在"老人社会"里，没有比理解和行动更具实际意义了。

老年当自强。工作至退休的老年人，大多经历了"过度透支"的年代。以自己为例，刚踏入社会工作，就迎来每天数以万计的锤起锤落，学徒期间就落下肘关节劳损。我们这一代人的条件又比父母辈好了不知多少，很知足了。老年要乐于接受变化，积极融入社会，自身的"社会化"不中断，豁达地包容地身边人和事。当真的"放下"了，就真的迎来了晚晴的"无限好"！

老人与道路交通无障碍

"老国图",指原国家图书馆,坐落在北京东城文津街,为国家一级文物单位。在旧馆东侧大楼,每月举办一次部级领导干部文化讲座,主讲人均为著名教授和学者,因内容精彩,聆听者众。课堂安排在二层,此楼为清代老建筑,比现代楼房的两层楼还要高,听课的都是离退休的老人,上下显得十分吃力。同时,进大门还要先登8级台阶,且没有扶手护栏等安全设施。

经一段时间观察,我向负责讲座事务的同志建议,要在大门阶梯安装扶手,以策安全。我还耐心地陈述了必要性:因听课者大多年老体弱,常伴有心脑血管等病,如犯病时瞬间倒下,面前有扶手能把一下,情况就可能大不一样。一个月后,当我再次前来听课,看见台阶两侧已经安装了不锈钢扶手,不仅如此,在二层卫生间门口的两级台阶侧,也装上了扶手。真是"从善如流",要感谢做具体工作的同志!

离家最近的影院,就是北京电影协会辖下的百花影剧院,它坐落在东城居民密集的和平里社区,也是一所老影院。进入影院后,从大厅到售票服务台,要走上6级台阶,两旁墙面锃光瓦亮却没有扶手。我耐心给服务台员工讲解国家这方面的要求、缺少无障碍的影响和潜在的危险,以及具体改进的建议等,请他们务必向领导汇报。一个多月后我再来观影,发现这里没有任何变化。我心里很不是滋味但没有发火,因不知道这该归咎于谁,错怪了普通员工可不好。我还是耐下性子,将上次说的话重复了一遍。为让听者更重视,加了这么一句:"如果下次来还是这样子,我会到楼上影协的领导办公室反映!"又一个多月后,我看见在台阶的右侧,装上了不锈钢材质的扶手,我使劲地把了一下,很牢固也很美观。我当即对在场的影院员工表示了感谢,同时也印证了一句话:"心中有爱行动无碍。"

举上述例子,是想展开下面的话题。目前,有关方面提出,要着力营造"适老化"的社会环境,提供更多个性化的老人服务。老年人生活的简单化、低质(量)化,实属无奈之举,其中与生活的无障碍环境有直接关系。对老人来说,衣食住行关系密切相关,可以说是不可或缺的组成部分。老人取衣服、晾衣服要有升降装置;做饭需要低位便于操作的灶台;吃饭需要固定、防滑功能的碗勺;洗手间需要淋浴和座厕扶手、防滑设施;外出需要拐杖、轮椅;等等。

无障碍环境赋予老人以生命尊严和生活质量,因此具有不可替代的作用。残疾人理论工作者丁启文,对此有过精妙的比喻,他说无障碍如同马路的红绿灯,它的设立不是对弱势群体的恩赐,而是政府、社会乃至法治层面的责任和义务。也就是说,要解决老人等弱势群体的特殊困难,才能真正体现核心价值观"平等""公正"的内涵。因此,解决老人生活环境与信息无障碍的双重困难,是解决"不平衡不充分"矛盾的应有之义,是各级政府在新的五年规划中的重要任务。

老龄化与信息无障碍之紧迫

在一些大城市里的银行常看到类似的情景:上午开门营业前,门外排着一行小队伍,个中有人不时看看手表,又伸着脖子往大门瞅瞅,有的着急在嘟嘟囔囔生气。保安员准时把门打开,队伍鱼贯而入,在大堂经理帮助取号后,陆续坐落在椅子上,开始等候轮号的呼叫。银行大厅里一眼望去,几乎看不见年轻人,原来一长溜的对私业务窗口,一般就保留着两三个。来这儿的老人,大多是为领取退休金、社保金或养老护理补贴什么的,钱的额度不大,但他们不会或不放心使用ATM机存取款、转账啥的,更说不上运用手机银行了,只好耗上个把小时等候人工操作。

从2020年初新冠疫情爆发开始,依托互联网技术的"健康码""行程码"等手机软件设置,对疫情防范起了极重要的保障作用。但眼下手机APP一统天下,对不善使用智能手机的银发一族又摆上一道新的难题。君不见,凡需扫码进入的公共场所,停滞不前的多有老人,年轻人手指点点轻松而过,老人却战战兢兢视为畏途,遇上不耐烦的站岗人员,老人更是又急又气。如今,方便快捷的网上售票,对许多老人同样是无奈之困,它与熟悉的菜市场不一样,依旧可用现金支付,线上买票可不行,如身旁没有年轻人帮忙,那只有迈开老腿,寻觅日趋少见的票务代售处。

过去,人们更多关注的是老人的物理隔离障碍——城市道路、交通及家庭环境无障碍等。信息无障碍,最早是为解决聋人、盲人接受信息困难而提出的。显然,现在信息无障碍问题日益突出,互联网、数字化、人工智能等像一堵墙,将许多老人挡在了亲情、社会和生活之外。信息无障碍指任何人在任何情况下都能平等、方便、无障碍地获取信息、利用信息,从而使失能患者、老年人等在残疾或退休后,仍能通过信息无障碍技术,克服失能、残疾、年老带来的困难,提高生活质量并为社会发挥余热。

据统计,截至2021年6月,我国网民规模达10.11亿,50岁及以上网民占28%,不到1/3。银发一族面对时代进步,附加带来的"隔离"与"障碍",算是最平常也是最无奈的生活实景。报载,第七次全国人口普查数据显示,336个地级市及以上城市中,有149个市已进入深度老龄化,且老龄化态势自南向北程度越显严重,东北三省共36市全部进入深度老龄化阶段。

信息无障碍环境建设的紧迫性不言而喻。对美好生活的向往,是全体人民的共同愿望,当然不分老幼、贫富。近十几年来,信息无障碍建设有了显著的进步,比如盲人听电影,通过电脑、手机软件进行语言、资讯等有声翻译,与健全人同步了解时事政治、生活服务、人际交往等信息。总之,如今老人出门三件事,都离不开信息的获得。当然,老人从依赖纸质介体到数字化、虚拟化载体,接受日新月异互联网技术的"社会化",也迫使老人不得不"活到老学到老",接受时代进步的"再教育""继续教育"和"终身教育",这也给政府职能和社会义务赋予新的定位和责任。

2021年初,工信部开展互联网应用适老化及无障碍改造专项行动,重点是手机APP的"适老化"。同时,车站机场、银行等,采取有针对性的"适老化"的措施。2021年10月,工信部、民政部、国家卫健委共同印发《智慧健康养老产业发展行动计划(2021—2025)》,提出重点发展健康管理、养老监护、康复辅助器具、中医数字化智能产品及家庭服务机器人五大类产品;带动传感器、微处理器、操作系统等底层技术突破，实行多模态行为检测、跌倒防护、高精度定位等实用技术攻关……近日，从《人民日报》获悉，今年"截至5月初，共有375家（个）网站和APP完成无障碍改造并通过评测"。看来，社会"有爱无碍"的行动加快了。

总而言之，政府也好社会也好，此类事情用心用情去做了，老人自然会"看得见、摸得着"，可谓善莫大焉！

豁达,老人最好的"自备药"

多年前,我与夫人海南一趟"自由行",当走至最南端的"天涯海角",眺目蓝天白云、水光潋滟,祖国南疆的独特风景,着实令人流连忘返。

虽是如此,一段时间过后,也就没有留下多少感性印象。唯独在三亚与老朋友见面时,他说的一句话仍叩击着我内心深处:"无论以前你感觉有多好,退休后随着时光消逝,原来的人事关系一定会越来越淡薄。"的确,现实中还远不止如此,就连与亲人见面也会越来越少,这点我从母亲现状,就看得更清楚明白。

当父母身体都硬朗时,兄弟姐妹及孙子辈簇拥身旁,那是温馨又热闹的情景。自父亲十多年前离世后,无论来自亲缘还是姻缘,本都是最亲近的人,可各自都有一个小家,过日子烦心事不少,"自顾不暇"是常态。还有更现实的,兄姐等都已迈入"古稀"门槛,大哥曾对我说,是想多去看望母亲,无奈自身患多种不轻松的病,可以说自身难保。同样,与我年龄相仿的同事朋友,有的已先走一步,再过十年八载,余也是风烛残年,就连认识你的人也不多了。面对种种状况的"孤独",是要有足够思想准备啊。

古人云,"君子坦荡荡,小人常戚戚"。对上话题其实早该想明白了,退休十年八载后,自然物是人非,熟悉的同事一一退出,你过去的"政绩""功劳",新人只是耳闻而已,不会再有当年那般的"赞誉","肯定"你的人自然越来越少,如果老想着用什么方式来刷"存在感",只能徒增内心的不适或烦恼。一位熟悉的老同志谈过这样的感受：别人怎么称呼真的不重要，你在职时候，别人是恭恭敬敬的，这"长"那"长"的挂在嘴上。当你退了，有些人就避而远之，目无"过气"领导，反倒是原与你不远不近的，称你为"同志"的人，情感依旧如初。还有一位老领导对我说，他退休后的日子原则是"不出门、不待客"，我听后笑了，心里又加上一句："眼不见心不烦"。

退休后，你对外界的关注大不如前，这不是自身的怠惰，而是年龄因素的正常反应。越是曾经"辉煌"心里可能反差越大，有位朋友给我说过他的切身体会：为了给接任同志以宽松工作环境，组织谈话后当天主动不再批文件了，退出一线后，头段日子还真有点不习惯，从"不可或缺"到"无足轻重"，似乎有种难以言表的顿挫感。其实公职人员都明白，退休是谁都不可避免的，大致一两年光景下来，内心就释然了。

相比之下，疾病或家庭变故所带来的孤独，是最难熬的，也许是一生中最"残酷"阶段。当生活不能自理，你的立足之地无论是"三居室""四居室"，还是一百两百平方米面积，对你已经没有实用价值了，朝夕相处就是几尺间宽的床，再窄点的就是病床。某日，我在广州一大医院电梯里，两个护士交班时段碰上了，其中一位笑着说："哎，某某床今早走了！""拖了咁耐（这么久）！"另一个摇着头接上，从表情看，她们似乎轻松了许多。俗话说，医者仁心。这怎能叫"拖"呢？稍后，我似乎理解了，"久病床前无孝子"，何况是无亲无故的人，谁没有厌倦的时候呢……

豁达、理性的"预期"，是给自己开具的最好的心灵良药。

对养老护理业的憧憬

今年5月31日,《经济日报》有则短文《"适老"是公益也是生意》,读后颇以为然。

第七次全国人口普查结果显示,我国60岁及以上人口已达2.64亿,占总人口的比重比2010年上升了5.44个百分点。为科学应对我国人口老龄化,作为国家战略出台的《中共中央 国务院关于加强新时代老龄化工作的意见》(以下简称《意见》),是中国特色社会主义的顶层制度设计的重要部分。

《意见》提出了基本养老服务清单的概念,涵盖了健康、失能、经济困难等老年群体,对其分类提供养老保障、生活照料、康复照护、社会救助等适宜服务,并要求清单明确服务对象、服务内容、服务标准和支出责任。同时,要求用一年时间(2022年内),建立老年能力综合评估制度,实现评估结果在全国范围内跨部门互认等;《意见》提出加强老年康复服务体系建设,通过加强国家老年医学中心建设,布局若干区域老年医疗中心,加强综合性医院老年科建设,通过新建、改扩建、转型发展,加强老年医院、康复医院、护理院及优抚医院建设。

2019年,民政部根据老年服务的需求,提出到2022年底前,培养培训1万名养老院院长、200万名养老护理员、10万名专兼职老年社会工作者。同时,从人才建设入手,《关于推动生活性服务业补短板上水平提高人民生活品质若干意见》提出,到2025年,力争全国护理、康复、家政、育幼等生活性服务业相关专业本科在校生规模比2020年增加 10 万人。据教育部提供的信息，2019 年，全国共设置高职老年保健与管理、护理等相关专业点 1200 个左右，中职老年人服务与管理等相关专业点 700 个左右，增补中职智能养老服务专业。

本世纪初，我到上海调研，当地同志从就业渠道向我介绍：许多残疾人的农村配偶进城后，难以找到合适工作，就业困难带来家庭生活十分拮据。另一方面，重度残疾人生活起居困难重重，穿衣吃饭、洗澡如厕、户外活动等都不能自理，实在说不上什么生活质量。残联同志想出一个办法，就是将这些大嫂大姐组织起来，根据每户残疾人家庭需要的服务，每天上门服务 1 至 3 小时，根据服务易难程度，每小时劳务费 30 到 40 元不等，费用在残疾人就业保障金项下支出。这一实招，纾缓了两头家庭的困难。

护理业的经济性是显而易见的，它有一个雅号叫"银发经济"，当下它已初见端倪，特别是依赖性护理，其专业性就更强。

据报载，以西方高度老龄化国家之一的西班牙为例，该行业 2019 年直接和间接方式产生了 3253 多亿欧元价值，相当该国 GDP 的 26% 和就业岗位的 1/3 以上，"护理行业产生了 39.9% 的经济回报率，每支出百万欧元，就有 40 万欧元通过增值税、公司税和社会保险返还给国家。"有中外学者认为，在渐成趋势的社会健康模式中，护理俨然成为了财富生产的角色。"根据欧盟委员会的预测数据，到 2050 年，银发经济每年的增长潜力为 5%。到 2025 年时银发经济的规模将达到 6.4 万亿欧元和 8800 万个工作岗位。这相当于欧盟 GDP 的 32% 和欧盟就业岗位的 38%。"

其实，国内对上述前景有先见之明者，不乏其人，但知易行难，这里有许多说不清道不明的缘由，因为这是一个系统性问题。人们期盼，从规划出台到实施落地时间不要太长，毕竟岁月不饶人啊！